MORANDO COM UM VAMPIRO

MORANDO COM UM VAMPIRO

TRADUÇÃO DE
LÍGIA AZEVEDO

intrínseca

JENNA LEVINE

Copyright © 2023 by Jennifer Prusak

Todos os direitos reservados, inclusive o direito de reprodução total ou parcial em qualquer formato. Direitos de tradução acordados com Portfolio, um selo da Penguin Publishing Group, uma divisão da Penguin Random House LLC.

TÍTULO ORIGINAL
My Roommate is a Vampire

REVISÃO
Ilana Goldfeld

PROJETO GRÁFICO
Daniel Brount

DIAGRAMAÇÃO
Henrique Diniz

DESIGN DE CAPA
Colleen Reinhart

ILUSTRAÇÃO DE CAPA
Roxie Vizcarra

ADAPTAÇÃO DE CAPA
Lázaro Mendes

CIP-BRASIL. CATALOGAÇÃO NA PUBLICAÇÃO
SINDICATO NACIONAL DOS EDITORES DE LIVROS, RJ

L645m

    Levine, Jenna
    Morando com um vampiro / Jenna Levine ; tradução Lígia Azevedo. - 1. ed. - Rio de Janeiro : Intrínseca, 2024.

    Tradução de: My roommate is a vampire
    ISBN 978-85-510-1065-5

    1. Romance americano. I. Azevedo, Lígia. II. Título.

23-87589   CDD: 813
                         CDU: 82-31(73)

Gabriela Faray Ferreira Lopes - Bibliotecária - CRB-7/6643

[2024]
Todos os direitos desta edição reservados à
EDITORA INTRÍNSECA LTDA.
Av. das Américas, 500, bloco 12, sala 303
22640-904 — Barra da Tijuca
Rio de Janeiro — RJ
Tel./Fax: (21) 3206-7400
www.intrinseca.com.br

Para Brian, que me faz rir e sempre topa adotar só mais um gato.

UM

Procura-se alguém para dividir apartamento espaçoso de terceiro andar em Lincoln Park

Olá. Estou procurando alguém para dividir meu apartamento. É um imóvel espaçoso para os padrões modernos, com dois quartos grandes, sala de estar aberta e uma cozinha semiprofissional que também faz as vezes de sala de jantar. Além disso, janelões na parede leste, que fornecem uma vista impressionante do lago. O apartamento está totalmente mobiliado, em um estilo clássico e com muito bom gosto. Raramente fico em casa depois do pôr do sol, de modo que, se você trabalhar no horário tradicional, em geral terá o apartamento só para si.

Valor do aluguel: $200. Nada de animais de estimação, por favor. Todas as dúvidas podem ser enviadas para fjfitzwilliam@gmail.com.

— DEVE TER ALGUMA COISA ERRADA COM ESSE LUGAR.
— Olha, Cassie, é um baita negócio...
— *Esquece*, Sam.

Essa última parte saiu um pouco mais firme do que eu pretendia, mas não muito. Embora eu precisasse da ajuda dele, meu constrangimento por estar em tal situação fazia com que aceitar essa ajuda fosse difícil. Sam tinha boas intenções, mas sua insistência em se envolver em tudo estava me dando nos nervos.

Em defesa de Sam — meu amigo mais antigo, que havia muito se acostumara com o meu mau humor em momentos de estresse —, ele não disse mais nada. Apenas cruzou os braços e ficou me esperando falar alguma coisa.

Eu só precisei de um instante para me recompor e começar a me sentir mal por ter perdido a paciência com ele.

— Desculpa — murmurei baixo. — Sei que você só está tentando ajudar.

— Tudo bem — disse ele, compreensivo. — Você está num momento conturbado. Mas pode se permitir acreditar que as coisas vão melhorar.

Eu não tinha motivo para acreditar que as coisas iam melhorar, mas não era hora de entrar nesse assunto. Só suspirei e voltei a me concentrar no anúncio aberto no meu laptop.

— Qualquer coisa que pareça boa demais pra ser verdade em geral é mesmo.

Atrás de mim, Sam olhou para a tela.

— Nem sempre. E você tem que admitir que o apartamento parece incrível.

Parecia mesmo. Quanto àquilo ele tinha razão. Mas...

— São só duzentos dólares por mês, Sam.

— E daí? É um preço ótimo.

Fiquei olhando para ele.

— É, se a gente estivesse em 1978. Se alguém só está pedindo duzentos dólares por mês hoje, provavelmente é porque tem cadáveres no porão.

— Não inventa.

Sam passou uma das mãos pelo cabelo loiro-acinzentado todo desgrenhado. Mexer no cabelo era uma das coisas mais óbvias que ele fazia quando estava tentando enrolar alguém. Pelo menos desde o sexto ano, quando Sam tentara convencer a professora de que não tinha sido eu quem desenhara flores rosadas por toda a parede do banheiro das meninas. Ele não havia conseguido enganar a sra. Baker na época — eu tinha mesmo desenhado aquela paisagem bucólica em um tom neon agressivo —, e não ia me enganar agora.

Como ele ia ser advogado blefando tão mal?

— Talvez a pessoa não fique muito em casa e só precise de alguém no apartamento por questões de segurança, e não pelo dinheiro — sugeriu Sam. — Talvez seja meio trouxa e não tenha ideia do quanto poderia pedir.

Eu continuava cética. Vinha revirando sites de anúncios e o Facebook já fazia duas semanas, desde que me deparara com o aviso de despejo na minha porta da frente por falta de pagamento do aluguel. Não havia nada disponível por menos de mil, assim tão perto do centro financeiro da cidade. Em Lincoln Park, os valores ficavam até mais próximos de mil e quinhentos.

Duzentos não era apenas "um pouco" abaixo do mercado — não estava nem no mesmo universo do mercado.

— O anúncio nem tem foto — argumentei. — Outro sinal de que tem alguma coisa errada. É melhor ignorar e continuar procurando.

Porque, sim, eu ia ter que ir ao tribunal na semana seguinte se não me mudasse antes; e, *sim*, morar em um apartamento tão barato me ajudaria a ter algum controle sobre minha vida e talvez até me impedisse de terminar na mesmíssima situação em questão de meses. Mas já fazia mais de dez anos que eu morava na região de Chicago. Era impossível que uma oportunidade *tão* boa em Lincoln Park não fosse a maior cilada.

— Cassie. — O tom de Sam era calmo e paciente, e mais do que um pouco condescendente. Precisei me lembrar de que ele só estava tentando ajudar, de um jeito bem Sam, e me contive. — A localização do apartamento é ótima. Você não vai ter dificuldade para pagar. E fica perto o bastante do metrô pra você chegar rapidinho nos seus trabalhos. E, se as janelas forem mesmo grandes, deve entrar bastante luz natural.

Arregalei os olhos. Não tinha pensado na iluminação quando li o anúncio. Mas, se o lugar tinha mesmo janelões dando para o lago, Sam devia estar certo.

— Talvez eu consiga voltar a criar de casa — comentei.

Fazia quase dois anos que não morava em um lugar com uma iluminação boa o suficiente para trabalhar nas minhas obras. E sentia mais falta disso do que gostaria de admitir.

Sam sorriu, parecendo aliviado.

— Exatamente.

— Tá — cedi. — Vou pelo menos pedir mais informações.

Sam apoiou a mão no meu ombro. Seu toque caloroso e firme me acalmou, como sempre acontecera todas as vezes que eu precisara desde que éramos crianças. O nó de ansiedade que parecia ter se instalado permanentemente na boca do meu estômago naquelas duas semanas começou a afrouxar.

Pela primeira vez em um tempão, senti que conseguia respirar outra vez.

— Vamos ver o apartamento e conhecer a pessoa antes de tomar uma decisão, lógico — disse ele, rápido. — Posso até negociar, se você não quiser se comprometer em ficar um tempo mínimo. Assim, se for péssimo mesmo, você pode ir embora sem quebrar outro contrato.

O que significaria que eu não precisaria me preocupar com a possibilidade de ser arrastada para o tribunal por outro proprietário furioso. Sinceramente, seria ótimo. Se a pessoa se revelasse um assassino com um machado, um membro do Partido Libertário ou qualquer outra coisa terrível, um acordo sem tempo mínimo de locação me permitiria ir embora a qualquer momento, sem nada que me prendesse.

— Você faria isso por mim? — perguntei.

Novamente, me senti mal por minha falta de paciência com ele.

— Pra que serve meu diploma de direito?

— Bom, poderia servir pra ganhar uma porrada de dinheiro pro seu escritório, em vez de pra ajudar pessoas que não param de fazer cagada, como eu.

— Já estou ganhando uma porrada de dinheiro pro meu escritório — garantiu ele, sorrindo. — Mas como você não quer um empréstimo...

— Não quero mesmo — insisti.

Tinha sido escolha minha fazer pós-graduação em algo que não dava dinheiro e acabar soterrada em dívidas de financiamento estudantil e com poucas perspectivas de emprego. Não ia tornar aquilo problema de mais ninguém.

Sam suspirou.

— Você não quer. Beleza. Já passamos por isso. Várias vezes. — Ele balançou a cabeça e então acrescentou, em um tom mais melancólico: — Queria que você aceitasse morar com a gente, Cassie. Ou com Amelia. Isso resolveria tudo.

Mordi o lábio e fingi estar completamente absorta pelo anúncio no laptop só para evitar olhar para ele.

Na verdade, uma grande parte minha estava aliviada por Sam e Scott terem comprado um apartamentinho com vista para o lago onde mal cabiam os dois e seus dois gatos. Ainda que morar com eles fosse me poupar do estresse e das dificuldades que eu enfrentava agora, fazia só dois meses que Sam e Scott haviam se casado. Se eu morasse com eles, não apenas impediria os dois de fazer sexo onde e quando quisessem, como imaginava que era a vontade de recém-casados, como seria um lembrete desagradável de quanto tempo fazia que eu não namorava.

Também seria um lembrete constante do fracasso colossal que eu era em todos os outros aspectos da vida.

É lógico que morar com Amelia não era uma opção. Sam não entendia que sua irmã perfeita e toda certinha sempre me menosprezara e considerara uma negação. Mas era a verdade.

Sinceramente, encontrar um lugar para morar que não fosse nem o sofá novo de Sam e Scott nem o loft de Amelia em Lakeview seria melhor para todos.

— Vou ficar bem — prometi, tentando passar a impressão de que acreditava naquilo. Meu estômago se revirou um pouco diante da preocupação visível no rosto de Sam. — É sério. Vou ficar bem. Sempre fico, não é?

Ele sorriu e bagunçou meu cabelo curto demais — seu jeito de me provocar. Em geral eu não me importava, mas tinha praticamente tosado meu cabelo do nada algumas semanas antes, porque estava frustrada e precisava de um escape que não exigisse acesso à internet. Tinha sido mais uma das minhas decisões recentes não muito brilhantes. Meu cabelo loiro, grosso e enrolado tendia a ficar arrepiado em pontos esquisitos se eu não cortasse com um profissional. E, com Sam bagunçando meu cabelo, eu devia parecer um Muppet que havia acabado de enfiar o dedo na tomada.

— Para com isso — falei, rindo e me afastando dele.
Eu já estava mais de bom humor, provavelmente por isso Sam havia feito aquilo.
Ele pôs a mão no meu ombro.
— Se mudar de ideia quanto ao empréstimo...
Sam deixou a frase no ar.
— Se eu mudar de ideia quanto ao empréstimo, você vai ser o primeiro a saber — afirmei.
Mas ambos sabíamos que eu não mudaria.

....

ESPEREI ATÉ CHEGAR À BIBLIOTECA PÚBLICA, À TARDE, PARA ENTRAR em contato com a pessoa que anunciara o aluguel de duzentos dólares.
De todos os bicos não relacionados a arte que eu vinha conciliando desde que concluíra a pós-graduação, aquele era meu preferido. Não que eu amasse todos os aspectos do trabalho. Embora ficar cercada por livros fosse ótimo, eu trabalhava na seção de livros infantis. Então alternava entre atender no balcão, guardar livros sobre dinossauros, gatos guerreiros e dragões e responder a perguntas de pais frenéticos enquanto seus filhos pequenos davam chilique.
Eu sempre tinha me dado bem com crianças mais velhas. Gostava do conceito abstrato de pequenos humanos e entendia — na teoria, pelo menos — por que alguém poderia querer um em sua vida. Mas, ainda que Sam e eu pensássemos nos gatos mimados dele como seus filhos, ninguém na minha vida tinha um filho *humano* ainda. Lidar com crianças pequenas vinte horas por semana em um cargo de atendimento ao público vinha sendo uma introdução cansativa a elas.
No entanto, trabalhar na biblioteca ainda era meu trabalho preferido por causa de todo o tempo livre que implicava. Eu não tinha nem de perto tanta folga nos meus turnos no Gossamer's, o café que ficava perto do que logo seria meu antigo apartamento — e esse era o *pior* aspecto daquele trabalho em particular.
— As coisas estão tranquilas hoje — comentou Marcie, sentada na cadeira ao meu lado.

Ela era minha gerente, uma mulher agradável de cinquenta e muitos anos que na prática comandava toda a seção infantil. Comentar que as coisas estavam tranquilas de tarde era meio que uma piada interna nossa, porque *todas* as tardes eram tranquilas ali. Entre uma e quatro, a maior parte do nosso público estava ou dormindo ou ainda na escola.

Eram duas horas. Apenas uma criança havia entrado nos noventa minutos anteriores. Não apenas aquilo não era digno de nota como era perfeitamente normal.

— Estão mesmo — concordei, sorrindo para ela. Então me virei para o computador do balcão de empréstimos e devoluções.

Em geral, eu usava o tempo livre na biblioteca pesquisando futuros empregadores em potencial e me candidatando a vagas. Não era muito exigente. Me candidatava a quase tudo — mesmo que não tivesse nada a ver com arte — o que prometesse mais dinheiro e mais horas fixas que minha situação desconjuntada atual.

Às vezes, eu usava aquele tempo para pensar em projetos artísticos futuros. A iluminação era bem ruim no apartamento onde eu morava, por isso era muito difícil desenhar e pintar as imagens que formavam a base dos meus trabalhos. E, embora eu não pudesse pôr meus projetos em andamento na biblioteca, porque minhas pinturas faziam sujeira demais e os últimos passos envolviam incorporar objetos descartados, o balcão de empréstimos e devoluções era grande e iluminado o suficiente para que eu pelo menos produzisse rascunhos iniciais, a lápis.

Naquele dia, no entanto, eu precisava usar o tempo livre para responder ao anúncio problemático de apartamento. Poderia ter feito aquilo antes, mas não fizera — em parte porque continuava cética, mas principalmente porque, para economizar, havia cortado o wi-fi fazia algumas semanas.

Abri o anúncio no computador. Não havia mudado desde a última vez que eu o vira. O estilo estranhamente formal continuava ali. O valor absurdamente baixo do aluguel também, e disparava tantos alarmes na minha cabeça agora quanto havia disparado da primeira vez.

Mas outra coisa que não havia mudado era minha situação financeira. E trabalhos na minha área continuavam difíceis de encontrar. E pedir ajuda a Sam — ou a meus pais, que eram contadores e me amavam demais para admitir na minha cara a decepção que eu era — ainda era algo impensável.

Fora que o proprietário do apartamento onde eu morava ainda planejava me despejar na semana seguinte. Para ser justa, eu não podia nem culpar o cara. Ele tinha tolerado vários aluguéis atrasados e acidentes de arte envolvendo solda nos dez meses anteriores. No lugar dele, eu provavelmente me botaria para fora também.

Antes que pudesse me convencer a não fazer aquilo, e com a voz preocupada de Sam ecoando nos meus ouvidos, abri o e-mail. Passei os olhos pela caixa de entrada — um anúncio de promoção de dois por um de uma loja de sapatos, uma manchete do *Chicago Tribune* sobre uma série bizarra de arrombamentos de bancos de sangue locais —, depois comecei a digitar.

De: Cassie Greenberg <csgreenberg@gmail.com>
Para: fjfitzwilliam@gmail.com
Assunto: Seu anúncio

Oi,

Vi seu anúncio procurando alguém para dividir o apartamento. Meu contrato atual está para acabar e seu apartamento parece perfeito. Tenho 32 anos, moro em Chicago há dez e sou professora de artes. Não fumo e não tenho animais de estimação. Você diz no anúncio que não fica muito em casa à noite. Eu quase nunca estou em casa durante o dia, então acho que seria ótimo para nós dois.

Imagino que tenha aparecido um monte de gente interessada no apartamento, considerando a localização, o preço e tudo o mais. Mas, caso ainda esteja disponível, estou mandando alguns contatos para referência. Fico aguardando uma resposta.

Cassie Greenberg

Senti uma pontada de culpa por ter exagerado detalhes importantes.

Para começar, havia acabado de dizer a alguém que eu não conhecia que era professora de artes. O que *tecnicamente* era verdade. Eu tinha entrado na faculdade para ser professora de artes, e não era que eu *não quisesse* ser. Mas no penúltimo ano do curso tinha me apaixonado perdidamente por artes aplicadas e design, e em uma matéria do último eu havia estudado Robert Rauschenberg e seu método que combinava pintura e escultura. O mal estava feito. Eu acabara emendando a formatura com uma pós-graduação em artes aplicadas e design.

E tinha amado cada segundo.

Até, claro, me formar. Então aprendera, rapidinho, que minha visão artística e as habilidades que havia desenvolvido eram nichadas demais para a maioria das escolas. Os departamentos de arte das universidades tinham a mente mais aberta, mas conseguir qualquer coisa mais estável que um trabalho temporário era como ganhar na loteria. Eu às vezes ganhava um dinheirinho em exposições quando alguém comprava uma das minhas obras — indivíduos que também viam uma beleza irônica em latas de Coca enferrujadas inseridas em paisagens litorâneas. Mas isso não acontecia com muita frequência. Então, sim, embora eu teoricamente fosse professora de artes, a maior parte da minha renda desde a pós-graduação vinha de trabalhos em meio período que pagavam mal, como o na biblioteca.

Nada disso me fazia parecer uma boa inquilina em potencial. Tampouco o fato de que os contatos para "referências" não eram de proprietários de imóveis onde eu havia morado — porque eles não teriam coisas boas a dizer a meu respeito —, e sim de Sam, Scott e minha mãe. Mesmo eu sendo uma decepção, meus pais não iam querer que sua única filha morasse na rua.

Depois de alguns momentos de angústia, concluí que não importava se havia algumas mentiras inofensivas no e-mail. Fechei os olhos e apertei "enviar". Qual era a pior coisa que poderia acontecer? A pessoa, que eu não fazia ideia de quem era, descobrir que eu havia enfeitado um pouco a verdade e não aceitar dividir o apartamento comigo?

Eu nem tinha certeza de que queria morar lá, sabe.

Passei menos de dez minutos me preocupando antes de receber uma resposta.

De: Frederick J. Fitzwilliam <fjfitzwilliam@gmail.com>
Para: Cassie Greenberg <csgreenberg@gmail.com>
Assunto: Seu anúncio

Cara srta. Greenberg,

Fico muito agradecido por sua mensagem expressando interesse no segundo quarto do apartamento. Como mencionado no anúncio, ele tem um estilo moderno, mas de bom gosto. Acredito, como outros me disseram, que também seja bastante espaçoso, em se tratando de um segundo quarto. Respondendo à pergunta que não foi feita diretamente: o quarto continua disponível, caso seu interesse se mantenha. Informe assim que possível caso seja de seu desejo se mudar, e prepararei os documentos necessários para sua assinatura.

Cordialmente,
Frederick J. Fitzwilliam

Fiquei olhando para o nome ao fim do e-mail.
Frederick J. Fitzwilliam?
Que tipo de nome era aquele?
Reli o e-mail, tentando entendê-lo enquanto Marcie pegava o celular para dar uma olhada no Facebook, como fazia todo dia.
Então era um homem que tinha publicado o anúncio. Ou, pelo menos, alguém com um nome tradicionalmente masculino. Aquilo não me incomodava. Se eu acabasse mesmo indo para lá, Frederick não seria o primeiro homem com quem eu moraria desde que havia deixado a casa dos meus pais.
O que me incomodava, na verdade, era... todo o resto. O e-mail era tão estranho e tão formal que eu estava me perguntando quantos anos exatamente tinha aquela pessoa. E o cara ainda estava sugerindo que talvez eu quisesse me mudar sem ter visto o apartamento, o que era bem esquisito.
Procurei ignorar aquelas questões, lembrando a mim mesma de que tudo o que importava era que o apartamento estivesse em boas condições e que ele não fosse um assassino com um machado.

Eu precisava ver o lugar e conhecer Frederick J. Fitzwilliam pessoalmente antes de me decidir.

De: Cassie Greenberg <csgreenberg@gmail.com>
Para: Frederick J. Fitzwilliam <fjfitzwilliam@gmail.com>
Assunto: Seu anúncio

Oi, Frederick.

Que bom que ainda está disponível. Pela descrição, parece ótimo, e eu queria dar uma passada para ver. Estou livre amanhã à tarde, se funcionar para você. E daria para me mandar algumas fotos? Não tinha nenhuma no anúncio, e seria bom ver algumas antes da visita.

Obrigada!
Cassie

De novo, só tive que esperar alguns minutos pela resposta.

De: Frederick J. Fitzwilliam <fjfitzwilliam@gmail.com>
Para: Cassie Greenberg <csgreenberg@gmail.com>
Assunto: Seu anúncio

Olá novamente, srta. Greenberg.

Fique à vontade para visitar o apartamento. Faz todo o sentido que deseje vê-lo antes de tomar uma decisão. Receio que estarei indisposto amanhã à tarde. Por acaso seria possível depois do pôr do sol? Costumo estar melhor no início da noite.

Como pedido, anexei fotografias de dois cômodos que provavelmente usaria com frequência caso decida se mudar. O primeiro é o segundo quarto, com a decoração atual. (É claro que a senhorita poderá mudar a decoração como desejar caso decida morar aqui.) O segundo cômodo é a cozinha.

(Pensei ter incluído as duas fotografias quando coloquei o anúncio, mas talvez tenha cometido algum engano.)

Cordialmente,
Frederick J. Fitzwilliam

Assim que terminei de ler o e-mail de Frederick, cliquei nas fotos que ele me mandou e...

Nossa.

Nossa.

Tá.

Eu não sabia qual era a daquele cara, mas ele *certamente* não se encontrava na mesma esfera socioeconômica que eu. Também era possível que nem vivêssemos no mesmo século.

A cozinha não era apenas diferente de todas as cozinhas de todos os lugares onde eu havia morado.

Parecia pertencer a uma era totalmente diferente.

Nada nela parecia ter sido feito nos cinquenta anos anteriores. A geladeira tinha um formato estranho, meio ovalado em cima, e era bem menor que a maioria. Não era de inox, preta ou branca — as únicas cores que eu associava a geladeiras —, mas de um tom bastante incomum de azul-claro.

Que combinava perfeitamente com o fogão ao lado.

Eu me lembrava vagamente de ter visto eletrodomésticos parecidos em um episódio colorizado de *I Love Lucy* quando era pequena. Me senti meio estranha e desorientada ao tentar aceitar a ideia de que uma cozinha antiga daquelas existisse em um apartamento moderno.

Então parei de tentar e passei para a foto do quarto. Era grande, como dizia no anúncio. De alguma maneira, parecia ainda mais antiquado que a cozinha. A cômoda era maravilhosa, feita de uma madeira escura que eu não conseguia identificar, com entalhes ornamentais no tampo e nos puxadores. Parecia algo que podia ser encontrado em um antiquário. Assim como a colcha florida e provavelmente feita à mão que cobria a cama.

Quanto à cama em si, sem brincadeira, tinha um dossel do qual caíam cortinas de renda branca. O colchão era grosso e parecia suntuoso e confortável.

Pensei nos móveis vagabundos de segunda mão no meu apartamento, que logo não seria mais meu. Se eu me mudasse para o lugar do anúncio, poderia mandar tudo para um bazar.

Aquelas fotos, e os e-mails, sugeriam que, embora Frederick talvez fosse muito mais velho do que eu, provavelmente não roubaria todas as minhas coisas no dia seguinte à minha mudança.

Eu podia lidar com um esquisitão de talvez setenta anos, desde que ele não fosse me roubar ou me matar.

Por outro lado, não dava para ter certeza de muita coisa só por e-mail.

De: Cassie Greenberg <csgreenberg@gmail.com>
Para: Frederick J. Fitzwilliam <fjfitzwilliam@gmail.com>
Assunto: Seu anúncio

Frederick,

As fotos são lindas. O apartamento parece ótimo! Quero mesmo ver, mas não consigo ir no fim de tarde, só umas oito. Fica muito tarde? Me diga o que acha, obrigada.

Cassie

A resposta dele chegou em menos de um minuto.

De: Frederick J. Fitzwilliam <fjfitzwilliam@gmail.com>
Para: Cassie Greenberg <csgreenberg@gmail.com>
Assunto: Seu anúncio

Cara srta. Greenberg,

Às oito horas funciona perfeitamente para mim. Vou me certificar de deixar tudo bem arrumado para que o apartamento esteja como deveria quando da sua visita.

Cordialmente,
Frederick J. Fitzwilliam

....

AQUELA NOITE, SAM PASSOU LÁ EM CASA, TRAZENDO CAIXAS para a mudança e dois cafés enormes do Starbucks.

— Puxa uma cadeira — falei, sem emoção, apontando para onde minha poltrona reclinável de segunda mão costumava ficar.

Eu a havia vendido no Facebook no dia anterior, por trinta dólares, que era mais ou menos quanto valia mesmo.

Sam sorriu, colocou uma caixa aberta no chão com todo o cuidado e se sentou nela.

— Já puxei — disse ele.

— Obrigada pelas caixas — falei, indicando-as com a cabeça.

Mesmo que eu acabasse não indo morar no quarto totalmente mobiliado de Frederick, pretendia sair daquele lugar somente com minhas roupas, meus materiais artísticos e meu laptop. O essencial, mas mesmo assim eu precisaria empacotar tudo.

— Imagina.

Sam me passou o café que eu havia pedido. Ele tinha dito que eu podia escolher o que quisesse, mas não tive coragem de pedir a bomba de açúcar multicolorida que eu realmente queria, e acabei optando por um café simples mesmo.

— Mal posso esperar para voltar a morar em um lugar que tenha wi-fi — comentei, tomando um gole e fazendo uma leve careta diante do gosto amargo. Como alguém podia gostar de café puro? Eu sempre me perguntava isso quando estava trabalhando no Gossamer's. — Estou com saudade de *Drag Race*.

Sam pareceu tomar meu comentário como um insulto.

— Mas tenho te falado quem venceu!

Fiz um gesto de "mesmo assim".

— Não é a mesma coisa. — Eu tinha um fraco por reality shows, e os resumos sucintos de Sam simplesmente não bastavam. — Bom, você vai comigo amanhã à noite, né?

— Claro — disse ele. — A ideia foi minha, afinal.

— Foi mesmo.

— Se você tem que estar lá às oito, te pego quinze pras oito. Pode ser?

— Ok. Vou estar saindo da biblioteca.

Às terças à noite, aconteciam algumas atividades especiais para as crianças na biblioteca, o que significava que todo mundo tinha que trabalhar até as sete e meia. Para falar a verdade, eu adorava essas noites. Sempre fazíamos alguma coisa artesanal, o que me permitia fingir por um tempinho que a arte ainda era uma parte significativa da minha vida.

Comecei a empacotar minhas coisas, tentando me lembrar de que precisava deixar de fora minha camiseta da *Vila Sésamo* que dizia "Ler é demais!". A biblioteca gostava que a gente se arrumasse para as crianças nas terças.

— Ótimo — disse Sam. — Se eu te pegar essa hora, vamos ter tempo de sobra pra chegar no apartamento. Se bem que...

Ele deixou a frase morrer e baixou os olhos para o café.

Notei sua expressão preocupada.

— Que foi?

Sam hesitou.

— Não deve ser nada... Mas achei que devia te contar que não achei nenhum "Frederick J. Fitzwilliam" quando procurei no Google hoje.

Fiquei olhando para ele.

— Quê?

— É... — Sam tomou um gole de café, parecendo pensativo. — Se aprendi alguma coisa com a disciplina de justiça criminal na faculdade é que nunca se deve ir morar com uma pessoa antes de dar uma pesquisada nela. Então procurei o nome do cara na internet, imaginando que com um nome como "Frederick J. Fitzwilliam" seria fácil, mas...

Ele balançou a cabeça.

O constante nó de ansiedade na boca do meu estômago apertou um pouco mais.

— Nada?

— Nada — confirmou Sam. — Procurei até nas fichas criminais do condado. Não tem nada em lugar nenhum sobre um Frederick J. Fitzwilliam. — Ele fez uma pausa. — É como se o cara não existisse.

Fiquei parada ali, perplexa. Em uma época em que tudo sobre qualquer pessoa podia ser descoberto em uma busca de dois minutos na internet, como era possível que Sam não tivesse encontrado nada?

— Talvez seja um nome falso que ele está passando a quem pergunta sobre o apartamento — sugeriu Sam. — O pessoal nesses sites de anúncios pode ser bem esquisito. Talvez ele queira manter o anonimato.

Tal possibilidade fez com que eu me sentisse um pouco melhor. Porque aquilo parecia plausível. Eu me lembrei de um momento durante a faculdade em que gostaria muito de ter passado um nome falso para alguém no mesmo site de anúncios. Fazia dez anos que eu tinha me formado, e a Sociedade Literária da Younker College ainda não me deixava em paz.

— É — comentei. — Mas se ele quisesse manter o anonimato, pra que colocar o e-mail no anúncio? Era só ter usado a conta anônima que o site gera automaticamente pra quem publica um anúncio.

Um silêncio se prolongou entre nós enquanto considerávamos o que aquilo tudo podia significar, interrompido apenas pelo som abafado do tráfego do lado de fora.

Depois de um tempo, eu me inclinei para Sam e perguntei:

— Se esse cara for o próximo Jeffrey Dahmer, promete que vai vingar a minha morte?

Sam riu.

— Achei que você queria que eu fosse junto. Se ele for o próximo Dahmer, vamos estar os dois ferrados. E depois mortos.

Eu não havia pensado naquilo.

— Verdade. — Refleti por um momento. — Talvez seja melhor você esperar no carro. Eu mando uma mensagem quando entrar. Se não sair em meia hora, você liga pra polícia.

— Claro — respondeu Sam, sorrindo outra vez. Só que o sorriso não chegava a seus olhos. Ele nunca escondia bem de mim as preocupações.

— Sabe, se Scott e eu nos livrássemos do que temos repetido depois do casamento, tenho certeza de que sobraria um espacinho pra você, até encontrar um lugar mais permanente.

Engoli em seco com o reforço daquela oferta.

— Obrigada — disse, e estava sendo sincera. Tive que desviar os olhos para conseguir acrescentar: — Eu... vou pensar no assunto.

DOIS

lista de afazeres de FJF: 15 de outubro

1. Espanar o pó dos móveis da sala de estar.
2. Passar aspirador no segundo quarto.
3. Comprar comida normal para a geladeira e a despensa antes da visita da srta. Cassie Greenberg.
4. Caso a srta. Greenberg não deseje alugar o segundo quarto, perguntar a Reginald como incluir fotografias no anúncio, para evitar interações desnecessárias com interessados no futuro.
5. Renovar os livros da biblioteca.
6. Escrever para mamãe.

O APARTAMENTO DE FREDERICK FICAVA EM UMA PARTE DE Lincoln Park que eu raramente visitava. Apenas alguns quarteirões a oeste do lago, ao fim de uma fileira de prédios elegantes de tijolinhos que, se eu tivesse que adivinhar, deviam valer vários milhões de dólares cada.

Eu me recusei a pensar a respeito. Já era intimidante o suficiente respirar o mesmo ar que as pessoas que moravam ali. Não havia necessidade de piorar as coisas remoendo o fato de que eu nunca poderia morar ali sem ganhar na loteria ou entrar para o crime organizado.

— Vou procurar uma vaga — disse Sam, enquanto eu saía do carro. Quando olhei para trás, ele parecia preocupado de novo. — Me manda mensagem quando entrar, tá?

— Tá — prometi, um pouco trêmula.

Tínhamos nos acalmado um pouco quando nos demos conta de que Frederick J. Fitzwilliam poderia ser apenas um pseudônimo para o site de anúncios. Mas a situação toda ainda era esquisita.

Apertei um pouco meu cachecol. Outubro em Chicago era sempre um pouco mais frio que o necessário. E o vento era forte tão perto do lago. Atravessava minha camiseta fina como uma tesoura cortando o papel.

Eu deveria ter vindo de casaco, mesmo que fosse acabar manchado de tinta por causa do evento na biblioteca.

O evento *superdivertido*, aliás, que eu e Marcie tínhamos planejado sozinhas. A julgar pelo número de crianças que precisara ser arrastado para fora da biblioteca aos prantos quando acabou, "Pinte sua princesa preferida da Disney" tinha sido um enorme sucesso. Não consegui reprimir um sorriso ao pensar a respeito, mesmo que estivesse passando frio e tremendo, e mesmo que soubesse que minha camiseta da *Vila Sésamo* da biblioteca, minha calça jeans rasgada de tanto usar e meu All Star laranja furado provavelmente passariam a impressão de que eu havia me vestido dentro de um armário escuro de materiais de arte.

Eu adoraria se todas as noites na biblioteca fossem como a noite de artes, embora tivesse consciência de que aquilo não era possível. Aquelas noites sempre terminavam com a ala infantil de pernas para o ar, com tinta em todas as superfícies e uma variedade de substâncias misteriosas grudada no carpete. O pessoal da limpeza — e Marcie e eu — passava dias esfregando tudo.

De alguma maneira, no entanto, nada disso importava. Era impossível ficar de mau humor quando eu havia acabado de passar duas horas com um pincel nas mãos, ajudado um menininho sorridente a pintar uma Ariel com o cabelo bem vermelho, e ainda tinha sido paga para isso. Mesmo que agora eu estivesse indo conhecer um colega de apartamento em potencial que podia ou não ser um assassino em série.

Era bom ter Sam me esperando no carro, só por precaução.

Dei uma olhada no celular para conferir o endereço e o código de entrada que Frederick havia me mandado por e-mail. Corri para o prédio, digitei depressa o número e me arrastei pelos três lances de escada até o último andar. Esfreguei as mãos geladas uma na outra e aproveitei o calorzinho da escada depois de passar menos de dois minutos lá fora, no que teoricamente era o outono em Chicago.

Quando parei diante do apartamento de Frederick, fui recebida por um capacho rosa escrito "BEM-VINDO!". Tinha a imagem de um filhote de golden retriever e um gatinho rolando juntos em um campo de gramíneas altas, e talvez fosse a coisa mais cafona que eu já tinha visto fora de uma loja de materiais de artesanato.

Parecia tão deslocado naquele prédio chique e multizilionário que me perguntei se o frio podia ter mexido com minha cabeça e aquilo fosse fruto da minha imaginação.

A porta do apartamento se abriu antes que eu tivesse a chance de bater — e de repente eu não estava mais pensando no capacho cafona me dando as boas-vindas.

— Você deve ser a srta. Cassie Greenberg. — A voz dele era profunda e agradável. De alguma forma, eu conseguia *senti-la* na boca do estômago. — Sou o sr. Frederick J. Fitzwilliam.

Então me ocorreu, enquanto eu estava parada ali, piscando que nem uma idiota para o cara com quem eu poderia vir a dividir um apartamento, que eu não havia pensado direito em como seria a aparência da pessoa por trás do anúncio. Porque não importava. Eu precisava de um lugar barato onde morar, e o apartamento de Frederick era barato — mesmo que as circunstâncias fossem um pouco estranhas.

Eu havia passado boa parte do dia me perguntando se escrever para o cara tinha sido uma boa ideia ou se ele acabaria se revelando um psicopata. Mas a aparência dele nem tinha passado pela minha cabeça.

Agora, ali estava eu, a menos de dois passos do homem mais lindo que já havia visto...

De repente, a aparência de Frederick J. Fitzwilliam era *tudo* em que eu conseguia pensar.

Ele devia ter uns trinta e cinco anos, embora tivesse o tipo de rosto comprido, pálido e ligeiramente anguloso que tornava mais difícil arriscar. Sua voz não era o único traço de milhões que completava aquela maravilhosidade. Não, Frederick também tinha um cabelo ridiculamente grosso e escuro, que caía de maneira exuberante em sua testa, como se ele fosse um personagem de um drama histórico em que pessoas com sotaque inglês se beijam na chuva. Ou como se fosse o mocinho do último romance de época que eu havia lido.

Quando Frederick me abriu um sorrisinho ansioso, uma covinha surgiu em sua bochecha direita.

— Eu... — comecei a dizer, porque ainda tinha alguma coisa na cabeça, a ponto de lembrar que quando alguém se apresenta, os parâmetros sociais ditavam que devemos dizer algo de volta. — Você... hum.

Por dentro, eu gritava comigo mesma para sair do transe. Não tinha o costume de ficar babando na cara dos outros ou de automaticamente morrer de tesão assim que conheço alguém bonito. Não assim, pelo menos. Eu ainda não tinha nem certeza de que queria me mudar para aquele apartamento, mas também não queria que o cara me rejeitasse direto só porque eu fiquei toda esquisita e agi de forma inapropriada.

Sim, Frederick J. Fitzwilliam tinha um corpo largo e musculoso que sugeria que ele havia levado times de futebol americano à vitória quando era mais novo e continuava malhando com regularidade. Mas isso não importava.

Sim, ele estava usando um terno de três peças com caimento perfeito, o paletó cinza-escuro e a camisa branca engomada se agarrando a seus ombros largos como se tivessem sido feitos especialmente para aquele corpo, assim como a calça do conjunto. Mas isso também não importava.

Nada daquilo importava, porque ele era apenas alguém de quem eu talvez alugasse um quarto. Só isso.

Eu precisava me controlar.

Tentei me concentrar nos aspectos mais excêntricos da roupa dele — a espécie de lenço azul de babados que usava amarrado no pescoço, os sapatos brogue lustrosos —, mas não adiantou. Mesmo com aqueles acessórios incomuns, ele continuava sendo o homem mais bonito que eu já tinha visto.

Enquanto eu estava ali gritando comigo mesma para não ficar secando o cara, mas sem conseguir me convencer, Frederick me olhava com uma expressão intrigada. Eu não tinha certeza do que exatamente o intrigava. Ele *devia* saber que era muito gato. Devia estar acostumado com aquele tipo de reação dos outros. Provavelmente precisava de uma vara para afastar os tarados sempre que saía de casa.

— Srta. Greenberg?

Frederick inclinou a cabeça de lado, imagino que esperando que eu formasse uma frase completa. Como isso não aconteceu, ele saiu para o corredor — talvez para ver de perto a esquisitona que havia acabado de aparecer à sua porta.

Mas seus olhos não estavam mais em mim. Estavam no chão, fixos no capacho cafona aos meus pés.

Ele olhou feio para aquela coisa horrorosa, como se o ofendesse pessoalmente.

— Reginald — murmurou Frederick, baixo, então se ajoelhou e pegou o capacho. Juro que *não* olhei para a bunda perfeita dele nesse momento. — Ele se acha tão engraçado...

Antes que eu pudesse perguntar quem era Reginald ou do que ele estava falando, Frederick voltou a se concentrar em mim. Devo ter parecido totalmente fora de órbita, porque a expressão dele se abrandou na mesma hora.

— Está tudo bem, srta. Greenberg?

A voz profunda dele transmitia uma preocupação genuína.

Com dificuldade, consegui tirar os olhos do rosto perfeito dele e voltá-los para meus sapatos. Estremeci diante da visão do meu All Star surrado e com respingos de tinta. Estava tão impactada que tinha esquecido completamente que havia aparecido coberta de tinta e usando minhas piores roupas.

— Tudo bem — menti, e endireitei o corpo. — Eu só... é. Só estou um pouco cansada.

— Ah. — Ele assentiu, compreensivo. — Entendo. Bem, srta. Greenberg... continua interessada em visitar o apartamento esta noite para saber se atende a suas necessidades? Ou prefere remarcar, dada sua fadiga atual e seu...

Ele deixou a frase no ar enquanto os olhos me percorriam lentamente, absorvendo minha roupa como um todo.

Fiquei vermelha de constrangimento. Tá, beleza, claramente meu look não estava à altura daquele prédio. Mas ele podia deixar passar, né?

De certa maneira, no entanto, fiquei grata. Frederick podia ser o homem mais bonito que eu já tinha visto, mas gente que julgava as pessoas pela aparência e agia de forma esnobe em relação a isso me tirava do sério. A reação dele à minha roupa me ajudou a sair do estado ridículo em que eu me encontrava e voltar à realidade.

Balancei a cabeça.

— Não, tudo certo. — Eu ainda precisava de um lugar onde morar, afinal de contas. — Vamos fazer a visita. Estou me sentindo bem.

Ele pareceu aliviado, embora eu não entendesse o motivo, visto que não demonstrava estar nem um pouco impressionado comigo até então.

— Muito bem. — Frederick abriu um sorrisinho. — Entre, srta. Greenberg, por favor.

Como tinha visto as fotos que ele havia mandado, achava que estava preparada para o que me aguardava lá dentro. Mas percebi imediatamente que aquelas fotos não faziam justiça ao lugar.

Eu esperava que fosse chique. E era.

O que eu não esperava era que também fosse... *estranho*.

A sala de estar — como as fotos da cozinha e do segundo quarto que Frederick havia me mandado — parecia congelada no tempo, mas não de uma maneira que eu conseguisse expressar em palavras e não em qualquer período específico. A maior parte dos móveis parecia cara, mas havia uma mistura de estilos e de épocas que me dava dor de cabeça.

Dezenas de arandelas de latão na parede criavam o tipo de iluminação intimista e fraca que eu só tinha visto em filmes antigos e casas mal-assombradas. E o cômodo não era apenas mal iluminado. Era todo... escuro. As paredes eram pintadas de um tom chocolate escuro que eu recordava vagamente das aulas de história da arte que estivera na moda no período vitoriano. Havia duas estantes altas de madeira escura que deviam pesar uns quinhentos quilos, uma em cada ponta do cômodo, como sentinelas silenciosas. Em cima de cada uma delas ficava um candelabro ornamentado de bronze e malaquita que pareceria mais adequado em uma catedral europeia do século XVI. Eles se chocavam em estilo e em todas as outras maneiras imagináveis com a aparência tão moderna dos dois sofás de couro preto que ficavam um de frente para o outro no meio da sala e a mesinha austera com tampo de vidro logo ali, na ponta da qual havia uma pilha alta do que pareciam ser romances de época do período da regência britânica, o que só contribuía para a incongruência da cena.

Além do verde-claro dos candelabros, as únicas cores que podiam ser encontradas na sala estavam no tapete persa florido, grande e extravagante que cobria a maior parte do chão, nos olhos vermelhos de uma cabeça de lobo empalhada, em cima da lareira, e nas cortinas vermelhas de veludo nos janelões que iam do chão ao teto.

Estremeci, e não só porque a sala estava gelada.

Em resumo, aquele cômodo era a confirmação de algo que eu sabia havia anos: gente rica costuma ter um gosto péssimo.

— Então... Você gosta de lugares escuros, né? — perguntei.

Talvez tenha sido a coisa mais óbvia e ridícula que eu poderia dizer, mas também foi a menos ofensiva em que consegui pensar. Olhei para o tapete enquanto esperava que ele respondesse, tentando decidir se as flores sobre as quais me encontrava por acaso eram para ser peônias.

Houve uma longa pausa antes que ele respondesse.

— Eu... prefiro lugares com iluminação escassa, sim.

— Mas aposto que entra bastante luz durante o dia. — Apontei para a fileira de janelas na parede que dava para o leste. — E deve ter uma vista maravilhosa do lago.

Ele deu de ombros.

— Imagino que sim.

Olhei para Frederick, surpresa.

— Você não sabe?

— Dada a proximidade do lago e o tamanho das janelas, imagino que a pessoa possa ver o lago muito bem daqui, caso seja de seu agrado. — Ele mexeu em um anel dourado grande que tinha no mindinho, com uma pedra vermelho-sangue do tamanho da unha do meu dedão. — Mas mantenho as cortinas fechadas quando está sol. — Antes que eu pudesse perguntar por que desperdiçar uma vista daquelas, Frederick acrescentou: — Caso decida se mudar, você poderá abrir as janelas para ver o lago sempre que desejar.

Eu estava prestes a dizer a ele que seria exatamente o que eu faria caso me mudasse quando meu celular vibrou no bolso da frente da calça jeans.
— Hum — disse, sem graça, enquanto o pegava. — Um minuto.
Droga. Era Sam.
Em meio ao choque de constatar que Frederick era muito gato, eu havia esquecido de mandar uma mensagem dizendo que ainda não tinha sido assassinada.

Cassie, você está bem?
Estou tentando não surtar.
Por favor, me manda uma mensagem agora mesmo pra eu não ficar preocupado que você foi cortada em pedacinhos e colocada em sacos no congelador.

Tô bem
Só me distraí conhecendo o apartamento
Desculpa
Tá tudo bem

Então Frederick não é um assassino?

Se é, pelo menos não tentou me matar ainda
Mas não acho que ele seja um assassino
Só parece MUITO esquisito mesmo
Escrevo quando estiver saindo

Mandei um coração cor-de-rosa para Sam como oferta de paz, caso ele estivesse bravo.
— Desculpa — falei, sem graça, enfiando o celular de novo no bolso. — Vim de carona com um amigo. Ele só queria saber se estava tudo bem.
Frederick abriu um sorriso quando eu disse isso — um sorriso meio torto e de lado que me fez esquecer que ele era esquisito demais e esnobe demais para despertar meu interesse.

— Ele fez muito bem — disse Frederick, assentindo. — Não tínhamos sido apresentados de maneira apropriada quando concordamos em nos encontrar. Agora, srta. Greenberg... podemos começar a visita?

As mensagens de Sam tinham me lembrado, porém, de que, embora eu quisesse dar uma boa olhada naquele lugar, havia algo importante que precisava ser elucidado antes de tudo.

— Na verdade, posso perguntar uma coisa primeiro?

Frederick congelou. Deu um passinho para longe de mim e enfiou as mãos no fundo do bolso da calça cinza.

Ele levou um bom tempo para me responder.

— Claro, srta. Greenberg. — Frederick cerrou a mandíbula e sua postura de repente ficou rígida. Parecia estar reunindo coragem para encarar uma tarefa desagradável. — Pode me perguntar o que quiser.

Endireitei a postura.

— Tá. Então, pode ser burrice minha perguntar isso, considerando que estou prestes a ir contra meus interesses aqui. Mas a curiosidade está literalmente me matando. Por que você só está pedindo duzentos por mês?

Ele deu outro passinho para trás, piscando para mim no que parecia ser uma expressão de confusão genuína. Certamente não era o que ele estava esperando que eu perguntasse.

— Perdão?

— Sei quanto deveria custar o aluguel em um lugar assim. Você só está pedindo, tipo... uma fração do valor.

Há outra pausa.

— É mesmo?

Eu o encaro.

— Sim. Claro que sim. — Faço um movimento vago indicando tudo o que nos rodeia, das arandelas às estantes, das janelonas ao tapete persa intrincado aos nossos pés. — Este lugar é incrível. E a localização? *Insana*.

— Eu... estou ciente de seus atributos — disse Frederick, parecendo atordoado.

— Tá. Então qual é o lance? O valor que você está pedindo vai fazer todo mundo que vir seu anúncio pensar que tem alguma coisa errada aqui.

— É mesmo?

— Com certeza — repliquei. — Quase não vim por causa disso.

— Ah, não. — Ele gemeu. — E qual seria um valor mais apropriado?

Eu não conseguia acreditar. Como alguém com grana o bastante para morar ali podia ter tão pouca noção do valor daquilo tudo?

— Bom...

Não concluí a frase, tentando entender se Frederick estava brincando comigo. A expressão de ligeiro pânico dele indicava que não era o caso. O que não fazia nenhum sentido. No entanto, mesmo que as chances fossem mínimas de que Frederick não soubesse que duzentos dólares por mês era um preço ridículo para morar ali, eu não ia me boicotar mais do que já havia feito dando a ele uma ideia do valor de mercado.

— Certamente mais do que duzentos dólares por mês.

Ele me encarou por um momento, depois fechou os olhos.

— Vou *matar* o Reginald.

Aquele nome de novo.

— Desculpa, mas quem é Reginald?

Frederick balançou a cabeça de leve.

— Ah, eu... não importa. — Ele suspirou e apertou a ponte do nariz. — Reginald é só... alguém que por acaso eu desprezo. Ele me deu uns conselhos bem ruins. Mas não se preocupe com isso, srta. Greenberg. Nem com ele.

Fiquei sem saber o que dizer em seguida.

— Ah.

— Sim. — Frederick pigarreou. — De qualquer maneira, está feito. Se quiser alugar o segundo quarto, não vejo necessidade de puni-la por meu erro ou por sua honestidade subindo o preço. Ficarei feliz em manter o valor do aluguel em duzentos dólares caso decida se mudar.

Ele deu de ombros. Como se descobrir que poderia receber muito mais dinheiro do que estava pedindo pelo quarto não fosse nada de mais.

Eu não conseguia imaginar como seria não se importar em perder uma grana assim.

Quanto dinheiro aquele cara tinha, afinal?

E talvez o mais importante: se ele não se importava com o dinheiro que ia receber pelo quarto, então por que o estava alugando?

Não tive coragem de fazer nenhuma dessas perguntas em voz alta.
— Obrigada. — Foi tudo o que eu disse. — Um aluguel de duzentos dólares me ajudaria muito.
— Ótimo. Agora, como parece que nos encontramos na parte de perguntas e respostas da visita, posso fazer uma também, srta. Greenberg?

Meu estômago se revirou. Seria possível que minha gratidão pelo aluguel barato tivesse indicado que eu havia mentido sobre meu trabalho no e-mail? Seria possível que ele tivesse descoberto que eu estava prestes a ser despejada?

Se estivéssemos prestes a ter aquele tipo de conversa...

Bom, melhor encarar logo aquilo.

— Manda — respondi, nervosa.

— Ainda que deseje sinceramente que quem quer que se mude para minha casa sinta que este também é seu lar, o acesso a dois cômodos está absolutamente proibido — explicou ele, com a expressão séria. — Caso venha morar aqui, eu precisaria que prometesse que não adentrará esses espaços durante o período em que dividirmos o mesmo teto. A senhorita concordaria com isso?

— Que cômodos?

Frederick ergueu um dedo comprido.

— Em primeiro lugar, meu quarto.

— Claro — concordei rapidamente. — Faz sentido.

— Devido à natureza do meu... *trabalho*, passo a maior parte das noites fora e durmo durante o dia. — Ele fez uma pausa, para ver como eu reagiria. — De modo geral, descanso entre as cinco da manhã e as cinco da tarde, embora o horário exato deva flutuar ao longo dos meses. Quando estou dormindo, é importantíssimo que eu descanse sem que me importunem.

Minha mente parou na parte do "devido à natureza do meu trabalho". Minha compreensão do que CEOs e outros executivos ricos faziam da vida se limitava ao que eu via na TV, mas mesmo assim eu tinha certeza de que não era comum que eles fossem ao escritório apenas de madrugada.

Então Frederick deveria ser médico. Médicos faziam plantão noturno, certo?

De qualquer maneira, pedir que eu não entrasse no quarto dele me parecia justo.
— O quarto é seu — falei. — Entendo total.
Isso pareceu agradá-lo. Ele abriu um sorriso.
— Fico feliz que concorde.
— Qual é o outro cômodo proibido?
— Ah. Sim. — Ele apontou para o que parecia ser um armário no fim do corredor. — Aquele.
Franzi a testa.
— O que tem ali?
— Essa pergunta também é proibida.
Tá, aquilo me assustou um pouco. No fim das contas, talvez Frederick fosse mesmo um assassino.
— Não é... gente morta, né?
Ele arregalou os olhos.
— Gente morta? — Frederick pareceu horrorizado. Levou a mão ao peito de uma maneira que lembrava uma senhora agarrando seu colar de pérolas. — Por Deus, srta. Greenberg! Por que acha que eu teria gente *morta* no armário do corredor?
Ele estava levando a piada um pouco a sério demais.
— Tá, então não é gente morta. Mas pode pelo menos me dizer se o que tem ali é perigoso?
— Basta dizer que tenho um hobby um tanto... *constrangedor*. — Ele olhou para os próprios pés, como se seus sapatos lustrosos de repente fossem a coisa mais interessante no cômodo. — Um dia, talvez eu divulgue o conteúdo do armário para a pessoa com quem dividirei o apartamento. Mas, se o fizer, será nos meus termos, no momento e da maneira que me parecerem apropriados. — Frederick voltou a olhar para mim. — Não revelarei seu conteúdo hoje.
— Você coleciona toalhinhas de crochê, não é? — Não sei o que deu em mim para provocá-lo desse jeito, mas as palavras saíram da minha boca antes que eu pudesse impedi-las. — Tem centenas delas naquele armário.
O canto de sua boca se ergueu um pouco, como se Frederick estivesse se esforçando muito para conter um sorriso.

— Não — respondeu ele. — Não coleciono toalhinhas de crochê.

Frederick não disse mais nada. Dessa vez, tive o bom senso de não prolongar o assunto. Dei de ombros e falei:

— Tudo bem por mim, de qualquer maneira. As coisas são suas e o apartamento é seu. Você faz as regras.

— Caso se mude para cá, espero que pense neste lugar como sua casa também.

Ele se aproximou um pouco, os olhos castanho-escuros avaliando os meus. Seus cílios eram tão compridos e bonitos, e seu olhar, tão penetrante, que senti meus joelhos fraquejarem. Frederick era tão bonito que chegava a ser injusto.

— Fora essas duas limitações, você poderá usar este apartamento livremente.

Engoli em seco, tentando controlar a respiração.

— Eu... acho que posso viver com isso.

— Excelente. — Dessa vez, Frederick permitiu que um sorriso tomasse conta do rosto. — Agora que já tratamos disso, vamos conhecer o apartamento?

TRÊS

Troca de mensagens de texto entre o sr. Frederick J. Fitzwilliam e o sr. Reginald R. Cleaves

Boa noite, Reginald.

E aí Freddie o que tá rolando

Inúmeras coisas estão "rolando".
Em primeiro lugar, gostaria de informar que me livrei do capacho horroroso que encontrei na minha porta ontem.
Imagino que tenha sido você quem o colocou ali.

Ahhh não gostou?

Claro que não gostei, seu fanfarrão.

Passei tanto tempo escolhendo um presente de que você fosse gostar

Duvido seriamente que tenha sido o caso.
Mas não importa.
O motivo principal pelo qual estou escrevendo neste celular com uma tela ridiculamente pequena

é para informar que alguém respondeu ao anúncio que você publicou para mim.
Ela vai se mudar no final de semana.

                                        Ei isso é ótimo

Só tem um problema.
Ela não é nem um pouco o que eu estava esperando.

                                              Como assim?

Em primeiro lugar, é uma mulher. Eu já sabia disso quando ela respondeu ao anúncio e vi o nome, claro.
Não tenho nada contra mulheres, como sabe. Também compreendo, a partir de minha leitura dos jornais e revistas que você me trouxe, que atualmente não é inédito que homens e mulheres que não são casados vivam juntos.
Então, embora seja um pouco desconcertante, não estou tão preocupado com o fato de se tratar de uma mulher.
Minha principal preocupação é que essa mulher pode não ser totalmente normal.

                                    Ao contrário de você?

Bom argumento.

                                                       Pois é

Só me preocupa que esse acordo não vá funcionar com alguém que acredita que é apropriado chegar a um compromisso com o cabelo despenteado e roupas esfarrapadas e sujas de tinta.

>   Vai ficar tudo bem

Além disso, acho que ela sorri demais, o que me
parece um pouco...
Não sei.
É uma distração.

>   Distração é?
>   Tipo... a mulher que conhecemos aquela noite em Paris?

É muita ousadia sua tocar nesse assunto.

>   Desculpa
>   Esquece
>   Mas ainda acho que tudo bem
>   Ninguém mais respondeu ao anúncio?

Ninguém mais.
Por sua causa.

>   Por causa do lance do preço?

Sim, por causa do lance do preço.

>   Então
>   Cometi um erro de digitação quando preenchi o formulário
>   Foi mal

Não sei dizer se você está realmente arrependido. De
qualquer maneira, não posso adiar mais. Preciso de alguém
com quem dividir o apartamento o mais rápido possível.
Quanto mais tempo passa, mais me dou conta de como
estou deslocado.

Preciso de ajuda. De muita ajuda.
Imagino que ela vá servir.
Mesmo que seja esquisita.

    Bom pensa assim: se ela for MESMO esquisita, você não vai ficar tentando devorar ela NEM trepar com ela, né?

Por que eu ainda falo com você?

    Tipo, eu te mantive alimentado, né?
    E ajudei você a pagar suas contas
    Também te arranjei um celular

Era O MÍNIMO que você podia fazer, dadas as circunstâncias.

    Pensando bem, talvez fizesse bem a você trepar com sua colega de apartamento
    Já faz um tempão

Vou bloquear seu número assim que descobrir como se faz isso.

FREDERICK NÃO ESTAVA LÁ PARA ME DAR AS BOAS-VINDAS QUANDO me mudei. Não esperava que ele estivesse, claro. Trocamos alguns e-mails depois que eu disse que ia ficar com o quarto, e ele explicou que trocava a noite pelo dia a semana toda e que estaria dormindo no quarto — onde eu não deveria perturbá-lo — quando eu chegasse.

    Assim, não foi nenhuma surpresa quando entrei com minha mala de rodinhas e me vi sozinha em minha nova sala de estar estranhamente escura e estranhamente decorada. O lugar estava gelado, como quando visitei.

    Esfreguei os braços para tentar esquentá-los.

A ideia era que Sam me ajudasse na mudança, mas ele também não estava ali. Desconfiei que sua necessidade repentina de visitar uma tia-avó de que eu nunca tinha ouvido falar em Skokie era sua maneira passivo-agressiva de me dizer que achava que eu me mudar para lá era um erro.

Ele havia mudado radicalmente de opinião quanto a toda a história de eu morar no apartamento de aluguel de duzentos dólares assim que eu mencionei que Frederick era um gato, o que me deixou muito irritada.

— Morar com um cara que você acha gato nunca termina bem — tinha me avisado na noite anterior. — Ou você acaba dormindo com ele, o que em noventa por cento das vezes é um erro, ou acaba ficando maluco porque *quer* dormir com ele.

Sam e Scott tinham aparecido para me ajudar a arrumar tudo na noite anterior, embora não restasse mais muito o que fazer, considerando que eu já havia levado a maior parte das coisas para o bazar. Mas eu estava meio triste por ter que me despedir de outro apartamento, portanto a companhia vinha bem a calhar.

Mesmo que Sam tivesse aproveitado cada oportunidade para tentar me convencer a não ir morar com Frederick.

— Ou você acaba dormindo com ele ou fica maluco porque quer dormir com ele, é? — eu repetira, encarando-o. — Está falando por experiência própria?

— Não — respondera Sam, depressa, olhando para trás para conferir se o marido estava escutando. Eu tinha quase certeza de que sim, porque Scott ficava sorrindo sozinho e balançando a cabeça enquanto fingia verificar os e-mails do trabalho à mesa da cozinha, mas ele era bem melhor no blefe do que Sam. — Só estou repassando o que ouvi.

Dei risada.

— O fato de Frederick ser gato não vai ser um problema. Mal vou ver o cara.

— E se o horário de trabalho dele mudar? — insistiu Sam. — E se de repente ele perder esse trabalho misterioso que faz com que passe a noite toda fora? E se no mês que vem ele começar a trabalhar de casa?

— Sam...

— Só não quero que você se machuque de novo, Cassie. — Ele começou a falar mais baixo, e seus olhos se abrandaram. Senti minhas bochechas queimaram diante da constatação de que ele estava pensando no longo desfile de decisões românticas ruins que eu havia tomado. — Vai ser difícil bolar um plano pra atirar o cara pela janela por partir seu coração e sujar seu nome se ele estiver bem ali, dormindo no quarto ao lado.

— Isso só aconteceu uma vez — retruquei. — A maior parte das minhas decisões ruins pelo menos teve a decência de não sujar o meu nome. E Frederick é tão esquisito que *nunca* vou querer dormir com ele, mesmo que seja o cara mais gato que já vi ao vivo.

Sam ainda parecia cético.

— Olha… quando digo que ele é esquisito, é esquisito *de verdade*. Tenho certeza de que coleciona bibelôs ou coisa do tipo. Tem um armário que não posso abrir, e ele não quer contar o que tem dentro.

Scott deu risada, deixando óbvio que estava ouvindo tudo.

— Ah, isso não é nem um pouco preocupante mesmo.

— Não vi nenhum sinal óbvio de que ele fosse um assassino em série durante a minha visita — insisti. — E, como você disse quando me mandou enviar um e-mail pra ele, não tenho outra opção.

Quando os dois foram embora do meu apartamento naquela noite, fiquei quase feliz. Mas agora queria que Sam estivesse ali comigo. Agora que estava me mudando e praticamente sozinha em um apartamento que não conhecia, aquilo parecia… estranho. Frederick queria que eu me sentisse em casa ali, mas como seria possível? A atmosfera sinistra que as paredes escuras e aquela mistureba de decorações criavam só era intensificada pelo caráter insípido, imaculado e sem qualquer traço pessoal do apartamento.

Agora, a ideia de que eu finalmente poderia me dedicar à minha arte e ver porcarias na TV da sala parecia ridícula. Como poderia levar RuPaul ou os tesouros que encontrasse nos centros de reciclagem de Chicago para aquele apartamento intocado? Ele parecia tão cavernoso que eu me perguntava se faria eco se eu gritasse. Abri a boca para tentar, então lembrei que Frederick devia estar no outro quarto, dormindo. Acordá-lo gritando sem nenhum motivo provavelmente não seria uma boa forma de iniciar nossa relação de colegas de apartamento.

Puxei minha mala pelo corredor na direção dos quartos, tomando um cuidado especial para me manter longe do armário proibido. Quando passava por ele, pensei ter sentido um cheiro frutado vago, mas talvez tenha sido apenas minha imaginação. De qualquer maneira, ceder à curiosidade de ver o que havia ali dentro *também* não seria uma boa forma de iniciar nossa relação como colegas de apartamento, uma vez o pedido para que eu não entrasse ali fora uma das poucas exigências de Frederick.

A porta do quarto dele estava fechada, lógico, mas havia um envelope colado do lado de fora da porta do meu quarto, com "Srta. Cassie Greenberg" escrito em uma letra cursiva fluida.

Vi que o envelope havia sido fechado com um lacre com as letras FJF em cera vermelho-sangue. Eu nunca tinha visto um lacre de cera na vida real.

Passei o dedo por baixo da aba do envelope, rompi o lacre e abri com todo o cuidado. Dentro, havia uma única folha de papel branco e grosso, dobrada certinho em três, com um monograma de FJF estilizado no topo da página.

Cara srta. Greenberg,

Seja bem-vinda.

Sinto muito por não poder recebê-la pessoalmente. Caso tenha chegado às duas da tarde, como indicou que faria em seu último e-mail, devo estar no meu quarto, dormindo. Volto a pedir que, por favor, me permita descansar tranquilo.

Deixei instruções sobre diferentes aspectos do apartamento em lugares onde acredito que serão mais úteis. Acredito que eu tenha me lembrado de tudo, mas, caso tenha deixado algo crucial passar, por favor me comunique e farei o meu melhor para solucionar suas preocupações.

Conforme discutimos, imagino que nossa interação se dará com pouca frequência. Caso não se encontre aqui quando eu desejar transmitir alguma informação, deixarei um bilhete na mesa da cozinha. Peço que se comunique comigo da mesma maneira.

Prefiro enormemente métodos mais "antiquados" de comunicação a e-mails e mensagens de celular. Inclusive, uso o celular o mínimo possível.

Estou ansioso para lhe dar as boas-vindas de maneira adequada daqui a algumas horas, caso ainda esteja em casa quando eu me levantar, ao pôr do sol.

*Cordialmente,
Frederick J. Fitzwilliam*

A caligrafia de Frederick era sem dúvida a mais bonita que eu já tinha visto, graciosamente inclinada, como a de um convite formal de casamento. Eu não recebia uma carta escrita à mão desde o sexto ano, quando minha turma passou a se corresponder com uma turma de sexto ano na França. De alguma maneira, não me surpreendia que meu novo colega de apartamento escrevesse cartas com frequência o suficiente para justificar um papel com seu monograma.

Com um leve sorriso, entrei no meu novo quarto.

Havia um segundo envelope no colchão, ao lado de uma fruteira de madeira intricadamente talhada, com uns negocinhos cor de laranja que pareciam azeitonas. Seriam frutas? Tinham um cheiro cítrico forte, mas eram diferentes de quaisquer frutas que eu conhecesse.

Perplexa, abri devagar o segundo envelope, que também havia sido fechado com o lacre de cera. Tirei outra folha de papel refinado e bem dobrado de dentro.

Cara srta. Greenberg,

Soube que é comum que se presenteie alguém que acaba de se mudar. Não sei se gosta de fruta, mas me deparei com estas quincãs e pensei em dá-las à senhorita.
Espero que goste.

*Cordialmente,
Frederick J. Fitzwilliam*

Deixei a carta de lado, impressionada.

Ele estava me dando um presente de boas-vindas.

Desde o ensino médio, eu tinha morado em uns dez lugares. Até aquele momento, a coisa mais próxima de um presente de boas-vindas que havia recebido tinha sido a senha para usar a conta no Hulu do ex-namorado da pessoa com quem eu ia morar.

Voltei a olhar para a fruteira. Peguei uma daquelas laranjinhas e cheirei. De perto, o odor cítrico era forte e inconfundível.

Eu nunca tinha visto uma fruta daquelas e não fazia ideia do que era uma quincã. Mas amava frutas cítricas. E, de alguma maneira, tinha a sensação de que aquelas quincãs eram orgânicas.

Peguei o celular para contar a Sam a respeito. Ele não ia acreditar que meu colega de quarto esquisitão havia me dado frutas exóticas como presente de boas-vindas. Então pensei melhor. Se Sam já estava preocupado com o fato de que eu ia morar com um cara muito gato, ficaria ainda mais ao saber que ele tinha me dado um presente — por mais aleatório e frutoso que fosse.

Não. Ainda que eu sempre contasse tudo para Sam, era melhor não expor aquele detalhe.

Curiosa, dei uma mordida na frutinha que tinha na mão. Foi como se o sol tivesse explodido na minha língua.

Delícia, pensei, enfiando o restante da quincã na boca.

....

JÁ ERAM MAIS DE CINCO QUANDO CONSEGUI TIRAR TODAS AS minhas coisas do antigo apartamento. Tudo o que eu tinha — meus materiais de arte, minhas roupas, o violão meio quebrado e todo colorido que eu carregava comigo desde a faculdade (embora mal soubesse tocar) — coube com facilidade dentro do guarda-roupa.

Depois que fechei a porta do armário, nem dava para saber que alguém havia acabado de se mudar para lá.

Eu me recostei na parede e dei uma olhada no quarto. Ainda não conseguia acreditar que aquele espaço era meu. Parecia surreal — a cama com dossel ocupando um terço do quarto, o conjunto de cômoda e escrivaninha antigas, as paredes praticamente vazias.

Pensei no que Frederick tinha dito, sobre eu poder redecorar o quarto. Em geral, gostava de forrar as paredes com coisas que eu tivesse produzido, mas era difícil visualizar qualquer obra minha naquele cômodo. Principalmente meu projeto mais recente, que eu chamava de *Brilho eterno do último estágio do capitalismo*, que consistia em um carburador enferrujado e confetes multicoloridos.

Mas a decoração atual era péssima. Sim, os móveis eram chiques e antigos, mas o quarto era uma mistura de estilos e épocas tanto quanto a sala. O único item pendurado em qualquer uma das paredes era uma pintura a óleo imensa de uma caça à raposa, que ficava na parece diretamente oposta à da cama e talvez fosse a coisa mais feia que eu já tinha visto. Retratava uma dúzia de homens que deviam estar mortos fazia bastante tempo montados em cavalos, todos de peruca e casaco vermelho. Beagles corriam ao lado deles no campo.

Eu havia estudado em Londres no penúltimo ano da faculdade e me lembrava de ter aprendido que aquele estilo de pintura fora muito popular nas pensões inglesas do século XVIII. Provavelmente o quadro casava mais com a decoração do quarto do que minhas obras. Mas era horroroso. Eu não achava que conseguiria dormir sabendo que destino teriam aquelas pobres raposas históricas.

Depois de refletir um pouco, decidi que a paisagem à beira-mar que eu havia feito no verão anterior, depois de uma viagem a Saugatuck, na costa leste do lago Michigan, ficaria ótima ali.

Embora paisagens não costumassem ser meu lance, eu achava que tinha feito um bom trabalho naquela série. Durante a viagem, havia ficado estranhamente animada para pintar aquarelas, e agora acreditava que os tons quentes e arenosos combinariam com a paleta de cores do quarto. Assim como as conchas e os pedaços de sucata que havia encontrado na praia e colado à tela depois que a tinta secara.

Decidi escrever um bilhete para Frederick antes de pegar qualquer obra minha no depósito de Sam, só para garantir.

Oi, Frederick!

Já me mudei! Se não tiver problema pra você, amanhã vou pendurar algumas obras de arte minhas no quarto, tudo bem?? As paredes estão meio vazias, e como você disse que eu poderia redecorar se quisesse... Tenho várias obras de que me orgulho e que gostaria de aproveitar, mas o apartamento é seu, afinal, então queria confirmar se tudo bem antes de pegar qualquer coisa com o Sam. Principalmente porque meu trabalho tem um estilo bem diferente da decoração do restante do apartamento.

E obrigada pelas frutas! Eu nunca tinha comido quincã. É uma delicia!

Cassie

Minha caligrafia não chegava nem perto da dele, e eu não tinha envelope para guardar o bilhete, mas não podia fazer nada a respeito. Eu o deixei no meio da mesa da cozinha, imaginando que, se Frederick ainda não tivesse acordado até a hora que eu saísse para trabalhar no Gossamer's, certamente encontraria o bilhete ali.

Eu estava exausta da mudança e arrependida de ter concordado em pegar um turno no café aquela noite. Tudo o que queria era ouvir uma musiquinha e relaxar no meu quarto novo. Mas precisava do dinheiro e não estava em posição de recusar trabalho, independentemente do meu cansaço.

Eu ainda tinha uma hora antes de precisar sair, tempo mais do que suficiente para comer alguma coisa. Havia trazido alimentos não perecíveis comigo da casa antiga, o que viria bem a calhar, porque tinha ficado tão ocupada com a mudança que acabei esquecendo de almoçar — algo que raramente acontecia. As quincãs estavam gostosas, mas não chegavam a constituir uma refeição.

E agora eu estava morta de fome.

Fui para a cozinha e pela primeira vez notei como era limpa. A foto que Frederick havia me mandado não transmitia aquilo. O piso branco não tinha nem uma sujeirinha. Tampouco o fogão antigo ou a bancada rosa-claro.

Eu poderia imaginar que Frederick contratava alguém para limpar, mas na verdade aquela cozinha era mais do que limpa.

Parecia nunca ter sido usada.

Era possível que meu jantar acabasse sendo a primeira refeição preparada ali? Não. No entanto, eu não conseguia deixar de lado a sensação de que era, sim. E, se fosse, era meio patético que a refeição responsável por inaugurar aquele espaço acabasse sendo meu macarrão sem molho e com só um pouco de sal para dar sabor.

Eu me ajoelhei e abri um armário aleatório, procurando uma panela. Estava completamente vazio, a não ser pelas prateleiras internas, o forro sobre elas e a camada de pó sobre o forro.

Abri o armário seguinte, minha testa franzida. Aquele estava lotado de comidas tão bizarras que eu precisaria estar prestes a morrer de fome para encarar: vidros de cebola e bolinhos de peixe em conserva, caixas de comida pronta, latas de aspargos. Mas nenhum recipiente onde se pudesse cozinhar.

— Hum — murmurei.

Onde estavam as panelas e frigideiras de Frederick? Era possível que ele pedisse comida todo dia?

— Srta. Greenberg.

Dei um pulo ao ouvir a voz de Frederick e bati o cocuruto na parte de baixo de uma gaveta aberta.

— Merda — resmunguei, esfregando a cabeça.

Já estava latejando. Eu tinha certeza de que pela manhã um galo feio se formaria ali.

Eu me levantei e... ali estava ele. Meu novo colega de apartamento, de pé à minha frente. Frederick parecia ter saído de uma sessão de fotos, com o cabelo todo bagunçado caindo perfeitamente na testa. Ele estava muito mais próximo de mim do que quando havia me mostrado o apartamento, e pareceu notar aquilo também — seus olhos se arregalaram e suas narinas se abriram um pouco, como se Frederick estivesse sentindo meu cheiro. Ele estava vestido de maneira ainda mais formal do que na noite em que nos conhecemos, com um lenço de seda vermelho no pescoço e uma cartola preta, além do terno de três peças cinza-escuro que lhe caía tão bem que parecia que os deuses o haviam feito sob medida.

Era um look estranho, lógico. Mas, nossa... funcionava bastante. Fiquei com água na boca por motivos que não tinham nada a ver com fome.

Se ele notou que fiquei embasbacada com sua aparência, não deu nenhum sinal disso. Só fez uma cara de preocupação e se aproximou. Ele cheirava a amaciante, às quincãs que havia posto no meu quarto e a algo profundo e misterioso que eu não sabia nomear.

— Está tudo bem, srta. Greenberg?

Assenti, desconcertada e constrangida.

— Sim. — Esfreguei o ponto da minha cabeça que havia batido na gaveta. O galo já estava começando a se formar. — Mas onde ficam suas panelas?

— Panelas? — Frederick olhou para mim, intrigado. Como se eu tivesse falado em uma língua que ele não compreendesse. Então balançou a cabeça. — Desculpe, mas... não entendi.

Foi a minha vez de ficar confusa. O que tinha para não entender na minha pergunta?

— Eu ia fazer macarrão antes de ir pro trabalho — expliquei. — Não consegui almoçar hoje e estou morrendo de fome. O Gossamer's vende sanduíches e coisas do tipo, mas a comida lá é bem nojenta e supercara, e os funcionários só têm cinquenta por cento de desconto. Então comer lá, na minha opinião, é deixar que roubem meu salário. Eu já tinha o macarrão, então...

Frederick arregalou bem os olhos, depois deu um tapa na testa.

— Ah! — exclamou. — Você quer *cozinhar*!

Frederick disse aquilo como se houvesse acabado de ter uma grande revelação. Fiquei olhando para ele, tentando compreender aquela reação bizarra.

— Isso. Quero fazer o jantar. Então... onde estão as panelas?

Ele coçou a nuca.

— Estão... hum... — Frederick fez uma pausa e ficou olhando para mim, depois voltou sua atenção para o piso preocupantemente branco da cozinha. Até que seus olhos se iluminaram e ele voltou a me encarar. — Ah! Minhas panelas estão no conserto.

Era possível consertar panelas?

— No conserto? Sério?

Talvez as panelas dele fossem especiais e precisassem de manutenção de tempos em tempos. Para ser sincera, eu não cozinhava muito e não me mantinha a par das últimas inovações tecnológicas na área.

— Sim. — Frederick sorriu, parecendo extremamente satisfeito consigo mesmo. Meu Deus, o sorriso de megawatts dele iluminou completamente aquele rosto já tão bonito. — Minhas panelas estão na loja. Sendo consertadas.

— Todas?

— Ah. Sim — respondeu ele, assentindo com vigor. — Todas.

— Então... — Deixei a frase no ar enquanto olhava em volta, confusa.

— O que você está usando pra cozinhar até elas voltarem?

— Eu... não cozinho muito — admitiu Frederick, baixinho.

— Ah. — Eu me arrependi de ter deixado todas as minhas panelas e frigideiras vagabundas no bazar. Comprar três refeições por dia podia ser uma opção para alguém como Frederick, mas definitivamente não era para mim. — Então acho que vou comprar algumas depois do trabalho.

— Não, srta. Greenberg. Eu disse que o apartamento estava todo equipado. Imagino que esperasse que a cozinha contasse com o necessário para fazer suas refeições.

— Bom... sim. Mais ou menos.

— Então vou comprar artigos de cozinha hoje à noite. — Ele sorriu para mim, de um jeito meio tímido. — Por favor, perdoe meu deslize. Não acontecerá outra vez.

Abri a boca para agradecer, mas, antes que as palavras saíssem, Frederick me deu as costas e saiu do apartamento — aparentemente, para comprar itens que me permitissem cozinhar.

QUATRO

*Troca de mensagens de texto entre o sr. Frederick
J. Fitzwilliam e o sr. Reginald R. Cleaves*

Posso pedir um favor, Reginald?

        Achei que a gente não estava mais se falando

Logo você estará livre de mim para sempre.
Mas preciso de ajuda uma última vez, e é bastante urgente.

        Que foi?

Onde é possível comprar artigos de cozinha no século XXI?
E pode me explicar como se chega lá?

        Ah MERDA
        Esquecemos as panelas né?

Também vou precisar usar seu cartãozinho de plástico
uma última vez.

EU DESCONFIAVA DE QUE A IDEIA ORIGINAL DA DONA DO
Gossamer's era de que fosse um café hipster e artístico, com obras de

artistas locais nas paredes e apresentações de bandas independentes nos fins de semana. Ficava em um prédio antigo que os guias de Chicago gostavam de dizer que tinha "importância arquitetônica", com vitrais bonitos dando para a rua e linhas perfeitas inspiradas no estilo de Frank Lloyd Wright. O mobiliário de segunda mão era descolado e o nome das bebidas sempre começava com "Somos" e terminava com uma qualidade inspiradora.

Ninguém que trabalhava lá entendia por que um café que atendia principalmente o pessoal do mercado financeiro se importava em seguir convenções hipsters de nomenclatura para suas bebidas totalmente genéricas. Porque, apesar da minha desconfiança em relação aos planos originais da dona, o bairro em que o Gossamer's ficava era muito mais terno-e-gravata que hipster. A localização — ao lado de uma estação da linha marrom do metrô — significa que nossos clientes estavam quase todos indo ou voltando do trabalho, fora um ou outro universitário.

É claro que eu preferiria trabalhar em um café hipster *de verdade*, mas bico era bico. E aquele não pagava tão mal.

Mesmo que a comida fosse péssima e as bebidas tivessem nomes bobos.

As opções para o jantar estavam ainda mais limitadas quando cheguei para o meu turno. Em geral, às seis da tarde a maior parte da comida pré-pronta já foi vendida há um bom tempo. Os únicos sanduíches que restavam eram um triste e empapado de manteiga de amendoim e geleia e um de homus e pimentão vermelho no pão integral. Quem quer que fornecesse a comida do Gossamer's precisava fazer amizade com o sabor. E a textura.

Ainda faltavam quinze minutos para o meu turno começar, portanto eu tinha o tempo exato para comer alguma coisa. Peguei o sanduíche de homus e pimentão — a menos trágica das duas opções — e abri caminho até uma das mesas ao fundo.

Havia apenas um cliente no café — um cara de uns trinta e cinco anos, com cabelo loiro-escuro e chapéu fedora tão inclinado para a frente que cobria metade do seu rosto. Tinha uma caneca com alguma coisa bem quente diante dele.

Senti que ele me olhava enquanto eu seguia até a mesa no canto em que costumava comer antes dos meus turnos.

O cara pigarreou.

— Hum — disse ele, para ninguém. — Vamos ver.

Agora o sujeito estava me encarando sem nem disfarçar, meio inclinado na minha direção, atento. Seu rosto, sua expressão, até mesmo sua postura — tudo no cara sugeria que ele estava me analisando. Avaliando. Não de um jeito sexual ou predatório. Era mais como se eu estivesse em uma entrevista de emprego e ele tentasse decidir se eu era a pessoa certa para a vaga.

Mesmo assim, era assustador.

Olhei para a porta do café, torcendo para que minha gerente, Katie, estivesse chegando.

Depois de alguns instantes, o cara assentiu como se tivesse chegado a uma decisão.

— Não sei por que ele estava tão preocupado. Você deve servir.

Com a entrevista de emprego aparentemente concluída, ele voltou toda a sua atenção para o celular.

Às vezes apareciam uns tarados no turno da noite do Gossamer's. Trabalhar em um café tinha dessas coisas. Geralmente, eu escolhia não interagir com eles e esperar que a gerente interviesse se a situação ficasse esquisita demais. Naquele momento, porém, eu estava exausta com a mudança e irritada demais com aquele comentário bizarro para esperar por Katie.

— O que foi que você disse? — perguntei, indo contra todo o meu bom senso.

— Eu disse que você deve servir — respondeu ele, sem tirar os olhos do celular e parecendo irritado com a interrupção.

— Como assim, *eu devo servir?*

— Exatamente assim.

O cara olhou para mim, sorrindo. Afastou a cadeira e se levantou. Notei, então, que ele estava usando um sobretudo azul-marinho até o chão, que não tinha nada a ver com o fedora preto. Por baixo, usava uma camiseta vermelho-vivo dizendo "Claro que estou certo, sou o Todd!".

Provavelmente não era um tarado. Só um esquisitão mesmo. Às vezes eles também apareciam.

— Já vou indo — disse ele, em um tom importante, mas desnecessário. — Vou dar uma ajuda para um amigo numa loja de móveis.

Quando voltei a levantar o rosto, ele já tinha ido. O único sinal de que havia estado ali era a caneca de Somos Muitos ainda fumegando que o cara havia deixado para trás. O cappuccino mais caro que fazíamos. Completamente intocado.

Claro.

Nossa. Os clientes que pediam cafés caros e nem bebiam era os mais irritantes. Irritada e de cara feia, levei a caneca de "Todd" até a tina de plástico azul que usávamos para transportar as coisas sujas.

Não tinha muita gente trabalhando aquela noite. Colocar as coisas no lava-louça provavelmente ia sobrar para mim. Mas eu podia fazer aquilo depois. Eu ainda tinha alguns minutos antes do meu turno começar, e meu sanduíche de homus e pimentão não ia se comer sozinho.

....

POR SORTE, KATIE APARECEU ALGUNS MINUTOS DEPOIS QUE "Todd" foi embora. Jocelyn, outra barista, chegou às sete e meia. Com nós três ali, acabou sendo um turno tranquilo. Alguns clientes entraram, a maior parte universitários à procura de um lugar relativamente tranquilo para estudar e socializar, fazer trabalhos e tomar café. E não apareceu mais nenhum esquisitão de sobretudo e chapéu fedora, ainda bem.

Eu estava limpando uma mesa que havia acabado de vagar, pouco depois que Jocelyn chegou, quando meu celular vibrou no bolso.

Eu o peguei e olhei para a mensagem na tela.

Olá, Cassie. Aqui é o Frederick.
Tenho uma pergunta.

Olhei para trás. Katie servia um cliente e Jocelyn preparava um café do outro lado do balcão. As duas pareciam estar com tudo sob controle, me liberando para responder na hora.

Diga! Estou no trabalho, mas tenho um minuto. Que foi?

Você come carne de caça?

Fiquei olhando para o celular.

Carne de caça?

Sim. Você gosta?

Por quê?

Eu me encontro em uma loja que vende artigos para cozinha. E tem uma seção exclusivamente dedicada ao que chamam de caçarolas.
Os outros clientes parecem encantados com elas, mas antes de comprar uma queria saber se você tem o hábito de comer carne de caça.

Solto uma gargalhada inesperada antes que consiga me segurar.
Quem poderia imaginar que Frederick tinha senso de humor, com aquela seriedade toda?

essa foi boa

Foi?

Foi. KKKK ;)

O que são esses Ks?

Vou acabar me metendo em encrenca se continuar rindo assim no trabalho.

Ah. Desculpe.
Não era minha intenção causar problemas no seu trabalho.

Tudo bem.
A gerente é de boa.
Mas acho melhor eu voltar ao trabalho.

Claro. Vejo você em casa, em algum momento.
Com uma caçarola.

Àquela altura, eu estava com um sorriso tão grande no rosto que minhas bochechas chegavam a doer.
No fim das contas, talvez fosse dar tudo certo nessa casa nova.

....

QUANDO CHEGUEI AO PRÉDIO DE FREDERICK, JÁ ERA QUASE meia-noite.

Eu estava exausta. Já costumava ficar assim depois de um turno fazendo café e limpando mesas, e ter passado a primeira parte do dia carregando caixas pesadas e fazendo a mudança não ajudava em nada. Eu estava morta, e subi os três lances de escada me arrastando.

Ao abrir a porta do apartamento, decidi que primeiro ia tomar um banho para tirar a camada de suor do dia corrido. Depois, me jogaria na cama. Não tinha nada para fazer na manhã seguinte — não tinha turno no Gossamer's nem na biblioteca —, portanto dormiria o máximo possível.

Eu estava pronta para embarcar na primeira parte do meu plano quando as inúmeras caixas empilhadas na bancada da cozinha chamaram minha atenção. Elas não estavam ali quando eu havia saído para trabalhar.

Curiosa, fui até elas — e meu coração parou quando me dei conta do que se tratava.

Frederick tinha cumprido sua promessa de comprar artigos de cozinha.
E não eram quaisquer artigos de cozinha.

Ele havia comprado cinco panelas e seis frigideiras Le Creuset, de diferentes tamanhos, dois dos maiores woks que eu já tinha visto, uma máquina de waffle, uma panela elétrica de cozimento lento e um forninho. Quando eu me virei para as caixas empilhadas na mesa da cozinha, estupefata, percebi que ele também havia comprado um jogo de talheres de prata para dez pessoas.

Atordoada, peguei o bilhete com o meu nome que estava ao lado dos talheres. Como fora o caso nas comunicações anteriores, Frederick havia escrito meu nome do lado de fora do envelope, em uma letra cursiva tão pomposa que lembrava a de um calígrafo.

Cara srta. Greenberg,

Por favor, me informe se os artigos de cozinha são suficientes. A senhorita não chegou a responder de maneira apropriada meus questionamentos sobre como se sente em relação a carne de caça, então, se as caçarolas não lhe forem úteis, diga-me e devolverei ao estabelecimento em que as comprei.

Em relação a sua dúvida quanto à possibilidade de redecorar seu quarto, como mencionei antes, pode ficar à vontade para fazê-lo como quiser. Só peço que não destrua nada que já se encontre no quarto. Muitos itens desta casa são relíquias que estão na família há muitos e muitos anos. Minha mãe, em particular, ficaria muito injuriada caso algo lhes acontecesse.

Quando a senhorita disse que era professora de artes, admito que não me ocorreu que também produzia suas próprias obras. Em retrospecto, vejo que foi tolice da minha parte. Por favor, avise-me quando o quarto estiver pronto. Eu ficaria encantado em ver seu trabalho.

Cordialmente,
Frederick J. Fitzwilliam

Deixei o bilhete de lado com um sorriso no rosto, apesar da exaustão.

Por favor, me informe se os artigos de cozinha são suficientes. Ele só podia estar brincando. Eu só tinha visto panelas e frigideiras que nem aquelas em lojas de luxo.

Quanto ao restante do bilhete de Frederick, não pude evitar me perguntar o que ele pensaria quando visse o quadro da caça à raposa ser substituído por uma tela cheia do melhor lixo do lago Michigan. Com base em suas outras escolhas de decoração, eu duvidava que Frederick fosse gostar do meu trabalho.

Mas o fato de ele pelo menos demonstrar *curiosidade* em relação à minha arte fazia com que eu sentisse um calorzinho por dentro, por motivos que eu estava cansada demais para analisar.

Na verdade, eu estava tão cansada que nem me aguentava em pé. Antes de tomar um banho e ir para a cama, no entanto, queria escrever um bilhete de resposta.

Frederick,

As panelas e frigideiras que você comprou são INCRÍVEIS. Não precisava ter comprado nada tão chique só pra mim. Principalmente considerando que meu repertório culinário é bem limitado. Da próxima vez que estivermos ambos em casa, faço questão de cozinhar para você como forma de agradecimento (desde que seja ovo mexido, macarrão ou feijão).

Cassie

Segui para o banheiro e tirei a roupa. O lugar era gigantesco — tinha pelo menos o dobro do tamanho do meu antigo quarto. Eu ainda não sabia se ia me acostumar com aquilo um dia. O piso era todo de mármore branco, o que fazia meus pés congelarem, mas aquilo não deveria me surpreender, considerando que o restante do apartamento era bem frio também. Eu ia precisar falar com Frederick a respeito em algum momento; usar blusa de frio sempre que estivesse em casa não era exatamente algo que eu pretendia fazer.

Abri o boxe de vidro e entrei depressa, ligando o chuveiro na temperatura máxima e deixando que a água me esquentasse.

Anos quitando uma montanha de dívidas de financiamento estudantil com trabalhos que pagavam mal tinham me deixado com medo das contas de água e luz, de modo que eu tomava banhos eficientes e rápidos. Mas era Frederick quem pagava as contas naquele apartamento. Então, uma vez na vida, decidi fazer um agrado aos músculos doloridos e passar um tempinho no chuveiro.

Suspirei, me deleitando com a sensação do fluxo constante de água quente e da pressão perfeita nas minhas costas. Deixei minha mente voar enquanto a água escorria pelo meu corpo, pensando no que faria no dia seguinte. Com todo o caos do aviso de despejo e da mudança, fazia semanas que eu não ia ao estúdio onde produzia a maior parte das minhas obras. Depois de dormir o máximo possível, talvez desse uma passada lá e dedicasse o restante do dia a um projeto novo.

Um pouco depois — dez minutos? uma hora? —, olhei para os meus dedos. A água os tinha deixado enrugados como ameixas secas. Quanto tempo fazia que eu estava ali?

Relutante, desliguei o chuveiro e abri o boxe. Depois do banho quente que eu havia tomado, o ar me pareceu ainda mais frio do que antes, o que me deixou com os braços arrepiados. Peguei a toalha do gancho prateado atrás da porta e a enrolei no corpo, prendendo-a debaixo dos braços.

O vapor tinha embaçado o espelho. Esfreguei-o rapidamente para ver meu próprio reflexo.

Então, franzi a testa.

Meu cabelo estava começando a crescer depois do corte impulsivo de semanas antes, mas continuava muito mais curto do que eu costumava usá-lo. E estranhamente desigual. Depois que secasse, ia ficar espetado atrás, não importava a quantidade de produtos que eu usasse.

Assim que conseguisse me recuperar um pouco, a primeira coisa que ia fazer seria ir a um salão de beleza de verdade para consertar o que havia feito comigo mesma. Até lá, era melhor fazer o que podia para parecer apresentável.

Pensei na tesoura de tecido que eu tinha no quarto. Provavelmente estava cega demais para que meu cabelo ficasse bom. Mas era melhor que nada.

Apertei um pouco mais a toalha, abri a porta do banheiro e me preparei para seguir direto para o meu quarto...

... então dei de cara com Frederick, literalmente, ou melhor, com o peito dele.

E *sem camisa*.

Meu corpo ainda devia estar quente do banho, ou de vergonha, ou as duas coisas, porque a pele dele me pareceu anormalmente fria. Frederick parou ali, que nem uma estátua, com um short de linho branco abaixo dos quadris, enquanto eu gritava e me afastava com um pulo. Ele estava com o punho direito no ar, como se estivesse prestes a bater na porta do banheiro quando trombamos.

Seus olhos arregalados pareciam tão grandes quanto dois pires, seu rosto estava pálido como o luar.

Balbuciamos nossos pedidos de desculpas ao mesmo tempo.

— Srta. Greenberg! Ah, perdão, eu...

— Merda! Desculpa! Eu não...

Pensando bem, deveria ter me ocorrido que morar com outra pessoa significava que eu não podia mais perambular pelo apartamento só de toalha. Mas ele havia falado bastante que passava a noite toda fora. Como eu podia saber que no exato momento em que decidi sair do banheiro ele estaria do outro lado da porta, *sem camisa*?

Eu estava a centímetros dele, sem nada além da toalha, com o cabelo pingando sem parar nos meus ombros. Meus olhos estavam na altura do peito dele, e...

Tentei não babar. De verdade. Babar pela pessoa com quem eu estava dividindo apartamento, sendo que o dito cujo estava quase nu, e eu também, não era apenas péssimo, mas totalmente inapropriado. Só que eu não consegui evitar. Aquelas roupas sob medida de antes estavam escondendo um tanquinho perfeito. Seu peito largo afunilava até uma cinturinha estreita, e aquele short fazia com que Frederick parecesse um modelo de cueca, em vez de um médico, um CEO, ou o que quer que ele fosse.

Foi então que eu me dei conta de que Frederick não era só bonito.

Era um *deus grego*.

Os segundos se passaram e nós continuamos ali — eu secando o cara, ele com os olhos arregalados fixos em um ponto atrás de mim. Tentei pensar em qualquer outra coisa que não fosse a proximidade dos nossos corpos, nossa escassez de roupas, meus batimentos cardíacos de repente acelerados. Então, levando em conta que meu instinto de autopreservação nunca foi muito bom, senti um impulso súbito e quase irresistível de passar a ponta dos dedos em seu peito. Para ver se o abdome dele era tão durinho quanto parecia.

Como Frederick agiria se eu fizesse aquilo?

Ia me botar para fora e encontrar alguém que soubesse se comportar em situações desconfortáveis? Alguém que também lhe pagasse um aluguel mais próximo do valor de mercado? Ou ia arrancar minha toalha e jogá-la de lado antes de erguer meu corpo do chão com suas mãozorras e...

Fechei os punhos e me forcei a mantê-los ao lado do corpo antes que tivesse a chance de fazer alguma idiotice. Senti o formigamento do rubor se espalhar pelo meu corpo, esquentando minhas bochechas e fazendo minhas mãos suarem.

Frederick não estava vermelho, mas parecia pelo menos tão constrangido quanto eu me sentia. Em sua defesa, ele manteve os olhos fixos na parede atrás de mim. Parecia que ia *morrer* se me olhasse por um momento que fosse.

Nitidamente, era muito menos tarado do que eu.

Ele era um cavalheiro.

A constatação me decepcionou de uma maneira totalmente equivocada.

Pigarreei para tentar me concentrar no assunto em questão.

— Achei que você não... Digo, você disse que costuma passar a noite fora...

— Perdão, srta. Greenberg. — Sua voz saiu tensa. Ele continuava não olhando para mim. — Fazia tanto tempo que o chuveiro estava ligado que imaginei que o tivesse esquecido aberto. Devo estar parecendo duro. — Frederick fez uma pausa, arregalando os olhos ainda mais ao constatar o que havia dito. — Por vir ao banheiro, digo. Para desligar. O chuveiro.

Ele baixou a cabeça para mim, em uma estranha reverência. Àquela altura, devia dar para ver meu rosto do espaço, de tão vermelho.

— Perdoe-me, por favor, srta. Greenberg. Não acontecerá outra vez.

Então ele me contornou, certificando-se de que seu corpo não roçasse no meu de modo algum ao passar.

Ouvi o clique da porta do banheiro se fechando, depois o barulho do que dava toda a pinta de ser o conteúdo do armarinho do espelho indo ao chão.

— Tudo bem aí? — perguntei, preocupada.

Será que ele havia ficado tão horrorizado com o que tinha acontecido que acabou caindo?

— Sim! Tudo muito bem! — disse Frederick, mas sua voz saiu aguda, e em seguida ele deixou escapar algo que parecia uma série de palavrões, bem baixinho.

Fiquei tão constrangida que, quando vi, estava no quarto. Mal me lembrava de ter ido para lá, mas, assim que cheguei, bati a porta e me joguei de cara na cama, tendo abandonado por completo a ideia de dormir. Meu coração martelava tanto que parecia que ia quebrar minhas costelas. Tentei dizer a mim mesma que era só porque aquele havia sido um dos momentos mais constrangedores da minha vida. Mas, no fundo, sabia que aquilo só explicava uma parte da história.

Eu não queria pensar em como Frederick ficava incrível sem camisa. Nada de bom viria daquilo. Com todas as outras questões que estavam rolando na minha vida, a última coisa em que eu deveria pensar eram em fantasias sórdidas com um homem que era muita areia para o meu caminhãozinho, além de a pessoa com quem eu estava dividindo um apartamento.

Com dificuldade, me forcei a pensar nos planos de pegar minhas telas no depósito de Sam no dia seguinte.

Meu cabelo continuava um desastre. Aquilo também exigia minha atenção.

Peguei a tesoura de tecido na escrivaninha. Estava ainda mais cega do que eu lembrava. Mas, se eu estragasse meu cabelo mais ainda, pelo menos isso me impediria de ficar pensando no que havia acabado de acontecer.

Comecei a cortar e... bom, no final ficou ligeiramente melhor. De olhos meio fechados. Pelo menos agora as pontas estavam niveladas.

Apaguei as luzes e me deitei na cama, me encolhendo diante da constatação de que eu sempre dava um jeito de atrapalhar minha vida, mesmo quando nada corria de acordo com os planos.

CINCO

Diário do sr. Frederick J. Fitzwilliam, 20 de outubro

Caro diário,

Minha nossa.

É possível que alguém como eu morra de vergonha?

Estou à minha escrivaninha às duas da madrugada, tentando desesperadamente lembrar a mim mesmo de que a srta. Greenberg é uma dama. Uma dama cuja beleza supera em muito minha primeira impressão. Uma dama com curvas encantadoras, belas sardas polvilhando a ponte do nariz e uma boca que a partir de agora assombrará meus sonhos — mas, ainda assim, uma dama.

Aparentemente, também devo fazer uma parte traidora da minha anatomia se lembrar disso — uma parte que não responde assim a uma mulher há mais de cem anos.

Meus pensamentos se enveredam por um caminho perigoso, e não sei como proceder. Antes de vê-la quase despida esta noite, tudo que eu buscava na srta. Greenberg era a oportunidade de observá-la de uma distância respeitável, com o objetivo de, assim, aprender sobre o mundo moderno. Um dia atrás, a ideia de que eu poderia querer qualquer outra coisa dela nunca havia me passado pela cabeça.

Mas agora...

> Por Deus, sou o pior e mais vil tipo de patife.
> Não sei se os pais da srta. Greenberg estão vivos. Devo descobrir se é o caso. Se for, precisarei pedir perdão a eles por colocar sua filha em uma posição tão comprometedora. Também devo pedir perdão à srta. Greenberg, claro. De preferência, com um presente à altura do meu arrependimento. Consultarei Reginald para ver se ele tem ideia do que poderia ser apropriado. (Afinal, ele com frequência precisa pedir perdão a mulheres.)
> Até lá, irei ao lago correr, para esquecer minhas frustrações. Já faz tempo demais que não saio para correr. Com sorte, o ar fresco da noite vai esvaziar minha cabeça. Se não for o bastante, talvez os livros que Reginald pegou na biblioteca para mim possam ajudar.
> Mudando completamente de assunto, esta noite descobri que existe uma variedade impressionante de opções de artigos para cozinha. Depois de todos estes anos, talvez o século XXI acabe me levando à morte, afinal. Se morar com a srta. Greenberg não o fizer.
>
> FJF

DORMI MAIS DO QUE DE COSTUME NA MANHÃ SEGUINTE, ME esforçando para sair mais tarde do quarto e não correr o risco de rever Frederick tão cedo, depois do que havia acontecido.

Por sorte, não havia sinal dele quando finalmente dei uma olhada lá fora, carregando no ombro minha bolsa gigante cheia de materiais de arte. Lógico, ele não deveria mesmo estar acordado, considerando que eram onze da manhã. Mesmo assim, soltei um suspiro de alívio ao confirmar aquilo.

Daria para adiar por um tempo aquele encontro inevitável.

A porta do quarto de Frederick estava fechada. Mas sempre estava, mesmo quando eu tinha dado de cara com ele na noite anterior — portanto, aquilo não queria dizer que ele estava dormindo lá dentro. Fui andando a passos leves rumo à porta da frente, só para garantir.

Me movimentar silenciosamente era estranho e estressante. Eu não era muito graciosa, em geral, mesmo quando não estava carregando uma bolsa pesando uma tonelada. Mas a porta do quarto de Frederick permaneceu fechada, ainda bem.

Se ele se encontrava ali e tinha me ouvido, estava tentando me evitar tanto quanto eu estava tentando evitá-lo.

E tudo bem. Sem problemas. Era melhor que a alternativa.

Eu provavelmente nunca havia ficado tão feliz ao chegar ao meu estúdio quanto fiquei uma hora depois.

Ele não era exatamente *meu* estúdio, lógico. O lugar se chamava Vivendo a Vida em Cores e era propriedade de Joanne Ferrero, uma senhora excêntrica que décadas antes fora alguém mais ou menos importante na cena artística de Chicago. O estúdio ficava no primeiro andar de um predinho em Pilsen e era frequentado por cerca de duas dúzias de pintores, ceramistas e pessoas que trabalhavam com metal, cada um dos quais encarava sua arte com um grau diferente de seriedade. Alguns, como eu, esperavam viver de arte um dia e passavam ali todo o tempo livre que tinham. Outros — como Scott, que quando cheguei desenhava algo na mesa comunitária que ocupava a maior parte do estúdio — tinham um trabalho nada a ver com o meio artístico e iam ao estúdio apenas para poder se dedicar a um hobby, expressar sua criatividade e extravasar de vez em quando.

— Oi, Scott — cumprimentei, feliz em vê-lo.

Como era quarta-feira e estávamos no meio do dia, não tinha quase ninguém ali, e havia bastante espaço na mesa. Aquilo era ótimo para mim; eu gostava de poder deixar os materiais espalhados enquanto trabalhava.

Puxei uma cadeira para perto da mesa e comecei a revirar minha bolsa, à procura dos meus lápis.

— Oi. — Ele parou o que estava fazendo, um desenho a carvão de um buquê de rosas, a flor preferida de Sam, e se virou para me encarar. — Que bom que você está aqui. Sam e eu estávamos pra falar com você de uma oportunidade de que ficamos sabendo.

— Ah, é?

Fui até a prateleira que tinha *C. Greenberg* escrito, onde eu guardava vários trabalhos meus em andamento. Com o aviso de despejo e depois a mudança, fazia quase duas semanas que não ia ao estúdio. Por sorte, a obra em que eu estava trabalhando — uma aquarela de um campo de girassóis em tons fortes de amarelo e verde, ao qual eu pretendia sobrepor o máximo de embalagens de fast-food que coubesse na tela — não parecia ter sentido nem um pouco minha ausência.

— É — respondeu Scott. — Se lembra daquele amigo nosso que a família tem uma galeria de arte em River North?

Mordi o lábio, tentando lembrar. De quem ele estava falando? Os dois tinham muitos amigos, mas a maioria eram colegas de Scott do departamento de inglês da universidade ou advogados, como Sam. Eu me lembraria de alguém ligado a uma galeria de arte, não?

Assim que me sentei à mesa, caiu a ficha.

— Está falando do David? O cerimonialista do casamento de vocês?

Eu tinha quase esquecido que, depois da despedida de solteiro, Scott e Sam haviam iniciado uma amizade improvável com o cara que haviam contratado para planejar o casamento deles. Me lembrava vagamente de David ter dito que vinha de uma família que, entre outras coisas, era dona de uma galeria de arte nem um pouco lucrativa perto do centro financeiro.

Eu tinha quase certeza de que aquela conversa havia se desenrolado quando todos os envolvidos — inclusive eu mesma — estavam em processo de se embebedar de champanhe. O que explicava por que eu havia esquecido totalmente aquilo.

— Isso, o David — concordou Scott.

— Tá, acho que lembro bem mais ou menos. O que tem ele?

Eu estava enganada ou a galeria de arte era mais uma maneira que a família rica de David tinha encontrado para pagar menos impostos? Era possível que ela tivesse decolado nos seis meses que haviam se passado desde que eu vira David pela última vez, a ponto de contratarem alguém? Era difícil acreditar.

No entanto, por que mais Scott estaria tocando no assunto?

— Ontem à noite, estávamos jantando com David e ele contou que que a família está planejando uma exposição em conjunto com uma galeria maior, também de River North, em que as obras vão ser avaliadas por um júri. — Scott fez uma pausa para tentar reprimir um sorriso. — Uma galeria de arte *bem-sucedida*, devo dizer.

Arregalei os olhos. Uma obra minha não era aceita em uma exposição fazia anos. Chicago tinha um número limitado de exposições com júri, e eu ainda não estava ganhando dinheiro o suficiente com minhas obras para poder inscrevê-las em exposições em outros lugares. Se eu conseguisse colocar uma obra minha naquela exposição e talvez até ganhar um prêmio... poderia ser o empurrãozinho de que minha não carreira estava precisando.

— Tem ideia de que tipo de arte estão querendo?

Da última vez que tinha falado com David, havíamos discutido se "Eye of the Tiger" era uma escolha de bom gosto para a primeira dança de Sam e Scott. Não falamos sobre o gosto artístico dele. Scott afastou o desenho em que vinha trabalhando e tirou o tablet da bolsa.

— Vamos dar uma olhada.

Fiquei olhando enquanto ele digitava "exposição arte River North" na barra de pesquisa, lembrando a mim mesma de que não adiantava me empolgar ou pensar que talvez minha sorte estivesse finalmente começando a melhorar até que eu visse de que tipo de exposição se tratava. Apesar dos meus esforços para manter a calma, no entanto, minhas mãos já estavam suando quando Scott encontrou o que procurava e virou o tablet para mim.

— Ah — falei, positivamente surpresa ao ver o tema listado no topo da convocatória. — Eles querem obras inspiradas pela sociedade contemporânea.

— Isso é ótimo — opinou Scott. — Não existe nada mais contemporâneo do que o que você faz.

Soltei um "aham" em concordância enquanto rolava a página. Quanto mais eu lia, melhor ficava.

— Parece que vão aceitar todos os meios — anunciei, com um sorriso cada vez maior. — Incluindo obras multimídia.

Meus trabalhos, que combinavam pinturas a óleo ou aquarelas com objetos encontrados, eram a definição de multimídia.

Scott deu um toquezinho na parte inferior da tela, onde os prêmios estavam listados.

— Você notou que o prêmio principal são mil dólares em dinheiro?

Minha garganta ficou seca. Também iam dar alguns prêmios menores para os destaques em diferentes categorias, e eu ficaria encantada em receber qualquer um deles, porque a coisa mais importante em ser premiado em uma exposição do tipo era o reconhecimento que vinha junto, mas...
Bom, mil dólares viriam *muito* a calhar.

— Está escrito aqui em letras miúdas que só vinte obras serão selecionadas — comentei, sentindo uma dúvida familiar à espreita.

Seria um processo seletivo incrivelmente acirrado. Só entrar na exposição já seria bem difícil.

— Bom, só tem um jeito de saber... — disse Scott, mas não de um jeito agressivo. — Você precisa tentar, Cassie.

Devolvi o tablet a Scott e respirei fundo.

— Preciso — concordei.

Talvez não desse em nada, assim como a maior parte das minhas tentativas de ter minha arte reconhecida não tinha dado em nada nos últimos anos.

Só que, por outro lado, minha sorte parecia finalmente estar mudando.

....

FREDERICK NÃO ESTAVA EM CASA QUANDO CHEGUEI DO ESTÚDIO aquela noite.

Também não o vi no dia seguinte — nem na noite seguinte.

Alguma hora eu ia acabar encontrando com ele, claro. Morávamos juntos. Mas, quanto mais adiássemos o inevitável, menos desconfortável seria. Naquele meio-tempo, nossas conversas se limitavam aos bilhetes que deixávamos um para o outro na mesa da cozinha. Principalmente relacionados à logística no apartamento. Para ser sincera, era mais fácil daquele jeito. Frederick não mencionou em nenhum de seus bilhetes o fato de que havia me visto quase nua na outra noite. Nem eu. Era como se tivéssemos feito um acordo tácito de fingir que nada de desconfortável, intenso ou desconfortavelmente intenso havia se passado.

Provavelmente era melhor assim. Sam com certeza concordaria comigo.

Mesmo que minha mente vivesse repassando o momento em que Frederick e eu trombamos um com o outro depois do banho quando eu deveria estar concentrada em outras coisas.

Cara srta. Greenberg,

Não quero parecer resmungão, mas, por favor, não esqueça suas meias jogadas no chão da sala quando for para a cama. Acabei de escorregar em uma meia que sei que não é minha quando estava a caminho da porta e quase me machuquei.

(E não posso deixar de perguntar: meias azuis fofinhas até os joelhos com bonecos verdes desenhados estão na moda?)

Atenciosamente,
Frederick J. Fitzwilliam

Frederick,

Opa! Desculpa pelas meias! Vou melhorar, prometo.

E, não, haha! Meias fofinhas do Caco, o sapo, não estão na moda ÓBVIO, hahahaha! Você é muito engraçado. Ganhei essas meias ironicamente do meu amigo Sam.

Aproveitando: pode me passar a rede de wi-fi e a senha, por favor? Desculpa ficar insistindo, mas tenho usado meu telefone como roteador desde que me mudei, e meu pacote de dados não dá conta.

Cassie

Cara srta. Greenberg,

Não era minha intenção fazer piada no bilhete que lhe escrevi, embora fique satisfeito em tê-la feito rir.

Mudando de assunto, a moradora do segundo andar acabou de me informar que quinta-feira é o "dia do lixo". Eu não sabia disso, uma vez que não tenho o costume de jogar coisas fora.

Agora que somos em dois, talvez devamos participar desse ritual semanal. Imagino que a senhorita tenha o costume de jogar coisas fora, certo? Em caso positivo, poderia fazer o favor de conseguir uma lata de lixo? Não tenho uma e não sei onde obter ou quanto custaria. Descontarei do aluguel, quanto quer que gaste.

Atenciosamente,
Frederick J. Fitzwilliam

P.S.: Quanto a seu pedido relacionado a wi-fi, rede e senha, acredito que não tenho nenhuma dessas coisas, mas falarei com Reginald e darei notícias.

Fiquei olhando para o bilhete por um tempo antes de responder. Como um adulto podia não ter uma lata de lixo? E não saber onde conseguir uma?

E Frederick não sabia se tinha wi-fi? Só podia ser uma de suas piadas peculiares. Eu teria que falar com ele a respeito quando o encontrasse.

Frederick,

Também não jogo muita coisa fora. Não gosto de me livrar de nada que possa vir a ser usado depois, principalmente considerando que o reaproveitamento é muito importante para a minha arte. Mas sinto que dois adultos deveriam ter pelo menos uma lata de lixo. Vou comprar uma no mercado depois do trabalho.

Cassie

P.S.: Por que você continua me chamando de srta. Greenberg? Não precisamos ser tão formais um com o outro, não acha? Pode me chamar de Cassie. :)

Antes que eu mudasse de ideia, acrescentei um desenho rápido de mim mesma sorrindo e com uma lata de lixo nos braços antes de deixar o bilhete na mesa da cozinha. Fazia um bom tempo que eu não desenhava aquele tipo de cartum, e disse a mim mesma que era um bom treino, em uma tentativa de sufocar a voz na minha cabeça que gritava comigo por ficar de gracinha com Frederick.

Tinha uma resposta me esperando na mesa quando cheguei do trabalho com nossa lata de lixo novinha em folha.

Cara srta. Greenberg Cassie,

O desenho que fez em seu último bilhete é encantador. Deveria ser você? Seu talento fica bem claro.

Obrigado por lidar com a questão da lata de lixo.

Como pedido, a partir de agora hei de me esforçar ao máximo para chamá-la pelo primeiro nome, em vez de "srta. Greenberg". Ainda que chamá-la de Cassie vá tanto contra minha criação quanto contra meu instinto. Portanto, por favor, tenha paciência se eu por vezes esquecer e retornar a uma maneira mais formal de tratamento.

FJF

Procurei reprimir rapidamente a estranha onda de prazer que percorreu meu corpo por ele ter elogiado minha arte, lembrando a mim mesma de que havia dedicado menos de dez minutos àquele desenho e ele devia estar só sendo simpático. Preferi me concentrar em como era estranho que ele se sentisse tão desconfortável em me chamar pelo primeiro nome.

Frederick,

Vai contra sua criação e seu instinto me chamar de Cassie em vez de "srta. Greenberg"? Sério? Quem criou você, a Jane Austen?

Cassie

Ao fim do bilhete, desenhei uma caricatura apressada de alguém usando trajes antigos, só para ser pentelha.

A resposta estava me esperando à mesa da cozinha na manhã seguinte.

Cara Cassie,

Não... não exatamente a Jane Austen.
E isso deveria ser uma caricatura minha?

FJF

Frederick,

Não exatamente a Jane Austen, é? Que misterioso. Enfim, obrigada por se esforçar para me chamar pelo meu primeiro nome.

E, sim, aquilo era para ser uma caricatura sua. Não notou as semelhanças?? Alto, com braços e pernas compridos, expressão carrancuda, roupas que parecem ter saído do set de Downton Abbey...

Cassie

Cara ~~srta. Greenberg~~ Cassie,

Ah, sim. Acredito que haja mesmo ALGUMA semelhança. Embora eu acredite que meu cabelo real seja muito mais bonito que o desse homenzinho careca que você desenhou. Não concorda?
(O que é <u>Downton Abbey</u>?)

FJF

Frederick,

<u>Downton Abbey</u> é uma série de TV inglesa. Acho que se passa uns cem anos atrás. Algo assim. Bom, não é exatamente meu tipo de programa, mas minha mãe e as amigas dela adoram. E você se veste como o Matthew, um dos personagens.

Ah, aliás, você recebeu uma encomenda hoje de manhã. Deixei na mesa pra você, do lado dos seus romances ingleses. (Você tem recebido bastante encomenda ultimamente. Sei que elas não são pra mim, então estou tentando não bisbilhotar, mas tenho que admitir que estou INTRIGADA. São tão esquisitas!!!)

(Então você gosta de romances do período da regência, é? Não li muitos, prefiro ver coisa trash na TV, mas aprovo total.)

Cassie

Cara Cassie,

Você acha que eu pareço esse Matthew? Interessante. (Ele não é careca também, é?)

Obrigado por ter recebido as encomendas por mim. Você está correta, elas são mesmo estranhas. Espero não receber mais nenhuma dessas.

Fico feliz que aprove minha seleção de livros. Não é a parte do romance em si que me interessa, mas ler histórias que se passam no início do século XIX é algo que me reconforta. Acho que posso dizer que me fazem lembrar de casa.

FJF

Reli o último bilhete, impressionada com sua defesa dos romances do período da regência britânica, porém igualmente decepcionada com a falta de uma explicação mais concreta para as encomendas que ele vinha recebendo.

Porque aqueles pacotes...

Bom.

Eram bem diferentes.

Frederick havia recebido seis desde que eu me mudara. Todos tinham o mesmo remetente: E.J., de Nova York. O endereço vinha escrito em uma caligrafia floreada e ornamentada que lembrava bastante a letra do próprio Frederick, embora a tinta fosse sempre vermelho-sangue.

Os pacotes eram de diferentes formas e tamanhos, todos embrulhados em um papel florido horroroso que lembrava a decoração do condomínio na Flórida em que minha avó morava. Alguns tinham um cheiro estranho. De um, parecia sair fumaça. E eu podia jurar ter ouvido um silvo vindo de outro.

Decidi que devia ser algum tipo de ilusão de ótica. De jeito nenhum que o correio ia entregar algo que estivesse mesmo pegando fogo. Ou cobras vivas.

Embora as encomendas fossem endereçadas a Frederick, e não a mim, e embora o que continham certamente não fosse da minha conta, como ele não havia explicado nada sobre elas nos bilhetes, decidi que perguntaria a respeito da próxima vez que nos víssemos.

Quando quer que aquilo fosse acontecer.

....

— FOI BOM ENQUANTO DUROU — MURMUREI COMO UM PEDIDO de desculpas para o quadro da caça à raposa pendurado no meu quarto.

Eu me sentia um pouco mal por substituí-lo por uma obra minha. O quadro não tinha culpa de ser horroroso; alguém, em algum lugar, havia se esforçado muito para pintá-lo. E parecia muito antigo, o que me fazia indagar se aquilo fora o que Frederick quisera dizer com "relíquias".

De qualquer maneira, aquele quarto passara a ser meu, e eu ia acabar tendo pesadelos com o quadro.

Eu o tirei do lugar com cuidado. Devia ter passado anos pendurado lá, porque a tinta da parede no ponto onde estava era meio tom mais escura que o creme opaco do restante do cômodo.

Peguei a primeira das três telas pequenas que eu estava prestes a pendurar no lugar, sorrindo ao recordar como a semana em que as havia produzido tinha sido divertida. Estávamos de férias em Saugatuck, e Sam me provocara por passar a maior parte do tempo procurando lixo na praia. Ele nunca entenderia como eu me sentia ao pegar o que outras pessoas descartavam e transformar em uma obra de arte que perduraria por muito mais tempo que todos nós.

Eu podia não ser uma advogada importante, como ele, mas através da minha arte eu comunicava alguma coisa. E deixava minha marca no mundo.

Peguei o martelo e levei a cadeira antiga da escrivaninha — que devia ser pelo menos tão velha quanto a cidade de Chicago — até onde pretendia pendurar a série de quadros. Subi nela e comecei a afixar um prego na parede.

Depois de algumas marteladas fortes, congelei, só então me dando conta do que estava fazendo.

Eram cinco horas.

Eu ainda estava um pouco confusa em relação aos horários de Frederick. Será que ele ainda estava dormindo?

Se estivesse, marteladas na parede provavelmente iam acordá-lo.

Se acordassem, Frederick provavelmente sairia do quarto e viria me passar um sermão.

Eu achava que ainda não estava pronta para revê-lo.

Com cuidado, apoiei o martelo no chão, torcendo para que Frederick não tivesse ouvido.

Alguns minutos depois, no entanto, a porta do quarto se entreabriu.

Merda.

— Boa tarde, srta. Greenberg.

A voz de Frederick soava mais profunda que o normal, sonolenta. Virei o rosto devagar para ele, me preparando para o discurso sobre a importância de fazer silêncio quando a pessoa com quem se dividia o apartamento estava tentando descansar.

Sua voz e seu cabelo desgrenhado sugeriam que Frederick havia acabado de acordar, mas ele já se encontrava vestido, com um terno risca de giz marrom, como sempre de três peças, e uma boina. Parecia um professor de inglês no set de um filme de época, pronto para dar uma palestra sobre o simbolismo de *Jane Eyre* ou algo do tipo, e não alguém que havia acabado de sair da cama.

Não que em algum momento da vida eu houvesse tido um professor tão *gato*.

Mas Frederick não começou a falar de *Jane Eyre*. Também nem olhava para mim da maneira que eu olhava para ele. Ele se encontrava com a testa franzida para minhas telas da costa do lago Michigan, apoiadas na parede, como se estivesse confuso quanto ao que exatamente eram. Além da carranca, ele também estava com os braços cruzados, o que *de modo algum* me fazia pensar em seu peito na outra noite. Ou naquele instante mesmo, por baixo da roupa formal demais.

— Desculpa por ter acordado você — falei, tentando levar meus pensamentos a um terreno mais seguro.

Frederick abanou a mão em um sinal de "não tem problema".

— Tudo bem. Mas... o que é aquilo?

Ele indicou minhas telas com a cabeça.

— As minhas paisagens?

— É... é isso que elas são? — Suas sobrancelhas se ergueram. Ele entrou no quarto, como se quisesse olhar mais de perto. — Você fez isso?

Frederick soava e parecia pelo menos tão confuso quanto meu avô sempre que via uma obra minha — mas não parecia horrorizado. Também não soava nem parecia muito elogioso ou impressionado com minhas criações, mas tudo bem. Já fazia um bom tempo que eu estava em paz com o fato de que nem todo mundo gostava da minha arte.

No entanto, aquela série devia ser o trabalho mais acessível que eu havia feito em anos. Para começar, era óbvio que se tratava de imagens à beira de um lago. Sendo sincera, depois dos elogios que Frederick havia feito a meus cartuns bobos em meus bilhetes, parte de mim esperava que ele compreendesse na mesma hora — e valorizasse — o que eu tinha tentado fazer naquelas telas.

— Fui eu que fiz, sim — confirmei. Tentei soar confiante, embora minha voz estivesse um pouco trêmula.

— E tem a intenção de pendurá-las? — Ele olhou para o prego que eu havia acabado de martelar na parede. — Aqui?

— Isso.

— Por quê? — Ele entrou no quarto e se aproximou das minhas telas. Olhou para todas, com as mãos enfiadas no bolso da calça. Parecia simplesmente perplexo. — Reconheço que o quadro anterior era um pouco datado, mas...

— Era horroroso.

Frederick olhou para mim, o canto da boca se erguendo um pouco, como se ele estivesse se divertindo.

— Justo. Era da minha mãe, não meu. Mas, Cassie...

Ele endireitou o corpo, balançando a cabeça.

— Fala.

— É *lixo* — disse Frederick, enfatizando a última palavra.

Fiquei furiosa. Já tinha ouvido aquele tipo de coisa e era especialista em ignorar. Mas havia ficado tão empolgada ao saber da exposição, algumas horas antes, que não estava no clima.

— Minha arte não é lixo — repliquei, em tom desafiador.

Ele voltou a olhar para as telas, desta vez minuciosamente, como se tentasse decidir se sua avaliação inicial estava correta.

Então balançou a cabeça outra vez.

— Mas... mas *é* lixo.

Demorei um momento para compreender que ele estava falando *literalmente*.

— Ah. — Estremeci por dentro. — Bom, é, tá. É feito de lixo.

Ele ergueu uma sobrancelha, achando graça.

— Acho que foi exatamente isso que eu disse.

Não havia sido *exatamente* o que ele tinha dito, mas deixei passar.

— Verdade — confirmei, sentindo o rosto esquentar com o constrangimento do mal-entendido. — Foi o que você disse.

— Admito que não entendo. — Frederick balançou a cabeça. — Com base nas partes desta... desta cena que não estão cobertas de resíduos e nos desenhos que já fez para mim, sei que você é uma artista talentosa. Talvez eu seja mais antiquado, mas simplesmente não compreendo por que dedicaria seu tempo a criar algo assim. — Ele deu de ombros. — O tipo de arte com que estou acostumado é mais...

Ergui uma sobrancelha.

— Mais o quê?

Ele mordeu o lábio, como se estivesse procurando as palavras certas.

— Agradável aos olhos, imagino. — Frederick deu de ombros outra vez. — Cenas da natureza. Meninas usando vestidos brancos cheios de fru-frus e brincando à margem de rios. Tigelas de fruta.

— Esse quadro mostra uma praia e um lago — argumentei. — É uma cena da natureza.

— Mas está coberta de detritos.

Assenti.

— Minha arte combina objetos que encontro e imagens que pinto. Às vezes, o que encontro e incorporo é literalmente lixo. Mas sinto que minha arte é mais do que lixo. Tem *significado*. Essas não são apenas imagens planas e sem vida na tela. Elas dizem alguma coisa.

— Ah. — Ele se aproximou ainda mais das paisagens, ajoelhando-se para examiná-las melhor. — E o que sua arte... diz?

O nariz dele estava a centímetros da embalagem de um quarteirão com queijo do McDonald's que eu havia plastificado na tela de modo que parecesse que estava saindo do lago Michigan. Minha ideia era que representasse a influência opressora do capitalismo sobre o mundo natural. Fora que ficava meio legal.

Mas cheguei à conclusão de que era melhor dar a Frederick uma explicação mais ampla.

— Quero criar algo memorável com a minha arte. Algo que perdure. Quero oferecer às pessoas que veem meus trabalhos uma experiência que não seja passageira. Algo que fique com elas até muito tempo depois.

Frederick franziu a testa, cético.

— E você faz isso expondo coisas efêmeras descartadas pelos outros?

Eu estava prestes a lhe dizer que até mesmo as pinturas mais belas nos museus mais renomados eram esquecidas quando as pessoas chegavam em casa. Que, ao usar objetos que haviam sido jogados fora, eu tornava o efêmero permanente de uma maneira que uma aquarela bonita não tinha como fazer.

Mas, de repente, notei como estávamos próximos. Frederick devia ter se aproximado aos poucos ao longo de nossa conversa até que apenas poucos centímetros nos separassem. Minha mente retornou à outra noite — meu cabelo molhado pingando nos ombros, os olhos castanho-escuros dele arregalados de surpresa e evitando a todo custo me encarar.

Agora, no entanto, Frederick estava olhando para mim. E seus olhos passavam por tudo. Desceram devagar por meu pescoço, se demorando na pequena cicatriz irregular sob a orelha, que eu tinha desde criança, antes de seguir para a curva suave dos meus ombros. Eu não estava exatamente bem-vestida — usava uma camiseta fina e uma calça jeans velha —, mas seu olhar mesmo assim parecia ardente. Fazia com que eu me sentisse tonta de uma forma que não conseguia bem expressar.

Eu queria me aproximar ainda mais dele, então fiz isso, sem me dar ao trabalho de me perguntar se era uma boa ideia. Logo depois, no entanto, Frederick endireitou o corpo, como se voltasse a si, e se afastou rapidamente de mim. Enfiou as mãos bem fundo no bolso da calça outra vez e ficou olhando para seus sapatos lustrosos como se fossem a coisa mais fascinante do mundo.

O momento havia passado. De alguma maneira, no entanto, parecia que algo entre nós havia mudado. Agora existia uma ansiedade doce e elétrica no ar. Eu não sabia bem definir aquilo — apenas que queria voltar a senti-la. Que queria sentir *Frederick*. Sentir seu peito largo e firme em minhas mãos. Seus lábios e seu hálito quente e doce no meu pescoço.

Balancei a cabeça em uma tentativa de afastar aqueles pensamentos. Eu mal conhecia aquele cara, repeti para mim mesma. E ele era meu *colega de apartamento*.

Não funcionou.

— Eu... posso tentar explicar minha arte para você — ofereci, só para ter algo para dizer. A voz de Sam gritava na minha cabeça, como um alerta vermelho: *Péssima ideia, péssima ideia*. Eu a ignorei. Sinceramente, naquele momento não me importava que fosse uma péssima ideia. Meu coração estava acelerado, meu sangue fervilhava dentro das veias. — Se quiser.

Ele hesitou, ainda sem olhar para mim. Depois balançou a cabeça.

— Não acho que seja uma boa ideia — disse Frederick, ecoando a voz na minha cabeça. — Desconfio que eu seja um caso perdido quando se trata de arte moderna.

Dava para ver que ele estava tentando manter certa distância entre nós depois de... bom, depois do que quer que tivesse acabado de acontecer ali. Mas eu não queria saber daquilo.

— Nunca conheci ninguém que fosse mesmo um caso perdido.

Ele fechou os olhos.

— Você nunca conheceu ninguém como eu, srta. Greenberg — declarou, em um tom quase triste, antes de se virar e sair do meu quarto.

Levei alguns minutos para conseguir me recompor e voltar a pensar direito. Quando fiz isso, me joguei na cama e enterrei o rosto nas mãos.

Voltei a pensar no aviso de Sam no outro dia: *Morar com um cara que você acha gato nunca termina bem. Ou você acaba dormindo com ele, o que em noventa por cento das vezes é um erro, ou acaba ficando maluco porque quer dormir com ele.*

Soltei um resmungo.

Bom, parecia que Sam sabia do que estava falando.

O que eu ia fazer agora?

SEIS

Carta do sr. Frederick J. Fitzwilliam para a sra. Edwina Fitzwilliam, com a data de 26 de outubro

Minha cara sra. Fitzwilliam,

Espero que esteja disposta e com boa saúde.

Muita coisa mudou desde que escrevi pela última vez, uma quinzena atrás. Agora moro com uma jovem que atende por srta. Cassie Greenberg. Estou aprendendo muitíssimo sobre arte, cultura popular do século XXI, blasfêmias e vestimentas só de observá-la e de ficar em sua presença ocasionalmente. A cada dia, sinto-me mais como eu mesmo e mais à vontade neste estranho mundo moderno.

Portanto, devo pedir mais uma vez que pare de se preocupar em demasia comigo. Não há necessidade de escrever com tanta frequência ou de perguntar repetidas vezes sobre minha saúde a Reginald. (Sim, ele me contou tudo.) Minha mente, meu corpo e meu espírito estão saudáveis como sempre.

Ademais, devo insistir que ponha um fim no acordo que fez com a srta. Jameson em meu nome. Mal conheço a mulher, e, como bem sabe, Paris foi mais de um século atrás. Eu poderia dar um fim a tudo pessoalmente, mas acredito que seria não apenas imprudente, mas injusto comigo e com a srta. Jameson. Por favor, peça-lhe também que pare de me enviar presentes. Ela tem ignorado minhas súplicas, muito embora eu venha lhe devolvendo cada item ainda fechado assim que chega.

    Escreverei em breve. Mande lembranças minhas a todos. Espero que esteja fazendo bom tempo em Nova York.

Com amor,
Frederick

Oi, Frederick!

Tudo bem se eu aumentar um pouco a temperatura do apartamento? Não queria dizer nada a respeito, já que é você que paga as contas, mas aqui é um pouco mais frio do que estou acostumada. Nem mesmo três cobertores estão dando conta à noite.

Cassie

Cara Cassie,

    Peço desculpas. A temperatura fria não me incomoda tanto quanto aos outros, e eu deveria ter previsto que você preferiria morar em um lugar mais quente. Avise-me da temperatura desejada para o termostato, e providenciarei tudo.

    Gostaria que tivesse dito alguma coisa a respeito antes. Não me agrada a ideia de que você vem se sentindo desconfortável desde que se mudou para cá.

FJF

P.S.: O desenho que fez de si mesma usando um casacão e luvas é encantador, embora tenha feito com que eu me sentisse ainda mais desprezível por tê-la obrigado a passar frio por tanto tempo.

Obrigada, Frederick!!!!!

Eu não queria que a conta de luz viesse mais alta por minha causa, por isso não comentei nada até agora. Posso pagar a diferença na conta? (E fico feliz que tenha gostado do desenho. Mas... "encantador"? Levei cinco minutos pra fazer. As luvas ficaram bem tortas.)

Cassie

Cassie,

Não se preocupe com qualquer diferença na conta. Posso cobri-la tranquilamente.

E se você consegue desenhar algo tão precioso em apenas cinco minutos, arrisco dizer que é uma pessoa de verdadeiro talento. As luvas tortas ficaram especialmente encantadoras.

FJF

EU JÁ TINHA ANDADO MEIO QUARTEIRÃO A CAMINHO DA ESTAÇÃO para ir para o trabalho na biblioteca quando me dei conta de que havia esquecido meu caderno de esboços.

Olhei para o celular. Era noite de artes na biblioteca, e as crianças começariam a chegar em quarenta e cinco minutos. Eu não conseguia desenhar quando a biblioteca estava cheia de crianças armadas com pincéis, mas naquele horário em geral havia lugar para sentar no metrô, e eu podia fazer alguma coisa no caminho. Estava começando a pensar no que produziria para a exposição. A conversa com Frederick sobre minha arte na outra noite havia resultado no princípio de uma ideia: eu pintaria cenas pastorais tradicionais — um campo de margaridas, talvez uma lagoa — e as subverteria com algo totalmente *anti*pastoral, como filme de PVC ou canudinhos.

Eu ainda estava na fase inicial do processo, e precisava pensar um pouco mais antes de começar a pintar. Mas andava levando meu caderno comigo aonde quer que fosse, caso coincidisse de estar inspirada e ter alguns minutos livres.

Eram pouco mais de seis. Seria apertado, mas eu podia voltar correndo para casa, pegar meu caderno e chegar na biblioteca a tempo. Marcie provavelmente ficaria um pouco irritada comigo, mas eu ia conseguir.

Subi a escada que levava ao apartamento dois degraus por vez, sem me preocupar de estar fazendo barulho. Eu não sabia se Frederick estava em casa, mas àquela hora ele pelo menos já estaria acordado, então eu não precisava me preocupar.

Meu caderno estava onde eu havia deixado: na mesa da cozinha, ao lado do bilhete que tinha escrito para Frederick de manhã.

Oi, Frederick! Vou passar bastante tempo fora de casa nos próximos dias. Hoje trabalho até tarde e amanhã vou jantar no Sam. Você pode tirar o lixo por mim esta semana? Obrigada! Prometo que semana que vem eu tiro.

Cassie

Ao fim do bilhete, eu havia desenhado um homenzinho segurando uma lata de lixo acima da própria cabeça com um sorriso no rosto. Frederick tinha dito que gostava dos meus desenhos, e seus elogios — sempre em uma linguagem bastante formal, mas aparentemente genuínos — me causavam um friozinho na barriga.

Ao pegar o caderno na mesa da cozinha, notei que Frederick havia me respondido.

Cara Cassie,

Sim, posso tirar a lata de lixo. Não é problema algum, e não há necessidade de sentir que precisa compensar isso.

Também gostaria de dizer que achei o desenho muito legal (~~todos os seus desenhos são muito legais, tudo em você é muito legal~~), mas quem é o homenzinho? Tenho certeza de que nunca abri um sorriso daqueles.

Com carinho,
FJF

Ele havia acrescentado um desenho ao bilhete, de um homenzinho com a testa exageradamente franzida, quase do tamanho da própria cabeça inteira. Tive que rir.

Era um desenho tão bobo.

E Frederick provavelmente era o mais distante de "bobo" que uma pessoa podia ser.

Ou era o que eu imaginava, pelo menos.

Fora que... "Com carinho, FJF"?

Com carinho.

Aquilo era novidade.

Não me permiti pensar no que poderia significar. Ao mesmo tempo, não consegui conter um sorriso.

Eu ainda estava sorrindo quando abri a geladeira para pegar uma maçã antes de ir para a biblioteca.

Assim que vi o que tinha lá dentro, porém, minha expressão congelou.

Meu corpo todo congelou.

O tempo parou.

Depois do que talvez tenham sido muitos minutos de entorpecimento diante do conteúdo da geladeira, comecei a gritar.

Deixei o caderno cair no chão. Continuei olhando para a geladeira, minha mente girando enquanto eu tentava dar sentido ao que via.

Devia haver pelo menos trinta bolsas de sangue ali, dispostas em fileiras arrumadinhas perto de uma tigela de quincãs, meu suco de laranja pela metade e um queijo. Cada bolsa tinha uma etiqueta com tipo sanguíneo e data, além do tipo de adesivo com código de barra de que eu me lembrava vagamente das vezes em que havia doado sangue no passado.

O cheiro metálico de sangue era forte e me deixou com vontade de vomitar.

Diferentemente do que eu tinha visto nos bancos de sangue, nem todas aquelas bolsas estavam hermeticamente fechadas. Algumas estavam quase vazias, com um par de furinhos em cima. Sangue escorria de uma delas, deixando uma pocinha vermelha, grudenta e já meio seca na prateleira do meio.

Nada daquilo se encontrava ali de manhã.

Por que estava lá *agora*?

Eu ainda estava parada diante da geladeira aberta, boquiaberta e ficando tonta com o cheiro de sangue e o choque do que havia descoberto, mas atordoada demais para me afastar, quando a porta da frente do apartamento se abriu. Ouvi os passos pesados e distantes de Frederick entrando.

— Frederick — chamei, com a voz carregada. — O quê... o que tudo isso está fazendo aqui?

Ouvi algo muito pesado cair no chão. Então a voz abafada dele:

— Ah, *merda*.

Olhei para Frederick, ainda segurando firme na porta da geladeira. Ele estava com os olhos arregalados, as mãos no cabelo. A seus pés, havia um pacote grande embrulhado com papel rosa-choque e amarrado com uma fita rosa-claro.

— Por favor... eu posso explicar. Não... não fique histérica.

— Eu não *pretendia* ficar, mas agora que você disse isso... — falei, embasbacada.

Ele enterrou o rosto nas mãos.

— Você... não deveria ter visto isso. Você disse que ia ficar fora até tarde. Eu...

— Frederick?

— Nada disso deveria ter sido assim.

Esperei que ele prosseguisse, que explicasse por que eu havia acabado de encontrar bolsas de sangue no mesmo lugar em que guardava meu café da manhã. Quando Frederick ficou ali parado, me olhando com a boca entreaberta tal qual um peixe fora d'água, fechei os olhos e soltei a porta da geladeira, que bateu sozinha.

Contei devagar até dez, respirando profundamente pelo nariz, para tentar me acalmar.

— Frederick...

— Você pegou O negativo dessa vez, Freddie? Estou morrendo de fome — disse alguém do corredor. Uma voz masculina alta, as palavras tão difíceis de processar que fizeram o que quer que eu pretendesse falar morrer na minha garganta.

No instante seguinte, um cara de cabelo loiro-acinzentado que me parecia vagamente familiar entrou como se fosse dono do lugar, com as mãos enfiadas nos bolsos da calça jeans. A camiseta preta dele, um pouco apertada demais no peito, dizia: "Essa é a cara de um clarinetista."

Então eu me dei conta de onde o tinha visto.

Era o esquisitão de sobretudo e chapéu fedora que havia aparecido no Gossamer's na outra noite.

E o que ele tinha falado não me saía da cabeça.

Você pegou O negativo dessa vez, Freddie? Estou morrendo de fome.

Tentei dar sentido àquelas palavras, mas meu cérebro parecia estar com preguiça, como se processasse coisas na metade da velocidade normal.

Eu não fazia ideia de quem era o esquisitão do café ou por que estava ali. Ele, no entanto, me reconheceu na mesma hora.

— Oi, Cassie Greenberg.

O sujeito parecia surpreso em me ver, mas não descontente com aquilo. Ele sorriu, revelando dentes retinhos, brancos e brilhantes. Então estendeu a mão para mim. Depois de um momento de desconforto, eu percebi que ele esperava que eu a apertasse. Devagar, como se fosse tudo um sonho, peguei sua mão.

Era como segurar um bloco de gelo.

— Sou o Reggie — anunciou ele, ainda sorrindo. — A gente se conheceu há umas noites, no café. — Houve uma pausa. — Bom. *Meio* que se conheceu, acho.

Reggie.

Seria aquele o Reginald que Frederick havia mencionado algumas vezes de passagem? Ele sacudiu meu braço um pouco antes que eu puxasse minha mão de volta.

Olhei dele para Frederick — que, por sua vez, parecia querer que o chão se abrisse e o engolisse por inteiro — e vice-versa, tentando entender o que estava acontecendo.

— Eu disse ao Freddie que ele precisava abrir o jogo com você. — Reggie deu uma cotovelada amistosa nas costelas de Frederick. — Mas, pela sua expressão, imagino que ele não tenha feito isso.

O cara voltou a atingir as costelas de Frederick, agora com mais força, mas o outro continuou a ignorá-lo. Seus olhos estavam fixos nos meus, suplicando para que eu entendesse... alguma coisa.

— Srta. Greenberg... — Frederick soava desesperado. — Cassie — se corrigiu ele.

— Em relação a que você precisa abrir o jogo comigo, Frederick? — perguntei.

Meu instinto me dizia que eu não podia confiar em Reggie, ou *Reginald*. Mas o desespero de Frederick confirmava que o outro estava sendo sincero pelo menos quanto a uma questão: havia *muita coisa* que Frederick não estava me contando.

— Fala, Freddie! — incentivou Reggie, dando um tapa nas costas dele.

— Vá embora — murmurou Frederick, em um tom assassino. — Agora.

— Daqui a pouco — disse Reggie, em um leve cantarolar. — Já faz um tempo que não vejo uma boa briga. — Ele se aproximou de mim. — Acho que vou fazer um lanchinho antes de ir embora — sussurrou no meu ouvido, de maneira conspiratória.

Então abriu a geladeira macabra com um floreio e pegou várias bolsas de sangue.

Arregalei os olhos.

Com uma piscadela para mim, Reggie mordeu uma das bolsas com o que me pareceu *muito* serem presas.

Ao vê-lo tomar todo o sangue da bolsa em questão de segundos, depois jogá-la no lixo completamente vazia, senti que o cômodo começava a girar. Nunca tinha sido uma pessoa cheia de melindres, mas nada na minha vida havia me preparado para o que estava vendo naquele instante.

— Reginald — grunhiu Frederick, em tom de aviso. — Vá embora. *Agora*.

O outro fez um beicinho.

— Mas acabei de chegar! Íamos fazer uma festinha antes da sua colega de apartamento aparecer.

— *Reginald*.

— *Freddie*. — Reginald revirou os olhos. — Deixa de ser bobo. Você está com tanta fome quanto eu. Não quer um lanchinho também?

Sem esperar pela resposta, Reggie pegou outra bolsa e a jogou para Frederick, que a pegou com facilidade.

Ver Frederick — o cara com quem eu dividia apartamento, que passava a noite toda fora por motivos desconhecidos e dormia o dia todo, que usava ternos vintage e falava como se fosse de outra época — segurando uma bolsa de sangue...

Era a peça que faltava no quebra-cabeça.

Eu sabia exatamente o que ele não estava me contando.

— Frederick... — comecei a falar, sentindo o chão desmoronando aos poucos.

Como aquilo podia ser real?

Frederick pigarreou.

— Agora me ocorre que já passou em muito da hora de lhe contar diversos... aspectos muito específicos da minha pessoa.

Ele olhava feio para Reginald, mas estava claro que era comigo que falava. Pelo menos tinha a decência de soar constrangido. O que... enfim. Que bom. Uma vez que eu tinha quase certeza de que desde que eu o havia conhecido ele tinha mentido na minha cara sobre uma porção de coisas importantíssimas.

Sentir-se mal a respeito pelo menos era um passo na direção certa.

— Continua — mandei.

— Eu... não sou o que você pensa que eu sou.

Soltei uma risada sarcástica.

— Percebi. — A palavra saiu mais gélida do que eu pretendia. Mas também... Ele pensava que eu era idiota? — E o que você é, exatamente?

Eu sabia. Teria que ser muito tonta para me deparar com o estoque de sangue dele, ver seu amigo tomar um pouco como se fosse algo que fazia diariamente e não me dar conta na mesma hora daquela verdade bastante desconfortável.

No entanto, ainda precisava ouvir aquilo dele. Depois de uma vida inteira pensando que pessoas como Frederick só existiam em romances jovens e filmes de terror antigos, era a única maneira de eu acreditar no que tinha visto com meus próprios olhos.

Frederick suspirou, passando uma das mãos pelo rosto perfeito. Ele mordeu o lábio, hesitante — e, não, meus olhos *não* foram atraídos instantaneamente pela maneira como seus dentes brancos pressionaram a carne macia e farta de seu lábio inferior. Eu não ia mais fantasiar com aquele cara injustamente gato com quem eu estava dividindo apartamento. Aquela fase da minha vida tinha chegado ao fim, completamente.

— Sou um vampiro, Cassie.

Ele falou muito baixo, mas as palavras me atingiram com a força de um furacão. Eu já havia adivinhado a verdade, mas ainda assim fui impactada por todo o peso de sua confissão.

De repente, foi como se todo o oxigênio tivesse sido sugado do cômodo.

Eu precisava sair dali.

Naquele segundo.

Sam e Scott iam me abrigar. Fazer os dois acreditarem que eu estava dividindo apartamento com um vampiro talvez fosse difícil, mas...

Não. Fazer os dois acreditarem que eu estava dividindo apartamento com um vampiro seria impossível. Sam era advogado e Scott era acadêmico. Mesmo somando os dois, eles não teriam imaginação o suficiente para aquilo. E eu sempre fora a amiga excêntrica deles. Aquela capaz de dar despedidas de solteiro imbatíveis e colecionar crises existenciais como se fossem Pokémons, mas que estava sempre fazendo cagada nas áreas mais importantes da vida.

Se eu contasse a verdade, os dois provavelmente pensariam que eu estava maluca.

Mas não importa. Eles veriam meu desespero quando eu aparecesse tarde da noite na casa deles, sem ter avisado. E me deixariam ficar lá.

Eu havia sido tão idiota que era risível. Tinha começado a sentir alguma coisa por Frederick. Enquanto isso, ele estava apenas esperando a oportunidade perfeita para morder meu pescoço!

— Cassie — disse Frederick, parecendo em pânico. — Posso explicar.

— Acho que você acabou de fazer isso.

— De modo algum. Revelei uma informação que deveria ter revelado logo de início, mas...

Eu bufei.

— Pois é.

Ele pareceu envergonhado e manteve os olhos fixos no chão.

— Ainda assim, eu gostaria de uma chance de me explicar inteiramente. Caso permita.

Mas eu já estava abrindo caminho rumo à porta.

— O que tem pra explicar? Você é um vampiro. Estava ganhando tempo, esperando sua chance de me atacar, cravar seus dentes no meu pescoço e chupar o meu sangue.

— Não — replicou Frederick, enfaticamente, então balançou a cabeça. — Nunca foi minha intenção ferir você.

— Por que eu acreditaria nisso?

Ele fez uma pausa, refletindo sobre minha pergunta.

— Percebo que não lhe dei muitos motivos para confiar em mim. Mas, Cassie, se eu fosse me alimentar de você, não acha que já o teria feito?

Fiquei olhando para ele.

— Isso deveria fazer eu me sentir melhor?

Frederick fez uma careta.

— Hum... soou melhor na minha cabeça — admitiu ele. — Mas, por favor, acredite em mim quando digo que não me alimento de um ser humano há mais de duzentos anos.

Mais de duzentos anos.

O cômodo voltou a girar quando absorvi totalmente o que ele estava me dizendo.

Frederick não era apenas um vampiro.

Era um vampiro muito, *muito* velho.

— Não consigo fazer isso — murmurei. Precisava sair dali. — Vou embora.

— Cassie...

— *Vou embora* — insisti, cambaleando para fora da cozinha. — Pode jogar minhas coisas no lixo, se quiser. Não me importo.

— Cassie. — O tom de Frederick era aflito. — Por favor, me deixa explicar. Preciso da sua ajuda.

Mas eu já estava abrindo a porta da frente e correndo para a escada, sentindo meu coração batendo nos ouvidos.

SETE

Troca de mensagens de texto entre o sr. Frederick J. Fitzwilliam e o sr. Reginald R. Cleaves

Oi Freddie
Você tá bem?

> Não. Estou o oposto de bem.
> A mulher que eu estava esperando que me ensinasse a viver no mundo moderno fugiu de mim por sua causa.
> O que você estava pensando, agindo daquela maneira na frente da minha colega de apartamento?

Ela merecia saber a verdade sobre você

> Eu ainda estava me preparando para contar.

Ela é humana
Não contar de cara que você é um vampiro foi filha da putice

> Não sei o que é "filha da putice".

É um insulto

> Bom, imagino que nesse caso seja merecido.

Por que vc não contou?

É complicado

Complicado?

Sim.

kkkk

Cassie escreve "kkkk" em alguns dos nossos bilhetes, mas não sei o que significa.

Pera.
Vc e Cassie trocam bilhetes?
E quando foi que vc começou a falar Cassie em vez de srta. Greenberg?

Eu a chamo de Cassie porque ela me pediu. E, sim, deixamos bilhetes um para o outro.
Afinal, dividimos um apartamento.
Melhor dizendo, dividíamos.

Vcs também trocam mensagens por celular?

Às vezes.

Mas vc ODEIA mensagens.

É verdade.

Só me responde se estiver em crise

Sim. Mas você é um patife.

Com que frequência vcs trocam mensagens?

Não mantenho registro desse tipo de coisa.
Nosso método típico de comunicação é deixar bilhetes para o outro na mesa da cozinha. Assim, não preciso desse aparelho infernal para me comunicar com ela.
Às vezes, ela acrescenta desenhos aos bilhetes.
São encantadores.
Cassie é uma artista bem talentosa.
Na verdade, ela é boa em uma variedade de coisas.

Não acredito nisso

No quê?

Você curte ela

Seu DEGENERADO! Como ousa?!

Oi?????
Ah, não, kkkk.
É uma expressão moderna, cara
Só significa que você tem sentimentos românticos por ela.

Ah.
Entendo.
Mesmo assim, você está equivocado.

Sei, kkkk
Olha, há quanto tempo eu te conheço?

> Estremeço só em pensar.

Vc já falou com uma mulher mais de uma vez por mês?

> Não. Mas também é verdade que nunca morei com uma mulher.

Quando pensa que Cassie não vai mais morar com você, como é que se sente?

> Quando penso que Cassie não vai mais voltar fico triste. Perco o ânimo agora toda vez que acordo à noite, por saber que não verei mais o rosto dela.

Desculpa, mas você curte ela

> De modo algum. Não "curto" a Cassie.
> Só gosto dos desenhos dela.
> E de tudo nela.

Ah, isso vai ser bom...

SAM MORAVA EM UMA PARTE DA CIDADE MUITO POPULAR ENTRE jovens profissionais que tinham cachorros de raça minúsculos e trabalhavam sessenta horas por semana no centro financeiro.

Visitar Sam e Scott em seu apartamento no segundo andar de um prédio refinado costumava me lembrar de como eu era um fracasso colossal em diversos aspectos da minha vida. E ficar com eles depois de fugir do apartamento de Frederick foi superdesconfortável.

Para começar, dividir um banheiro pequeno com dois homens — mesmo dois homens tão arrumadinhos quanto Sam e Scott — não era o ideal. Eu não tinha tempo o suficiente no banheiro de manhã, e como os dois eram muito mais peludos, o ralo da banheira ficava uns vinte e cinco por cento mais nojento que o necessário. Já os gatos deles, Sophie e Moony, ainda que fofos, gostavam de andar em cima de mim à noite, enquanto eu tentava dormir no sofá da sala.

Para completar, Sam e Scott eram recém-casados em todos os sentidos possíveis. As paredes eram absurdamente finas. E Sam era do tipo barulhento. Acampar na sala era como ter uma poltrona na primeira fileira para a vida sexual bem ativa deles, uma punição que ninguém merecia — e eu menos ainda, considerando que era a melhor amiga de Sam desde o sexto ano.

Por pior que fosse morar com um vampiro que havia escondido de mim que era vampiro, morar com recém-casados, mesmo que apenas por dois dias, talvez fosse ainda pior.

— Bom dia — disse Sam, bocejando, ao sair do quarto.

Ele estava com um chupão grande e roxo no pescoço. Eu tinha certeza de que havia ouvido cada segundo do processo que resultara naquilo na noite anterior. E queria *muito* não ter ouvido.

— Bom dia.

Deixei de lado a manta com que me cobrira e esfreguei os olhos. Estava exausta. Com todo o sexo rolando no quarto ao lado, a tendência de Moony a encher meu travesseiro de pelos brancos e o sofá cheio de calombos de Sam, eu não tinha dormido muito nas duas noites anteriores. Mas não queria que ele soubesse daquilo. Ainda que o arranjo não fosse o ideal em inúmeros aspectos importantes, Sam e Scott estavam me fazendo um favor enorme.

E nenhum dos dois havia me interrogado quando eu acabei aparecendo do nada na casa deles duas noites antes. Motivo pelo qual eu era grata.

Sam pegou a aveia na despensa e perguntou, de costas para mim:

— Quais os planos para o dia?

Eu não sabia se era um comentário passivo-agressivo sobre o fato de que eu ainda estava dormindo no sofá deles, depois de ter aparecido sem minhas coisas e sem dar explicações. Foi como o recebi, de qualquer maneira. Em uma hora, Sam estaria indo embora, de camisa e calça social, pronto para outro dia no escritório de advocacia, e eu continuaria sem casa e sem muita certeza de meus próximos passos.

Desviei o rosto e comecei a mexer na franja da manta que ainda cobria minhas pernas.

— Vou ao centro de reciclagem hoje.

Era parcialmente verdade, pelo menos. Sam não precisava saber o resto: que, antes de ir, eu pretendia assistir a alguns capítulos de *Buffy, a Caça-Vampiros*. Como pesquisa — ou era o que eu dizia a mim mesma. A série devia ter um monte de imprecisões vampirescas, mas, depois de dois dias processando o que havia acontecido com Frederick naquela noite, meu pânico estava passando. E minha curiosidade, aumentando.

Como era ser uma criatura imortal que bebia sangue humano? O coração de Frederick batia? Que regras ditavam como ele vivia e comia... e morria? Não era muito, mas *Buffy* era tudo o que eu tinha como referência, a menos que fosse entrar em contato com o próprio Frederick. Devia ser mais fiel que a representação dos vampiros em *Crepúsculo* ou naqueles romances antigos da Anne Rice, né? Fora que era uma série legal.

O fato de *Buffy* também contar com relacionamentos românticos entre humanos e vampiros não tinha absolutamente nada a ver com meu interesse, óbvio. Nem o fato de que, desde a manhã em que eu acordara pela primeira vez no sofá de Sam, não conseguia esquecer os olhos suplicantes de Frederick ou suas promessas de que nunca me machucaria.

— O centro de reciclagem?

Sam continuava de costas para mim enquanto revirava os armários em busca de uma panela.

— É. Preciso trabalhar na obra que vou enviar para a exposição.

Desde que tinha saído correndo do apartamento de Frederick, minha ideia de uma cena pastoral que incorporava plástico descartado vinha tomando forma com vontade em minha mente. Mas eu ainda precisava pensar nos detalhes. Que cores funcionariam melhor para a construção decadente que eu pretendia pintar? O campo diante da casa devia ter um lago ou um riacho?

Qual seria a melhor opção para a parte subversiva do projeto: canudinhos ou embalagens de chocolate? Ou eu deveria usar ambos?

Eu torcia para chegar a algumas conclusões no centro de reciclagem à tarde. Sempre pensava melhor rodeada de lixo.

Sam abriu um sorriso caloroso e encorajador.

— Estou muito feliz por você estar se expondo assim, Cassie.
— Eu também. — Era verdade. — Não tenho como saber se vão aceitar minha obra, mas a sensação de estar trabalhando em algo importante de novo é boa.

Sam foi para a sala de estar já comendo um mingau de aveia.

— Aliás — disse ele, fingindo indiferença —, alguém enfiou uma carta para você por baixo da nossa porta ontem à noite.

Olhei para ele, surpresa.

— Sério?

— O envelope é tão chique que cheguei a pensar que você estivesse sendo convocada para visitar o rei da Inglaterra. — Ele ergueu uma sobrancelha para mim. — Então lembrei que esse tipo de carta não costuma ser passado por baixo da porta no meio da noite.

Sam ergueu um envelope que eu não o tinha visto trazer para a sala e o jogou na mesa de centro entre nós.

Perdi o ar.

Era o papel de carta de Frederick — um envelope branco e quadrado, idêntico aos que ele usava para me deixar seus bilhetes. Mesmo que o cara tivesse usado um papel normal, no entanto, eu teria reconhecido imediatamente que a carta era dele. Frederick havia escrito "Srta. Cassie Greenberg" na frente, na mesma caligrafia rebuscada e com a mesma tinta azul que usara em todas as nossas trocas de bilhetes.

O envelope estava fechado com seu lacre em vermelho-sangue.

FJF

Antes de conhecer Frederick, eu não sabia que aquele tipo de coisa ainda existia. Tudo naquele homem era anacrônico, eu me dei conta. Tudo estava deslocado. Porque era de outra época.

Quantas pistas em relação a quem e o que ele era eu havia deixado passar?

Sam fingiu voltar a se concentrar em seu mingau, mas dava para sentir seus olhos em mim enquanto eu passava o dedo por baixo da aba do envelope para romper o lacre. Ele estava curioso em relação à carta, mas eu ainda não havia reunido coragem para contar a ele a verdade sobre Frederick ou por que eu estava dormindo no apartamento dos dois. Simplesmente não tinha energia para lidar com aquilo.

Me preparando, tirei a única folha de papel branco e grosso dobrado de dentro do envelope e comecei a ler.

Cara Cassie,

Espero que esteja bem.

Escrevo para informar que seus pertences permanecem onde os deixou. Quando foi embora, você disse que eu poderia dar um fim ao que ficasse para trás, mas desconfio que o que tenho aqui constitua a maior parte de suas posses materiais. Também desconfio que você disse o que disse por puro medo e no calor do momento, e que na verdade gostaria que suas coisas lhe fossem devolvidas.

Se eu não receber uma resposta a esta carta dentro de uma semana, presumirei que de fato não deseja recuperar suas coisas e farei com que Gerald doe tudo. (Gerald cuida do lixo reciclável no nosso prédio. Ontem foi a primeira vez que falei com ele. Sabia que Gerald passou vinte e dois anos trabalhando para o departamento de saneamento da prefeitura e tem dois filhos adultos? Eu não sabia. Você, no entanto, provavelmente sabia, porque tirou o lixo reciclável várias vezes nas duas semanas em que moramos juntos e é sempre calorosa e amistosa com todos.)

Por favor, avise-me assim que puder se gostaria que suas coisas lhe fossem devolvidas. Posso deixar tudo pronto para que as retire sem precisar interagir comigo, se for o seu desejo.

Independentemente de como nos separamos, gostaria que soubesse que foi um verdadeiro prazer conhecê-la e ter dividido o apartamento com você nesse curto período. Sinto muito por tê-la magoado e assustado por conta da minha falta de transparência e das minhas ações.

Com carinho,
Frederick

Engoli o nó na garganta e reli a carta de Frederick.

Com carinho, Frederick.

Era tão... *franca.*

E demonstrava tanta consideração por mim. Além do elogio que havia me feito — *Você é sempre calorosa e amistosa com todos* —, Frederick me compreendia o bastante para saber que, depois que o pânico passasse, eu provavelmente ia querer minhas coisas de volta.

Sem ter que encontrá-lo.

A vulnerabilidade que Frederick devia estar sentindo praticamente escorria do papel. No entanto, dava para ver que ele tinha se esforçado muito para tentar escondê-la. Voltei a pensar na noite em que ele havia se empenhado de verdade para compreender minhas obras. Agora que parava para pensar, lógico que não faziam nenhum sentido para ele. O cara tinha centenas de anos de idade! Mesmo assim, Frederick havia tentado, ouvindo com atenção enquanto eu me explicava para ele — só porque era importante para mim.

Talvez Frederick estivesse sendo sincero quando disse que nunca me machucaria. Parecia cada vez mais provável. Talvez tecnicamente ele não estivesse vivo, e, sim, era um vampiro, mas também era...

Bonzinho.

E atencioso.

Também era possível que estivesse fingindo tudo aquilo só para me atrair de volta, mas, agora, passado um tempo dos acontecimentos daquela noite, não me parecia que fosse o caso.

— Está planejando me falar o que está rolando? — A voz cortante de Sam me tirou de meus devaneios.

Mordi o lábio e desviei os olhos.

— Como assim?

Sam colocou a tigela de mingau na mesa de centro e assumiu o que eu e Scott chamávamos em segredo de sua postura de advogado, inclinado para a frente no assento e com os cotovelos nos joelhos. Eu estava tão acostumada com anos e anos daquilo que tinha a sensação de que achava que já sabia o que me esperava.

— Você apareceu na nossa casa de noite sem suas coisas, sem aviso e sem explicação — começou ele. — Parecia que tinha acabado de ver um fantasma. Ainda dá essa impressão, lendo e relendo essa carta que parece ter sido escrita com uma pena.

Por reflexo, apertei a carta contra o peito.

— É uma carta particular.

Sam revirou os olhos.

— Você está na minha sala de estar, Cass. Não vou retirar a pergunta. O que está rolando?

Houve uma pausa, enquanto eu pensava em como responder àquela pergunta sem deixar Sam ainda mais preocupado.

— A carta é de Frederick — admiti, com todo o cuidado. — Ele quer devolver minhas coisas, mas eu... — Deixei a frase no ar e respirei fundo. — Acho que preciso falar com ele. Minha decisão de sair de lá talvez tenha sido precipitada.

Sam se levantou abruptamente.

— Como assim?

— Você me ouviu.

— Cassie — disse Sam. — Você estava morrendo de medo do cara quando chegou aqui. Agora ele manda uma carta e você quer voltar? — Ele balançou a cabeça. — Parece até uma história inventada para ensinar advogados a como entrar com uma medida cautelar contra um companheiro abusivo.

Meu coração foi à boca.

— Não é nem um pouco isso.

— Não?

— Não. — Balancei a cabeça. — Frederick não fez nada de errado. Ele é um ótimo colega de apartamento. Mas...

Aff. Como eu podia explicar a situação a Sam de uma maneira que fizesse sentido?

Ele colocou a mão no meu ombro, em um gesto caloroso e reconfortante. Sua expressão se abrandou. Sam, o advogado, tinha sido substituído por Sam, o conselheiro. Eu também o tinha visto com bastante frequência ao longo dos anos.

— Deixa a gente te ajudar a encontrar outro lugar onde morar, Cass. Seu acordo com Frederick obviamente não funcionou. Você pode ficar aqui o quanto quiser, claro, mas imagino que em algum momento você fosse gostar de não precisar mais dormir no nosso sofá.

Hesitei. Tentar encontrar outro lugar onde morar com certeza era a melhor coisa a fazer. Seria o que uma pessoa racional e equilibrada que havia acabado de descobrir que estava dividindo apartamento com um vampiro gato faria.

Mas nunca tinham me acusado de ser racional ou equilibrada.

E agora, depois de ter pensado a respeito por um tempo, eu acreditava no que Frederick falava sobre não ter nenhuma intenção de me machucar.

Pensei em como eu também havia mentido para ele no meu primeiro e-mail, quando disse que era professora de artes. Eu queria passar a melhor impressão possível quando me propus a dividir o apartamento e quando me mudei. Queria que Frederick *me escolhesse*.

Eu podia mesmo culpá-lo por também querer esconder de uma nova colega de apartamento os aspectos menos palatáveis de sua história e seus traços de personalidade mais desagradáveis? Tudo bem, ser vampiro era muito mais relevante no esquema geral das coisas do que exagerar no currículo. Mas, naquele momento, acho que compreendi o raciocínio por trás do que Frederick havia feito.

— Preciso falar com ele antes de tomar uma decisão — falei para Sam. — Quando eu vim pra cá, Frederick me disse que... queria explicar algumas coisas. Fui embora sem dar essa chance a ele.

Ouvimos o som de água no banheiro. Scott tinha acordado. Ele e Sam logo sairiam para o trabalho.

— E agora você quer dar essa chance ao cara? — perguntou Sam, com calma.

Assenti.

— Tem algumas coisas que preciso esclarecer.

— Não estou muito tranquilo com isso. — Sam agora me encarava, com os braços firmemente cruzados. — Aposto que se você me contasse a história toda ficaria ainda menos tranquilo.

Sam provavelmente estava certo.

Dei um beijo rápido em sua bochecha para distraí-lo, peguei o celular e fui até a porta.

— Vou dar uma ligadinha rápida pra ele e aproveitar pra fazer algumas coisas na rua. Volto depois.

— Não quer ligar pra ele daqui?

— Não — respondi, tentando ignorar o tom de alarme na voz dele. De jeito nenhum que eu conseguiria continuar escondendo aquela história de Sam se conversasse com Frederick na frente dele. Calcei o tênis que tinha deixado perto da porta. — Quero aproveitar para caminhar e esticar as pernas enquanto falo.

— Você odeia fazer exercício.

Ele também estava certo quanto àquilo. Daquela vez, o tom de preocupação na voz de Sam tinha sido inconfundível.

— Já volto — prometi outra vez, antes de ir embora.

....

DECIDI LIGAR PARA FREDERICK DO CENTRO DE RECICLAGEM.

Sim, o lugar era barulhento. Mas eu precisava estar me sentindo confiante e forte ao fazer aquela ligação. Só ia voltar para o apartamento de Frederick se sentisse que daria conta e se atendesse às minhas necessidades. A melhor maneira de lembrar que aquela ligação representava um passo ativo para reverter minha situação era fazê-la enquanto trabalhava na minha arte.

Assim que saí da estação de metrô perto do centro de reciclagem, no entanto, não aguentava mais de ansiedade. Entrei em uma loja com uma placa em neon em cima da porta que anunciava DONUTS FRESQUINHOS. Estava gloriosamente quente lá dentro, e fui recebida por um cheiro de açúcar derretido que dava água na boca.

Fui até uma mesa nos fundos, prometendo a mim mesma que poderia comer um donut com cobertura de chocolate depois que fizesse a ligação.

Peguei o celular na bolsa, lembrei a mim mesma que era capaz de fazer coisas difíceis e mandei uma mensagem.

Oi Frederick
É a Cassie
Posso te ligar?

Frederick, que detestava mensagens de celular e devia estar dormindo àquela hora, respondeu imediatamente. Como se tivesse passado aquele tempo todo com o celular na mão, esperando que eu entrasse em contato.

Sim.
Estou disponível agora, caso também esteja.

Liguei. Ele atendeu ao primeiro toque.
— Cassie?
O tom de esperança em sua voz calorosa e densa era inconfundível. Eu ignorei a pontada que provocou no meu peito.
— Isso — falei. — Sou eu.
— Estou surpreso. Fiquei preocupado que nunca mais ouviria falar de você.
— Também estou meio surpresa — admiti. — Poucos minutos atrás, também achava que você nunca mais ouviria falar de mim.
Segue-se uma longa pausa.
— Por que mudou de ideia?
Frederick devia estar com alguém, porque ouvi outra pessoa dizendo alguma coisa que não consegui entender.
— Cale a boca, imbecil! — murmurou Frederick. Então, ele acrescentou, às pressas: — Perdão, Cassie. Eu... não estava me dirigindo a você.
Levei a mão à boca para suprimir uma risada.
— Quem está aí com você? Reginald?
— Quem mais poderia ser? — Ele suspirou. Parecia exausto. — Infelizmente.
— Achei que você odiasse o cara.
— E odeio mesmo.
Mais murmúrios de Reginald que não consegui entender, seguidas por sua risada rouca e um "ai!" alto. Frederick havia batido nele? A ideia era tão ridícula que quase ri outra vez.
— Estou vendo — comentei.
— Sim. — Ele suspirou. — Minhas opções de companhia são um tanto limitadas.

Bati o pé no chão à medida que uma onda de culpa irracional tomava conta de mim. Ouvi o sino da porta na loja, e um grupo de clientes barulhentos entrou. A risada deles preencheu o espaço enquanto eu criava coragem para dizer o que me passava pela cabeça.

— Então. Quanto à nossa situação.

Outra pausa.

— Sim? — disse ele.

Respirei fundo.

— Na outra noite, depois que você... antes que eu saísse correndo, você disse que poderia se explicar.

— Sim.

— Ainda quer fazer isso?

Meu coração batia acelerado. Eu estava mesmo fazendo aquilo?

Quando Frederick voltou a falar, sua voz saiu baixa e contida.

— Sim. — Então, depois de um longo momento, ele acrescentou: — Porém só se quiser ouvir o que tenho a dizer. Não gostaria de me impor ou de impor minha história a você.

Respirei fundo outra vez.

— Quero ouvir, sim.

— Excelente. Mas posso perguntar o que fez com que mudasse de ideia?

Minha respiração até deu uma hesitada diante do tom esperançoso que notei em sua voz. Como responder àquilo? Eu deveria contar a verdade? Que vinha pensando nele mais do que seria sensato desde que havia me mudado, o bastante para me levar a conduzir minha própria pesquisa sobre vampiros? Que a carta que ele tinha mandado era uma das mais fofas que eu já havia recebido?

Não, eu não estava pronta para aquilo.

Portanto, revelei apenas uma parte da verdade.

— Estou me sentindo mal por ter fugido sem te dar a chance de se explicar, quando era óbvio que você tinha algo a dizer. E agora acredito no que você disse sobre não ter intenção de me machucar.

— Eu *nunca* machucaria você — afirmou ele, de maneira enfática.

— *Nunca*.

Engoli o nó na garganta, sem saber o que fazer com a emoção que ouvi em sua voz.

— Acredito em você — admiti. — Mas tenho uma série de perguntas.

— Claro. Compreendo que seja muita coisa para qualquer humano absorver. Passarei a noite toda em casa. Concordaria em vir para conversarmos?

— Não.

Precisávamos de um ponto de encontro neutro. Eu ainda não tinha plena certeza do que faria em seguida e não queria que seu apartamento maravilhoso ou minha inegável atração por ele influenciassem minha decisão. Além do mais, caso eu estivesse totalmente equivocada em relação a Frederick e ele estivesse mesmo brincando comigo antes de me morder, era melhor que nos encontrássemos em um lugar público.

— Que tal no Gossamer's?

— Gossamer's?

— O café em que eu trabalho. Vou te mandar o endereço.

— Justo — disse ele. — Quando?

Engoli em seco outra vez. Agora não tinha como voltar atrás.

— Às oito?

— Perfeito. — Ficamos em silêncio por um momento. — Esperarei ansiosamente pelo nosso reencontro, Cassie.

Sua voz soara branda e sincera. Tentei ignorar o friozinho na barriga que me provocou, mas não fui muito bem-sucedida.

— Eu também — disse, e estava falando sério.

OITO

Carta da sra. Edwina Fitzwilliam para o sr. Frederick J. Fitzwilliam, com a data de 29 de outubro

Caríssimo Frederick,

Recebi sua carta mais recente. Lê-la não ajudou em nada a apaziguar minhas preocupações. Sua decisão de permanecer em Chicago e de deixar sua segurança nas mãos de um biltre como Reginald e uma jovem humana é no mínimo imprudente — e no máximo PERIGOSÍSSIMA. Sinto que seria BASTANTE IMPROVÁVEL que o Frederick que eu conhecia tomasse uma decisão equivocada como essa!

Receio que seja mais uma prova de que seu estado psicológico está comprometido devido ao século que passou dormindo.

Eu estaria falhando com meus deveres como membro mais velho da nossa família — e como alguém que se importa com você, APESAR do nosso histórico — se permitisse que você desfizesse nosso acordo com os Jameson. Se a srta. Jameson tem lhe mandado presentes, ouso dizer que isso é BOM! É um sinal da consistência do afeto dela por você apesar de sua rejeição contínua. Você PRECISA abrir os presentes dela e mandar presentes EM TROCA, como símbolo da boa vontade de longa data entre nossas duas famílias.

Não me aborreça mais assim, Frederick.

Com amor,
Sua mãe

....

Oi Freddy
Qual é a dos pacotes

                        São de Esmeralda Jameson.
                        Não quero nenhum deles.

Ela continua te mandando coisa?

                        Sim.
                        Pedi que parasse, mas foi inútil.
                        Mamãe se recusa a intervir.
                        Ela acha que é um bom sinal.

Então você vai me dar tudo?

                        Apenas os que eu achar que você vai gostar.
                        Pelo menos um de nós faria bom proveito deles.

O que eu vou fazer com um bordado que diz
"Lar doce lar" feito com algo que tem cheiro e
gosto de entranhas humanas, Freddy?
Por que achou que eu ia gostar disso?

                        Pensei que fosse combinar com sua decoração, Reginald.

Tá, não posso te culpar por isso

FREDERICK JÁ ESTAVA SENTADO A UMA MESA NOS FUNDOS quando cheguei ao Gossamer's, observando o entorno com o assombro atordoado que seria de se esperar de um turista visitando um local exótico do outro lado do mundo.

Ele sempre estava bonito, mas mesmo para seus padrões parecia um sonho. Uma única mecha de cabelo se destacava lindamente em sua testa, como se Frederick tivesse saído de uma das páginas de seus romances de época britânicos. Ao vê-lo sentado todo aprumado na cadeira, usando um terno de três peças que lhe caía tão bem que parecia feito sob medida, comecei a questionar minha decisão de nos encontrarmos em um lugar público. Porque outras pessoas também estavam reparando em como ele estava lindo. Duas mulheres usando moletom da Universidade Northwestern que tomavam café na mesa ao lado lançavam olhares furtivos contínuos na direção dele.

Eu me senti tomada por um estranho sentimento de posse, que não me era familiar e que eu não reconhecia nem gostava.

E se uma daquelas mulheres começasse a dar em cima dele?

Trombei de leve com a mesa delas ao passar, dizendo a mim mesma que tinha sido sem querer.

Frederick mantinha os olhos fixos nos meus enquanto eu me aproximava. Seus cílios grossos e compridos continuavam parecendo um desperdício num homem.

Na verdade, era *estranho* vê-lo ali. Aquela era a primeira vez que interagíamos fora de casa, e até o momento eu não tinha me dado conta de que o via como um pertence do apartamento suntuoso em que morava. Vê-lo fora dele era tão chocante quanto encontrar um flamingo no metrô.

Frederick passou os olhos pelo meu corpo, e seu nariz se franziu um pouco quando ele notou minha mão esquerda porcamente enfaixada. Será que ele era capaz de sentir o cheiro do corte ali? Eu não queria pensar a respeito.

Ele franziu a testa.

— O que aconteceu?

Escondi a mão machucada atrás das costas.

— Não é nada — respondi.

Aquilo era verdade. A visita da tarde ao centro de reciclagem tinha sido produtiva: eu havia encontrado pedaços de sucata grandes que poderiam ser úteis, só precisava voltar para pegá-los quando pudesse usar o carro de Sam. Na saída, no entanto, prendi a mão na parte de baixo de um banco de bicicleta velho. O impacto foi menor do que o de um corte de papel feio, e o machucado parou de sangrar quase imediatamente, mas o funcionário do centro de reciclagem tinha surtado. Começou a tagarelar sobre risco de tétano e imputabilidade e insistiu em enfaixar minha mão antes que eu fosse embora.

A perspectiva do encontro com Frederick estava me deixando tão nervosa que eu havia esquecido de tirar a faixa exagerada e trocar por um band-aid de tamanho mais apropriado.

— Não parece que não é nada — retrucou Frederick, ainda me encarando. Ele parecia genuinamente preocupado. — Mostre para mim.

Ele se inclinou para mais perto, e senti o cheiro do xampu que ele devia ter usado antes de vir. Sândalo e lavanda. A lembrança olfativa daquele momento à porta do banheiro — eu só de toalha, pingando — me atingiu com tudo, mandando embora qualquer pensamento racional.

Enfiei as unhas na palma das mãos antes que pudesse fazer alguma idiotice. Como passar os dedos pelo cabelo grosso e sedoso dele em um local público.

Depois de me inclinar para que apenas Frederick pudesse me ouvir, eu meio que sussurrei, meio que sibilei:

— Não vou mostrar a um vampiro um machucado que uma hora atrás estava sangrando. — Meu tom foi mais duro do que eu pretendia, e ele fez uma leve careta. Me esforcei para ignorar a pontada de culpa que senti. — Só... confia em mim. Está tudo bem. Ok?

Ele baixou os olhos para a mesa.

— Ok.

Olhei para o balcão, onde Katie estava moendo café para a manhã seguinte. Era uma noite tranquila, sem fila.

— Vou pegar um café — anunciei, apontando para o balcão. — Quer alguma coisa?

Frederick balançou a cabeça.

— Não. Sou incapaz de consumir qualquer coisa além de...

Em vez de concluir a frase, ele arqueou uma sobrancelha. O moedor de café voltou à ação, fazendo um barulho alto e abrasivo.

— Ah. — Fiquei me perguntando se deveria saber daquilo. Não me lembrava se Spike ou Angel bebiam café em *Buffy*. — Nunca?

— Seria como se você tentasse consumir metal — disse ele, baixo. — Meu corpo simplesmente não reconhece nada além de você-sabe-o-que como forma de nutrição.

Eu queria ouvir mais sobre aquele assunto. Frederick nunca havia consumido nada além de sangue desde que se tornara vampiro? Era difícil conceber aquilo. Para início de conversa, parecia algo incrivelmente ineficiente. Presumindo que as necessidades calóricas dele fossem mais ou menos iguais às de um humano do mesmo tamanho, quanto sangue ele teria que beber todos os dias?

Mais que tudo, no entanto, se alimentar de uma única coisa literalmente para sempre parecia horrível. E um tédio.

No entanto, eu podia deixar minhas outras perguntas em relação a seus hábitos alimentares para depois.

— Posso te acompanhar enquanto você compra sua bebida? — Frederick olhou para os outros clientes do Gossamer's, notando que cada um deles tinha alguma comida ou bebida à sua frente. — Como explicarei em maiores detalhes em breve, preciso me adaptar à sociedade moderna. Faz mais de cem anos que não peço um café. Desconfio que o processo tenha mudado.

Arregalei os olhos.

Mais de cem anos.

Aquela era a segunda vez que ele fazia uma referência indireta a como era velho, mas continuava sendo tão chocante quanto naquela noite. Frederick não parecia ter mais de trinta e cinco. A dissonância cognitiva exigida para olhar para ele e acreditar que tinha mais de um século me deixava atordoada.

Eu me lembrei do momento logo antes que eu fosse embora do apartamento. *Preciso da sua ajuda*, ele havia falado. Sentada ali com ele no Gossamer's, notando seu olhar ao mesmo tempo confuso e fascinado, pensei ter compreendido afinal o tipo de ajuda de que ele precisava.

E, talvez, por que havia publicado um anúncio procurando alguém com quem dividir o apartamento.

Fiquei mexendo na alça da bolsa para disfarçar como estava abalada.
— Tá, vem comigo. Cafés são uma parte importante de Chicago. Se quer se adaptar...
— Sim — me cortou ele, animado.
Engoli em seco e prossegui:
— Se quiser se adaptar, você precisa aprender a pedir café. Mesmo que não vá beber de fato.

Frederick afastou a cadeira da mesa, as pernas de madeira raspando ruidosamente no chão de linóleo. Ele me seguiu tão de perto conforme abríamos caminho até o caixa que eu podia sentir sua presença gelada e sólida às minhas costas. Estremeci — em parte porque a proximidade dele era mais empolgante do que eu gostaria de admitir para mim mesma, mas também porque seu corpo irradiava frio de uma maneira que eu nunca havia observado em nenhuma outra pessoa.

Voltei a pensar em quando havíamos trombado na saída do banheiro. Eu tinha ficado tão horrorizada que nem registrara quão *frio* e duro era seu peito quando meu nariz roçara nele.

Agora estava registrando. Quantas pistas eu havia deixado passar?

Katie levantou o rosto quando chegamos ao balcão. O avental amarelo e florido do Gossamer's que ela usava era tão animado e vívido quanto sua personalidade. Katie era sem dúvida nenhuma a supervisora mais legal que eu já havia tido, uma das poucas que não usava a carta da autoridade na hora de limpar o espumador ou lidar com clientes chatos.

— Veio na sua noite de folga? — perguntou ela, nitidamente surpresa em me ver, o que fazia sentido. Era difícil que eu aparecesse se não fosse a trabalho.

— Estava por aqui — menti.

Katie não precisava saber que eu tinha marcado de encontrar Frederick no lugar onde trabalhava porque assim me sentiria mais empoderada para ter a conversa que estávamos prestes a ter. E porque eu queria testemunhas, caso tivesse me enganado em relação a ele ser um vampiro amistoso e a coisa logo fosse ladeira abaixo.

Katie assentiu.
— Querem pedir alguma coisa?

Frederick já estava olhando para a lousa com todo o cardápio acima da cabeça de Katie, com a intensidade que talvez usassem para traduzir hieróglifos. A lousa apresentava quase duas dúzias de opções de bebidas, escritas em giz pastel na letra floreada de Katie.

— "Somos Generosos" — leu Frederick, tão devagar e sem jeito que parecia que as palavras estavam escritas em uma língua que ele não falava. — "Somos... Profundos". — Ele se virou para mim, perplexo. — Achei que você tivesse dito que este estabelecimento servia café.

— Os nomes das coisas aqui são toda uma questão. — Katie revirou os olhos. — A dona foi em um seminário de bem-estar em Marin County alguns anos atrás. Quando voltou, todas as bebidas passaram a ter nomes "inspiradores".

— Mas são as mesmas bebidas que a gente encontra nos outros lugares — expliquei. — Não deixa os nomes te enganarem.

— As mesmas bebidas que a gente encontra nos outros lugares — repetiu Frederick.

— Isso. Me avisa se precisar de tradução.

Frederick pareceu considerar a oferta, depois se virou para Katie.

— Eu gostaria de comprar um *café*.

Ele disse as palavras devagar, com todo o cuidado e *alto*. Como o estereótipo do americano sem noção tentando se fazer entender em um país em que as pessoas não falam inglês.

— Café? — perguntou Katie.

— Café — confirmou Frederick, parecendo muito satisfeito consigo mesmo. Depois se lembrou de acrescentar: — Por favor.

Katie continuou olhando para ele, com toda a paciência. Às vezes, apareciam clientes que faziam um protesto consciente contra o sistema de nomenclatura da dona. Katie sabia como lidar com aquilo.

— Que tipo de café? — questionou ela.

Ele pensou por um momento.

— Café — insistiu.

— Mas que tipo? — Katie apontou para o cardápio, um gesto que já tinha feito outras tantas vezes. — Somos Cintilantes é nosso café de torra clara, Somos Exuberantes é nosso café de torra escura, Somos Vivazes é...

Em algum momento, mais clientes deviam ter aparecido, porque de repente havia uma fila atrás de nós. Ignorando-os, Frederick se virou para mim e disse:

— Esses nomes são ridículos.

— Mesmo assim, você precisa pedir alguma coisa.

— Eu *nunca* bebo café, Cassie — me lembrou ele, parecendo tão ofendido que tive que morder o interior da bochecha para impedir uma risadinha de escapar. — Talvez não tenha sido uma boa ideia.

— Só escolhe um — aconselhei. Eu me aproximei dele para que as pessoas na fila não me ouvissem, então sussurrei: — Se não vai beber, pode escolher qualquer coisa. Não é? Você não queria treinar?

Ele inclinou a cabeça enquanto pensava a respeito.

— Tem razão. — Frederick se virou para Katie. — Quero um... — Ele parou por um momento para olhar o cardápio de novo e fez uma careta. — Quero um Somos Vivazes.

— Um Somos Vivazes. — Katie apertou um botão no caixa. Então, com a paciência que costumava reservar aos clientes de setenta e cinco anos, o que, dadas as circunstâncias, era mais apropriado do que ela se dava conta, perguntou: — Que tamanho? Lua, Supernova ou Galáxia?

Foi a gota d'água para ele.

— Reconheço que as palavras que acabou de dizer fazem parte da língua — replicou ele, parecendo perplexo. — No contexto, no entanto, nada do que você disse faz sentido.

— Frederick...

— Um líquido se adapta ao tamanho e à forma do recipiente em que é colocado. Café não tem *tamanho*.

O volume de sua voz estava aumentando. Já havia cinco clientes na fila atrás de nós. Eu me virei e notei alguns cochichando e olhando para Frederick.

Era hora de intervir.

— O que ela quer saber, Frederick, é o tamanho da *caneca* de café que você quer.

Apontei para o cardápio. Embaixo, havia desenhinhos em giz das canecas pequena, média e grande, ou Lua, Supernova e Galáxia, e o preço de cada uma. Eu havia desenhado as canecas no cardápio em minha primeira semana de trabalho. Tinha sido divertido.

— As bebidas podem vir em canecas de tamanhos diferentes, e você escolhe um dependendo de quanto quer beber — expliquei. — Cada tamanho tem um nome relacionado ao espaço.

O lindo rosto dele adotou um tom de compreensão.

— Entendi. — Frederick olhou para Katie. — Você deveria ter dito isso logo.

Pela primeira vez, a paciência de Katie pareceu fraquejar. Ela olhou para mim e murmurou:

— Você conhece esse cara?

— Mais ou menos — admiti, tímida. — Frederick, que tamanho de caneca você quer pedir?

Ele pareceu refletir sobre a questão com muita seriedade.

— O que as pessoas normais pedem? Eu gostaria de uma caneca desse tamanho.

— Um Somos Vivazes grande, por favor — soltei antes que Katie pudesse responder. Precisava encerrar aquela conversa o mais rápido possível. — Desculpa, digo, um Somos Vivazes tamanho Galáxia. E eu quero um Somos Empoderados tamanho Lua, com espuma dupla.

Comecei a procurar meu cartão de crédito na carteira, mas Frederick levou a mão ao meu braço.

— Eu pago pelas bebidas — disse ele, com um tom que não deixava espaço para discussão.

Do nada, Frederick tirou uma bolsinha roxa berrante muito parecida com a pochete que meu avô usava quando íamos passar férias em família na Disney. Ele abriu o zíper da frente e uma variedade de moedas, dezenas ou *centenas* dela, se espalhou à nossa frente no balcão.

Fiquei olhando para a pilha, completamente embasbacada. Devia ter moedas de uns quinze países diferentes ali no balcão. Algumas pareciam dobrões de ouro, se era que aquilo existia.

Em defesa de Katie, ela nem piscou.

— Desculpa, mas não aceitamos dinheiro físico.

Ela apontou para a maquininha de cartão à nossa frente.

Frederick olhou primeiro para a máquina, depois para Katie, com a expressão vazia.
— O que é isso?
— Eu pago — falei depressa.
Frederick permitiu que eu o tirasse da frente com uma cotoveladinha, mas manteve os olhos fixos na máquina, completamente confuso.
— Eu...
— Você me paga depois — argumentei, inserindo o cartão na maquininha. — Com seus dobrões de ouro.

....

FREDERICK ME OLHAVA POR CIMA DE SUA CANECA DE SOMOS Vivazes. Ele deu uma cheiradinha no café e obviamente não gostou do que sentiu.
— Eu me lembro de amar café — comentou, apoiando a caneca na mesa, que continuava cheia e fumegante. — Agora tem cheiro de água suja para mim.
Ele parecia triste. Quanto do seu antigo eu será que havia perdido ao se transformar no que era agora? Mas teríamos tempo para explorar aquilo depois. Eu precisava de outras respostas primeiro.
Pigarreei.
— Então. Antes da minha fuga naquele dia, você me falou que podia explicar tudo. Que tinha mais coisa pra contar.
Se Frederick ficou surpreso com minha mudança de assunto, não demonstrou.
— Sim. É... uma longa história — disse ele. Seus olhos pareciam tristes e distantes. — Uma história que eu deveria ter compartilhado com você desde o começo. Peço perdão outra vez por não ter contado antes, mas, se estiver disposta a ouvir, gostaria de contar agora.
— É por isso que estou aqui. Espero que pelo menos parte dessa longa história explique por que um vampiro com centenas de anos que aparentemente não precisa de dinheiro colocou um anúncio procurando alguém com quem dividir um apartamento.

Ele abriu um sorrisinho. Eu me recusei a me deixar distrair por como aqueles meios-sorrisos o deixavam bonito. Principalmente quando faziam sua covinha surgir.

— Explica, sim.

— Imaginei. Pode começar.

— Talvez eu devesse lhe contar uma versão resumida. Senão ficaremos aqui a noite toda.

Tomei um gole do meu cappuccino (que estava ótimo — Katie fazia um excelente Somos Empoderados) e lambi os lábios. Os olhos de Frederick acompanharam o movimento da minha língua com interesse. Fingi não notar.

— Uma versão resumida provavelmente é uma boa ideia — concordei. — O café fecha às onze. Katie não vai gostar se ainda estivermos aqui a essa hora.

— Eu não gostaria de despertar a fúria dela — comentou Frederick.

— Desconfio que sua colega já esteja farta de mim por uma noite.

Tive que sorrir.

— Provavelmente.

— Muito bem. — Ele se endireitou na cadeira e me dirigiu um olhar tão sincero que perdi o ar. — Cassie, preciso que alguém more comigo porque, cem anos atrás, enquanto treinava um encantamento para transformar vinho em sangue, Reginald me envenenou por acidente em uma festa à fantasia em Paris. O que me colocou em uma espécie de coma de um século. Acordei na minha casa em Chicago há um mês, totalmente alheio às mudanças dos últimos cem anos. — Frederick voltou a sorrir, embora não parecesse achar graça nenhuma naquilo. — Estou tão perdido e indefeso nesta época quanto um bebê na floresta.

Senti o ambiente girar enquanto tentava processar o que ele estava dizendo. Sem perceber, apertei a caneca com cada vez mais força, até meus nós dos dedos ficarem brancos.

— Entendo — falei, mas não entendia nada.

Frederick inclinou a cabeça para o lado, avaliando minha reação.

— Creio ter surpreendido você. E compreendo. Também tive dificuldade de aceitar a princípio. E fui eu mesmo que passei por tudo isso.

— Hum.
— Talvez eu não devesse ter contado a versão resumida, no fim das contas — ponderou ele. — Talvez uma descrição mais cheia de nuances, detalhada, com datas, lugares e cenários pudesse facilitar a compreensão da história.

Eu duvidava daquilo.

— Não acho que haja algo que você pudesse ter dito ou feito que fosse facilitar minha compreensão.

Ele pareceu cabisbaixo.

— Talvez não haja mesmo.

— Então... — retomei, juntando as peças. — Você quer morar com alguém porque precisa de ajuda para entender o mundo moderno.

— Sim — concordou Frederick. — Mas quero mais do que apenas entender o mundo moderno. É imperativo para minha sobrevivência que eu seja capaz de me misturar a esse mundo da melhor forma possível. Ou pelo menos que não fique óbvio demais que sou um vampiro no século errado.

— Porque...

— Porque se destacar pode ser... *perigoso* para alguém como eu. Até mortal.

O que poderia ser perigoso para um vampiro? Eles não deveriam ser seres poderosos e imortais, que matavam humanos por diversão? Eu queria que Frederick explicasse aquilo, e por um momento pareceu que ele queria dizer mais. No entanto, deve ter mudado de ideia, porque simplesmente se recostou na cadeira, com os olhos fixos no café intocado.

Mas eu ainda tinha um zilhão de perguntas a fazer.

— Tá, mas... — Balancei a cabeça. — Por que *eu*? Por que me escolheu para morar com você?

Frederick arregalou os olhos.

— Não é óbvio?

— Não.

Ele deu de ombros.

— Quem melhor para me ensinar sobre a vida no século XXI e me ajudar a me adaptar à Chicago moderna que uma jovem como você, que flana aparentemente sem esforço por essa realidade?

Frederick me encarou. Seus olhos castanho-escuros eram suaves e convidativos.

Eu poderia me perder neles, percebi. Meu estômago deu uma espécie de cambalhota.

Que perigo.

Não, gritei comigo mesma. *Não vou ficar pensado em como Frederick fica gato assim tristinho.*

— Você também foi a única pessoa que apareceu — acrescentou ele.

Claro. Os duzentos dólares de aluguel deviam ter assustado todo mundo.

— Tá, mas... — Pigarreei e procurei me recompor. — Por que você não mora com Reginald? Ele parece estar se virando bem.

— Isto está fora de cogitação — respondeu Frederick, decidido. — Reginald pode estar mais familiarizado com a era moderna que eu, mas também é o motivo pelo qual me encontro nessa situação. Ademais, ele é a encarnação do caos. Antes de você se mudar para o apartamento, eu estava totalmente dependente da assistência dele. Era no mínimo tão terrível para ambos quanto está imaginando. As peças que ele pregava em mim, mesmo quando eu estava em coma... — Frederick estremeceu, depois balançou a cabeça. — No entanto, reconheço que, sem ele, seria provável que eu tivesse morrido durante meu século desacordado. Ou sido atropelado por um carro em menos de uma hora depois de despertar. Ou capturado por caçadores de vampiros.

Tudo começou a girar de novo.

— Caçadores de vampiros existem mesmo?

— Existiam um século atrás. Mas na Chicago de hoje... — Frederick fez um movimento de incerteza com a mão. — Há rumores de que eles continuam por aí. Embora eu admita que não sei se são muito confiáveis, considerando que desconfio que Reginald deu início à maior parte deles.

— Ah.

— Sim. Carros, no entanto, são completamente reais. Desejo muitíssimo evitar ser atropelado ao sair para meus passeios noturnos.

— Você... Você morreria? Se fosse atropelado?

Ele deu outro meio-sorriso. Frederick devia saber o poder que eles tinham.

— Provavelmente não. Mas desconfio que não seria muito agradável. Não pude evitar sorrir de volta diante de seu humor sarcástico.

— É, acho que não seria muito agradável para ninguém.

— Talvez eu possa sugerir que Reginald experimente para depois me dar seu parecer.

Apesar de tudo, aquilo me arrancou uma risadinha. A postura de Frederick relaxou visivelmente e seu sorriso se alargou. Era mesmo um sorriso incrível. Iluminava todo o seu rosto e o fazia parecer...

Mais humano, percebi de repente.

O que me fez cair na real.

Aquilo era ridículo. Eu não podia me deixar distrair pela atração que sentia por Frederick. Ainda tinha muitas perguntas a fazer, e parecia que quanto mais respostas ele me dava, mais perguntas despertavam.

— Eu deveria ter dito a verdade logo de início — repetiu ele, olhando para o chão.

O arrependimento em sua voz era inconfundível.

— É. Deveria mesmo. Eu estava morando com um *vampiro*, Frederick. E não fazia ideia.

Ele fechou os olhos, e os cantos de seus lábios se contorceram ligeiramente para baixo. Quando voltou a me encarar, seus olhos castanho-escuros pareciam me pedir desculpas.

— Espero que compreenda minha relutância inicial em contar a verdade sobre minha situação para uma completa desconhecida. — Frederick parou de falar por um momento. — Ou, pelo menos, que um dia possa me perdoar por ter começado tudo de maneira tão equivocada.

Ele voltou a desviar o rosto, constrangido.

— Eu... acho que entendo — falei. — E talvez até tope ajudar você, se ainda quiser.

Frederick se endireitou na cadeira.

— De verdade?

— *Talvez* — reforcei, erguendo uma das mãos.

Pensei em como ele havia feito com que eu me sentisse quando morávamos juntos, com a cesta de frutas e as panelas, os olhares calorosos, seu interesse sincero pela minha arte. Fora que minha situação financeira não tinha melhorado nem um pouco naquele meio-tempo desde que havia me mudado para lá. O aluguel de duzentos dólares continuava sendo uma mão na roda, tanto quanto antes.

Ainda assim, eu precisava pensar melhor a respeito. A situação toda era simplesmente surreal.

— Compreendo — disse Frederick.

— Ótimo. Antes de botar a mão na massa, preciso pensar se morar com um vampiro e fornecer a ele instruções práticas sobre a vida é algo com que consigo lidar.

Frederick ergueu as mãos diante do rosto e franziu a testa.

— Botar a mão na massa? Admito que não imaginei usar suas mãos como parte do processo de aprendizado, mas se acredita que *tocar* pode ajudar...

Se eu estivesse tomando meu cappuccino naquele momento, teria cuspido tudo na mesa. De repente, parecia que a temperatura no Gossamer's havia subido uns dez graus.

— Nossa. Não. É só uma figura de linguagem.

Ele me encarou.

— Uma figura de linguagem?

— Isso. "Botar a mão na massa" significa colocar as coisas em prática.

Frederick não disse nada por um momento.

— Colocar as coisas em prática? — indagou.

— Isso. Tipo você pedindo o café hoje à noite. Dá pra dizer que botou a mão na massa. Aprendeu a pedir um café pedindo um café.

Ele finalmente compreendeu.

— Ah, sim. Entendo.

Ele baixou os olhos para a caneca.

Então, se inclinou na minha direção.

Em uma situação como essa, uma pessoa esperta provavelmente se afastaria. Eu não consegui me convencer a fazer isso. E não só por causa da beleza dele, que sem dúvida tinha seu papel. Apesar de tudo — de quem e o que Frederick era, do fato de que ele não havia sido totalmente sincero comigo quando me mudei —, eu queria confiar nele.

Eu *confiava* nele.

Só que não o bastante para me permitir ser encantada da mesma maneira outra vez. Com mais dificuldade do que gostaria, eu me ajeitei na cadeira de modo a aumentar a distância entre nós.

Frederick pareceu entender, porque acrescentou:

— Compreendo se precisar de mais tempo para pensar a respeito.

Ele não parecia nada feliz com aquilo.

O que não fazia sentido.

— Mesmo que eu não continue morando com você, Frederick, alguém vai morar.

Seu olhar endureceu.

— Impossível. Eu... — Ele se interrompeu e balançou a cabeça. — Embora eu desconfie que, com o tempo, possa encontrar outra pessoa para dividir o apartamento, não será alguém que consiga me instruir tão bem quanto você.

Aquilo me surpreendeu.

— Não sou nem um pouco especial.

Ele franziu a testa. Algo no que eu havia falado o incomodava, embora eu não conseguisse imaginar o quê.

— Na última quinzena, descobri que, nesta cidade de milhões, você é única.

As palavras dele traziam uma intensidade discreta que eu era capaz de sentir na boca do estômago. De repente, não havia mais ninguém no café movimentado além de nós dois. O volume dos ruídos em volta diminuiu e ficou inaudível diante do barulho do sangue correndo nos meus ouvidos. Baixei os olhos para a mesa.

A caneca Galáxia que ele segurava parecia pequena em suas mãos.

Pigarreei.

— Sei que isso não é verdade, Frederick. Eu...

— Não pense nem por um minuto que você é substituível, Cassie Greenberg — disse ele, parecendo quase bravo. — Você é tudo menos isso.

....

REPASSEI A CONVERSA COM FREDERICK VÁRIAS VEZES NA CABEÇA no caminho de volta para a casa de Sam.

O lugar estava escuro quando entrei. Eu me lembrava vagamente de Scott ter mencionado um evento na universidade aquela noite, para o corpo docente e acompanhantes. Os dois deviam estar lá.

Considerando a confusão mental em que eu me encontrava, fiquei feliz por ter o apartamento só para mim. Não seria capaz de lidar com Sam metendo o bedelho na minha vida, ainda que com boas intenções.

Para ser sincera, eu estava tentada a voltar a morar com Frederick. Mas não queria tomar uma decisão às pressas, mesmo que ele parecesse ansioso para morar comigo. Frederick ficaria bem mesmo se eu não voltasse. Independentemente do que ele tinha dito, ia encontrar alguém tão qualificado quanto eu... o que quer que aquilo significasse.

Ainda que esse argumento fosse verdade, a mera menção parecera perturbar Frederick, portanto eu sentia que devia a ele uma resposta o mais breve possível. Não podia ficar enrolando.

Dei uma olhada no celular. Eram quase onze, mas Frederick não acharia tarde se eu ligasse. Onze da noite era meio que o fim da manhã para ele. Talvez Frederick achasse que eu era patética e ansiosa demais, no entanto, porque fazia apenas uma hora que havíamos nos despedido.

Por outro lado, talvez ele ficasse feliz por eu ter me decidido tão depressa.

Respirei fundo e fechei os olhos.

No metrô, eu havia chegado à conclusão de que ficaria satisfeita se Frederick pudesse me garantir uma única coisa *bem* específica. O restante poderia esperar.

Contei até dez, tentando fazer meu coração se acalmar. Então liguei para ele.

Frederick atendeu no primeiro toque.

— Cassie. — A julgar por sua voz, ele estava encantado com a surpresa. — Boa noite.

— Tem mais uma coisa que quero discutir com você — anunciei, indo direto ao assunto. Não era hora de papo furado. — Se concordar com alguns pontos agora, posso voltar para o apartamento.

Os barulhos da rua — um carro buzinando, alguém rindo — chegavam pelo outro lado da linha. Ele devia estar fora, fazendo... o que quer que fizesse à noite.

Eu não queria pensar no quê exatamente.

— Quais pontos? — perguntou Frederick, sem conseguir esconder a ansiedade na voz.

Fechei os olhos, tentando controlar os nervos.

— Precisamos falar sobre a comida — comecei. — A *sua* comida, em especial.

— Sim. Imaginei que você fosse querer discutir isso em algum momento.

— E imaginou certo. — Mordi o lábio, tentando pensar em como elaborar a pergunta que queria lhe fazer. — Acredito no que você disse, sobre nunca se alimentar de humanos vivos...

— Que bom — disse Frederick, enfático. — Porque não me alimento.

— Então você consegue o que precisa com bancos de sangue?

Há uma pausa, depois ele diz:

— Em geral, sim.

Tomei a decisão intencional de não perguntar o que ele queria dizer com "em geral". Ou no dilema ético que roubar bancos de sangue implicava. Tomar sangue que deveria ir para pacientes necessitados também levava a mortes humanas, ainda que de maneira indireta. Mas eu imaginava que Frederick estava fazendo o que precisava para sobreviver da maneira mais humana possível.

— Acho que posso lidar com o fato de que você bebe sangue, considerando o quanto você se controla.

— Fico muito feliz em saber disso.

— Mas... — prossegui. — Não consigo lidar com outra experiência como a daquela noite. Quando abri a geladeira e... tchã-rã! Sangue. — Fiz uma pausa, me esforçando ao máximo para não pensar no cheiro nauseante de todo aquele sangue no lugar onde eu guardava minha comida, ou no modo como Reginald havia tomado uma bolsa inteira, que nem uma criança tomando suco de caixinha no recreio. — Se acontecer algo do tipo de novo, vou embora de vez.

— Eu compreendo — disse Frederick, depressa. — Você não quer ver sangue no apartamento, nem me ver tomando sangue.

— Isso mesmo.

— Assim será — prometeu ele. — Todo o espaço de armazenamento de comida na cozinha será para seu uso apenas. Posso guardar meu alimento em uma geladeira que colocarei no meu quarto para esse propósito. Ou não levar sangue para nossa casa como um todo.

Nossa casa.

Ignorei o calorzinho que me inundou com tais palavras.

— Perfeito — concordei, feliz por ele não ter reparado que eu tinha ficado vermelha.

— Ótimo. — Depois de um momento, Frederick acrescentou: — Por favor, acredite em mim, nunca foi minha intenção que visse o sangue. Ou alguém o tomando. Juro que pensava que você só chegaria em casa muito mais tarde.

Eu acreditava nele.

— O que Reginald fez não foi culpa sua.

— De qualquer maneira, só me alimentarei em casa quando você não estiver por perto.

— Obrigada.

— Não será tão difícil. Há poucas horas por dia em que ficamos os dois em casa, e menos ainda em que ficamos os dois acordados.

— Você passa grande parte do dia dormindo mesmo, né?

Ele não respondeu de cara, depois suspirou.

— Receio que seja uma consequência de ter passado um século dormindo. Antes, eu era capaz de passar o dia acordado, como qualquer mortal, mesmo que ficar ao sol sempre tenha sido um pouco desagradável. Mas... — Ele deixou a frase no ar e suspirou de novo. — Ainda estou recuperando minhas forças, Cassie. E, no momento, a melhor maneira de fazer isso é minimizar o tempo que passo acordado durante o dia.

— Claro — falei, como se compreendesse, embora não fosse o caso.

Ainda tinha inúmeras perguntas sobre como a vida dele, ou a não vida dele, funcionava. Tudo o que eu sabia sobre vampiros vinha da ficção.

Mesmo entre os mundos vampíricos ficcionais sobre os quais eu tinha lido ou visto na TV havia inúmeras inconsistências. Os vampiros dos romances da Anne Rice, por exemplo, não agiam como os vampiros de *Buffy* ou *True Blood*.

Eu imaginava que Frederick não cintilasse ao sol, como os vampiros de *Crepúsculo*, mas mesmo aquilo era só um palpite. Não fazia ideia de como nada daquela existência funcionava.

Teria tempo para juntar as peças, no entanto. Por ora, risquei "comida" da minha lista mental, mais ou menos satisfeita com o que ele havia me prometido.

— Ainda tenho um monte de perguntas — admiti. — E preocupações também. Mas estou disposta a ter fé e confiar que você vai ser honesto comigo sobre tudo de importante a partir de agora.

— Se concordar em morar comigo e me ajudar a me adaptar à vida no século XXI, nunca voltarei a omitir nada a meu respeito que possa impactar sua vida de maneira significativa.

— Ótimo — falei. Em seguida, antes que pudesse me conter, acrescentei: — Volto amanhã, então.

Eu não tinha como saber ao certo, mas quando Frederick se despediu alguns minutos depois, senti que ele estava sorrindo.

NOVE

Oi Frederick

> Olá, Cassie.
> Está tudo bem?
> Espero que não tenha mudado de ideia quanto a se mudar.

Ah não
Só queria avisar que vou instalar o wi-fi no seu apartamento
Por minha conta

> Wi-fi?

Isso. Se vou me mudar de volta, preciso de internet.

> Tudo o que ouvi a respeito da internet faz com que pareça um câncer que aflige a sociedade moderna.
> Não tenho certeza de que quero isso.

Bom eu quero
Preciso pra ver meus programas e mandar e-mail e tal
Prometo que você vai adorar

> Garanto que não vou.

Mas se é algo que vai colaborar para com a sua felicidade, ficarei contente de permitir.

FOI SURPREENDENTEMENTE BOM VOLTAR AO APARTAMENTO DE Frederick. Eram três da tarde, de modo que, como da primeira vez em que eu havia me mudado, ele não estava lá para me receber. No entanto, havia deixado abertas as cortinas das janelas que davam para o lago — provavelmente pensando em mim. O sol claro do outono refletia na água de maneira tão convidativa que quase parecia que a vista estava me dando boas-vindas.

Ou talvez eu só tivesse cansada de acampar no sofá de Sam.

Entrei no apartamento lentamente, me esforçando para ignorar a decoração bizarra. As paredes escuras demais, a cabeça empalhada de lobo sinistra que ficava acima da lareira, o modo como o armário do corredor que eu estava proibida de abrir cheirava vagamente a fruta — continuava tudo tão esquisito quanto alguns dias antes e passava a mesma impressão de que os ricos tinham mais dinheiro que noção. A única diferença era que tudo fazia mais sentido agora que eu sabia que Frederick era um vampiro centenário.

Bocejei enquanto me dirigia ao quarto. Tinha ficado acordada até tarde da noite tentando convencer Sam de que voltar para o apartamento do qual eu havia fugido no outro dia era mesmo o que eu queria fazer. Não dava para culpá-lo pela preocupação; compreendia que, visto de fora, meu comportamento não fazia sentido.

Só que eu não podia revelar o segredo de Frederick.

E torcia para que, com o tempo, Sam parasse de se preocupar tanto comigo.

Assim que entrei no quarto, perdi o ar. Frederick havia deixado meus quadros pendurados exatamente onde estavam antes que eu partisse. Embora eu tivesse certeza de que ele não os entendia direito.

Dois envelopes com meu nome me esperavam sobre o colchão grosso da cama com dossel. Ao lado deles, havia uma fruteira de madeira com mais quincãs de dar água na boca, assim como da primeira vez que eu me mudara.

Abri o primeiro envelope e tirei de dentro duas folhas de papel grosso bem dobrado, com uma caligrafia que àquela altura eu reconheceria em qualquer lugar.

Cara Cassie,

Bem-vinda de volta. Fico muito feliz que tenha decidido continuar morando comigo e torço para que você também esteja.
  Preparei uma lista de temas que poderemos abordar juntos no futuro. Ela segue anexa, para sua aprovação. Por favor, entenda que sou tão pouco versado nos costumes do mundo moderno que provavelmente nem sei o que não sei. Se puder pensar em grandes omissões desta lista, por favor, me informe.

Com carinho,
Frederick.

P.S.: Como pode ter notado, incluí na lista "cafeterias e como se comportar nelas". Depois do que aconteceu no Gossamer's quando tentei pedir uma bebida, cheguei à conclusão de que preciso me aprofundar no tema.

Soltei uma gargalhada quando li a última parte.
Bem pensado, Frederick.
Dei uma olhada na lista anexa à carta, mordiscando o lábio inferior enquanto refletia sobre o que Frederick havia incluído.

Proposta de Frederick J. Fitzwilliam de
lições sobre o mundo moderno

1. Cafeterias e como se comportar nelas.
2. Dicas para conversas em geral (com foco específico em como conversar de maneira a não deixar imediatamente aparente que nasci no século XVIII).
3. Transporte público: como, onde e quando?

4. Internet (já que você insiste que devo aprender a respeito).
5. "Tick Tock".
6. Breve resumo dos principais eventos históricos ocorridos nos últimos cem anos.

Para além do fato de que eu não conseguiria resumir cem anos de história mundial, a lista de Frederick estava incompleta. Se ele queria se adaptar à Chicago do século XXI, uma das primeiras coisas que precisava fazer era esquecer os ternos de três peças, os lenços antiquados e os sapatos brogue e usar roupas mais modernas e menos formais. Eu imaginava que ele soubesse que se vestia como um figurante de uma versão para a TV de um clássico da literatura britânica e que grandes mudanças eram necessárias — mas como "me ensine a me vestir" não estava na lista, concluí que não devia ser o caso.

Anotei na mesma hora no topo da lista, para garantir que não ia esquecer: "Aula de moda — fazer compras?"

O restante da lista era um bom começo. Com alguns ajustes, eu achava que seria capaz de abordar suas principais preocupações sem grandes dificuldades. Não sabia muito sobre TikTok, mas podia lhe mostrar o Instagram. Ensinar como a internet funcionava podia até ser divertido. Dobrei a carta e a lista e voltei a guardá-las no envelope, já pensando em qual seria a melhor maneira de ensinar as coisas que Frederick mais queria aprender.

Enquanto refletia, peguei o segundo envelope no colchão. Debaixo dele havia uma caixinha retangular, comprida e fina, embrulhada em papel prateado e dourado, que parecia um presente.

Seria possível que ele estivesse me dando outro presente de boas-vindas?

Abri devagar o envelope e puxei a folha de papel.

A mensagem da carta se resumia a três palavras.

Cara Cassie,

Para sua arte.

Com carinho,
Frederick

Engolindo em seco, peguei a caixinha e abri o embrulho cuidadosamente feito. O papel era ao mesmo tempo grosso e macio. A caixa dentro, creme e com o famoso logo em verde-floresta da Arthur & Bros. embaixo. A Arthur & Bros. era uma loja de material de arte que ficava perto da Universidade de Chicago. Recebia encomendas do mundo todo e fazia alguns dos melhores pincéis que eu já havia usado.

Abri a caixa. Dentro havia um conjunto de quarenta e oito lápis de cor maravilhosos, do rosa-claro a um azul tão escuro que quase chegava a preto.

Eu não usava lápis de cor em meus trabalhos desde o ensino médio, e não tinha certeza de que usaria os do conjunto. Mas aquele era um presente inegavelmente amável. Fiquei pensando como Frederick havia conseguido comprá-lo, já que o Hyde Park ficava longe do apartamento — fora o fato de que ele parecia não fazer ideia de como pagar pelas coisas.

Eu disse a mim mesma que precisava parar de pensar no que um presente tão generoso e atencioso poderia significar.

Mas não consegui.

Peguei uma caneta e um papel na minha bolsa e escrevi um bilhete rápido.

Oi, Frederick.

A lista está ótima! Agora temos um ponto de partida. Mas também precisamos fazer alguma coisa em relação a suas roupas. São bonitas, mas fazem você se destacar de um jeito que imagino que você não queira. A gente devia ir fazer compras juntos em breve. O que acha? Eu te mostro o que comprar pra ninguém pensar que tem algo de estranho com você quando sair de casa.

E muito obrigada pelos lápis. São lindos.

Com carinho,
Cassie

Fiquei olhando para a maneira como havia assinado o bilhete por um bom tempo antes de conseguir me convencer a deixá-lo na mesa da cozinha.

Não havia nada de errado em assinar "Com carinho, Cassie" em resposta a um bilhete assinado "Com carinho, Frederick", certo? Não era a pior ideia do mundo, certo?

Eu só estava sendo educada. Fazendo o que uma boa colega de apartamento, uma colega de apartamento simpática, faria. Não havia nenhum motivo para meu coração acelerar enquanto eu pensava nele lendo o bilhete depois que eu tivesse ido dormir, abrindo um sorrisão para minha assinatura, a ponto de fazer aquela sua covinha aparecer. Absolutamente nenhum motivo.

No entanto, meu coração estava, sim, acelerado quando deixei o bilhete no lugar cinco minutos depois.

....

COMO MUITOS DOS ARTISTAS QUE COMPARTILHAVAM O ESPAÇO do Vivendo a Vida em Cores tinham um trabalho em período integral, o estúdio ficava muito mais movimentado à noite e no fim de semana. Cheguei lá às sete, algumas horas depois de ter voltado para o apartamento de Frederick, e o lugar estava lotado, sem espaço para mim na mesa comunitária, que era onde eu mais gostava de trabalhar.

— Tem uma baia livre nos fundos — disse Jeremy, um pintor que até onde eu sabia morava ali, da cabeceira da mesa comunitária.

— A baia com a luminária funcionando ou a baia com a luminária quebrada?

— Joanne consertou a luminária quebrada na terça.

— Sério? — perguntei, surpresa.

Não era nenhum segredo que o estúdio mal conseguia se manter com o dinheiro dos artistas. Joanne em geral via qualquer conserto que não fosse absolutamente necessário como algo que podia ficar empurrando com a barriga.

— Eu sei, também fiquei surpreso. — Jeremy riu. — Bom, até terça era a baia com a luminária quebrada, mas agora está funcionando normal.

O projeto que eu queria enviar para a galeria tinha se revelado aos poucos nos dias anteriores. E se solidificara aquela tarde, quando entrei no meu quarto e vi as paisagens do lago Michigan no lugar onde o quadro horrível da caça à raposa havia estado.

Aquela pintura era horrível, mas nem toda arte retratando o interior da Inglaterra do século XVIII era assim — a menos que as aulas que eu havia feito em Londres quando estava na faculdade estivessem completamente erradas. E se eu criasse algo inspirado por aquela época, mas sem o lance medonho da caça? Um palacete na região dos lagos, com árvores frondosas ao fundo e um riacho no primeiro plano? Eu ainda precisava pensar exatamente em como subverteria aquela imagem através dos objetos encontrados — como a modernizaria, como a tornaria minha —, mas aquilo poderia ficar para depois. Antes, no entanto, aquela ideia de paisagem me faria exercitar meus músculos da pintura a óleo, de um jeito empolgante.

Revirei a bolsa em busca do meu caderno — e do último presente que Frederick havia me dado. Em geral, eu usava grafite normal nos esboços iniciais, mas para aquele projeto decidi fazê-los coloridos.

DEZ

*Troca de mensagens de texto entre o sr. Frederick
J. Fitzwilliam e o sr. Reginald R. Cleaves*

Posso lhe pedir uma opinião sincera?

Sempre

O que acha das minhas roupas?
Da maneira como me visto, digo.
Acha que me visto com elegância?

Com elegância?

Sim.

Acho que você se veste superbem

Ótimo.
Concordo. Obrigado.
Acho que minhas roupas são muito refinadas.

> Bom, eu guardei suas roupas com todo o cuidado enquanto você dormia
> Então posso ser suspeito pra falar

Talvez, mas por acaso considero que, acerca dessa questão isolada, você fez bem.

> Ahhhh valeu 😊
> Mas por que de repente você liga pras suas roupas? 👀

Sempre "liguei" para minhas roupas.

> Hum... nos três séculos que te conheço você nunca pediu minha opinião sobre suas roupas ou aparência
> Por que está pedindo agora? 👀👀👀

Eu só...
Estava curioso.

> KKKK não tem nada a ver com a MULHER que voltou a morar com vc? 👀👀👀

Não tenho a menor ideia do que você está falando.

NA NOITE SEGUINTE, DEPOIS QUE O SOL SE PÔS E FREDERICK ME recepcionou pessoalmente com um sorrisinho brincalhão nos lábios, acabamos os dois juntos à mesa da cozinha diante do meu laptop.

Frederick olhava para a tela com a festa franzida e os braços cruzados.

— O que é isso que estou vendo, Cassie?

— O Instagram.

— Instagram?

— Isso.

Ele apontou para a foto com filtro do que, de acordo com a legenda, Sam havia tomado no café da manhã meses antes, quando estava no Havaí, em lua de mel.

— O Instagram consiste em... fotos de comida?

— Às vezes, sim.

Frederick riu, nem um pouco impressionado.

— Reginald nunca te mostrou nada na internet? — perguntei, um tanto incrédula, mas já sabia a resposta.

Estava bem óbvio que, antes de instalarem a internet aquela tarde, Frederick nunca havia tido contato com nada on-line.

Ele balançou a cabeça.

— Não.

— Por que você colocou o TikTok na lista, então?

— Achei que fosse um estilo novo de música — admitiu ele após um momento, com certa timidez.

Não consegui evitar sorrir. Frederick era até fofo de tão ingênuo.

— Sério?

— Chama-se TikTok — argumentou ele. — Parece o barulho do relógio. Acho que foi um bom palpite.

Ele tinha lá sua razão. Se eu acordasse de uma soneca de um século, talvez chegasse à mesma conclusão. Fazia poucas décadas que eu havia nascido e também não sabia muita coisa sobre o TikTok.

— Bom, de qualquer maneira, ter acesso à internet é essencial no século XXI — falei. — É assim que todo mundo se informa.

— Deve ter sido por isso que Reginald não instalou internet no apartamento — disse Frederick, em um tom sombrio. — Ele me alimentou e garantiu que minhas contas fossem pagas por um século para que eu não definhasse e não acordasse sem teto. No entanto, se depois de acordar eu tivesse informações confiáveis à disposição, isso prejudicaria sua capacidade de me pregar peças.

Dei risada.

— Acho que já sou uma assistente mais legal do que ele era.

— Não tenho nenhuma dúvida quanto a isso.

Frederick voltou a concentrar sua atenção no laptop. Eu havia explicado para ele que, embora não estivesse familiarizada com tudo o que havia na internet ou todas as redes sociais — por exemplo, só tinha entrado no TikTok para ver vídeos engraçados de gatinhos e não entendia muito bem como funcionava —, do Instagram eu sabia, e podia lhe mostrar tudo.

Ele havia concordado na mesma hora, embora tivesse acabado ficando óbvio que aquilo se devia ao fato de que ele não sabia o que o Instagram era. Depois que eu entrara no perfil de Sam, Frederick deixou bastante claro que estava arrependido de sua decisão — e talvez até de ter me pedido para ensinar sobre a internet.

— Qual é o sentido de uma tecnologia dedicada exclusivamente a compartilhar fotos de café da manhã?

Frederick estava tão estupefato — quase ofendido, na verdade — que tive que morder o lábio para não começar a rir. Ele era a personificação não humana do tiozão da internet, só que em uma versão deslumbrante e de ombros largos. O fato de que parecia um homem de trinta e poucos anos só tornava tudo ainda mais engraçado.

E encantador.

— O Instagram não se resume a fotos de comida — argumentei, tentando manter a expressão séria.

Ele apontou para a tela de forma acusadora.

— O perfil do seu amigo parece exclusivamente de fotos de comida.

— Sam gosta de tirar foto do que come — admiti. — Mas o Instagram permite que os usuários compartilhem fotos do que quiserem com pessoas do mundo todo. E não só de comida.

Frederick pareceu pensar a respeito.

— É mesmo?

— É — confirmei. — Dá pra compartilhar fotos de notícias importantes ou de lugares bonitos. E, tá, às vezes as pessoas publicam fotos de comidas que gostaram. Principalmente se foi em um lugar especial ou se elas estavam empolgadas quando comeram.

— Por que pessoas do mundo inteiro se importam com o que seu amigo Sam comeu quando estava de férias?

Abri a boca para falar, mas então me dei conta de que não tinha uma boa resposta para aquilo.

— Eu... não sei — admiti. — Mas, se quiser, a gente pode tirar uma foto da fruteira cheia de laranjas que você deixa na bancada pra mim. Ficaria bonita.

Ele olhou para trás, para as laranjas em questão, depois balançou a cabeça.

— Simplesmente não compreendo essa urgência moderna de compartilhar cada pensamento errante com o mundo todo no momento em que ele ocorre.

— Não posso dizer que entendo totalmente também — confessei. — Uso o Instagram para divulgar meu trabalho. Fora isso, não uso muito as redes sociais.

— Então por que está insistindo para que *eu* aprenda a usar? — Frederick parecia petulante, como uma criancinha prestes a dar um chilique por ter que fazer a lição de casa de matemática. — Se rede social é isso, receio que não seja nada além de uma perda de tempo chata e invasiva.

Frederick continuou olhando feio para meu laptop, e fui inundada de empatia. Quando ele adentrou seu sono de um século, deixou para trás um mundo de cartas escritas à mão e transporte por cavalos. Acordar na era das redes sociais e das Kardashian devia ter sido um tremendo choque. Era como um octogenário aprendendo a usar um computador — só que pior.

Octogenários eram mais de duzentos anos mais novos que ele.

No entanto, eu estava determinada a continuar aquela aula. Frederick talvez não tivesse a intenção de aprender sobre redes sociais quando me perguntara sobre o TikTok, mas, sinceramente, aquilo era uma boa ideia. Já tínhamos começado, e eu não ia deixar que ele atrapalhasse o próprio progresso.

— Você não precisa usar nenhuma rede social — afirmei, com tranquilidade. — Mas, se quiser passar despercebido no mundo moderno, precisa pelo menos saber do que se trata.

— Tenho certeza de que isso não é verdade.

— Mas é.

Ele fez um beicinho, seus lábios volumosos e aparentemente macios. O vampiro de centenas de anos de idade com quem eu morava estava *de bico*. A visão era igualmente ridícula e fascinante. Quando Frederick mordeu o lábio, meus olhos se fixaram em sua boca, impotentes. Os dentes da frente dele eram iguais aos de qualquer outra pessoa. Será que Frederick tinha presas como Reginald? Se ele levasse seus belos lábios ao meu pescoço, conseguiria sentir meu coração batendo sob a pele?

Eu ainda tinha várias perguntas. Algumas das quais não ousaria admitir nem para mim mesma.

— A nitidez das fotos que se pode encontrar na internet é mesmo impressionante — elogiou Frederick, com certa relutância.

Aquele comentário sobre as fotos de Sam me tirou de meus devaneios, me salvando de mim mesma. Pensar na boca dele no meu pescoço, ou em qualquer parte do meu corpo, não poderia terminar bem.

Eu me endireitei na cadeira, sentindo que estava um pouco corada.

— Sam deve ter usado um filtro nessa.

— Como assim?

Balancei a cabeça. A aula sobre os filtros do Instagram podia ficar para outro dia.

— Esquece.

Por sorte, Frederick deixou passar.

— Pelo que Reginald me disse, há uma maneira de interagir com as imagens nas redes sociais. Como isso é possível?

— Ah. Bom, no Instagram, dá pra curtir uma foto clicando no coraçãozinho ou deixar um comentário.

Frederick franziu a testa.

— Um comentário?

— Isso.

— Que tipo de comentário as pessoas fazem no Instagram?

Refleti por um momento.

— Bom, você pode dizer o que quiser. Em geral, as pessoas tentam ser engraçadinhas. E acho que às vezes podem ser meio maldosas também. Mas isso é filha da putice.

— Filha da putice... — repetiu ele devagar, parecendo confuso.

— Exatamente.

Frederick balançou a cabeça e murmurou algo baixinho que me pareceu ser "essas gírias modernas incompreensíveis...", embora não desse para ter certeza. Então perguntou:

— Posso comentar a foto do café da manhã do seu amigo?

O pedido dele me surpreendeu, considerando que Frederick estava sendo abertamente hostil à mera ideia das redes sociais. Mas achei bom que ele quisesse aprender.

— Claro. — Apontei para o ícone do balão. — É só escrever o que quiser dizer bem aqui.

Frederick ficou olhando para o teclado, depois começou a apertar as teclas bem devagar, usando os dois indicadores.

— Ainda estou me familiarizando com os teclados modernos — admitiu ele, conforme se esforçava para compor seu comentário. — São muito diferentes das máquinas de escrever com que estou acostumado.

Pensei nas máquinas de escrever antigas que o Instituto de Arte de Chicago tinha em sua coleção e tentei visualizar Frederick usando uma, em suas roupas antiquadas.

— Você é ótimo mandando mensagens de texto — comentei. — E olha que o celular deve ser ainda mais difícil de usar.

Frederick deu de ombros.

— Descobri um recurso que transforma a fala em texto — disse ele, sem parar de digitar. Para alguém que em geral se movia de maneira tão fluida, que parecia tão à vontade com o próprio corpo, Frederick digitava de forma bem desajeitada. Era estranhamente fofo. — Sem ele, eu nunca usaria o celular.

Aquilo explicava o tamanho das mensagens que Frederick mandava. Com um sorrisinho no rosto, dei uma olhada na tela do laptop. Meu sorriso se desfez quando li o que Frederick havia escrito.

> Embora esta fotografia seja razoável, não consigo ver o sentido de usar tecnologia avançada para propósitos tão mundanos. Por que a compartilhou? Com votos de boa saúde, Frederick

Fiquei olhando para ele.

— Você não pode publicar isso — falei, ao mesmo tempo que Frederick clicava em "publicar".

— Por que não? — Ele parecia genuinamente confuso. — Você acabou de dizer que as pessoas podiam escrever o que quisessem no Instagram.

— Não usando o meu perfil. — Afastei as mãos de Frederick do teclado, ignorando seus protestos. — Apaga. Você foi maldoso.

— Não fui, não. Apenas pedi uma explicação.

— Foi, sim. Sam vai te achar um babaca.

Por motivos óbvios, Sam já não gostava de Frederick. Eu ainda não havia explicado por que tinha fugido e aparecido à porta da casa deles sem avisar, ou por que acabei voltando para o apartamento de Frederick logo depois. Conhecendo meu histórico de péssimas condições de moradia e homens horrorosos, Sam certamente estava pensando o pior.

A expressão pensativa de Frederick sugeria que, de alguma maneira, ele havia adivinhado o que eu estava pensando.

— Seu amigo já tem motivos o bastante para desconfiar de mim. No lugar dele, eu provavelmente me encontraria na mesma posição. Imagino que você esteja certa. Não quero piorar as coisas insultando a foto de café da manhã dele.

— Isso. — Balancei a cabeça. — Melhor não.

— Muito bem — disse Frederick. — Pode tirar o comentário.

Quando ele fechou os olhos, seus cílios grossos e compridos tocaram suas maçãs do rosto. Aquilo me deixou em transe, assim como o sobe e desce constante de seu peito com a respiração.

— Eu... costumava ser conhecido por minha postura bastante direta — admitiu Frederick, sua voz pouco mais que um sussurro. — Era uma característica admirada nos homens da minha época. Imagino que hoje seja preciso medir as palavras com frequência para não ofender ninguém. — Ele fez uma pausa. — Nada disso me é intuitivo. Sinto que serei eternamente um paspalho em público.

Seus ombros caíram, e ele pareceu tão triste que senti uma pontada no coração. A enormidade do que Frederick encarava, do que estava tentando fazer, e tudo o que ele havia perdido ao longo dos séculos, pairava no ar entre nós, um grande peso.

— Vou fazer o que puder para ajudar.

Minhas palavras, aquela oferta... pareceu inadequada. Pouco.

Devagar, ele abriu os olhos. Havia um ardor silencioso neles, que não estivera lá antes.

— Sei que fará. — Um pouco depois, Frederick continuou: — Pode me mostrar o *seu* perfil no Instagram?

Pisquei algumas vezes.

— Como?

Ele franziu a testa.

— Não me ouviu?

— Ouvi. Só estou surpresa.

— Por quê?

— Achei que você não quisesse mais saber do Instagram.

— Não quero ver mais fotos do café da manhã de Sam no Instagram — me corrigiu ele. — No entanto, se é tão importante que eu aprenda sobre redes sociais e internet, gostaria pelo menos de ver algo interessante.

Hesitei.

— Meu perfil é chato.

— Tenho certeza de que isso não é verdade.

— O Instagram tem zilhões de vídeos engraçados de gatos — me esquivei, sentindo as bochechas arderem. — Vamos ver um.

Fui clicar em um dos meus perfis de gatos preferidos. No processo, a parte interna do meu braço roçou no antebraço dele, fazendo um calafrio involuntário descer pela minha coluna. Fechei os olhos diante da sensação inesperada provocado pelo leve toque.

— Cassie.

Com certa hesitação, ele colocou a mão sobre a minha, o que me fez parar de rolar a página — e de respirar — no mesmo instante. Senti sua pele fria e sua palma macia contra os nós dos meus dedos. Tentando controlar a respiração, baixei os olhos para nossas mãos, impressionada com o contraste entre elas. Quente e fria. Pequena e grande. Bronzeada e pálida.

Era a primeira vez que ele me tocava intencionalmente. Isso pareceu lhe ocorrer no mesmo momento e o surpreender na mesma medida que a mim. Seus olhos se arregalaram e suas pupilas se dilataram.

Tive que evocar um nível constrangedor de força de vontade para não entrelaçar nossos dedos só para ver como ficariam assim.

— Por favor, não me distraia — disse Frederick ao meu ouvido, fazendo os pelos na minha nuca se eriçarem e meus antebraços se arrepiarem por inteiro.

Engoli em seco, tentando me concentrar no gato na tela do laptop. Era um gato fofo e excelente no snowboard, que merecia toda a minha atenção.

— Estou te distraindo?

Prendi a respiração. Mal conseguia ouvir minha voz, com o barulho do fluxo de sangue tomando meus ouvidos.

— Sim. — Frederick tirou a mão da minha. Tentei reprimir a onda irracional de decepção que veio com o fim do contato. — Quero ver seu perfil no Instagram. Você está tentando me distrair com gatos.

Respirei fundo para me controlar e arrisquei uma olhadinha para o rosto de Frederick. Seus olhos brilhavam, como se ele estivesse achando graça.

— Não está funcionando? — consegui dizer.

— Não. Gosto razoavelmente de gatos, mas já vi vários deles. Nunca vi seu perfil no Instagram, no entanto. — Depois, ele pediu: — Mostre para mim, por favor.

Será que vampiros tinham poderes mágicos que obrigavam os humanos a fazer o que queriam? Eu não tinha certeza. Tudo o que sabia era que em um momento eu estava prestes a lhe dizer que, embora já tivesse visto gatos, eu podia apostar que ele nunca tinha visto um praticando snowboard, e no outro eu estava entrando no meu perfil no Instagram, exatamente como Frederick havia pedido.

Talvez não fossem poderes mágicos, no fim das contas. Talvez fosse um efeito tardio de ter sentido a mão dele na minha.

Pisquei para o monitor, e a selfie boba de cinco anos antes que eu usava como foto de perfil apareceu na tela.

Pigarreei.

— Pronto.

Ele fez "hum", satisfeito.

— Como vejo o que você publica?

— Assim — respondi, mostrando a ele como rolar a página. — Publico mais criações minhas, só que não chega a ser um perfil de arte de verdade, porque também tem selfies e fotos de amigos no meio.

— Selfies?
— Ah. — Lógico que ele não conhecia a palavra. — Selfies são fotos que a pessoa tira de si mesma.
— Ah — soltou Frederick, e assentiu em seguida.
Ele descobriu como navegar pelas minhas fotos rapidamente. Viu aquelas que eu havia tirado em Saugatuck, com Sam e Scott, nós três nos abraçando e sorrindo para a câmera. Viu fotos do lixo que eu havia catado na praia para fazer as telas que estavam penduradas no meu quarto. E fotos minhas, orgulhosa e sorrindo como uma boba, de maria-chiquinha e chinelo, na frente do lixo.

Frederick foi passando pelas fotos, parecendo avaliar cada uma com um leve interesse.

Até que chegou à foto que Sam havia tirado no nosso último dia de férias: uma foto minha no único dia da semana que poderia ser corretamente descrito como quente, usando o único biquíni que eu tinha. Era rosa-choque, e a parte de baixo tinha estampa de margaridas brancas.

Não era nada de mais.

Em se tratando de biquínis, nem era muito revelador.

Frederick parou de rolar a página na hora. Seus olhos se arregalaram, e ele fechou a outra mão.

Parecia prestes a ter uma embolia. Ou o equivalente a uma embolia em um vampiro.

Ele apontou para a foto, trêmulo.

— O que você está usando?

Sua mandíbula estava tensionada, e os tendões em seu pescoço se destacavam.

— Um biquíni, porque eu estava na praia.

Frederick balançou a cabeça. Fechou os olhos. A geladeira estalou e seu zumbido preencheu o cômodo de ruído branco.

— Isso — disse ele, com a voz rouca e séria — *não* é roupa de ir à praia.

Eu estava prestes a perguntar do que Frederick estava falando, porque é lógico que aquilo era roupa de ir à praia. Então me dei conta de que ele devia estar acostumado com as mulheres indo à praia com roupas que as cobriam da cabeça aos pés.

Mas por que ele se importaria com a roupa com que eu tinha ido à praia anos antes?

— É, sim, roupa de ir à praia, Frederick. — Olhei para mim mesma sorrindo para a câmera. — Sei que é diferente das roupas com que está acostumado, mas...

O restante das minhas palavras morreu na garganta quando notei a expressão dele. O brilho em seus olhos, o maxilar cerrado...

Se antes eu achava que Frederick parecia bravo, havia me enganado. Ele parecia que ia *matar alguém*.

Umedeci os lábios, pensando no que poderia dizer, tentando entender aquela reação bizarra.

— Não gostou da foto?

Frederick franziu ainda mais a testa. Obviamente, "não gostar" era pouco para definir seus sentimentos.

— Não.

Um nó se formou na boca do meu estômago. Eu sabia que não tinha um corpo de modelo. Com meu tronco comprido e meu quadril largo, o biquíni tinha sido uma escolha ousada. Mas ele não podia ser menos desagradável a respeito?

— Você... acha que não saí bem?

Assim que fiz a pergunta, me senti uma boba. E daí se ele achava que eu não havia saído bem? Aquilo não importava.

Só que, por algum motivo... importava, sim.

— Não foi isso que eu disse — murmurou Frederick.

Franzi a testa, intrigada com o comportamento dele.

— Então não estou entendendo.

Um silêncio se impôs entre nós, pontuado apenas pelo barulho do relógio na sala de estar.

Quando Frederick voltou a abrir os olhos, a possessividade feroz que vi neles me surpreendeu. Ele afastou a cadeira com tanta força que quase a derrubou no chão.

— O que eu disse, Cassie, foi que não gostei *da foto*.

Frederick agora encarava a janela que dava para o lago Michigan, de costas para mim. O que era bom. Porque, se sua expressão demonstrasse algo perto do tom de sua voz, eu não saberia o que ia fazer. Provavelmente algo que renderia a maior bronca de Sam depois. Provavelmente explodiria em chamas.

As mãos dele continuavam fechadas nas laterais do corpo absolutamente tenso.

— Talvez mulheres jovens e bonitas se vistam de maneira rotineira com quase nada quando vão à praia. Talvez minha reação ao ver você vestida dessa forma seja bastante antiquada.

Frederick ficou quieto e se virou para me encarar. Seus olhos pareciam atormentados — e algo mais que eu não sabia nomear, mas que meu corpo reconhecia. Meu coração bateu mais forte diante da maneira como ele passou a olhar para mim, e minha respiração ficou curta e acelerada.

— Eu me visto como eu quiser.

— Sim — concordou ele. — Não tenho o direito de ditar como você se veste ou como vive sua vida. Minha opinião não importa e não deveria mesmo importar. Mas a ideia de outras pessoas verem tanto do seu corpo... — Frederick voltou a desviar o rosto e soltou um suspiro. — Talvez eu já tenha vivido tempo demais.

No tempo que levei para me acalmar, ele já havia me dado as costas e ido embora, deixando uma tensão palpável e insuportável para trás.

ONZE

Diário do sr. Frederick J. Fitzwilliam, 4 de novembro

Faz duas horas que Cassie foi para a cama.

Toda vez que fecho os olhos, eu a vejo. Sorrindo para a câmera em uma desculpa esfarrapada em forma de roupa, o cabelo parecendo um halo dourado, o corpo glorioso iluminado por trás.

Estou furioso.

Com a pessoa que tirou a fotografia.

Com Cassie, por permitir que tanta gente a visse praticamente nua.

Com os sete bilhões de pessoas no planeta que na teoria podem ver aquela fotografia dela em alguns poucos cliques.

Comigo mesmo.

Debruçado sobre minha escrivaninha, tento desesperadamente ignorar o desejo urgente e agora familiar que sinto abaixo da cintura. Enquanto Cassie dorme em toda a sua inocência no quarto ao lado, eu me agarro ao que resta da minha sanidade e do meu autocontrole.

Porque, por Deus, quando vi aquela fotografia dela, só consegui pensar em como adoraria que Cassie usasse aquela roupa não para ir à praia, mas para mim.

Se eu estivesse presente quando a fotografia foi tirada, precisaria me esforçar para me impedir de aliviar os ombros dela daquelas alças delicadas e revelar o restante de seu belo corpo aos meus olhos.

Sou uma criatura repreensível.

Cassie é uma jovem humana vibrante, que não merece ser objeto da minha imaginação luxuriosa. Amanhã, ela vai me levar às compras e me ajudar a escolher o que insiste que serão roupas mais apropriadas que as que uso agora. Imagino que isso vá obrigá-la a avaliar meu corpo e como se apresenta em diferentes roupas. E se ela precisar me tocar, como parte do processo? Fico mais duro que uma pedra só de imaginar.

Se eu já não estivesse condenado por toda a eternidade, certamente estaria agora.

Como Reginald diria, estou ferrado.

FJF

— SEU COLEGA DE QUARTO PRECISA DE UMA TRANSFORMAÇÃO total, é? — Sam se esforçava para disfarçar o fato de que achava aquilo engraçado, mas não estava conseguindo. Ele mordia a parte interna da bochecha em uma tentativa óbvia de reprimir um sorriso. — Deve ser urgente, se precisa da minha ajuda.

O shopping estava lotado, cheio de adolescentes barulhentos e pais exaustos com seus filhos pequenos. Propus que Frederick me encontrasse ali na terça-feira à noite porque imaginei que durante a semana estaria relativamente tranquilo e vazio. Dez minutos antes, no entanto, eu escapara por pouco de ser atropelada por uma mulher empurrando um carrinho de bebê e me dera conta de que uma pessoa como eu, que quase nunca ia ao shopping, não tinha embasamento para chegar àquela conclusão.

— De um guarda-roupa novo, mais do que de uma transformação total — expliquei.

Dei uma mordida no pretzel que havia acabado de comprar em um quiosque e me maravilhei com a maneira como aquela delícia química derretia na minha língua. Eu não fazia ideia de como pretzels eram feitos. E provavelmente era melhor assim.

— Um guarda-roupa novo?

— Isso. Ele precisa de roupas novas com urgência. Foi por isso que te chamei pra vir também. Você é homem. Sabe mais sobre moda masculina do que eu.

Na verdade, Sam não sabia muito sobre moda. Com exceção dos ternos com que ia trabalhar, ele continuava usando as mesmas roupas da época da faculdade. Eu tinha pedido que ele se juntasse a nós no último minuto, só para não ficar sozinha com Frederick enquanto ele provava as roupas que escolhêssemos. Porque, ali no shopping, me dei conta de que uma coisa era dizer ao vampiro bonitão com quem você morava e não podia ficar que ele precisava de roupas novas, e outra completamente diferente era levar o vampiro bonitão com quem você morava e não podia ficar ao shopping, ajudá-lo a escolher algumas peças, avaliar como elas ficavam em seu corpo maravilhoso e chegar a uma decisão.

Ainda mais considerando como a aula sobre Instagram tinha terminado.

Dois dias haviam se passado, e eu ainda não tinha certeza do que a reação dele ao me ver de biquíni significava. Não porque não havia pensado a respeito incessantemente e avaliado a situação de todos os ângulos possíveis, lógico.

Eu havia refletido sobre aquilo no trabalho. Enquanto tentava avançar no meu projeto para a exposição. Enquanto tentava pegar no sono à noite, muito consciente de que ele estava acordado no cômodo ao lado, seguindo sua rotina noturna.

Eu havia passado mais tempo do que gostaria de admitir para mim mesma repassando exatamente como Frederick olhara para mim antes de sair da sala. O que seus olhos transmitiam? Raiva? Ciúme? Ou algo mais?

Não tínhamos nos falado desde então, a não ser pelos bilhetes que trocamos para combinar a ida ao shopping. Se eu pretendia sobreviver a duas horas vendo Frederick de calça jeans e camiseta, precisava da companhia do meu melhor amigo.

— Achei que o cara se vestisse bem — comentou Sam.

Recostada a um pilar branco com uma propaganda de perfume de um lado e um mapa do andar do outro, ouvi muito bem o tom de gracinha na voz dele.

— Achei que ele fosse *um gato* — continuou.

Minhas bochechas coraram tanto com o constrangimento pela situação quanto por uma leve irritação com meu amigo.

— Ele se veste, sim. E é. Mas...

Mordi o lábio, tentando pensar em como explicar que Frederick se vestia como as pessoas se vestiam cem anos antes sem sugerir que ele era um vampiro.

Frederick escolheu aquele exato momento para surgir em nosso campo de visão, me poupando de ter que explicar qualquer coisa. Como sempre, estava vestido como se fosse se encontrar com a própria Jane Austen, com um terno de três peças cinza-escuro e sapatos pretos polidos até brilhar.

Ele tinha vindo sem o lenço no pescoço, o que era bom, mas eu estava torcendo para que tivesse deixado o paletó em casa também, porque só serviria para atrapalhar as provas de roupas. De qualquer maneira, Frederick estava lindo, ainda que parecesse mais deslocado do que nunca naquele shopping.

Só de olhar para Sam eu soube que ele concordava comigo. Frederick era lindo. Era a primeira vez que Sam o via em pessoa, e eu sabia que meu melhor amigo travava uma guerra contra si mesmo para manter os olhos no rosto perfeitamente esculpido de Frederick, sem deixá-los descer para seus ombros largos e o resto do corpo, que o terno impecável abraçava muito bem.

Frederick desviou de um grupo de adolescentes em uma conversa animada, com uma agilidade e uma facilidade que eu não esperava dele, e se juntou a nós perto do mapa do andar. Ele olhou para Sam, quase chegando a me dar as costas por completo. A intensidade ardente em seus olhos que eu tinha visto na outra noite havia desaparecido, e sua expressão no momento era agradável e neutra. Ao vê-lo, ninguém imaginaria que duas noites antes ele havia perdido completamente o controle por causa de uma foto minha de biquíni.

Mas tinha.

Se a maneira como Frederick se portava, evitando meus olhos, indicava qualquer coisa, era que ele não queria abordar o que tudo aquilo havia significado, pelo menos não naquele instante.

Nem eu queria, sendo bem sincera.

— Olá. Meu nome é Frederick J. Fitzwilliam — disse ele, estendendo a mão para Sam, que a apertou com vontade.

Tive que esconder uma risadinha com a mão. Quem era aquela pessoa e o que havia feito com meu melhor amigo, que fora radicalmente contra eu ir morar com Frederick?

— Muito prazer, Frederick. Eu sou o Sam.

— O prazer é meu. Cassie me avisou que se juntaria a nós esta noite para me ajudar a selecionar algumas roupas.

Frederick apontou para mim, mas manteve os olhos fixos em Sam. Uma onda de decepção irracional percorreu meu corpo quando me dei conta de que ele estava tão feliz quanto eu por não estarmos a sós.

— Espero poder ajudar — comentou Sam, animado demais.

— Também espero. Sei muito pouco sobre a moda moderna. — Frederick gesticulou vagamente para si mesmo. — Como tenho certeza de que notou.

Àquela altura, Sam já havia perdido a batalha e olhava descaradamente para como o corpo de Frederick ficava de terno. Ele engoliu em seco, depois coçou a nuca.

— Ah, aposto que você sabe... alguma coisa.

— Não sei — insistiu Frederick. Se ele notou a maneira nada sutil como Sam o encarava, não demonstrou. — Confio na opinião de Cassie de que devo me vestir de maneira mais casual para minhas atividades diárias. Mas a vida toda segui meu instinto de me vestir o mais formalmente possível em cada ocasião.

— É — concordou Sam. — Você não pode usar um terno desses pra, tipo, ir ao mercado. Ou jogar o lixo fora.

Frederick suspirou e balançou a cabeça.

— Na verdade, uso este mesmo terno para jogar o lixo fora toda quarta-feira à noite.

— E isso é um problema — eu o lembrei, entrando na conversa.

Frederick continuava sem me encarar, e seu corpo todo ficou tenso quando falei, como se o som da minha voz fosse o bastante para deixá-lo ansioso. Ignorei a confusão de emoções que aquilo provocava e continuei falando:

— Se quiser... ficar mais confortável, seria melhor usar camiseta e calça jeans de vez em quando.

Ergui bem as sobrancelhas, para que Frederick soubesse que com "ficar mais confortável" eu queria dizer "parecer menos um vampiro de outro século".

— Tem razão — disse ele.

Frederick estava com um semblante de determinação resignada, como se alguém tivesse acabado de sugeri-lo como voluntário para cuidar de um monte de adolescentes em uma festa ou anunciado que ele havia sido eleito síndico do condomínio — e, embora preferisse fazer qualquer outra coisa no mundo, era respeitoso demais para recusar.

Eu me virei para Sam.

— Começamos na Gap? Ou tem outra sugestão?

Fazia um tempo que eu não fazia compras sem ser na internet, mas lembrava vagamente que a Gap daquele shopping era boa.

— Depende do orçamento. A Nordstrom tem coisas bem legais.

Frederick olhava diretamente para Sam quando perguntou:

— Entre a Nordstrom e a Gap, qual você diria que tem roupas masculinas casuais mais refinadas?

— A Nordstrom, com certeza.

— Então vamos à Nordstrom. — Com aquilo decidido, Frederick puxou um relógio de bolso, com corrente e tudo. Ele verificou o horário e disse: — Temos duas horas para concluir nossa tarefa, antes que o shopping feche. Vamos começar?

— Espera aí. — Quem mexia no bolso agora era Sam, que logo puxou o celular. — Merda, é do escritório. — Ele levou o celular ao ouvido. — Sam Collins.

Ele falou com uma voz muito diferente — mais tensa e formal — do que costumava falar comigo. Devia ser um dos sócios ligando.

Frederick franziu a testa para mim.

— Ligam do escritório à noite?

— Sam é advogado — expliquei. — Não faz nem um ano que entrou e tem uma jornada de trabalho desumana. Scott, o marido dele, me disse que passa umas setenta horas por semana no escritório.

Frederick pareceu horrorizado.

— Isso é terrível.

— Eu sei.

Sam tirou um caderno da bolsa-carteiro e começou a anotar alguma coisa enquanto ouvia o que quer que a pessoa do outro lado da linha estava dizendo.

— Não entendo por que Kellogg está surtando com a fusão. Sei que já é na semana que vem, mas... — Sam ficou em silêncio por um momento. — Claro, vou redigir um comunicado interno assim que chegar ao escritório. — Ele deu uma olhada no relógio de pulso. — Estou em Schaumburg agora, mas chego em quarenta e cinco minutos.

Sam desligou e olhou para mim, com um pedido de desculpa estampado na cara.

Meu estômago sofreu uma queda livre e foi parar em algum lugar perto dos sapatos.

— Você tem que ir agora? — perguntei, entrando em pânico.

— Tenho. Desculpa mesmo. Essa fusão está... — Ele balançou a cabeça. Só então notei que ele estava com olheiras. — Não tem nenhum problema com a fusão. Deve acontecer tranquilamente na semana que vem, mas o cliente está surtando e preciso ir lá acalmar todo mundo.

— Sam ergueu uma sobrancelha e se aproximou antes de acrescentar, baixinho: — Fico *especialmente* triste em perder Frederick experimentando roupas.

Foi quase o bastante para me distrair do terror de que logo estaria a sós com Frederick, que passaria o restante da noite pondo e tirando roupas. Dei um tapa no meu melhor amigo.

— Você é casado, Sam.

— Sou casado, mas não estou morto. — Depois de um momento, ele acrescentou: — Falando sério, Frederick parece ok. Um pouco estranho, mas... — Ele deu de ombros. — Já não tenho certeza de que você está cometendo o maior erro da sua vida morando com o cara.

Dei risada.

— Que bom. Agora vai lá advogar. Vamos ficar bem.

Olhei para Frederick, que não parecia *nem um pouco* bem com aquela mudança nos planos. A julgar por seus olhos arregalados, ele estava quase tão horrorizado com a ideia de ficarmos só os dois quanto eu.

— Me manda mensagem se precisar ou se tiver alguma pergunta — disse Sam, ajeitando a alça da bolsa-carteiro no ombro. — Senão a gente se fala amanhã pra eu saber como foi.

E aí ele foi embora. Me deixando a sós com Frederick, que ia experimentar roupas masculinas casuais.

Ia ser ótimo.

Sem dúvida nenhuma.

Frederick pigarreou. Mantinha os olhos fixos nos sapatos enquanto os dedos da mão esquerda tamborilavam rapidamente na coxa.

— Que... bom que você não trabalha tanto quanto ele, Cassie. — Sua voz saiu tão baixa que precisei me esforçar para ouvi-lo em meio ao barulho do shopping lotado. — Acho que eu ficaria preocupado se trabalhasse.

Seus olhos encontraram os meus, brandos e calorosos, então voltaram a fugir.

Ele pigarrou outra vez.

— Vamos à Nordstrom?

Nordstrom. Claro.

— Isso — concordei, sem fôlego e um pouco tonta com a mudança repentina de assunto. Como eu ia conseguir sobreviver àquilo? — Para a Nordstrom.

....

JÁ FAZIA QUASE VINTE ANOS DESDE A ÚLTIMA VEZ QUE EU HAVIA entrado numa Nordstrom. Eu havia ido àquele mesmo shopping com minha mãe experimentar vestidos para o meu bat mitzvá. Considerando o tempo que fazia, a sensação de déjà-vu que tive no momento que entrei na loja me impressionou. O perfume que parecia permear o ar, as luzes fluorescentes, tudo me levava de volta ao início da minha adolescência, quando eu me sentia superdesconfortável comigo mesma e gostaria de estar em qualquer outro lugar.

A julgar pela maneira como Frederick ficava fechando e abrindo as mãos ao lado do corpo, ele não estava se sentindo muito diferente de mim naquela época.

— Não achei que este estabelecimento fosse ser tão...

Frederick deixou a frase no ar, mas seus olhos escuros arregalados transmitiram como era difícil para ele absorver tudo aquilo.

— Não achou que fosse ser tão o quê? — perguntei, enquanto passava com Frederick pela seção de sapatos, tão exagerada que tinha o próprio bar de vinhos.

Ele parou abruptamente quando se deparou com um casaco de cinco mil dólares que parecia um saco de lixo decorado com strass.

Frederick franziu a testa. Eu só podia imaginar o que ele estava pensando.

— Não achei que este estabelecimento fosse ser tão... excessivo.

Frederick não se explicou, mas nem precisava. Eu entendia bem o que ele queria dizer.

Mantive a mão firme em seu cotovelo à medida que o guiava até o departamento masculino, aplicando uma pressão bem leve para incentivá-lo a seguir para a esquerda. A loja estava barulhenta, não só por causa dos clientes e vendedores, mas também da música genérica que tocava ao fundo. Ainda assim, facilmente ouvi a respiração dele se alterando com meu toque, como se não houvesse mais ninguém ali.

Tentei seguir as indicações para o departamento masculino, mas havia tantos outros departamentos naquela loja imensa que não era fácil. Também havia gente demais ali, o estabelecimento quase tão lotado quanto o shopping em si. A sensação era de que trombávamos com um cliente bem-vestido a cada dez passos.

Devemos ter passado uns dez minutos perambulando pela Nordstrom antes de finalmente encontrarmos o departamento masculino. Ficava no sexto andar, depois dos artigos para casa, no outro extremo da entrada. Era tão menor que as várias partes da loja dedicadas às mulheres que parecia até um enteado esquecido.

O que eles vendiam para os homens, no entanto, parecia tão caro quanto qualquer outra coisa ali. Fomos recebidos por paletós em cores conservadoras e adornadas com etiquetas de preço na casa dos mil dólares. Um mostruário de gravatas de seda ocupava a parede inteira logo atrás.

Por sorte, a loja também vendia roupas mais casuais. Um pouco adiante encontramos uma calça jeans que faria Frederick se destacar muito menos da próxima vez que saísse.

— Posso ajudar?

Uma mulher magra de vestido preto justo com o cabelo escuro em um coque sério e elegante apareceu ao lado de Frederick. Notei o nome no crachá dela — Eleanor M. Devia ter minha idade, mas parecia muito mais adulta. Fiquei me perguntando se a Nordstrom exigia que os vendedores comprassem as roupas que precisavam usar no trabalho, como a loja em que eu trabalhava na época da faculdade fazia.

— Sim — respondeu Frederick. — Meu nome é Frederick J. Fitzwilliam. Preciso de roupas.

As sobrancelhas dela se ergueram.

— Roupas?

— Sim.

A vendedora continuou olhando para Frederick, como se esperasse que ele dissesse mais alguma coisa. Como não foi o caso, ela se virou para mim, do alto de seus sapatos de salto sete e meio com cara de chiques.

— O que ele quer dizer — comecei a explicar, me sentindo meio esquisita — é que precisa de calças jeans. E camisetas. Ele tem vários ternos, mas precisa de roupas que possa usar, tipo, em casa, ou para ir tomar um café. Esse tipo de coisa.

— Ah. — A vendedora abriu um sorrisinho de quem havia entendido tudo. Então, com um sussurro teatral e conspiratório, acrescentou:
— Seu namorado é do tipo workaholic, que só tem roupas para usar no trabalho, né?

Namorado.

Meu coração foi parar no esôfago enquanto, ao mesmo tempo, o estômago dava uma cambalhota não de todo desagradável. Olhei para Frederick. Pela expressão pasma em seu rosto, eu sabia que havia escutado tudo.

— Ah... ele... — gaguejei, depois forcei uma risadinha. — Ele não é meu...

A vendedora, no entanto, não estava lá para ouvir o restante da frase, porque já havia disparado, fazendo sinal para que a acompanhássemos.

Saímos da parte de ternos e chegamos às roupas masculinas casuais. Olhei para Frederick, logo atrás de mim. Até então eu não sabia que os olhos de uma pessoa podiam ficar *tão* arregalados.

— Nosso departamento masculino é o maior entre as Nordstroms de Chicago — se gabou a vendedora, alheia a meus pensamentos tumultuados. — Nossas opções de terno são especialmente variadas, mas imagino que não seja esse o interesse de vocês.

— Não — concordou Frederick. Então apontou para mim e acrescentou: — Cassie acha que preciso de mais roupas casuais para me adaptar à sociedade moderna.

A vendedora fez "uhum" e assentiu de forma sábia.

— Bom, você veio ao lugar certo. — Ela parou de andar quando chegamos a uma série de araras repletas de calças jeans. — Gostaria de ver opções de jeans rasgados ou algo mais clássico?

Frederick ergueu uma sobrancelha para a mulher, desconfiado, então pegou com cuidado uma calça jeans com tantos rasgos que parecia ter passado duas semanas de molho em um balde de ácido.

— Não vou usar isto — anunciou ele, muito direto. — Meu Deus, Cassie. Esta calça tem mais buracos que tecido.

— Ele gostaria de um visual mais clássico — falei para a vendedora na mesma hora, e aí conduzi Frederick até uma arara com calças jeans que imaginava que ele fosse considerar mais aceitáveis.

Frederick piscou.

— Estas?

— Estas — confirmei.

Ele refletiu por um momento antes de perguntar:

— Como vou saber quais servem?

Com aquilo, a vendedora se virou para Frederick e o olhou da cabeça aos pés, e depois dos pés à cabeça. Ela se demorou um pouco além do necessário no peito dele, considerando que estávamos falando de uma calça. Fechei as mãos involuntariamente e senti um calor desagradável no peito, que fiz questão de ignorar.

— Qual é seu comprimento de perna? — perguntou a vendedora. — E seu tamanho de cintura?

Frederick mordeu o lábio inferior como se estivesse tentando resolver mentalmente um problema de matemática muito difícil.

— Já faz um tempo que não tiram minhas medidas — admitiu ele. — Não tenho de cabeça.

— Posso tirar pra você — ofereceu Eleanor M., então sacou uma fita métrica do nada e se aproximou.

Frederick pareceu horrorizado, como se tivesse acabado de trombar com um ninho de vespas. Por reflexo, deu um passo para trás, se afastando da mulher.

— Não há necessidade — disse ele, parecendo escandalizado. Em seguida, olhou primeiro para mim e depois para a arara de calças jeans. Pegou cinco opções aleatórias e me perguntou: — Qual dessas lhe parece mais provável que sirva?

Analisei cada uma delas enquanto Frederick as segurava junto ao corpo, tendo que lutar contra o instinto de imaginá-lo no provador, tirando a calça que usava para vestir os jeans.

— É... difícil dizer — enrolei. — Por que não leva todas para o provador com você e descobre?

Frederick assentiu, como se aquilo fizesse todo o sentido.

— Vou experimentar estas — informou à vendedora. — Se puder me trazer camisas casuais em todos os tamanhos e cores disponíveis seria de muita utilidade, obrigado.

....

— NÃO OLHE.

— Não estou olhando.

— Tem certeza?

Meus olhos estavam fechados, mas consegui revirá-los mesmo assim.

— Você está dentro da cabine, Frederick. Mesmo que meus olhos estivessem abertos, eu não conseguiria te ver. Mas, sim, juro pelo kombucha do meu pai que não estou olhando.

Ele não disse nada por um momento. Pude ouvir o tecido indo ao chão dentro do provador.

— Você jura pelo... quê?

Comecei a rir.

— Minha mãe e eu dizemos isso quando queremos tirar sarro do meu pai. Ele se aposentou e mergulhou de cabeça na fermentação.

— Na fermentação... do quê?

— Chá. Kombucha é um chá fermentado naturalmente. É bem gostoso, mas meu pai está meio que obcecado. Tem dezenas de garrafas na garagem, em diferentes estágios de produção.

— Entendo — disse Frederick, embora eu tivesse certeza de que ele não entendia.

Ouvi o som alto de um zíper subindo dentro do provador. Frederick devia ter vestido a calça jeans. Apertei os olhos ainda mais, tentando imaginar o tecido subindo por suas pernas nuas, a cintura baixa em seus quadris.

— É. — Balancei a cabeça para afastar as imagens desnecessárias. — Bom, sempre que minha mãe e eu queremos provocar meu pai, juramos qualquer coisa simples pelo kombucha dele. Nós duas damos risada e ele fica irritado. É ótimo.

O provador ficou em silêncio. Em seguida, voltei a ouvir um farfalhar de tecido. Um cabide sendo tirado do gancho.

Então, o trinco girou e a porta se abriu.

— Nem uma única palavra do que você acabou de dizer faz sentido para mim — comentou Frederick, saindo do reservado. — Mas pode abrir os olhos agora.

Eu abri.

E meu queixo caiu.

Frederick ficava ótimo nos vários ternos antigos em que eu o tinha visto desde que havíamos nos conhecido, claro. Mais até do que "ótimo". Só que naquele momento eu me dei conta de que suas roupas formais e antiquadas eram um lembrete constante de que ele era areia demais para o meu caminhãozinho de todas as maneiras imagináveis — e absolutamente proibido.

Intocável. Diferente.

Depois daquilo, no entanto...

— O que acha? — perguntou Frederick. — Eu me encaixo na sociedade moderna agora?

Me esforcei para tirar os olhos de seu peito largo coberto pelo verde-floresta de uma camisa social que cabia como uma luva nele e o encarei. Frederick pareceu inquieto enquanto eu o olhava, tamborilando os dedos outra vez na coxa e me fitando com uma intensidade e um nervosismo que me deixavam sem ar.

Permiti que meus olhos descessem devagar por seu corpo, absorvendo-o, conferindo a camisa nova e o jeans azul-escuro que lhe caía tão bem que ninguém imaginaria que vinte minutos antes ele nem sabia que tamanho usava. As outras calças jeans que Frederick havia provado estavam dobradas em uma pilha sobre a cadeira ao seu lado; o terno, pendurado em um cabide no provador.

Procurei me concentrar nesses outros detalhes para me distrair de como Frederick não apenas ficava tão gato em roupas casuais quanto em seus ternos pomposos como também parecia acessível de uma maneira perigosa para mim.

Tive que virar o rosto. Olhar diretamente para ele era um pouco como encarar o sol.

— Você está ótimo. Incrível, na verdade.

Frederick respirou fundo, então me dei conta de que não era aquilo que ele tinha me perguntado. O que ele havia perguntado era se eu achava que agora ele se encaixava na sociedade moderna. Meu estômago se revirou e meu rosto de repente pareceu estar pegando fogo. *Idiota*.

— Isso... eu quis dizer...

— Você acha que estou ótimo?

Frederick olhava para mim com uma expressão que parecia estar entre a surpresa e o prazer. Ele se aproximou e parou a poucos centímetros de mim. Puxei o ar, absorvendo o cheirinho de lavanda de seu sabonete e o modo como as roupas se agarravam a seu corpo.

— Sinceramente? — perguntou ele.

Tentei ignorar o friozinho na barriga que seu tom esperançoso provocou.

Confirmei com a cabeça, embora "ótimo" não estivesse à altura da aparência dele.

— Acho. Sinceramente.

Frederick abriu um sorriso tímido e torto que revelou sua covinha matadora, depois olhou para os próprios braços. Ele passou um dedão pelas clavículas e pelo peito.

— O tecido é mais gostoso do que eu esperava. Mais macio.

Fiquei olhando enquanto ele passava a mão pelo material.

— É?

— Sim. — Depois de um momento, Frederick perguntou: — Quer... quer tocar para ver?

Minhas sobrancelhas se ergueram tanto que quase se mesclaram ao cabelo.

— Oi?

— Gostaria de saber se a maior parte das camisas desta era são tão macias quanto esta. Pensei que se você a tocasse... — Ele deixou a frase morrer. — Pensei que talvez você soubesse me dizer se esta camisa é um bom exemplo em relação às outras.

Frederick olhava para os próprios sapatos como se eles fossem a coisa mais importante do mundo.

Eu o encarei, sentindo meu coração acelerar.

Ele... queria que eu o tocasse.

Ali.

Em frente à cabine do provador da Nordstrom.

Engoli em seco.

— Seria... educativo? Pra você?

Frederick assentiu, ainda fitando os sapatos.

— Acho que sim. Mas... — Ele me encarou, com uma expressão indecifrável. — Mas só se você quiser, Cassie.

No fim das contas, não tive que pensar a respeito por muito tempo. Se fosse qualquer outra pessoa pedindo aquilo, eu concluiria que se tratava de uma desculpa esfarrapada para ser tocada.

Mas ele não era qualquer outra pessoa.

Era Frederick, alguém tão formal, tão afetado e decoroso que só tinha parado de me chamar de "srta. Greenberg" e começado a se referir a mim pelo primeiro nome depois que já havia lhe pedido várias vezes. Era a mesma pessoa que tinha ficado tão escandalizada ao me ver de biquíni que passou dois dias sem conseguir falar comigo.

Frederick talvez fosse a pessoa mais cavalheiresca que eu já havia conhecido. Se estivesse atrás de uma desculpinha para que eu pusesse as mãos nele, teria encontrado muito tempo antes.

Além do mais, eu *queria* tocá-lo. Queria muito, na verdade. Se tocá-lo constituía uma boa ideia era outra conversa, uma em que eu teria bastante tempo para pensar depois.

Dei um passo adiante e levei as duas mãos ao peito dele. Parte de mim esperava sentir seu coração batendo, um corpo masculino quente cedendo à pressão das minhas mãos. Só que o peito de Frederick era frio e sólido de uma maneira pouco natural, e o batimento rítmico que eu sentiria se ele ainda fosse humano estava ausente.

Felizmente — ou infelizmente —, meu coração batia mais que o bastante por nós dois.

Frederick estava certo. O tecido da camisa era mesmo macio. Devagar, deslizei as mãos de um lado para outro pelo piquê, desfrutando da sensação sedosa na ponta dos dedos, de como ficava delicioso em contraste com o peito firme por baixo.

Agora que eu sabia a resposta para a pergunta dele, deveria parar de tocá-lo. Deveria me afastar e manter minhas mãos longe dele pelo resto da noite.

Mas não foi o que aconteceu.

A camisa que ele estava usando era ótima, mas não era por causa dela que eu continuava parada ali, com as mãos em seu corpo por muito mais tempo do que Frederick devia ter imaginado quando me pedira para fazer aquilo. Eu já sabia que ele era musculoso, mas agora que o estava tocando me dava conta de que Frederick era *puro* músculo. Eu me perguntei se ele já era daquele jeito quando humano ou se ter a constituição de um atleta profissional era uma peculiaridade fisiológica dos vampiros. De qualquer maneira, eu sentia seus músculos peitorais se contraírem e flexionarem sob minhas palmas, senti que ele respirou fundo quando criei coragem e comecei a passar o dedão por sua clavícula.

Frederick mantinha os olhos fixos em mim, mas vidrados, desfocados.

— Qual...

Ele parou de falar e seus olhos se fecharam. Quando voltou a abri-los, havia um ardor neles que fez a loja e o resto do mundo desaparecerem. Frederick inclinou a cabeça em minha direção. Sua boca ficou a centímetros da minha. Eu sentia o hálito dele nos meus lábios, fresco e doce. Meu coração acelerou. Meus joelhos tremeram.

— Qual é a sensação? — perguntou, por fim.

— Nossa! Seu namorado fica bem em qualquer estilo, hein?

Nós nos distanciamos assim que ouvimos a voz da vendedora, logo atrás de mim. Frederick, que agora devia estar a pelo menos uns trinta centímetros de distância, enfiou as mãos nos bolsos da calça jeans e manteve os olhos baixos. Não estava vermelho — eu não sabia se vampiros ficavam vermelhos —, mas eu com certeza estava.

Minha confusão me impediu de responder.

Por sorte, Frederick pareceu recuperar o controle mais rápido do que eu. Ou talvez nem o tivesse perdido. Ele não a corrigiu, mas, com a voz tensa e sem tirar os olhos do meu rosto, disse:

— Obrigado. Cassie gostou desta camisa. Vou levar uma de cada cor.

DOZE

Carta do sr. Frederick J. Fitzwilliam à srta. Esmeralda Jameson, com a data de 7 de novembro

Cara Esmeralda,

Recebi sua mais recente correspondência. Via de regra, detesto me repetir, por se tratar de uma perda de tempo. No entanto, sua última missiva demonstra que não tenho escolha.

Como já disse inúmeras vezes, tanto para a senhorita quanto para minha mãe, não acredito que um casamento que contraria a vontade de uma das partes envolvidas possa resultar em felicidade. Ademais, depois de minha última carta, passei a nutrir sentimentos por outra pessoa. Por uma variedade de motivos com os quais não a importunarei, duvido que algo venha a acontecer. De qualquer maneira, no entanto, a senhorita merece muito mais que um casamento com um homem que deseja outra pessoa. Não hei de sentenciá-la a uma vida assim infeliz.

Faz mais de cem anos que não nos falamos pessoalmente, mas me recordo da senhorita não apenas como uma mulher razoável, mas também admiravelmente independente. Não acredito que deseje um casamento arranjado com um homem que não a ama. Por favor, ajude-me a convencer nossos pais de que essa armação deles é equivocada.

Atenciosamente,
Frederick J. Fitzwilliam

PROCURA-SE PROFESSOR(A) DE ARTES
PARA ENSINO MÉDIO

A Academia Harmony, escola particular localizada em Evanston, Illinois, dedicada a promover a integridade moral, a vitalidade intelectual e a compaixão em um corpo discente diverso, procura professor(a) de artes para o ensino médio, com início para o começo do ano. Os candidatos devem ser formados em artes em universidades de primeiro nível, ter de um a três anos de experiência lecionando artes e excelentes referências. Mestrado na área será um diferencial. Incentivamos fortemente pessoas seguindo a carreira artística a se inscrever.

Através de seu histórico profissional e de seu portfólio, os candidatos devem demonstrar um comprometimento sincero com os valores da Academia Harmony, expressos acima. Para participar do processo seletivo, envie, por favor, seu currículo, uma carta de apresentação e seu portfólio para Cressida Marks, diretora da Academia Harmony.

FIQUEI OLHANDO PARA A DESCRIÇÃO DA VAGA ABERTA NA Academia Harmony, tentando decidir o que fazer com aquilo.

Normalmente, eu só deletaria — como deletava todos os e-mails de vagas enviados pela universidade onde havia estudado. Como eu havia sido rejeitada em cem por cento dos empregos indicados pela Younker College nos dois primeiros anos após a conclusão do meu mestrado, sabia que não valia a pena continuar batendo a cabeça contra aquela parede específica.

Só que eu estava animada. Tinha passado a maior parte do dia no estúdio, trabalhando no meu projeto para a exposição. A coisa tinha começado a tomar forma rápido depois que eu me dera conta de que os materiais descartados de que eu precisava eram celofane amassado e festões coloridos, e isso me empolgava. O título provisório da obra era *Solar ao lago*, e embora fosse incomum que eu ficasse satisfeita com minhas pinturas a óleo, sentia que aquele era um dos melhores trabalhos que eu havia feito em anos. A mistura de celofane e festões que emergia da tela fazia a água parecer um sonho febril, tridimensional e neon — no bom sentido.

No geral, eu achava que, ao misturar a pintura tradicional com materiais modernos sintéticos, *Solar ao lago* acabava sendo ao mesmo tempo clássica e pós-moderna. Era a subversão perfeita do tema "sociedade contemporânea".

Já fazia um tempo que eu não dizia sinceramente que gostava do que estava produzindo.

Então, bem, eu estava otimista.

Otimista o bastante para talvez decidir me candidatar à vaga na Academia Harmony. Não via razão para não fazer aquilo. Na pior das hipóteses, eu não conseguiria o emprego — sendo que era praticamente uma profissional em não conseguir empregos. Considerando tudo o mais que vinha rolando, estava mais fácil do que de costume ignorar aquela voz quase constante no fundo da minha mente que me dizia que o fracasso era inevitável.

Uma boa e velha carta de rejeição podia ser exatamente o que eu precisava para deixar de ruminar o que havia acontecido com Frederick na Nordstrom. Para pensar em algo que não fosse a sensação de seu peito largo e firme sob meus dedos. Para tirar da cabeça sua compostura desconcertante quando o toquei.

Sim. Talvez me candidatar à vaga na Academia Harmony fosse exatamente o que eu precisava.

Determinada, encontrei a última carta de apresentação que havia escrito para uma vaga de professora e reli rapidamente. Minha situação não havia mudado muito desde a última vez que eu me candidatara a um emprego parecido, portanto levei menos de dez minutos para atualizá-la.

Antes que tivesse a chance de desistir, mandei um e-mail para Cressida Marks, a diretora da Academia Harmony, com minha carta de apresentação, meu currículo e fotos de vários projetos recentes, incluindo de *Solar ao lago*, em que eu ainda estava trabalhando.

Pronto. Estava feito.

Com aquilo resolvido, com sorte eu conseguiria passar o resto da noite desenhando e vendo coisas bobas na TV.

Eu me recostei no sofá de couro preto, com meu caderno a meu lado. Antes de ficar sabendo da vaga na Harmony, eu estava desenhando enquanto meio que acompanhava um episódio de *Buffy, a Caça-Vampiros* na TV de Frederick. Eu já tinha visto aquele — depois que descobrira que Frederick era vampiro, tinha assistido às duas primeiras temporadas na sequência —, mas era um ruído de fundo reconfortante e me ajudava a me concentrar enquanto eu refletia sobre alguns detalhes complicados de *Solar ao lago*.

— Posso me juntar a você?

Eu me assustei ao ouvir a voz de Frederick, chegando a derrubar o caderno do sofá com o joelho. Ele caiu com um farfalhar de páginas e a capa virada para baixo.

Eu não o tinha ouvido entrar na sala.

Na verdade, eu não o via desde nossa ida ao shopping, alguns dias antes. Parte de mim desconfiava que ele vinha mantendo distância de propósito por causa do que havia acontecido em frente à cabine do provador. Só que eu não queria ficar pensando naquilo. Não estava pronta para admitir o quanto havia gostado de tocá-lo.

Ou mesmo que aquilo havia acontecido.

Frederick olhava diretamente para mim. Usava uma blusa de frio que havia comprado na Nordstrom, de malha verde-clara que acentuava perfeitamente seu peito largo, e um jeans escuro que também caía muitíssimo bem nele.

Engoli em seco e procurei o caderno, torcendo para que meu coração — agora acelerado — se acalmasse. Será que Frederick conseguia ouvir? A olhadinha rápida que ele deu para o meu peito antes de voltar a focar em meu rosto me deixou em dúvida.

— Claro que sim — murmurei para o chão, então fiz um sinal para que ele se sentasse ao meu lado no sofá, sem encará-lo.

Frederick fez "hum" e se sentou, deixando espaço suficiente entre nós para que nenhuma parte de nosso corpo se tocasse — mas não o suficiente para que eu não sentisse o cheiro do sabonete de lavanda que ele gostava de usar.

Ficamos sentados em silêncio por um bom tempo, assistindo a Buffy Summers derrotar sozinha um vampiro após o outro e enfiar uma estaca no peito de cada um deles. Era um episódio do começo da série, quando as bochechas da Sarah Michelle Gellar ainda eram redondas e o orçamento de efeitos especiais era menor que o QI de Xander.

Os movimentos e as roupas de Buffy eram dignos de admiração, como sempre. Ainda assim, precisei me concentrar mais do que deveria para manter os olhos na tela em vez de na pessoa sentada ao meu lado.

— Você já viu essa série? — perguntei, o que era bobo, porque Frederick passara um século dormindo e o wi-fi só havia sido instalado no apartamento alguns dias antes.

Óbvio que ele não tivera tempo para ver uma série afetada dos anos 1990 sobre vampiros ficcionais. Mas eu estava desesperada para dizer algo e quebrar aquele silêncio desconfortável.

Ele ignorou minha pergunta.

— Quem você acha mais bonito, Angel ou Spike? — Foi o que Frederick disse, com a seriedade de um jornalista.

Seus olhos continuavam na tela, mas seu tom, sua postura rígida e a maneira acelerada e constante com que tamborilava a coxa entregavam seu interesse na minha resposta.

Aquilo me pegou de surpresa. O que quer que eu estivesse esperando quando ele se sentou ali comigo no sofá, com certeza não era aquilo. Eu não fazia ideia de como deveria responder — em parte porque parecia uma pergunta importante, mas principalmente porque os dois vampiros bad boys de *Buffy* nunca haviam me interessado muito.

Após uma reflexão um tanto frenética, falei a verdade:

— Giles é o cara mais gato da série.

— Giles? — repetiu Frederick com uma surpresa que parecia genuína. Então se virou para mim e me olhou com uma expressão que beirava o ultraje. — O *bibliotecário*?

— É. — Apontei para a tela, onde Giles presidia uma reunião de adolescentes na biblioteca da escola. Ele era bastante injustiçado e muito gato, com aquele seu jeitão de bibliotecário de meia-idade de óculos. — Tipo, olha só pra ele.

— Estou olhando para ele.

— É um cara objetivamente bonito.

Frederick grunhiu algo ininteligível. Cruzou bem os braços e franziu a boca.

— Fora que, entre todos os caras da série, vivos ou não, ele é o único que já processou e lidou com as próprias merdas. — Dei de ombros e voltei a olhar para a televisão. — Todos os outros são problemáticos demais.

Frederick não pareceu se convencer.

— Mas Giles é tão...

Ele não concluiu a frase, só balançou a cabeça e fechou os olhos. Sua carranca se intensificou.

— Tão o quê?

— *Humano* — soltou Frederick, e aquela única palavra saiu carregada de amargura e reprovação.

Fiquei olhando para ele, que já não estava mais me encarando. Seus olhos tinham retornado à televisão e a fitavam com uma intensidade que poderia abrir um buraco em uma folha de papel.

Frederick podia estar com ciúme de um bibliotecário ficcional de uma série de uns vinte e cinco anos antes? Era aquilo que estava acontecendo ali?

Impossível.

Ainda assim, como um idiota, meu coração acelerou com a ideia.

— Qual é o problema de ser humano, Frederick?

O único sinal de que ele havia me ouvido foi um resmungo tão baixo que não consegui entender.

— Respondendo à sua pergunta anterior — ele acabou dizendo depois de um tempo, se desviando do tema do bibliotecário gato —, já vi esse programa. Por recomendação de Reginald.

— Sério? — perguntei, surpresa.

— Sim. Embora a versão a que assistimos na casa dele tivesse interrupções frequentes de empresas querendo vender seus produtos. *Comerciais.* — Ele balançou a cabeça. — Algo detestável.

Pelo visto, Reginald não era adepto de plataformas de streaming.

— Em geral, é mesmo — concordei.

— A maior parte do tempo, eu nem entendia o que tentavam vender — reclamou Frederick. — Embora gostasse de cantar com alguns deles. As músicas costumam ser boas.

Pensar em Frederick — esse ser todo certinho — cantando junto com uma propaganda de seguradora de veículos, ou, pior ainda, de remédio para melhorar o desempenho sexual, era algo tão ridículo que quase irrompi em risos.

— O que... o que você achou da série em si? — perguntei, tentando me recuperar.

Se Frederick notou que eu estava prestes a cair na gargalhada, não demonstrou.

— É um tanto tola — comentou ele, pensando a respeito. — No entanto, gostei do que vi.

— Tem muita coisa certa?

Eu devia estar passando do limite ali, mas não consegui evitar. Vinha me perguntando aquilo desde que descobrira que ele era um vampiro.

Frederick hesitou, refletindo sobre minha pergunta.

— Os roteiristas erraram algumas coisas a nosso respeito. Por exemplo, não tenho um gosto especial por jaquetas de couro e não sou reduzido a cinzas quando exposto ao sol. Meu rosto tampouco muda como em um desenho animado antes que eu me alimente. No entanto, eles acertaram em alguns pontos. — Depois de uma pausa, ele acrescentou: — O que é surpreendente. Até onde sei, nenhum dos roteiristas era vampiro.

Arregalei os olhos. Não esperava toda aquela honestidade quando fiz a pergunta. Seria aquela minha chance de finalmente conseguir mais informações?

— No que eles acertaram? — questionei, sem conseguir esconder meu interesse.

— Eu, assim como Angel, também fico taciturno com frequência.

— Notei isso.

— Imagino que seja difícil não perceber — reconheceu Frederick, com os olhos brilhando.

— Mais alguma coisa?

Ele pensou a respeito.

— Preciso ter permissão expressa de uma pessoa antes de entrar na casa dela. Algumas lendas relacionadas a vampiro são bobagens, mas outras são legítimas, e devo dizer que o programa lida muito bem com esse detalhe. Também não suo, não fico corado e meu coração parou de bater desde a minha mudança. — Frederick me olhou de soslaio. — Você deve ter notado isso quando... quando tocou na minha camisa aquele dia na loja.

Já que Frederick não podia mais corar, fiquei vermelha o bastante por nós dois com a menção ao que havia se passado diante da cabine do provador.

— Ah — murmurei. — Sim, eu... notei.

Ele assentiu, com os olhos inescrutáveis fixos em mim.

— Quando estiver precisando de distração, *Buffy, a Caça-Vampiros* é uma opção razoável. Principalmente se quiser saber mais a meu respeito.

— Ele ficou em silêncio por um momento. — Não que eu ache que esteja interessada em saber mais sobre mim, lógico. Estou falando apenas... em termos hipotéticos.

— Lógico — falei, o cômodo de repente parecendo quente demais. — Digo... quero, sim, saber mais sobre você.

Na tela, a mãe de Buffy dava uma bronca nela por ter passado a noite fora outra vez, mas eu nem estava mais prestando atenção.

....

EU NEM HAVIA PERCEBIDO QUE TINHA CAÍDO NO SONO AO LADO dele no sofá.

Em um minuto, Spike e os outros monstros de Sunnydale estavam envolvidos em suas travessuras de sempre. Eu dava umas risadas de vez em quando, mas Frederick encarava a tela concentrado, como se assistisse a uma aula importante na faculdade e não quisesse perder uma palavra que fosse.

No outro, eu estava piscando, com a cabeça apoiada no ombro de Frederick, seu rosto bem pertinho de mim.

Meu primeiro instinto foi me afastar. Frederick ficaria horrorizado quando se desse conta do que havia acontecido. Conforme minha mente voltava aos poucos a funcionar, no entanto, eu me toquei de que ele devia ter consciência da situação. Podia ser um vampiro, mas, até onde eu sabia, as terminações nervosas de seu ombro continuavam funcionando. Devia sentir quando algo tão pesado quanto minha cabeça descansava ali.

Baixei os olhos. Os centímetros cuidadosos que Frederick havia deixado entre nossos corpos quando se juntara a mim no sofá haviam evaporado durante o sono. Nossas coxas estavam coladas, do joelho ao quadril. Minha mão estava pousada levemente sobre a coxa dele, logo acima do joelho. Senti sua perna musculosa e sólida, seu corpo frio.

Minha mente considerou depressa minhas opções. Me afastar na hora e pedir desculpas parecia uma boa. Assim como ficar bem ali onde eu estava, admirando seu maxilar esculpido e sentindo o cheiro delicioso de roupa lavada e pele masculina que sua camisa exalava. Era *bom* ficar pertinho dele. Ao mesmo tempo empolgante e confortável. Nossos corpos pareciam se encaixar perfeitamente.

Assim que decidi permanecer onde estava, Frederick falou, sua voz um estrondo baixo que eu mais senti contra meu cocuruto do que ouvi.

— Sua arte é extraordinária, Cassie.

Aquilo foi inesperado o bastante para me fazer esquecer a situação desconfortável. Eu me afastei dele — e notei o suspiro leve e resignado que escapou de seus lábios quando o fiz.

Talvez Frederick tivesse gostado do que havia acontecido tanto quanto eu.

A ideia me animava, mas eu poderia refletir sobre aquilo depois. Tinha inúmeras perguntas a respeito do que ele havia acabado de dizer.

— Minha arte?

— Sim. — Frederick apontou para a mesa com tampo de vidro perto do sofá. Meu caderno estava aberto em uma página de desenhos que eu havia feito na fase de planejamento inicial de *Solar ao lago*. — Sua arte.

Senti uma faísca de alguma coisa — em parte constrangimento por alguém ter visto meus esboços, em parte uma irritação genuína por ele ter folheado meu caderno.

— Você não tinha o direito de olhar isso! — soltei, então me inclinei para a frente e fechei meu caderno.

Sabia que Frederick não entendia minha arte. Sua confusão abjeta anterior em relação às telas de Saugatuck ainda ressoava em meus ouvidos. Estaria ele tirando sarro de mim com aquele comentário sobre minha arte ser "extraordinária"?

— Peço perdão por ter invadido sua privacidade — disse ele, envergonhado. Parecia genuinamente arrependido, mas aquilo não mudava o fato de que havia bisbilhotado. O quentinho no coração que eu estava sentindo até pouco antes tinha ido embora. — Eu não devia mesmo ter olhado seu caderno.

— Então por que olhou?

Frederick ficou em silêncio por tanto tempo que concluí que não ia responder à pergunta. Quando por fim disse alguma coisa, sua voz saiu baixa e um pouco tensa.

— Eu estava... *curioso* quanto ao funcionamento de sua mente. Pensei que folhear o caderno com que você passa tanto tempo seria revelador e provocaria uma disrupção relativamente pequena. — Ele fez uma pausa. — Eu deveria ter pedido permissão, e peço desculpas por não ter feito isso.

Agora, além de irritada, eu estava confusa.

— Você queria saber como penso?

— Sim.

Aquela única palavra pairou no ar entre nós. Eu não disse nada por um momento, sentindo como se o chão se mexesse.

— Você queria saber como eu penso porque... quer aprender o máximo possível sobre o mundo moderno e... saber como penso te ajudaria nesse sentido — falei, então esperei para avaliar sua reação. — É isso?

Frederick não respondeu de imediato. Seus olhos escuros pareceram reflexivos, e uma expressão estranha e indecifrável tomou conta de seu rosto.

— Exatamente. — Ele assentiu de maneira brusca. — Esse é o único motivo pelo qual estava curioso sobre sua mente.

No entanto, seu olhar brando e sua voz que mais parecia uma carícia delicada desmentiam o que ele dizia. Meu coração acelerou e...

Os olhos de Frederick voltaram a passar brevemente pelo meu peito, assim como da última vez em que meu coração havia acelerado.

Talvez Frederick conseguisse *mesmo* ouvi-lo.

Só de pensar, minhas bochechas esquentaram outra vez.

— Peço perdão novamente — disse ele. — No entanto, acredite em mim quando digo que seus desenhos são excelentes, Cassie.

— São só rascunhos.

— Não subestime seus talentos — insistiu ele, franzindo a testa como se a ideia de eu me desmerecer o ofendesse.

Frederick se inclinou para pegar o caderno, mas parou e me olhou antes que o alcançasse.

— Posso?

Assenti, incapaz de pensar em um motivo para negar, uma vez que ele estava pedindo permissão.

Frederick abriu o caderno na página em que eu estava trabalhando quando ele se juntara a mim no sofá, aproximando-se ligeiramente nesse processo.

Nossas coxas voltaram a se tocar. Eu estava tremendo por dentro com a proximidade, com a musculatura firme de sua coxa. Ele não parecia estar passando pela mesma coisa, no entanto. Seus olhos se mantinham fixos na página.

— Isto é fascinante — opinou Frederick, apontando para meus desenhos.

Aquela versão inicial de *Solar ao lago* não era nada além dos contornos simples de uma casa e uma visão geral de um lago. Setas apontando do meio do lago para as margens da página representavam o movimento e a modernidade; a ideia de misturar festões e celofane não havia me ocorrido ainda quando eu fizera aquele desenho.

— Você não precisa dizer isso. — Anos de comentários generosos de Sam e outros amigos bem-intencionados que não entendiam o que eu produzia haviam feito com que os elogios falsos machucassem quase tanto quanto as críticas negativas sinceras. — Sei que você não entende o que eu faço.

— Isso... pode ser verdade — admitiu ele, tocando o telhado da casa com o indicador direito. — Mas não significa que eu não ache fascinante.

Fiquei observando-o traçar com o dedo cada linha da página, de cima a baixo, sem esquecer uma que fosse, com todo o cuidado. A casa. O lago. As árvores que eu mal havia insinuado, florescendo como redemoinhos de grafite de cada lado da folha. As lembranças de sua mão grande cobrindo a minha enquanto explorávamos o Instagram juntos e da maneira como minhas mãos tinham encontrado a resistência de seu peito no provador da Nordstrom brotaram espontaneamente, fazendo um arrepio delicioso descer pela minha coluna.

Eu sempre havia sentido que minha arte era uma extensão do meu eu mais profundo, e ver sua mão grande e graciosa tocando cada parte daquele esboço me pareceu quase insuportavelmente íntimo.

— O que você vê de fascinante nisso? — perguntei, sem conseguir tirar os olhos dos dedos dele tocando meu trabalho. Eu sentia que estava prestes a me desfazer em uma poça aos seus pés.

— Tudo.

Frederick tirou a mão do papel. Eu *senti* aquele movimento tanto quando vi, e expirei pela primeira vez no que pareciam ter sido minutos. Uma sensação de vazio inesperada e indescritível percorreu meu corpo.

— Não vou asseverar que compreendo o que você vê quando desenha e elabora suas obras — continuou ele. — Os detalhes intricados, no entanto, sugerem que, o que quer que seja, é importante e deliberado. É *intencional*. Significa algo para você. Sou compelido a respeitar isso.

Seus olhos encontraram os meus, tão penetrantes que todo o ar me escapou dos pulmões. Precisei de um momento para me lembrar de como formar palavras.

— É — respondi, que nem uma boba.

De repente, sua expressão se tornou distante e melancólica.

— Havia uma artista no vilarejo onde cresci. Ela pintava as coisas mais lindas. O pôr do sol no inverno. Uma criança brincando. — Frederick ficou em silêncio por um momento. — Eu, quando era novo, rindo com meus amigos.

Mordi o lábio, tentando ignorar a pontada de ciúme irracional que senti ao ouvir a palavra "ela".

Se controla, Cassie.

— Sua namorada?

Um sorriso lhe escapou.

— Minha irmã.

Fiz uma careta, me sentindo uma babaca. Devia fazer centenas de anos que ela estava morta.

— Sinto muito.

— Não sinta. — Frederick balançou a cabeça. — Mary teve uma vida longa e plena, repleta de arte e outras belezas. Quando se casou, ela se mudou para outro vilarejo, pequeno e bem unido. Não tenho dúvida de que foi feliz até o fim de seus dias.

Aqueles comentários sobre a irmã eram os primeiros detalhes pessoais que ele me dava, além do básico de como havia acabado naquela situação. Eu não sabia ao certo por que Frederick havia escolhido me contar aquilo naquele momento, mas parecia importante.

Na verdade, eu ainda não sabia quase nada sobre meu colega de apartamento fascinante e esquisito. Aquelas informações eram como uma rachadura na represa da minha curiosidade a seu respeito.

De repente, eu queria muito saber mais.

— Onde você cresceu?

— Na Inglaterra. — Frederick coçou o pescoço, com um olhar distante, como se visualizasse o lugar mentalmente. — Cerca de uma hora de carro ao sul de Londres, para quem faz o trajeto hoje. Na época, era uma viagem de quase um dia inteiro.

Inglaterra? Aquilo me surpreendeu.

— Você não tem sotaque.

— Já passei muito mais tempo nos Estados Unidos do que na Inglaterra. — Ele abriu um sorrisinho. — Não importa onde a pessoa nasce, Cassie. Quando faz algumas centenas de anos que ela abandonou o lugar, o sotaque não é mais perceptível.

Quando faz algumas centenas de anos que ela abandonou o lugar...

Mordi o lábio, reunindo coragem para perguntar algo que estava na minha cabeça desde que eu descobrira o que Frederick era.

— Faz... algumas centenas de anos que você deixou a Inglaterra? — perguntei, sem conseguir ser direta.

Ele fez que sim com a cabeça.

— Não volto ao lugar onde nasci desde pouco antes da Guerra de Independência.

— Quantos anos você tem exatamente?

Frederick ficou me olhando por tanto tempo antes de responder que comecei a me preocupar com a possibilidade de ter ultrapassado o limite.

Antes que pudesse pedir desculpa por me intrometer, no entanto, ele disse:

— Não sei ao certo. As lembranças de antes de minha transformação, em 1734, são... obscuras. — Frederick engoliu em seco e desviou o rosto. — Meu vilarejo foi atacado por vampiros naquele ano. A maior parte de nós morreu ou foi transformada. Creio que eu tinha trinta e tantos anos quando aconteceu.

1734.

Minha mente cambaleava ao tentar processar o fato de que o homem sentado a meu lado no sofá tinha mais de trezentos anos de idade.

— É exatamente por esse motivo que faz tanto tempo que não retorno — prosseguiu Frederick. — Todo mundo que eu conhecia antes de ser transformado se foi há muito, a não ser por... — Ele fez uma pausa, como tivesse decidido no último minuto não revelar a informação. Então balançou a cabeça. — Todo mundo que conheci e amei na minha infância está morto.

A tensão em seu maxilar sugeria que Frederick tinha mais a dizer, mas ele simplesmente apertou os lábios um contra o outro e voltou a olhar para o caderno aberto na mesinha. Pela primeira vez, me ocorreu que devia ser incrivelmente solitário viver para sempre enquanto todo mundo à sua volta envelhecia e morria.

Talvez aquele fosse o motivo pelo qual ele continuava próximo de Reginald. Ele devia ser uma constante e um conforto para Frederick — mesmo que fosse meio babaca.

— Como era a sua cidade? — perguntei.

Ele já havia me contado mais sobre si naqueles minutos do que ao longo de todo o tempo em que eu o conhecia, e parte de mim se perguntava se pedir mais era ir além da conta. No entanto, Frederick permanecia um enigma para mim, mesmo depois daquelas semanas todas morando juntos. Agora que tínhamos começado a falar sobre seu passado, eu não conseguia me segurar.

Se ele se incomodou com minha pergunta, não deu sinal.

— Não me lembro de muita coisa — admitiu Frederick. — Só de sentimentos. Minha família, meus amigos mais próximos. Algumas coisas

que eu gostava de comer. Eu era louco por comida. — Ele abriu um sorriso melancólico. — E me lembro da casa onde eu morava.
— Como era?
— Pequena — disse Frederick, rindo. Ele olhou para a sala de estar espaçosa à nossa volta e comentou: — Provavelmente cabiam umas três dela neste apartamento. E éramos em quatro.
— Nem todo mundo morava em castelos na Inglaterra de trezentos anos atrás?
Ele balançou a cabeça, ainda sorrindo.
— Não. Certamente não no vilarejo em que cresci. Ninguém tinha o dinheiro ou os recursos necessários para construir nada maior do que o absolutamente necessário para manter a família protegida das forças da natureza.
Pensei no pouco que eu havia aprendido sobre arquitetura inglesa do século XVIII nas aulas de história da arte. Quase conseguia visualizar a casinha de Frederick. Com telhado de palha, talvez. Piso de tábuas de madeira simples.
Como um menino criado em um lugar daqueles tinha ido parar ali, morando em um apartamento fabuloso do outro lado do oceano, na riqueza e no esplendor, centenas de anos depois? Os detalhes que Frederick havia dividido comigo só aguçavam meu apetite por mais. Infelizmente, ele se recostou no sofá e cruzou os braços, indicando que era o fim das revelações daquela noite.
Eu não precisava ficar quieta, no entanto. Depois do que Frederick havia me contado sobre sua irmã, não consegui resistir ao impulso de retribuir contando algo da minha própria vida.
— Fico feliz que você tenha convivido com sua irmã por um tempo — comentei.
— Eu também.
— Eu não tenho irmãos.
Os olhos dele — que de novo se encontravam pousados no meu caderno aberto — se voltaram para mim.
— Deve ter sido uma infância solitária — opinou Frederick.
— Não foi — garanti, e estava sendo sincera. — Minha imaginação e meus amigos eram ótimas companhias.

O único problema *real* de não ter irmãos era que nunca havia ninguém para distrair meus pais de mim — e dos meus muitos fracassos. Mas eu é que não ia reclamar, considerando o que Frederick havia acabado de me contar. Ele não precisava saber das minhas frescuras de filha única.

Depois daquilo, ficamos só sentados ali, em um silêncio confortável. Os olhos de Frederick retornaram ao meu caderno, mas não pareciam estar focados nele.

— Eu gostaria de ouvir mais sobre sua vida, Cassie. — Frederick engoliu em seco. — Quero saber mais sobre você. Quero... quero saber tudo.

A intensidade de seu tom baixo provocou algo em mim. A atmosfera no cômodo pareceu mudar, com a natureza do que éramos um para o outro se alterando repentinamente.

Olhei para o caderno, que de repente se tornou o único lugar seguro na sala para qualquer um de nós pousar os olhos.

TREZE

Histórico de pesquisa do sr. Frederick J. Fitzwilliam no Google

- como beijar depois de trezentos anos
- como saber se ela quer beijar você
- beijar a pessoa com quem você divide apartamento é uma má ideia
- pensar em ou fazer sexo com a pessoa com quem você divide apartamento é uma má ideia
- relacionamentos com grande diferença de idade
- melhores pastilhas para um hálito fresco

....

[RASCUNHO DE E-MAIL, NÃO ENVIADO]

De: Cassie Greenberg <csgreenberg@gmail.com>
Para: David Gutierrez <dgutierrez@galeriarivernorth.com>
Assunto: candidatura à exposição de arte

Caro David,

Gostaria de inscrever *Solar a um lago plácido*, uma obra tridimensional de técnica mista, que mescla pintura a óleo e plástico, na exposição sobre a sociedade contemporânea que será realizada em março em River North. Trata-se de uma tela de 60 x 90cm, com uma escultura feita de celofane e festões que se projeta cerca de 25 centímetros da tela.

Envio anexas imagens em JPEG da obra completa para sua consideração. De acordo com os parâmetros estabelecidos pela convocatória, a obra finalizada estará disponível para exibição em sua galeria mediante solicitação.

No aguardo de notícias,
Cassie S. Greenberg

QUANDO CHEGUEI AO ESTÚDIO, SAM E SCOTT JÁ ESTAVAM LÁ, parados diante do meu projeto, ambos com uma expressão que eu não conseguia decifrar.

Pelo menos não pareciam horrorizados. Já era alguma coisa.

Deixei a bolsa em uma baia vazia e fui me juntar a eles.

— Obrigada por tirar as fotos pra mim — falei para Scott.

Ele tinha uma câmera toda chique com um nome que eu nem conhecia e era um ótimo fotógrafo amador. Por sorte, ele estava disponível. Eu pretendia formalizar minha candidatura à exposição na galeria em River North aquela noite. O e-mail para David já estava escrito, mas eu ainda precisava anexar cinco fotos do meu trabalho.

— É um prazer. — Scott ergueu a câmera, que estava pendurada em seu pescoço, sem tirar os olhos de minha obra. — Onde devo... hum...

Ele ficou em silêncio por um momento, então arregalou os olhos para Sam em um pedido de ajuda. Sam balançou a cabeça e deu uma risada baixinha antes de retornar ao que quer que estivesse lendo no celular.

— Onde eu fico? — perguntou Scott.

Apontei para um ponto a dois passos de distância de onde *Solar* estava pendurado, na parede do estúdio.

— Começa dali. Acho que assim pega a luz que entra pela janela. Com sorte, vai refletir na escultura de celofane e festões e deixar as fotos bem atrativas.

Scott franziu a boca.

— Beleza.

— A casa em si não é tão grande quanto imaginei a princípio — comentei, numa explicação que não era necessária, porque Scott já estava disposto a fazer aquilo por mim e provavelmente nem ligava. Só que eu estava empolgada por ter concluído o projeto e precisava contar a alguém.

— Ah, é? — Scott foi dando a volta no quadro, tirando uma foto a cada poucos segundos. — Você tinha pensado em fazer algo maior?

— Mais ou menos — admiti.

Enquanto eu dava os retoques finais nos dias anteriores, minha mente ficava voltando à conversa que eu havia tido com Frederick sobre o passado dele. No processo, sem perceber, havia incorporado parte dos detalhes que ele havia mencionado sobre seu antigo lar. Quando terminei *Solar*, a casa acabou menor do que eu havia planejado, o piso de madeira simples que ele havia descrito podia ser visto pela janela, e o telhado parecia mais de palha do que tinha sido minha intenção inicial.

— O lago e a escultura que sai dele ficaram maiores do que o planejado, para compensar a casa menor — acrescentei, enquanto Scott continuava tirando fotos.

Ele sorriu para mim.

— Até porque a escultura é a melhor parte.

Não sabia dizer se ele estava sendo sincero ou só tentando me agradar, mas eu concordava com aquilo.

— Espero que o júri goste.

Mas e se não gostasse? Eu tinha ficado tão preocupada em simplesmente finalizar a obra em si que nem cheguei a pensar no que faria se ela fosse rejeitada.

Ficaria tudo bem, no entanto. Uma hora. A curto prazo, seria um saco, como todas as rejeições dos dez anos anteriores haviam sido. Só que eu *gostava* daquela obra, mesmo que eu fosse a única. Aquilo devia contar alguma coisa.

Enquanto Scott continuava tirando fotos, fui até a baia onde havia deixado minhas coisas e peguei o laptop para revisar o e-mail que tinha escrito para David antes de enviá-lo.

Quase pulei da cadeira quando vi o que havia acabado de receber.

De: Cressida Marks <cjmarks@harmony.org>
Para: Cassie Greenberg <csgreenberg@gmail.com>
Assunto: Entrevista na Academia Harmony

Cara Cassie,

Escrevo para comunicar que sua candidatura foi aprovada pelo comitê de contratação e gostaríamos de recebê-la para uma entrevista. As entrevistas serão realizadas na última semana deste mês e em todas as sextas-feiras de dezembro. Por favor, informe assim que possível se continua interessada na vaga e, em caso positivo, qual sua disponibilidade dentro dessas datas.

Atenciosamente,
Cressida Marks
Diretora
Academia Harmony

Li o e-mail de Cressida Marks outra vez, atordoada demais para acreditar que aquilo era verdade.

— Você está bem? — perguntou Sam, e me assustei com sua voz. Ele olhava para mim de onde estava, ao lado de Scott, com o ponto entre as sobrancelhas franzido. — Parece que viu um fantasma.

— Não foi isso — garanti a ele. — Acabei de ser chamada para uma entrevista de emprego inesperada.

"Inesperada" era pouco. Eu só havia me candidatado para aquela vaga porque estava num dia bom e tinha todo o necessário no meu computador, pronto para enviar. Não achei que fosse dar em alguma coisa.

Agora, poucos dias depois, Cressida Marks, a diretora da Academia Harmony, estava me chamando para uma entrevista.

Podia ser verdade?

— Que ótima notícia — comentou Sam. Ele sorriu e puxou uma cadeira da mesa comunitária para si. — Qual é a vaga?

Hesitei. A situação já me parecia surreal o bastante. Era como se, contando para alguém a respeito, a oportunidade fosse desaparecer em uma nuvem de fumaça. Eu não tinha experiência como professora. Aquilo podia não importar na Harmony; alguns dos meus colegas de turma da faculdade haviam conseguido emprego como professores em escolas particulares sem ter experiência. Porém, o fato de que meu portfólio estava a anos-luz do que pais queriam que os filhos aprendessem nas aulas de arte certamente faria diferença para uma escola atrás de alguém que educasse seus alunos.

Sam não pareceu notar minha hesitação.

— Pra dar aula de arte pro ensino médio — acabei dizendo. — Em uma escola particular em Evanston.

— Isso é incrível! — O sorriso de Sam se alargou. — Você é tão talentosa, Cassie. E parece gostar das noites de artes com as crianças na biblioteca, não? Sorte a dessa escola se contratar você.

— Acha mesmo?

Sam se aproximou da obra e parou para estudá-la.

— Acho — confirmou ele. — É claro que sei mais sobre fusões corporativas que sobre arte. Admito que não sei exatamente pro que estou olhando, mas só de olhar sei que *você* sabe. — Sam sorriu para mim. — Você é uma pessoa com visão própria, uma pessoa apaixonada por essa visão. Quem melhor pra ensinar adolescentes que alguém apaixonado pelo que faz?

As palavras dele me surpreenderam. Sam sempre me apoiara em minha busca por meus objetivos, mas de uma maneira meio vaga, tipo "te amo, mas não te entendo direito". Aquele talvez tivesse sido o elogio profissional mais efusivo que ele me fizera desde que havíamos nos conhecido.

— Obrigada — consegui dizer, meio perdida. — Isso... significa muito pra mim.

— Se precisar de referências, pode dar o meu nome.

Dei risada.
— Você é meu melhor amigo, não meu empregador atual.
— Mesmo assim — replicou ele, convicto.
— Obrigada, Sam. Eu... obrigada. — Então, sem pensar, acrescentei: — Mal posso esperar pra contar a novidade pro Frederick.
Sam olhou para mim, com uma sobrancelha erguida.
— Desculpa, mas pra quem você quer contar? Não ouvi direito.
— Hum. — Prendi uma mecha de cabelo atrás da orelha. — Só pro Frederick.
Sam abriu um sorrisinho.
— Só pro Frederick, é?
— É. Frederick. Meu colega de apartamento.
Todo mundo contava coisas para as pessoas com quem morava, não? Por que Sam estava agindo daquele jeito?
— Por que ficou vermelha?
O sorriso de Sam agora era tão grande que até o próprio sorriso estava sorrindo também.
— Quê? Não fiquei vermelha. É que... está quente aqui.
Conhecer Frederick parecia ter tranquilizado Sam quanto à possibilidade de eu estar morando com um assassino em série monstruoso. O que era ótimo, claro. Ainda que um pouco irônico, já que Frederick era *literalmente* um monstro.
No momento, porém, não era nem um pouco ótimo. Sam estava fazendo o que sempre fazia quando eu confessava que estava a fim de alguém. E aquele não era nem um pouco o caso.
Ou, mesmo que fosse, não era como se fosse dar em alguma coisa.
Revirei os olhos para Sam, cada vez mais irritada com ele, então fui até Scott, torcendo para dar um fim àquela conversa. Felizmente, Scott estava concentrado na câmera, não em mim.
— Posso dar uma olhada nas fotos que você tirou? — pedi, tentando ignorar minha agitação. — Quero enviar minha candidatura aos organizadores da exposição ainda hoje.
— Claro — respondeu Scott. Ele se aproximou para que eu pudesse ver a tela, então abriu um sorriso grande, muito satisfeito consigo

mesmo. — E enquanto fazemos isso não vou nem pegar no seu pé por ter ficado vermelha por causa do seu colega de apartamento.

....

HAVIA UM BILHETE DE FREDERICK ME ESPERANDO NA MESA DA cozinha à tarde, quando cheguei em casa. Meu coração palpitou e senti um sorriso crescendo enquanto desdobrava a folha de papel grosso que agora me era familiar.

Cara Cassie,

Quais são suas comidas preferidas?
Ainda não fiz minha pergunta pessoal de hoje, e gostaria que fosse essa.

Com carinho,
FJF

Aquela história de "uma pergunta pessoal por dia" era algo novo com que ambos tínhamos concordado depois da noite em que havíamos ficado até tarde assistindo a *Buffy*. Depois que ele disse que queria saber mais a meu respeito para aprender sobre o mundo moderno, decidimos que uma pergunta pessoal por dia seria uma boa maneira de conseguir aquilo.

Pelo menos em algum nível, eu sabia que aquela história de "aprender sobre o mundo moderno" era meio que uma desculpa que estávamos usando para conhecer melhor um ao outro. Contudo, eu procurava não enveredar por aquela linha de raciocínio.

Não estava pronta para refletir sobre o que aquilo implicava no que estava acontecendo entre nós.

A cada pergunta que Frederick me fazia, no entanto, ficava mais difícil ignorar a verdade em relação ao que estávamos fazendo.

Caro Frederick,

Tenho várias comidas preferidas! O top 5 provavelmente é lasanha, bolo de chocolate, cereal de mel, ovos beneditinos e canja com macarrão. Aproveitando, embora não tenha nada a ver com sua pergunta: consegui uma entrevista hoje! Não devo ter a menor chance de conseguir o emprego, mas mesmo assim estou animada.

Cassie

Cara Cassie,

Que bela notícia sobre a entrevista! Por que acha que não conseguirá o emprego? Se dependesse de mim, você seria contratada no mesmo instante.

Muito obrigado por responder à minha pergunta sobre suas comidas preferidas. Isso me ajuda a compreender o que os humanos de trinta anos gostam de comer no século XXI. A pergunta de hoje está relacionada a cor. Mais especificamente: qual é sua cor preferida?

FJF

Caro Frederick,

É muita bondade sua dizer que me contrataria no mesmo instante, mas não pode estar falando sério. Você nem sabe qual é a vaga! Poderia ser um trabalho para o qual não sou nem um pouco qualificada. Como de fato é.

Tenho duas cores preferidas: carmim (que é um tom específico de vermelho) e indigo. E você? Tem uma cor preferida?

Cassie

Cara Cassie,

Isso deve ser clichê ao extremo, mas minha cor preferida é vermelho. E eu estava falando sério, sim. Contrataria você na mesma hora. Para qualquer trabalho.

Ainda preciso pensar em uma boa pergunta do dia para hoje, mas nesse meio-tempo quero que saiba que, enquanto você dormia ontem à noite, Reginald e eu visitamos um café que fica aberto a noite inteira chamado Waffle House. Acho que você ficaria orgulhosa de como me saí bem pedindo comida e bebida para nós. Não houve nenhum contratempo e não chamei atenção indevida para nós. Ouso dizer que até Reginald ficou impressionado com a fluidez com que tirei meu cartão de crédito novo da carteira e paguei tudo. (Como deve ter imaginado, impressionar Reginald é quase impossível.)

Recebemos alguns olhares de uma mesa de jovens perto da nossa, mas desconfio que tenha sido efeito colateral das substâncias cujo cheiro exalavam, e não devido a qualquer comportamento anacrônico meu ou de Reginald. Estou ansioso para visitar outro café em breve a fim de desenvolver minhas habilidades recém-adquiridas.

Considerando que eu não teria conseguido pedir um waffle com gotas de chocolate e manteiga de amendoim ontem à noite sem sua paciência infinita comigo, achei que fosse gostar de saber. Não comi, claro, mas ainda assim usufruí dessa pequena vitória.

Com carinho,
FJF

Peguei a caneta que agora ficava permanentemente na mesa da cozinha e refleti quanto ao que escrever de resposta.

Sam havia me mandado uma mensagem mais cedo para me convidar para uma festa que ele e Scott iam dar na sexta-feira à noite. Talvez Frederick pudesse me acompanhar. Seria um bom lugar onde treinar sua interação com outras pessoas.

Escrevi um bilhete rápido para ele antes que pudesse mudar de ideia.

Oi, Frederick!

Parabéns pelo que fez na Waffle House. Tenho certeza de que o pessoal da outra mesa ficou olhando para vocês só porque estava muito louco (embora talvez eu só esteja dizendo isso por causa da minha própria experiência como adolescente).

Mudando de assunto: meu amigo Sam vai dar uma festinha na sexta à noite. Quer ir comigo? Pode ser uma boa oportunidade para conversar com alguém que não seja eu ou Reginald, como treinamento.

Cassie

Dei uma lida no bilhete que havia escrito, dividida entre deixá-lo na mesa para Frederick e rasgá-lo em mil pedacinhos.

Na verdade, a noite provavelmente seria mais divertida para mim se Frederick fosse. Além do mais, ele seria uma ótima distração de todas as perguntas desconfortáveis que os amigos advogados de Sam e os colegas do departamento de inglês de Scott sem dúvida me fariam em relação à minha carreira. Eu teria que ficar de olho em Frederick e talvez até intervir se as coisas saíssem dos trilhos e ele tentasse pagar por algo com dobrões ou algo do tipo.

E quanto mais chances Frederick tivesse de treinar, melhor.

Era normal pessoas que dividiam apartamento se convidarem para sair, não? Assim como era normal pessoas que dividiam apartamento contarem uma à outra sobre entrevistas de emprego e comidas preferidas, ou uma meio que passar a mão na outra no provador da Nordstrom quando precisavam comprar roupas.

Ao mesmo tempo, uma parte de mim se perguntava se me apaixonar por Frederick seria *tão* ruim assim. Claro, ele se alimentava de sangue, era centenas de anos mais velho que eu e imortal. Só que Frederick estava se saindo muito bem com relação a sua promessa de nunca se alimentar na minha frente. E eu já havia saído com caras que tinham problemas muito maiores que imortalidade.

Antes que eu pudesse me convencer a amassar o bilhete, fiz um desenhinho rápido de nós dois dançando em meio a um mar de notas musicais. Desenhei Frederick com um sorriso no rosto, porque ele tinha um sorriso incrível.

Deixei o bilhete na mesa da cozinha antes de sair para meu turno noturno no Gossamer's, sem saber se estava torcendo para Frederick dizer sim ou não ao meu convite.

....

QUANDO CHEGUEI EM CASA DEPOIS DO TRABALHO, À MEIA-NOITE, Frederick estava ao fogão, de costas para mim, mexendo alguma coisa que exalava um aroma delicioso e muito parecido com o de canja.

Era a primeira vez que eu o via na cozinha desde minha primeira noite no apartamento, quando eu iniciara minha busca infrutífera por panelas. Eu nunca o tinha visto cozinhar nada, lógico. Não sabia por que ele estava fazendo isso agora: até onde eu sabia, para Frederick, preparar uma refeição envolvia apenas enfiar as presas nas bolsas do banco de sangue.

Ele não pareceu notar minha presença, portanto decidi ficar ali em silêncio por um momento, só observando. Frederick ficava mesmo incrível de camiseta. E sua bunda ficava maravilhosa na calça jeans.

Levá-lo ao shopping para comprar roupas não havia sido apenas um favor para ele, mas para toda a humanidade.

— Frederick?

Ele se virou ao ouvir minha voz, segurando uma colher de pau com uma das mãos, pingando, e uma folha de papel com a outra. Usava um avental preto com as palavras "Este cara descasca mandioca" escritas em Comic Sans, em letras brancas e grandes.

Soltei uma risadinha involuntária, esquecendo por um momento o que estava prestes a lhe perguntar.

— Que roupa é essa?

Frederick olhou para o próprio corpo e depois para mim.

— É um avental.

— É, isso eu vi, mas... — Consegui transformar em tosse as risadinhas que ameaçavam me escapar, mas foi por pouco. — Onde conseguiu esse avental?

— Na Amazon. — Frederick deixou a colher de madeira de lado e sorriu para mim, claramente satisfeito consigo mesmo. Decidi não permitir mais que ele usasse a Amazon no meu laptop sem supervisão. — Vi este avental e pensei: "Esse avental transmite competência na cozinha." Que era exatamente o que esperava transmitir enquanto preparava o jantar para você.

Arregalei os olhos.

— Você está cozinhando pra mim?

— Sim.

Fiquei sem saber o que dizer.

— Por quê?

Ele deu de ombros.

— Como agradecimento pela ajuda. Eu vejo como você se alimenta, Cassie. Os salgadinhos e as coisas prontas que guarda na geladeira. — Frederick voltou a me olhar por cima do ombro. — É importante obter uma nutrição adequada, como deve saber.

Fiquei ali com o coração a toda, embasbacada com a ideia de que um vampiro de centenas de anos estivesse me dando um sermão sobre a importância de fazer boas refeições.

Ninguém cozinhava para mim desde que eu havia saído da casa dos meus pais. Nem mesmo Sam já tinha feito aquilo.

— Então você está fazendo...

— Canja. — Ele abriu um sorriso tímido. — Talvez eu tivesse segundas intenções quando perguntei qual era seu prato preferido. Também cortei frutas para você. Abacaxi e kiwi. Estão em uma tigela na bancada.

— Obrigada — murmurei, com um aperto no coração.

Eu era adulta e já fazia anos que me virava sozinha. No entanto, a ideia de que ele queria cuidar de mim...

... mexeu comigo.

Tentando me distrair, eu me sentei à mesa da cozinha. Meu laptop estava ali, então decidi dar uma olhadinha nos meus e-mails enquanto esperava que Frederick terminasse a sopa.

Peguei uma fatia de kiwi da tigela, coloquei na boca e desfrutei da explosão de sabor na língua. Soltei um ruidinho de prazer e mexi no mouse do laptop.

A tela se iluminou e...

COMO BEIJAR: DEZ DICAS INFALÍVEIS PARA QUE A OUTRA PESSOA PEÇA MAIS!

Eu me levantei tão depressa que a cadeira foi ao chão. Esfreguei os olhos, pensando que aquela manchete do BuzzFeed em fonte trinta e seis que havia acabado de ver na tela do laptop devia ser uma alucinação.

Voltei a olhar e...

Não.

Havia mesmo um texto com dicas para beijar melhor aberto no meu computador.

Eu tinha certeza absoluta de que não havia procurado nada no Google que levaria a uma página do tipo da última vez que usara o laptop.

No entanto, dera permissão a meu colega de apartamento para usá-lo à vontade.

— Hum. Frederick?

— Hum?

Mordi o lábio. Devia admitir o que havia acabado de ver?

Se Frederick queria aprender na internet a beijar, tinha todo o direito de fazer exatamente aquilo. Minhas bochechas coradas e meu coração palpitando precisavam se manter de fora daquela situação, porque não tinha *nada* a ver comigo.

Minha falta de resposta deve ter sugerido a Frederick o que me fizera pular da cadeira, porque dois segundos depois ele se colocou entre mim e a mesa da cozinha, como um escudo vampírico de mais de um metro e oitenta de altura. Ele logo segurou meus braços que nem um torno, seus dedos frios apertando minha pele quente.

— Laptop. — A voz dele saiu alterada. — Você...

Eu não tinha por que negar.

— Sim.

— Hum. — Foi tudo o que Frederick disse, e umedeceu os lábios.

Depois de ter me deparado com aquela página aberta no meu computador, não era culpa *minha* que meus olhos tenham ido imediatamente para sua boca.

— Escute... — retomou ele.

— Você não precisa se explicar — falei depressa. — Eu disse que você podia usar o laptop e... não é da minha conta pra quê. Desculpa. Eu não devia ter olhado.

— Você não tem por que se desculpar — replicou Frederick, e seus dedos relaxaram um pouco em meus braços. — O laptop é seu. Você não precisa da minha permissão para usá-lo. Eu pretendia fechar o artigo antes que você chegasse, mas me distraí preparando o jantar e... — Ele voltou os olhos para o chão. — Devo ter esquecido.

Ficamos daquele jeito por alguns instantes, suas mãos ainda em meus braços. A sopa continuava a borbulhar no fogão, mas nós dois ignoramos. Eu sentia que precisava falar alguma coisa — qualquer coisa para amenizar a situação —, mas não sabia bem o quê.

Então eu disse a primeira coisa que me veio à cabeça:

— Você está... curioso em relação a beijar?

Provavelmente era uma pergunta idiota, considerando a página que estava aberta no laptop. No entanto, ele pareceu surpreso. Seus olhos dispararam para os meus.

— Por que a pergunta?

Dei uma risadinha.

— Por causa do que você estava lendo.

Quase dava para ver as engrenagens girando em sua cabeça enquanto Frederick pensava no que responder. Depois de um momento interminável, ele pareceu se recompor um pouco.

Frederick deu um passo na minha direção e me olhou de maneira tão intensa que qualquer pensamento racional foi embora.

— Eu sei *beijar*, Cassie.

Ele pareceu genuinamente ofendido. Estremeci diante do que eu havia acabado de sugerir, e meus joelhos fraquejaram diante daquilo que o que Frederick havia acabado de dizer sugeria. Fazia centenas de anos que ele estava vivo — ou o equivalente a vivo. Frederick já devia ter beijado centenas de pessoas. Talvez milhares.

Na verdade, ele devia ser *muito bom* naquilo.
— Não duvido disso — falei, desconcertada demais para encará-lo. Meus olhos pararam no avental ridículo dele. "Este cara descasca mandioca." O desconforto da situação como um todo me deixou ainda mais corada. Como aquilo podia estar acontecendo? — É só que... bom. O site. — Fiquei em silêncio por um momento. — Você deve entender por que pensei que...
— Claro, claro — disse Frederick, fazendo um gesto impaciente com a mão. — Compreendo a impressão que deve passar. Mas juro que o único motivo pelo qual li aquilo foi... digo, eu só queria ver se...
Ele não concluiu a frase.
Só soltou meus braços e passou uma das mãos pelo cabelo, agitado.
Olhei para Frederick.
— Você só queria ver se...?
A expressão dele era indecifrável.
— Eu só queria ver se houve alguma mudança... *significativa*.
Oi?
— Você queria ver se... algo tinha mudado?
Frederick confirmou com a cabeça.
— Sim. Faz um tempo desde que... — Ele balançou a cabeça e enfiou as mãos nos bolsos da calça jeans. — Ao longo dos anos, surgem... *novas tendências* nessa área, entende? O que em uma era torna um beijo desejável pode não ser agradável em outra.
Ah.
Ah.
— E você estava curioso quanto às tendências atuais?
Frederick engoliu em seco.
— Sim.
Eu não tinha nenhum motivo para acreditar que seu interesse no modo de beijar moderno passava do âmbito puramente intelectual. Frederick tinha curiosidade em relação a muitas coisas do século XXI — tudo desde sistemas de esgoto urbano até política no Meio-Oeste. No entanto, como ele fazia questão de não olhar para mim, meu coração batia com força contra as costelas — e me deu coragem para admitir algo muito idiota.
— Também estou curiosa.

Seus olhos encontraram os meus na mesma hora.

— Como?

— Nunca beijei um vampiro — expliquei, ainda na base da ousadia. Eu não precisava admitir que havia me perguntado como seria beijar especificamente Frederick. — Estou curiosa sobre como deve ser. — Diante de sua expressão estupefata, acrescentei: — De um ponto de vista puramente intelectual.

Seguiu-se um momento de silêncio.

— Claro.

— Pela ciência, lógico.

— Pela ciência.

— Para fins de comparação.

— Que outros propósitos haveria, correto?

Ficamos ali parados, só nos olhando, pelo que pareceram ser minutos. A sopa continuava fervendo no fogão. Já estava com um cheirinho de queimado, mas eu não me importava.

Dei um passo na direção dele, e ficamos tão próximos que pude ver todo o espectro de cores de seus olhos escuros. Não eram de um tom de castanho monocromático, como parecia de longe. Continham toques muito sutis de castanho-claro também, que se misturava ao escuro para criar a cor de olho mais linda e preciosa que eu já tinha visto.

Umedeci os lábios. Os olhos de Frederick foram direto para a minha boca.

— O que acha de mostrarmos um ao outro como é? — A voz dele era pouco mais que um sussurro. — Pela ciência. E para fins de comparação.

Assenti.

— Não sou nenhuma especialista, mas sei pelo menos tanto quanto aquele artigo na internet sobre as tendências atuais do beijo.

Frederick tensionou o maxilar.

— Pelo menos.

— E considerando que estou te ensinando a viver na era moderna...

— Então faz sentido que isso fique a seu encargo — concordou ele.

— De maneira análoga, não ouso dizer que sou um especialista em beijo de vampiro, mas...

Frederick deixou o resto no ar. Seus olhos continuavam fixos na minha boca.

A oferta tinha sido feita, de ambas as partes. Não dava mais para voltar atrás.

Antes que eu pudesse me lembrar de que beijar aquele morto-vivo maravilhoso que fazia canja para mim e dizia gostar do meu trabalho provavelmente seria a pior decisão da minha vida inteira, já recheada de decisões questionáveis, levei a mão ao peito de Frederick, bem onde seu coração deveria estar batendo caso ele fosse humano.

Frederick fechou os olhos e respirou fundo algumas vezes. Então inclinou a cabeça ligeiramente na minha direção, fazendo com que eu me perguntasse mais uma vez se ele era capaz de ouvir ou sentir meu coração batendo.

Ele colocou a mão em cima da minha em seu peito. Senti a palma fria contra minha pele quente. Frederick apertou minha mão de leve, me fazendo tremer, e se aproximou um pouco mais.

E então ele me beijou, pressionando leve e delicadamente os lábios contra os meus. Recuou um segundo depois, encerrando o beijo logo depois de começar. Para me dar uma opção, caso aquilo não fosse o que eu queria.

— Eu... *nós* beijamos assim — sussurrou ele.

Passei a ponta do indicador em seu lábio inferior carnudo, desfrutando do modo como seus olhos se fecharam ao toque. Devagar, como se estivesse em um sonho, levei a mão à sua bochecha e inclinei o rosto dele um pouco para que me olhasse nos olhos.

Suas pálpebras estavam pesadas, seus olhos, desfocados.

Frederick não precisou de mais incentivo.

O segundo toque de lábios foi casto e sem pressa. Ele pegou meu rosto, espelhando o modo como eu o tocava. Sua boca era tão macia quanto parecia, em forte contraste com a aspereza de sua barba por fazer e a pressão de seu corpo contra o meu. Eu ouvia o relógio do corredor tiquetaqueando ao longe, mas parecia que o tempo havia parado enquanto Frederick me envolvia lentamente, o ritmo constante dos meus batimentos cardíacos um lembrete indelével de quanto tempo fazia que eu queria que aquilo acontecesse.

Meus dedos logo encontraram caminho até o cabelo dele e se perderam nas mechas impossivelmente macias. Minhas mãos pareceram destravar algo dentro dele. Frederick me puxou para mais perto, permitindo que eu sentisse cada centímetro frio e rígido de seu corpo contra o meu. Sua respiração se alterou enquanto ele inclinava a cabeça e beijava minha boca com vontade e muito mais pressão do que antes. Eu a abri para ele, por instinto, sua intensidade silenciosa e sedenta fazendo meus lábios se entreabrirem antes que eu me desse conta disso.

Então, acabou. Frederick se afastou abruptamente e descansou a testa na minha, respirando bem pesado para alguém que na teoria não precisava de oxigênio para sobreviver. Ele balançou a cabeça devagar e fechou os olhos com força, como se tentasse recuperar um controle que lhe escorria rapidamente pelos dedos.

— Beijar um vampiro é assim — soltou Frederick.

De um ponto de vista técnico, não era muito diferente de beijar qualquer outra pessoa. No entanto, eu nunca havia experimentado nada igual. Frederick continuou me segurando firme, como durante o beijo — o que era bom, já que meus joelhos pareciam prestes a ceder. Enquanto ele tentava acalmar a respiração, notei um vago porém inconfundível cheiro metálico de sangue em seu hálito, e tive que me perguntar se fora a consciência de que acabara de se alimentar que o levara a interromper o beijo de maneira tão abrupta.

Quando Frederick abriu os olhos, sua expressão me pareceu tão cautelosa que eu soube que a aula mútua de beijo estava encerrada e que não devia tentar descobrir o motivo para tal, qualquer que fosse.

— Você foi bem — comentei, tentando soar, ou me sentir, tranquila em relação ao que havia acontecido. Na verdade, eu estava longe de tranquila. Queria beijá-lo de novo. Naquele instante. Demonstrando um autocontrole que eu não sabia que possuía, dei um passo para trás, mas notei o lampejo de decepção que tomou o rosto de Frederick. — Parece que você já dominou as últimas tendências. É do tipo que aprende rápido.

Frederick endireitou o corpo e abriu um sorrisinho confiante que me tirou o ar.

— É o que dizem — falou.

CATORZE

Lorde e Lady James Jameson XXIII e sra. Edwina Fitzwilliam
vêm por meio deste requisitar a honra
de sua presença no casamento de seus filhos

SRTA. ESMERALDA JAMESON
e
SR. FREDERICK J. FITZWILLIAM

~ Data e horário a serem determinados ~
Salão de festas do castelo Jameson
Nova York, NY
Refrescos leves e sangria serão servidos

~ A lista de presentes do casal pode ser encontrada na Casa & Caixão ~

— TENHO UMA DÚVIDA — ANUNCIEI, OLHANDO PARA FREDERICK. — Como alguém que diz não saber nada sobre a sociedade moderna passou a se vestir tão bem depois de uma mísera ida à Nordstrom?

Frederick pareceu genuinamente surpreso com meu comentário.

— Eu estou me vestindo bem?

Dei risada. Se não o conhecesse, poderia acusá-lo de falsa modéstia. Frederick usava uma calça jeans escura, camisa azul-clara e um suéter vinho, e nenhuma daquelas peças havia sido comprada na nossa ida ao shopping na semana anterior.

Mesmo que eu não o tivesse beijado na outra noite — em nome da ciência e para fins de comparação, óbvio —, precisaria me esforçar ao máximo para manter as mãos longe dele. Eu estava quase com medo de levá-lo à festa de Sam e Scott. Não conhecia os amigos dos dois bem o bastante para saber como reagiriam à chegada de Frederick, gato daquele jeito e sem ter a menor noção disso.

— Está, sim — confirmei. — Parece que você acabou de sair de uma sessão de fotos da J. Crew.

Ele ergueu uma sobrancelha.

— O que é uma sessão de fotos da J. Crew?

Repliquei com um gesto de "tanto faz".

— Você entendeu. Como pode não saber o que está fazendo vestido assim?

Frederick pareceu levar minha pergunta em consideração.

— Talvez ao ser transformada em vampiro a pessoa adquira um conhecimento enciclopédico que é instantaneamente atualizado quanto a como se vestir com o propósito de se misturar à sociedade moderna e atrair mais vítimas. — Ele apontou para si mesmo e me abriu um sorrisão deslumbrante. Seus olhos brilharam, como se estivesse achando graça naquilo. — O que você vê agora é resultado da evolução milenar da genética vampiresca, Cassie. Nada mais.

Ergui uma sobrancelha para ele, cética, e cruzei os braços.

— Para com isso — falei, embora estivesse prestes a rir. — Se esse tipo de coisa existisse, eu não estaria aqui. E voltando: nós não compramos essa roupa que você está usando no shopping.

Frederick abriu outro sorriso, agora um tanto acanhado.

— Está bem, está bem. Você me pegou. — Ele apontou para a televisão. — Tenho visto dramas coreanos na Netflix.

Precisei de um momento para reagir.

— Dramas coreanos?

— Sim — confirmou Frederick. — Sabia que, cerca de uma década atrás, o governo da Coreia do Sul começou a investir grandes somas na indústria do entretenimento? O país agora é uma potência nessa área. E tornou vestir seus atores de maneira atraente uma verdadeira ciência. Com nossa ida ao shopping e *Pousando no Amor*, aprendi muitíssima coisa.

Eu nunca tinha visto séries coreanas, mas se Frederick havia aprendido a se vestir só de assistir a uma, não ia reclamar.

— *Pousando no Amor?* — perguntei. — Isso é bom?

— Se vampiros fossem capazes de produzir lágrimas, eu teria me debulhado nelas. — Frederick olhou para o relógio de pulso, outra coisa que não vinha de nossa ida ao shopping. Ele havia ficado tão bom em fazer compras pela internet que chegava a me preocupar, principalmente para alguém que a princípio se mostrara tão contra a ideia de ter wi-fi. — É hora de ir para a festa do seu amigo. Está pronta?

Assenti e peguei a bolsa, tentando controlar a onda irracional de possessividade que de repente tomou conta de mim, diante da ideia de dividir Frederick pelo restante da noite com Sam e seus amigos.

— Ah, antes que eu esqueça. Não se preocupe: já pensei em possíveis temas de conversas para esta noite.

— É mesmo?

Aquilo era uma boa notícia. Eu esperava que aquela noite fosse uma boa oportunidade de Frederick interagir com outras pessoas em um ambiente descontraído. Se ele já havia pensado em por onde as conversas poderiam seguir, melhor.

— Sim. Depois que você foi se deitar ontem à noite, passei quatro horas na internet, procurando os temas de maior interesse para pessoas entre vinte e cinco e trinta e cinco anos. Anotei tudo em um papel. — Frederick deu uma batidinha no bolso da frente da calça jeans e assentiu com orgulho. — Estou levando a lista comigo, caso tenha tempo de estudar um pouco no metrô.

Meu estômago se revirou. Eu queria que ele estivesse razoavelmente familiarizado com os acontecimentos atuais para conseguir acompanhar as conversas. Talvez até fazer um comentário casual sobre música, ou a alta nos aluguéis na cidade, ou a lenta e inexorável queda da sociedade capitalista. Se um daqueles assuntos surgisse, claro.

No entanto, parecia que ele havia passado a noite toda na Wikipédia. O que não era nem um pouco o que eu queria.

— Você não precisava ter decorado nada — falei. — Ou estudado o que quer que fosse.

O sorriso dele se desfez.

— Ah.
— Vai ficar tudo bem — garanti, torcendo para parecer mais segura do que me sentia. Na verdade, de repente eu estava preocupadíssima que Frederick viesse a se tornar um meme ambulante, naquela tentativa de se enturmar. — É sempre melhor pecar pelo excesso, né?

Ele endireitou um pouco as costas.

— Sim.

Enquanto descíamos a escada, eu disse a mim mesma que, na pior das hipóteses, Sam e Scott só iam ter ainda mais certeza de que eu estava morando com um esquisitão.

....

FICOU IMEDIATAMENTE ÓBVIO QUE EU NÃO ERA A ÚNICA QUE achava que Frederick estava um gato.

Ou, pelo menos, ficou imediatamente óbvio para mim. Frederick, por outro lado, parecia não perceber o efeito que tinha sobre as pessoas por quem passávamos na rua. Ele parecia olhar para todos os lugares ao mesmo tempo conforme avançávamos em meio ao frio do fim do outono para pegar o metrô — estudava os arredores como se alguém fosse testar seus conhecimentos sobre tudo aquilo depois. As secadas e os queixos caídos dos outros transeuntes, no entanto, lhe passavam despercebidos.

— É assim que você vai para o trabalho todos os dias?

O maravilhamento na voz de Frederick ao descermos a escada para entrar na estação era claro. Ele parecia ser a única pessoa que não estava toda encapotada para se proteger do frio. Não havia me ocorrido antes que Frederick não sentia frio como os humanos, embora aquilo parecesse óbvio. De qualquer maneira, a falta de camadas sobre o corpo dele só o deixava ainda mais atraente. Um grupo de moças que subia a escada parou de conversar na hora e se virou para observá-lo enquanto nos aproximávamos da bilheteria.

— Às vezes vou de metrô pra biblioteca, sim — falei, tensionando um pouco o maxilar para lutar contra uma onda irracional de ciúme. As pessoas estavam certas em achar Frederick um gato, óbvio. O meu ciúme não tinha nada a ver. Ele não era meu. — Às vezes pego ônibus.

Quando chegamos à plataforma lotada, Frederick ficou olhando ansioso para a placa com os nomes e o tempo de espera dos diferentes trens que chegariam à estação.

— Você nunca pegou metrô mesmo? Nem ônibus? — Eu sabia que não, mas não conseguia imaginar alguém que morasse em Chicago e não usasse o transporte público pelo menos de vez em quando.

— Nunca. — Ele arregalou os olhos quando o aviso de "4 minutos" para o trem da linha vermelha sentido norte mudou para "3 minutos". — Faz mais de cem anos que não entro em um trem e... bom. Na época era diferente.

— Então como você se locomove?

Ele ergueu e baixou um dos ombros, mantendo os olhos no aviso.

— De diferentes maneiras. Vampiros correm bem rápido, não sei se você sabe. E, se necessário, podemos voar.

Frederick podia *voar*? Aquilo era novidade para mim. Olhei feio para ele.

— Você falou que não ia mais esconder nada importante de mim.

— Não achei que a maneira como me locomovo por Chicago fosse importante. — Um canto de sua boca se ergueu. — E eu estava brincando quando falei que podia voar.

Revirei os olhos.

— Você, brincando? Duas vezes em uma única noite?

Seus olhos brilharam em divertimento.

— Bom... *mais ou menos* brincando.

Eu estava prestes a lhe perguntar o que ele queria dizer com aquilo quando nosso trem apareceu. Todo mundo que estava na beirada da plataforma, com exceção de Frederick, deu um passo instintivo para trás. Eu o puxei pelo braço para que ele se afastasse também.

A sensação de seu bíceps na ponta dos meus dedos foi um gatilho para as lembranças.

Era a primeira vez que nos tocávamos desde o beijo na cozinha, duas noites antes. Os braços fortes dele me puxando impossivelmente para perto. Seus lábios macios e complacentes roçando nos meus.

Balancei a cabeça. Não era hora de ficar remoendo algo que nem havíamos discutido depois que aconteceu. Estávamos prestes a pegar a linha vermelha na hora do rush — algo estressante mesmo quando não é sua primeira vez no transporte público. Frederick estava contando comigo para guiá-lo.

— É um assalto aos sentidos, Cassie — comentou ele, gritando para ser ouvido acima do barulho da estação e do *vush* do trem se aproximando.

— Pior que é verdade — gritei de volta.

A festa de Sam começava às sete. A plataforma estava lotada de gente voltando do trabalho, indo para o jogo do Cubs (a julgar pelo número de pessoas usando boné ou camisa do time) ou simplesmente saindo numa sexta-feira à noite, como nós mesmos.

O barulho e a multidão que pegar o metrô na hora do rush em uma sexta-feira envolviam eram muito com que lidar, mesmo para alguém que passava por aquilo quase todos os dias. Eu estava chegando à conclusão de que devia ter apresentado o transporte público a Frederick em um horário mais tranquilo. No entanto, se ele queria aprender sobre a vida no século XXI, assim estava mergulhando com tudo nela.

As portas do trem se abriram com um *dim-dom* alto. Continuei segurando o braço de Frederick e sinalizei para que esperasse que as pessoas saíssem do trem primeiro.

— Um pequeno passo para um vampiro, um grande salto para a vampiridade — murmurei no ouvido dele enquanto embarcávamos, satisfeita com minha piadinha.

Frederick franziu a testa, confuso. Parecia prestes a me perguntar do que eu estava falando quando um grupo de caras barulhentos usando camisa do Cubs nos empurrou para entrar.

— Ai!

Quase caí no chão, mas Frederick segurou meus braços. O trem partiu logo em seguida, e embora em geral eu me orgulhasse de minha capacidade de andar no transporte público sem perder o equilíbrio, fui pega completamente de surpresa pela pressão dos dedos de Frederick na minha pele.

Eu me recuperei depressa e desviei os olhos quando senti um rubor subindo pelo pescoço. Tentei não pensar em quão perto de mim ele estava, mas meio que fui um fracasso total. Frederick relaxou um pouco sua pegada assim que ficou claro que eu não ia cair, mas, embora eu estivesse nitidamente bem, ele parecia não saber o que fazer com as mãos agora que tinha me tocado.

O que tornou tudo ainda mais desconfortável quando o trem sacolejou inesperadamente, um dos torcedores do Cubs trombou nas minhas costas e eu caí em cima de Frederick.

— Merda!

O xingamento foi abafado pelo peito largo dele. O suéter cor de vinho era tão macio que poderia muito bem ser feito de beijos de anjos. Respirei fundo, mas desejei imediatamente não ter feito aquilo, porque o cheiro de Frederick era *muito* bom.

Mais do que isso.

Eu não fazia ideia se era algum perfume caro ou o sabonete que ele usava — ou ainda se todos os vampiros tinham aquele cheiro maravilhoso. Tudo o que sabia era que o cheiro de Frederick me fazia querer entrar em sua camisa macia e de caimento perfeito. Bem ali, num trem lotado da linha vermelha, na frente dos outros passageiros.

— Cassie? — A voz de Frederick retumbou em seu peito. — Você... você está bem?

Ele pareceu preocupado, mas não fez nenhuma menção de se distanciar de mim. Não que aquilo fosse possível: Frederick estava de costas para a parede e parecíamos sardinhas dentro daquele trem. No entanto, poderia pelo menos ter tentado abrir algum espaço entre nós.

Só que não tentou.

Em vez disso, deslizou lentamente as mãos de meus ombros para minha lombar, me envolvendo em seus braços.

E me puxou mais para perto.

— Não é seguro aqui — murmurou ele, e senti seu hálito fresco e doce no topo da minha cabeça. — Eu seguro você. Para sua proteção, digo. Só até chegarmos ao nosso destino.

Aquilo era só uma desculpa para continuar me abraçando. Eu sabia, mas não me importava. Estremeci e me aconcheguei nele antes de me lembrar que ficar abraçadinha em público com o vampiro com quem eu dividia apartamento provavelmente não era uma boa ideia. Só que a sensação do corpo dele no meu era deliciosa. Apesar do frio que Frederick irradiava, eu não sentia nada além de calor me inundando e excitação descendo pela minha coluna enquanto ele me puxava mais para perto e descansava sua bochecha na minha cabeça.

De alguma maneira, foi como se o resto do trajeto tivesse demorado tempo demais e passado num instante.

QUINZE

Carta da sra. Edwina Fitzwilliam para o sr. Frederick J. Fitzwilliam, com a data de 11 de novembro

Meu querido Frederick,

Não farei rodeios com você.

Fui informada pelos Jameson de que continua a ignorar minhas súplicas e a devolver os presentes da srta. Jameson sem abri-los.

Isso não ficará assim.

Comprei uma passagem para um voo direto de Londres, onde me encontro de férias no momento, na terça-feira à noite. Como o correio não é o mais rápido dos meios, suponho que haja uma chance de que eu chegue a Chicago antes desta carta. Se tiver que acontecer, paciência. Talvez seja até melhor eu chegar sem aviso prévio. Assim, poderei ver em primeira mão a confusão que se tornou sua vida.

Apesar de tudo, amo você, Frederick. Com o tempo, espero que compreenda que apenas desejo o melhor para você.

Com carinho,
Sua mãe,
Sra. Edwina Fitzwilliam

DEPOIS QUE SAÍMOS DO METRÔ, FREDERICK E EU ANDAMOS EM sincronia até o apartamento de Sam. Embora tivéssemos nos distanciado no instante em que o trem parara, eu sentia seu toque com a mesma intensidade de quando estávamos abraçados.

Frederick tamborilava os dedos da mão direita rapidamente na perna — o que eu agora já reconhecia como o sinal mais claro de que estava nervoso. Seus olhos estavam fixos à frente, e não desviavam para mim por um momento que fosse.

— Preparei uma lista de diversos tópicos de conversa para esta festa — declarou ele, repetindo o que tinha dito mais cedo.

Frederick enfiou a mão no bolso da frente da calça e tirou de lá um papelzinho dobrado. Sua mão tremia. Ele também devia estar um pouco abalado pelo que havia acontecido entre nós no metrô, porque suas mãos raras vezes tremiam, e ele quase nunca se repetia.

A mera ideia era ao mesmo tempo empolgante e assustadora.

— Você já me disse isso.

Um carro passou por nós, com as janelas abertas. Um hip-hop que não reconheci tocava alto no rádio.

— Eu disse?

— Sim.

— Ah.

Felizmente, o prédio de Sam não ficava longe. Quando chegamos, interfonei para que os donos da casa soubessem. Ouvimos um clique na porta um momento depois, e eu a abri.

Frederick levou uma das mãos ao meu braço, me parando. A urgência de seu toque pareceu cortar meu casaco grosso como uma faca.

— Preciso de permissão explícita para entrar na casa de outra pessoa, lembra?

Pisquei, tentando compreender o que ele dizia.

— Oi?

Frederick desviou o rosto, envergonhado.

— Quando estávamos assistindo a *Buffy*, eu disse que algumas lendas relacionadas a vampiros eram bobagens, mas outras eram legítimas, lembra? Essa é legítima.

Só então eu recordei o que tínhamos discutido naquela noite, no sofá, pouco antes de eu pegar no sono com a cabeça no ombro dele.

— Ah — falei abruptamente, sentindo um calorzinho diante da lembrança. — Claro. Desculpa, eu tinha esquecido. — Apontei para o botão no interfone que eu havia acabado de apertar. — Mas eles abriram o portão para a gente. Não serve?

— Não. — Frederick mantinha o olhar fixo nos sapatos. Percebi que estava constrangido. Senti um aperto no coração. — Tem... que ser um convite direto e explícito. Seria possível mandar uma mensagem para Sam ou Scott e pedir que me convidem para entrar?

Risadas chegavam a nós pela janela aberta. A festa já estava a toda.

— Eles vão achar esquisito, Frederick.

— Mesmo que seja o caso, não tenho escolha.

Um cara que eu sabia que morava embaixo de Sam apareceu à porta, com um vestidinho de couro rosa-choque uns bons quinze centímetros acima dos joelhos. Se a memória não me falhava, ele fazia bico como dançarino burlesco em uma casa noturna em Andersonville.

O cara estava revirando uma bolsa que combinava com o vestido. De canto de olho, notei que Frederick parecia pasmo com a roupa dele, seus olhos escuros bem arregalados. Ignorei aquilo.

— Jack! — exclamei, torcendo para que o cara me ouvisse e para que aquele fosse mesmo seu nome.

Ele levantou o rosto.

— Cassie?

— É, oi. — Olhei por cima do ombro para Frederick, que fez que sim com a cabeça. — Podemos entrar?

— Vocês vão no Sam?

— Isso.

Ele abriu a porta para a gente e fez sinal para que entrássemos.

— Claro. Eu já estava de saída.

Olhei em dúvida para Frederick, que assentiu sutilmente de uma maneira que interpretei como um "isso vale".

— Obrigada, Jack — disse e entrei, com Frederick no meu encalço.

Ele soltou um suspiro baixo quando estávamos ambos em segurança do lado de dentro. Por sorte, Scott estava esperando por nós à porta do apartamento no segundo andar.

— Podemos entrar? — perguntei, torcendo para que minha voz não entregasse meu nervosismo.

Vozes altas e alguma música house de vanguarda chegavam até nós no corredor.

— Claro — disse Scott. Ele apontou para dentro do apartamento. — Vou só esperar a Katie e já entro também.

Ergui as sobrancelhas.

— Katie? A Katie do Gossamer's?

— É — confirmou Scott. — A gente acabou ficando amigo, de todas as noites em que te visitamos no trabalho. Fiquei feliz quando ela disse que podia vir.

Eu queria estar feliz com aquilo também. Katie e eu nos dávamos bem, mas Frederick havia passado uma primeira impressão tão esquisita na noite em que tinha tentado pedir café e depois pagar com sua bolsinha cheia de dobrões de ouro...

Ele havia feito um grande progresso em sua tentativa de se passar como normal nas últimas semanas. Tinha aprendido a comprar roupa na internet. Pegado o metrô sem que ninguém desconfiasse que ele não pertencia àquele lugar. A última coisa de que precisava era ver Katie na festa e ter que responder a perguntas desconfortáveis da parte dela.

Só que, aparentemente, não havia nada que se pudesse fazer a respeito.

— Quer beber alguma coisa? — perguntei para Frederick.

Ele franziu a testa.

— Não. Comi antes de vir. E você *sabe* que não...

Eu o peguei pela lapela e o puxei para mim até que seu ouvido estivesse na altura da minha boca. Resisti à vontade de ficar ali, sentindo seu cheiro, mas foi por pouco.

— Pra isso funcionar, você vai ter que passar a noite fingindo.

Frederick engoliu em seco e se endireitou.

— Certo. — Ele assentiu. — Vamos pegar uma bebida.

Enquanto avançávamos pela sala, virei para ele e questionei, baixo:

— Aliás, o que acontece se você não recebe permissão?

— Como?

— Você falou que não consegue entrar em uma casa sem que te convidem — expliquei. — O que acontece se você tentar?

— Ah. Isso. — Frederick olhou por cima do ombro para ter certeza de que ninguém escutaria, depois se inclinou para mim. — Desintegração instantânea.

Fiquei olhando para ele.

— Você está brincando.

Frederick balançou a cabeça, muito sério.

— Quando fiquei sabendo desse fenômeno, também achei que fosse brincadeira. No entanto, logo que fui transformado, vi outro vampiro tentar entrar na casa de um fazendeiro da região quando ele e a família estavam fora da cidade. — Frederick ficou em silêncio por um momento, então se aproximou ainda mais para acrescentar: — Foi pedaço de vampiro para todos os lados.

Estremeci, ainda que estivesse meio distraída daquela descrição, tanto pelo fato de que Frederick estava compartilhando outro detalhe bem guardado de sua vida pregressa quanto pelo fato de que sua boca estava a um fio de cabelo de distância da minha.

— Que horror — comentei, tentando me controlar.

— Sim — concordou Frederick, sério. — Não é um erro que se possa cometer duas vezes.

— Cassie.

Olhei para Sam, que vinha da cozinha. Ele estava com uma cerveja numa mão e uma taça de vinho branco na outra.

Ao me passar o vinho, seus olhos estavam fixos em Frederick.

De repente, senti um nó bem apertado de ansiedade no estômago. Os dois minutos de interação de Frederick com meu melhor amigo no shopping no outro dia eram uma coisa, mas passar uma noite inteira juntos seria outra completamente diferente. Pela expressão de Sam, ele parecia ter superado o encanto inicial com a beleza de Frederick e estava preparado para chegar a uma decisão final quanto a ele ser esquisito ou confiável.

Com os dedos inquietos na haste da taça de vinho, indiquei Frederick com a cabeça.

— Sam, você já conhece o Frederick.

Meu melhor amigo estendeu a mão.

— Que bom ver você de novo.

Frederick pegou a mão de Sam e a apertou com firmeza.

— Obrigado por ter estendido a mim o convite para vir a sua casa. Fico feliz em rever você também.

— Quer uma bebida? — perguntou Sam. — Vinho? Cerveja?

Frederick ficou em silêncio enquanto pensava em como responder. Podia até ter estudado para aquela noite, mas nós dois ainda não tínhamos falado como era bater papo em festas. O que, refletindo naquele momento, eu percebia que havia sido uma enorme falha da minha parte. Eu me preparei para a resposta de Frederick, torcendo para que pelos menos se ativesse à normalidade.

— Eu... não consigo decidir — acabou dizendo. — O que recomenda?

Foi só quando soltei o ar que percebi que estava prendendo a respiração. Desde que havia entrado no escritório, Sam tinha começado a se interessar por diferentes tipos de vinhos chiques, um clichê para um advogado. Ele adorava entediar todo mundo com detalhes infinitos sobre suas últimas descobertas.

Assenti de leve para Frederick, esperando transmitir a ideia de que ele tinha acertado. Sua postura rígida relaxou um pouco.

— É uma questão de gosto. Tenho vários tintos — disse Sam. — Você gosta de Malbec?

Frederick olhou para mim de soslaio, em interrogação. Acenei de leve outra vez para incentivá-lo.

— Sim — respondeu Frederick, com a convicção em geral reservada a perguntas sobre doces de Halloween preferidos. — Sim, eu gosto de vinho tinto. E muito, na verdade. Malbec é meu preferido.

— O meu também. — Sam sorriu para ele. Se eu não estivesse tão aliviada por Frederick estar se saindo bem, teria rido de como era fácil enrolar meu amigo. — Vamos pra cozinha, eu sirvo você.

Frederick me olhou como um cervo surpreendido pelos faróis de um carro.

— Vai lá — eu o incentivei. Então apontei para Sam. — Certeza que você vai acabar com alguma coisa boa.

— Alguma coisa boa — repetiu Frederick, com uma sobrancelha erguida.

Eu me repreendi mentalmente por não ter avisado de que se fosse a festas humanas esperariam que ele passasse a noite toda com uma bebida que não queria na mão.

Quando Frederick e Sam foram para a cozinha, olhei em volta, em busca de rostos familiares. Reconhecia vagamente alguns convidados de outras festas que Sam e Scott tinham dado ao longo dos anos, mas aí vi David — o amigo dos dois que estava envolvido com a exposição em River North — sentado no sofá ao lado da irmã de Sam, Amelia.

Meu coração acelerou. Na minha lista de atividades preferidas, ficar de papinho com contatos profissionais estava só um tico acima de arrancar um dente sem anestesia. Conversar com Amelia, a irmã extremamente competente e certinha de Sam, seria só um pouquinho mais agradável. Porém David estava bem ali, a menos de três metros de distância, tomando uma taça de Chardonnay e conversando com Amelia, toda bem-vestida e sem nenhum fio de cabelo fora do lugar.

Fazia quarenta e oito horas que eu havia mandado o e-mail para David. A decisão seria tomada na semana seguinte. Alguém no controle da própria vida aproveitaria a oportunidade para falar com o cara, não?

Eu podia muito bem fingir que era assim e fazer exatamente isso.

Endireitei os ombros, lembrei a mim mesma de que eu fazia coisas difíceis *o tempo todo* e me aproximei.

— Oi — disse.

David e Amelia me olharam ao mesmo tempo.

De repente, eu me lembrei de que não estava nem um pouco no controle da minha vida e cheguei à conclusão de que aquilo provavelmente era um erro terrível.

— Cassie — falou Amelia, em um tom animado, e sorriu para mim, mas mesmo com o barulho da festa me lembrei de como ela era condescendente sempre que se dignava a falar comigo na escola. — Que bom rever você.

— Faz tempo — comentei, pensando em fazer um esforço por Sam aquela noite. — Como você tem andado?

Amelia balançou o cabelo loiro e suspirou, depois tomou um gole do vinho branco antes de apoiar a taça na mesa de centro.

— Ocupada — admitiu ela. — Não tanto quanto vou estar na primavera, embora mais ocupada do que gostaria.

Tentei recordar uma época em que Amelia não estivesse tão ocupada e insatisfeita com seu trabalho como contadora. Nada me veio.

— Que saco — falei, sincera.

Amelia deu de ombros.

— É, mas as coisas são assim. Eu sabia disso quando entrei para o escritório. Agora chega de falar de mim. Sam disse que você voltou a se jogar com tudo na arte.

Assenti, orgulhosa demais do trabalho que vinha fazendo e consciente demais de que havia alguém do comitê da exposição sentado ao lado de Amelia para ser modesta.

— É — respondi. — Tenho mesmo. Na verdade...

Fui interrompida por Sam, que vinha correndo para junto da irmã, com Frederick em seu encalço parecendo estupefato.

— Amelia — disse Sam, rindo —, você *tem* que conversar com o cara com quem a Cassie está dividindo apartamento.

As palavras de Sam me distraíram completamente da minha ansiedade em relação a Amelia e David, chamando minha atenção de maneira tão eficaz quanto um disco arranhado em um cômodo silencioso. Preocupada, eu me virei para Frederick, cujo punho Sam segurava com firmeza.

Frederick mantinha os olhos arregalados fixos nos próprios sapatos.

Antes que eu pudesse perguntar o que estava acontecendo, Sam virou para mim e disse, encantado:

— Você não me contou que Frederick era fã da Taylor Swift.

Engasguei com o vinho.

— Desculpa — disse, assim que me recuperei. — Mas... Taylor Swift?

Frederick mudou o peso de um pé pro outro, desconfortável.

— Eu... posso ter comentado algumas coisas que sei sobre Taylor Swift para as pessoas na cozinha.

— *Algumas* coisas? — Sam riu outra vez e balançou a cabeça. — Não seja modesto. Seu conhecimento da era *1989* dela é enciclopédico.

Tive que levar a mão à boca para segurar a risada.

— É mesmo?

— É! — confirmou Sam, empolgado. — Você tem que conversar com a Amelia, Frederick. Ela adora conhecer outros swifties, principalmente os que não se encaixam no estereótipo.

— Ah, sim — disse Amelia, radiante. Eu nunca a tinha visto tão animada. — Que pessoas fora do público esperado gostem da Taylor só prova como ela tem um apelo amplo e um talento enorme.

Fiquei olhando para Amelia. Nunca havia me ocorrido que uma contadora tivesse opinião quando se tratava de música. Talvez eu estivesse sendo um pouco preconceituosa.

— Você é fã da Taylor Swift?

Ela deu de ombros.

— Como não seria?

— Concordo — soltou Frederick, com um entusiasmo que me surpreendeu. — Taylor Swift, que nasceu em West Reading, Pensilvânia, em 1989, ganhou onze prêmios Grammy da Academia Nacional de Artes e Ciências da Gravação.

Amelia se levantou e, ainda sorrindo, alisou a saia já impecável.

— Vamos pra cozinha tietar juntos — propôs a Frederick.

Ele arregalou os olhos.

— Perdão, mas... — Frederick se virou para mim. — Tietar?

Eu me inclinei para ele e murmurei:

— É só ficar falando empolgado com alguma coisa.

— Ah.

— Vou pegar outra taça de Malbec — anunciou Sam. — Não vou poder contribuir muito com a conversa, mas gosto de ver Amelia à vontade.

Frederick me lançou um olhar indefeso por cima do ombro enquanto Amelia o guiava de volta à cozinha.

Sem Amelia ali, a única pessoa com quem eu podia conversar era David. Ele olhou para mim com um sorriso de reconhecimento no rosto.

Engoli em seco, voltando a sentir o nervosismo de alguns minutos antes, agora que não contava mais com a distração de Frederick e Taylor Swift.

— Cassie. — David fez sinal para o lugar vazio a seu lado no sofá. Eu me sentei, ao mesmo tempo empolgada e apavorada. — Que bom ver você de novo. Quanto tempo.

— Bom ver você também. — Fiquei mexendo na bainha da saia enquanto tentava decidir se devia contar a David que tinha inscrito uma obra na exposição ou se devia ser mais sutil em relação a meu interesse em falar com ele. — Como você tem andado?

— Ocupado. — David riu, e então, talvez se dando conta de que Amelia respondera exatamente da mesma maneira poucos minutos antes, revirou os olhos. — Esse é um jeito bem enrolão de responder a essa pergunta, né?

Reprimi uma risada.

— Talvez.

Ele fez um gesto de "ah, já foi".

— É. Bom, pelo menos no meu caso é verdade.

— Por causa da exposição?

Era melhor acabar logo com aquilo.

— Isso. — O sorriso dele se alargou. — Nunca estive envolvido com os aspectos administrativos de uma exposição dessas, mas dá muito mais trabalho do que eu esperava.

— Imagino. — Engoli em seco, então criei coragem para perguntar o que realmente queria. — Você tem recebido coisas boas?

— Muitas. — David se ajeitou a meu lado no sofá, inquieto. — Acho que o comitê já decidiu quem vai convidar a expor.

Meu coração de repente martelava minha caixa torácica de tal maneira que parecia a ponto de quebrá-la. Deixei a taça de vinho na mesinha à nossa frente; minhas mãos tremiam tanto que fiquei com medo de derramar Chardonnay em tudo.

— Ah, é?

— É. — David olhava para a cerveja em suas mãos como se fosse a coisa mais interessante na sala. — Cassie, não sei se deveria ser eu a te dizer isso, ou se eu deveria esperar que o comitê entre em contato, mas como estamos os dois aqui...

David não concluiu a frase. No entanto, pelo simples fato de que ele não me encarava, eu sabia que não ia gostar do que veria a seguir.

Respirei fundo, me preparando para o pior.

— Prometo que não vou contar ao comitê o que me contou.

Ele assentiu.

— Todo mundo concordou que sua obra é incrível, mas o comitê acabou decidindo que a ligação com o tema sociedade contemporânea é abstrata demais, tênue demais, para que ela entre na exposição. Um quadro clássico subvertido com materiais modernos não era o que eles estavam procurando. — David ficou em silêncio por um momento, depois acrescentou: — Sinto muito, Cassie.

O tempo pareceu parar. Todo o barulho da festa sumiu enquanto eu absorvia lentamente o que David havia acabado de me contar.

— O júri já tinha quase chegado a uma decisão quando sua inscrição chegou — prosseguiu ele. Meu desespero devia estar estampado na minha cara, porque David colocou a mão delicadamente sobre a minha. — Você sabe como essas coisas são. Infelizmente, sua obra não convenceu o pessoal a mudar de ideia.

Senti lágrimas pinicando os cantos dos meus olhos. Eu sabia que não era garantido que minha obra seria aceita, e lógico que sabia que a maior parte das vagas provavelmente iria para pessoas que já tinham um nome consagrado no mundo da arte. Então, na verdade, não fazia ideia de por que estava reagindo daquela maneira.

No entanto, estava.

Eu me virei e olhei para o chão. Não queria que David me visse chorar.

— Entendo — murmurei.

— Sinto muito — repetiu David, ainda com a mão na minha. — Vamos fazer outra exposição no outono. Você é *muito* talentosa, Cassie. Espero que considere enviar outra obra quando a convocatória for publicada.

— Tá — disse, então me virei para olhar para David, mas o rosto dele estava todo embaçado. As lágrimas estavam prestes a rolar.

Por que eu havia pensado que seria qualquer coisa além de um fracasso total e completo estava além da minha compreensão. Nunca seria nada além de Cassie, a mulher excêntrica que não conseguia manter um emprego ou mesmo um apartamento por mais que alguns meses. A mulher que nunca alcançaria seus sonhos ou seria grande coisa.

Olhei em volta. Mais convidados tinham chegado. Sam e Scott estavam conversando com um grupo de pessoas que reconheci vagamente como colegas da faculdade de Sam de direito. Um deles ria de algo que Sam tinha dito.

Frederick e Amelia estavam fora do meu campo de visão.
Até um vampiro de centenas de anos estava mais encaminhado na vida que eu.

Eu precisava sair dali.

— Licença — disse a David com a voz chorosa, sem encará-lo. — Eu... preciso conferir uma coisa.

Fungando, abri caminho depressa pelas pessoas para ir ao banheiro.

A verdade era que eu estava morrendo de pena de mim mesma.

E ninguém precisava ver aquilo.

....

OLHEI PARA MEU ROSTO NO ESPELHO DO BANHEIRO. EU TINHA usado rímel pela primeira vez em nem sabia quanto tempo, e agora estava arrependida daquela decisão. Um guaxinim me olhava de volta do espelho, os olhos envoltos em dois círculos pretos de maquiagem e as bochechas marcadas pelas lágrimas.

Aquilo fazia com que eu me sentisse uma idiota ainda maior do que estava me sentindo quando entrara no banheiro para me esconder, dez minutos antes. O que era muita coisa.

Uma batida leve na porta me arrancou dos meus pensamentos.

— Cassie? Você está aí?

Era Frederick, a voz baixa e muito preocupada, me inundando de um calor reconfortante.

— Não.

Sem pensar, enxuguei as lágrimas com as costas das mãos, que ficaram pretas.

— Acabei de falar com alguém que disse que viu você correr para cá. Estou preocupado. Posso entrar?

— Eu disse que não estou aqui.

Ouvi uma risadinha baixa.

— Obviamente está.

Fechei os olhos e apoiei a testa na porta que nos separava. O frescor da madeira lisa contra minha pele quente foi revigorante.

— Sou uma idiota.

— Não é verdade.

— Você é obrigado a dizer isso. — Senti lágrimas novas surgirem por trás das minhas pálpebras fechadas. — Não sabe andar de metrô sozinho e vai ficar preso pra sempre nesta festa se não for legal comigo.

Outra risada baixa, agora mais firme.

— Afaste-se da porta, Cassie. Estou preocupado com você. Gostaria de entrar.

Seu tom levemente autoritário pareceu acionar alguma coisa dentro de mim.

— Tá — falei, fungando.

Ele entrou no banheiro apertado — com seu mais de um metro e oitenta, seus ombros largos e sua beleza —, depois fechou a porta. De repente, me lembrei de como aquele cômodo era pequeno.

Frederick pareceu ter aquela exata percepção no mesmo instante, e seus olhos se arregalaram ao desviar para o chuveiro atrás de mim, a privada e a pia. Então ele viu meu rosto e a confusão em que se encontrava, e se concentrou totalmente em mim.

— Quem fez isso com você? — Sua voz saiu baixa, mas urgente. — O que aconteceu?

— Nada aconteceu. — Tentei lhe dar as costas, mas Frederick agarrou meu braço e me manteve parada. Estremeci, o frio de seu toque entrando pelo tecido da minha roupa e criando um forte contraste com a onda de calor que eu de repente sentia. — Sou um fracasso, só isso.

— Você *não é* um fracasso — replicou Frederick, firme. — Quem quer que tenha feito você se sentir assim será obrigado a lidar comigo.

Abri um sorrisinho diante da ideia de Frederick ameaçando qualquer pessoa. Ele podia ser uma criatura morta-viva da noite, mas era a mais molenga delas.

Dei uma fungada.

— Quem fez eu me sentir assim, infelizmente, fui eu.

— Você?

— É. — Fechei os olhos. — Inscrevi em uma exposição uma obra em que passei semanas trabalhando. Estava superempolgada, mas acabei de descobrir que ela não foi escolhida.

— Ah, Cassie — disse Frederick, a voz banhada em empatia. — Sinto muito. — Sua mão continuava no meu braço. Eu torcia para que ele não a recolhesse tão cedo, porque seu toque me tranquilizava. — Foi só isso?
Suspirei.
— Sou zoada, Frederick.
— As pessoas recebem rejeições o tempo todo, Cassie. — Ele parou para pensar por um momento. — De certa maneira, todo o século passado me rejeitou.
Revirei os olhos.
— Não é nem um pouco a mesma coisa.
— Você tem razão. O que fiz foi pior.
— Como?
Os olhos dele brilharam.
— Bebi algo que Reginald me ofereceu em uma festa. *Como um idiota.* Ninguém pode ser mais zoado que isso.

Contra minha vontade, soltei algo entre um soluço e uma risada. Ouvir Frederick usar gíria moderna era como ver uma criança de bigode falso. Ele sorriu diante da minha reação, nitidamente satisfeito consigo mesmo.

Então, de repente, sua expressão ficou séria.

— Se alguém é *zoado*, Cassie, é o comitê que se recusou a aceitar uma artista visionária em sua exposição.

Pisquei para ele, impressionada com a intensidade de seu elogio.

— Você não precisa dizer isso.
— Nunca digo nada que não acho que seja verdade.

Antes que eu pudesse decidir como responder, Frederick tirou um pedaço de pano do bolso da frente da calça jeans. Murmurando baixo algo que não consegui entender, ele abriu a torneira e molhou o pano.

— O que você está fazendo?
— Pelo visto, ninguém mais usa lenços — comentou ele. — É uma pena. Funcionam muito melhor que os lencinhos de papel de hoje. Agora feche os olhos.

Frederick se virou para mim com uma concentração tranquila. Seus olhos encontraram os meus. Ou, mais especificamente, as manchas pretas de maquiagem sob eles.

Fui tomada pelo constrangimento.

— Frederick, não precisa...
— Feche os olhos, Cassie.
Seu tom não permitia recusa. Sua insistência firme tocou uma parte bruta e primitiva de mim que só podia obedecer.

Ele pegou minha bochecha e inclinou meu rosto delicadamente para cima, para que pudesse me ver melhor. De repente, parecia que todas as minhas terminações nervosas se encontravam bem ali, onde Frederick me tocava.

Minhas pálpebras se fecharam por vontade própria.

— O que é essa substância preta com que você pintou seu rosto? — perguntou ele, em um tom baixo e curioso, enquanto usava o próprio lenço para limpar meu rímel com toda a delicadeza. O rosto de Frederick estava tão próximo do meu que eu sentia sua respiração na pele. — Nunca vi esse tipo de cosmético.

Minha boca ficou seca.

— É... rímel.

— Rímel.

Frederick repetiu a palavra com uma aversão clara, que eu mal registrei. Era difícil me concentrar em qualquer outra coisa além dos movimentos delicados de seus dedos sob meus olhos e a pressão de sua outra mão na minha bochecha. Todo o oxigênio parecia ter deixado o banheirinho. Meu coração rugia nos meus ouvidos.

— É deplorável — comentou ele.

— Eu gosto de rímel.

— Por quê?

O lenço chegou ao canto do meu olho direito, onde estavam as piores manchas. Frederick se inclinou mais para perto, provavelmente para enxergar melhor o que estava fazendo. Ele cheirava a vinho tinto e amaciante de roupa. Meus pulmões pareceram se esquecer de como respirar.

— Porque... me deixa bonita.

Suas mãos pararam de se mexer. Quando ele voltou a falar, sua voz saiu tão baixa que eu quase não a ouvi.

— Você não precisa de cosméticos para isso, Cassie.

De repente, os ruídos da festa e o barulho da torneira aberta desapareceram. Não havia nada além das mãos suaves dele, tocando meu rosto de maneira tão delicada que eu mal conseguia suportar, e dos batimentos constantes e acelerados do meu coração.

Depois do que talvez tivessem sido alguns minutos ou uma hora, Frederick deixou o lenço na bancada da pia. Senti que ele se aproximava ainda mais de mim no banheiro minúsculo, até que nossos joelhos se tocaram.

Continuei de olhos fechados. A ansiedade e o nervosismo faziam meu estômago se revirar. Eu desconfiava que, se voltasse a abrir os olhos, tudo entre nós mudaria.

Umedeci os lábios sem pesar, então notei que ele respirou fundo.

— As... as manchas saíram?

Minha voz estava trêmula. Eu sentia que estava a ponto de perder o controle.

Sua mão continuava firme em minha bochecha.

— Sim. Saíram — respondeu ele.

Frederick estava tão perto de mim que senti suas palavras como jatos de ar fresco nos lábios. Estremeci, dominada por uma necessidade de que Frederick chegasse ainda mais perto.

— Abra os olhos, Cassie — pediu ele.

Sua boca estava na minha antes mesmo que eu tivesse a chance de obedecer. A pressão suave de seus lábios me tirou o fôlego e afastou quaisquer preocupações que eu pudesse ter quanto àquilo não ser uma boa ideia. Sua mão desceu ao meu queixo e o inclinou com delicadeza para facilitar o acesso. Fiquei tão envolvida pelas sensações que não consegui fazer nada além de permitir que Frederick me beijasse e beijá-lo de volta. Minhas mãos passearam por seu peito largo, sem eu nem pensar, e senti o tecido macio da camisa sob os dedos quando o agarrei pelo colarinho.

Meu toque fez com que ele soltasse um gemido baixo, e um desejo ardente me deixou tonta.

— Não podemos fazer isso aqui — murmurei contra os lábios dele, mais porque parecia algo que eu *devia* dizer, considerando que estávamos no banheiro de Sam e tinha uma festa rolando do outro lado da porta.

Porém, mesmo enquanto dizia aquelas palavras, eu sabia que íamos, sim, fazer aquilo ali.

Frederick nem pareceu ouvir o que eu disse. Se ouviu, não deu atenção. Seus beijos ficaram mais ousados, a pressão única de sua boca aumentando até que entreabri meus lábios para ele com um suspiro entrecortado. O gosto que senti foi de bala de hortelã e do vinho que Frederick fingira beber aquela noite. Eu queria me perder nele, na maneira como deslizava a língua pela minha, tirando um gemido da minha garganta; em seus braços fortes, que me envolviam e puxavam para perto. Senti seus caninos proeminentes na minha língua enquanto o beijava, algo que nunca havia notado, nem mesmo quando ele sorria. Uma onda de calor me inundou, e o lembrete visceral de quem e o que Frederick era me assustou por apenas um momento antes que eu voltasse a me perder em seu beijo.

— Faz mais de cem anos que não faço isso — comentou ele, se separando um pouco de mim. Parecia tão atordoado que eu nem sabia se estava falando comigo ou consigo mesmo. — Fora a outra noite.

Frederick não esperou que eu respondesse. Só me afastou da pia até que eu sentisse a parede do banheiro às minhas costas. E aí se aproximou, me imprensando na parede, um antebraço de cada lado da minha cabeça. Seus olhos escuros eram só pupilas, aumentadas com o mesmo desejo que eu sentia correr em minhas veias. Sua boca estava a uns dois centímetros da minha. Precisei de todo o meu autocontrole para não me jogar para a frente e dar outro beijo em seus lábios macios.

— Cassie — disse ele —, eu...

O que quer que Frederick estivesse prestes a dizer foi interrompido por uma série de batidas muito rápidas e insistentes na porta do banheiro.

Ele deu um pulo para trás, como se tivesse sido escaldado.

— Tem alguém aí? — A voz agradável de uma mulher cortou totalmente o clima.

Ah, não, Frederick fez com a boca. Seus olhos estavam arregalados.

— Só um minuto — gritei, tentando não rir da expressão horrorizada de Frederick. — Estamos quase acabando.

— Tudo bem! — respondeu a mulher, um pouco alto demais. — Volto daqui a pouco.

— Por que você disse "estamos" quase acabando? — sussurrou Frederick. Parecia prestes a vomitar. Eu me perguntei se vampiros vomitavam, mas aquilo podia ficar para depois. — Tem umas duas dúzias de pessoas lá fora. Agora vai todo mundo saber que estávamos juntos nesse banheiro minúsculo esse tempo todo. Sozinhos.

— E?
— E? — Ele olhou para mim, incrédulo. — O que elas vão *pensar*, Cassie?
Frederick parecia simplesmente chocado. Tanto que tive que morder a bochecha por dentro para não rir.
— Quem se importa com o que elas vão pensar?
— E sua *reputação*, Cassie? — Ele balançou a cabeça. — As conclusões a que as pessoas chegariam...
Ergui uma sobrancelha para ele.
— O que elas poderiam concluir? Que você estava chupando meu sangue?
As sobrancelhas dele se erguerem alto na testa.
— Não! Que estávamos... que estávamos...
Devagar, atravessei o banheiro até estar a poucos centímetros de Frederick, então coloquei as mãos em seu peito. Ele soltou um ruidinho sofrido do fundo da garganta que só serviu de incentivo. No que dependesse de mim, Frederick soltaria o mesmo ruído várias e várias vezes aquela noite.
— Que estávamos o quê, Frederick?
Ele engoliu em seco. Acompanhei o movimento de seu pomo de adão, lutando contra uma vontade aguda de senti-lo com a língua.
— Que eu estava corrompendo você.
A única coisa que me impediu de gargalhar foi a expressão muito séria em seu rosto.
— Talvez as pessoas imaginassem que estávamos nos pegando aqui, sim. E daí?
Frederick pareceu horrorizado.
— *Cassie*...
Levei um dedo aos lábios dele, para silenciá-lo.
— As coisas mudaram nos últimos cem anos. O que os outros pensam não importa mais.
Frederick pareceu não acreditar no que eu dizia sobre não precisar se preocupar em proteger minha virtude ou minha honra. Ainda assim, quando o peguei pelo punho para sair do banheiro, ele me seguiu.
— Vamos nos despedir de Sam e Scott e agradecer o convite — falei. — Depois vamos pra casa.

DEZESSEIS

Trecho do capítulo 17 de Fazendo amor com humanos no século XXI: O guia definitivo para o vampiro moderno, *de autoria desconhecida*

Se você chegou até aqui na leitura, agora compreende toda a extensão em que os costumes e as expectativas sexuais se alteraram desde a época em que todos fingiam esperar o casamento para ter relações sexuais. Há certos atos que o/a amante humano/a do século XXI provavelmente esperará que podem pegar você de surpresa caso não tenha se envolvido em uma relação sexual nas últimas décadas.

Este capítulo descreve muitos dos métodos mais populares de levar um/a humano/a ao orgasmo usando a boca. A chave, como discutiremos em mais detalhes a seguir, é ocultar os caninos. Ao fim do capítulo, haverá uma série de exercícios práticos que, quando implementados na cama, deixarão o/a amante humano/a plenamente satisfeito/a.

FREDERICK ME CONVENCEU A VOLTAR PARA CASA DE UBER. Embora "convencer" seja exagero, uma vez que concordei com a sugestão de imediato. Afinal, ele tinha se saído muito bem com o básico do transporte público em nossa aventura no metrô mais cedo. Se Frederick ainda não estivesse seguro quanto ao processo de andar de metrô, podíamos tentar de novo em outro momento.

O importante era: de Uber chegaríamos em casa mais rápido do que de metrô. Depois do que havia acabado de acontecer na festa de Sam, eu queria chegar o mais depressa possível.

Era óbvio que Frederick se sentia da mesma maneira. Assim que colocamos o cinto e o Uber saiu, suas mãos estavam em mim outra vez — tocando meus ombros, meu cabelo. Ele me olhava com uma expressão contida e esperançosa.

Eu estava prontíssima para continuar de onde havíamos parado. Antes, no entanto, tinha algumas perguntinhas a fazer.

— Taylor Swift, é? — Sorri para Frederick, e adorei o jeito como ele se remexeu no banco do carro. — Então você é um swiftie.

Frederick fez uma leve careta diante do termo.

— Não. Como eu disse, só estudei para a festa.

— Sei...

Ele assentiu. Seus dedos brincavam com os cabelinhos na minha nuca, enviando calafrios de prazer pela minha coluna.

— Eu só queria ter certeza de que teria o que dizer para as pessoas na festa, e minha pesquisa indicou que ela é bastante famosa entre indivíduos de vinte e cinco a trinta e oito anos.

— É mesmo — concordei.

Ele olhou para meus lábios, suas pupilas visivelmente dilatadas. Depois, me envolveu e me puxou para perto. Eu tinha a sensação de que Frederick estava perdendo interesse rapidamente na conversa.

— Só precisei de duas horas depois que você foi dormir ontem à noite para decorar todo o possível sobre ela. Mamão com mel.

Sorri, prestes a lhe dizer que a expressão correta era "mamão com açúcar", mas antes que pudesse formar as palavras ele já estava me beijando de novo, seus lábios dolorosamente suaves contra os meus.

— Espera. — Eu me afastei um pouco, tentando recuperar o fôlego, e indiquei o banco da frente com a cabeça. — Talvez a gente deva esperar até chegar em casa.

— Por quê?

— Porque aqui tem público.

— Ah.

Seus olhos brilharam, travessos, e um sorriso convencido se insinuou em seus lábios. Foi a minha vez de olhar para sua boca. Nossos rostos estavam bem próximos.

— Ele não consegue ver o que estamos fazendo — disse ele.

Prestei atenção no motorista. Seus olhos estavam na rua, e não no retrovisor, que mostraria Frederick e eu emaranhados no banco de trás.

— Ele não consegue ver o que estamos fazendo?

— Não.

Senti um arrepio desconfortável.

— Por que não?

Frederick suspirou e se afastou de mim, se recostando no banco. Meu corpo protestou diante da perda repentina de contato físico.

— Vampiros têm... certo grau de habilidades mágicas. — Ele fez uma careta e um gesto que indicava que não era bem aquilo. — Não. Chamar de "habilidades mágicas" não parece certo. Basta dizer que consigo fazer algumas coisas que os humanos não conseguem. A vasta maioria dos vampiros pode usar certo grau de encanto nos humanos para fazer as coisas parecerem diferentes do que são.

— Sério?

Frederick confirmou com a cabeça.

— O motorista acha que estamos cada um no próprio celular, reservando nossas mãos e todas as outras partes do nosso corpo para nós mesmos.

Precisei de um momento para processar aquilo. O que ele estava dizendo — que tinha a habilidade de fazer as pessoas verem coisas que não estavam ali — meio que batia com algumas histórias de vampiro que eu ouvira ao longo dos anos. De repente, algo me ocorreu.

Os caninos saltados, em que eu nunca havia reparado.

— Foi por isso que eu nunca tinha notados seus... *dentes* antes da festa? — Ergui uma sobrancelha em acusação. — Eu estava sob o seu encantamento?

Frederick pareceu surpreso.

— Eu não sabia que você tinha notado.

Bufei.

— Ficou impossível não notar com minha língua na sua boca. Eles são... bom, *enormes*. E pontudos.

Frederick começou a mexer no cinto de segurança.

— Não foi intencional, escondê-los de você. De modo geral, humanos são, ao mesmo tempo, uma ameaça para nós e nossa próxima refeição.

Usar encanto para esconder nossas presas dos humanos é um mecanismo de autodefesa. Um reflexo, na verdade. Costuma ser tão involuntário quanto respirar. — Coçando a nuca, Frederick acrescentou: — Só deixa de funcionar quando estamos completamente confortáveis. Com pessoas em quem confiamos.

Ele olhou para mim de um jeito tão sincero que entendi na mesma hora o que aquelas palavras implicavam.

Frederick confiava em mim.

De canto de olho, vi que estávamos quase chegando em casa. Alguns minutos sem cinto de segurança não fariam mal.

Antes que eu pudesse me convencer do contrário, desafivelei o cinto e montei nele. O motorista continuou nos levando para casa, alheio àquilo. O corpo inteiro de Frederick ficou rígido, os músculos de sua coxa se flexionaram e tensionaram sob mim enquanto eu me ajeitava.

Ele agarrou meus quadris com suas mãos enormes, seus olhos tão arregalados em surpresa que não consegui evitar me perguntar quanto tempo fazia que ele não tinha intimidade com outra pessoa. Frederick certamente havia desenferrujado depressa quando se tratava de beijo, mas o pouco que eu sabia sobre a época antes que seu sono prolongado tivesse início sugeria que ele poderia não estar acostumado com muita coisa além de beijos.

Seria aquela uma oportunidade para que eu lhe ensinasse outras habilidades modernas que talvez tivesse perdido durante o coma?

Eu teria tempo o bastante para chegar a uma conclusão depois.

Naquele momento, simplesmente me inclinei para a frente até que minha boca estivesse em sua orelha e nossos troncos pressionassem um ao outro. A respiração de Frederick ficou irregular, seus dedos apertaram minha cintura.

— Você tem outros poderes mágicos? — Dei um beijo demorado no lóbulo de sua orelha, enquanto minha mão direita descia por seu peito até permanecer sobre onde seu coração havia muito parado devia estar. — Ou só encanta as pessoas?

Frederick riu, e senti seu peito reverberar suavemente sob minha mão.

— Tenho só mais um — admitiu ele.

— Qual?

O motorista já estava encostando e logo parou diante do apartamento. Dei um beijo na boca de Frederick, em uma promessa do que estava por vir quando o levasse para dentro.

— Conta — insisti.

Ele balançou a cabeça.

— É... uma habilidade meio boba, na verdade. Se quiser mesmo saber, eu conto lá em cima.

....

QUANDO ENTRAMOS EM CASA, FREDERICK PEGOU MINHA MÃO E me puxou consigo até estarmos diante do armário do corredor. O mesmo armário que ele havia deixado muito claro que estava proibido para mim quando me mostrara o apartamento.

— A resposta para sua pergunta sobre meus outros poderes pode ser encontrada aqui. — Frederick olhou para mim, esperando minha reação. — Se ainda quiser saber.

Quando ele alcançou a maçaneta, o pânico me atingiu com tudo. Eu havia criado todo tipo de teoria sobre o que poderia haver dentro do armário proibido. Já tinha acontecido bastante coisa naquela noite, e eu não sabia se estava pronta para descobrir a verdade.

Segurei o braço dele.

— Você me disse que não tinha cadáveres aqui — eu o lembrei, as palavras saindo um pouco rápido demais.

— Sim.

— Era verdade?

Ele confirmou com a cabeça.

— Sim. E não tem sangue aqui também. Nem cabeças cortadas. Nada que você vá considerar desagradável ou assustador. Prometo. Na verdade... — Ele parou e coçou o queixo. — Talvez você até goste.

O tom esperançoso em sua voz e o fato de que queria dividir comigo algo sobre si que antes achava que devia esconder deram um fim a minhas reservas.

— Tá. — Assenti, me preparando. — Pode abrir a porta.

Prendi a respiração — e logo depois soltei, com uma risada surpresa, quando ele abriu a porta do armário e eu vi o que tinha dentro.

— Frederick — falei, incrédula.

— Eu sei — concordou ele.

— Por que tem tantos abacaxis aqui?

— Não são apenas abacaxis.

Ele empurrou os abacaxis — devia ter pelo menos uma dúzia — para um canto da prateleira em que estavam. Atrás, havia fileiras de caquis, quincãs e outras frutas coloridas que eu nem reconhecia.

— Alguns vampiros têm habilidades impressionantes, como a de transformar vinho em sangue, voar ou voltar no tempo — explicou ele, pesaroso. — Por azar, tudo o que consigo fazer é conjurar frutas involuntariamente quando estou nervoso.

Peguei uma fruta pequena e mole que parecia uma pera, mas tinha cheiro de laranja.

— Era *isso* que você estava escondendo de mim esse tempo todo?

— Sim — respondeu ele. — Pode comer, caso esteja se perguntando.

— Posso?

Frederick confirmou com a cabeça.

— Devem estar boas. Toda semana eu doo o que conjuro. Ou dou de presente para você.

Pensei na cesta de quincãs que ele tinha me oferecido quando eu havia me mudado. E nas frutas cítricas na bancada da cozinha.

— Ah.

— Minha taxa de produção disparou desde que você se mudou para cá. Pelo visto, agora estou sempre nervoso.

Era difícil acreditar que eu o deixava assim, mas decidi ignorar aquilo.

— Por que você não me contou antes? — Quando os olhos dele se arregalaram, acrescentei depressa: — Não que seja importante você não ter me contado. Só estou curiosa.

— É um dos poderes mais ridículos de toda a história registrada dos vampiros. E inútil, já que não comemos frutas. — Ele coçou a nuca e desviou os olhos. — Quando você descobriu o que eu era, queria que ficasse impressionada comigo. Em vez de pensar que eu era só um conjurador acidental de quincãs.

Uma onda de calor percorreu meu corpo.

— Você queria que eu ficasse impressionada com você?

Frederick assentiu.

— Ainda quero.

Eu não conseguia entender aquilo. *Ele* queria *me* impressionar? Frederick era um imortal de mais de trezentos anos de idade. Eu era só... eu.

Me recostei na parede, em busca de apoio.

— Mas... *por quê?* Eu não sou ninguém.

Seus olhos procuraram os meus, tão intensos que era como olhar diretamente para o sol.

— Como pode dizer uma coisa dessas?

Baixei o olhar para meus sapatos.

— Porque é verdade.

De repente, ele estava me imprensando contra a parede, um braço de cada lado da minha cabeça, o olhar furioso. Seu rosto se encontrava a centímetros do meu.

— Nunca ouvi algo menos verdadeiro na vida.

— Mas...

Frederick me interrompeu com seus lábios, me beijando com uma ferocidade que nunca havia demonstrado. Abri a boca por reflexo, e ele não perdeu tempo, enfiando a língua como se nunca fosse conseguir sentir meu gosto o suficiente. Frederick me beijou como se sua vida dependesse daquilo, como um homem possuído, e não pude fazer nada além de beijá-lo de volta, o abraçando e quase desfalecendo por sentir cada parte de seu corpo alto, firme e ávido contra o meu.

— Você... é... *incrível* — murmurou ele, pontuando cada palavra com beijos firmes e intensos nos meus lábios, no meu queixo, no meu pescoço.

Eu me derreti junto a ele, perigando escorrer pela parede e formar uma poça no chão a qualquer momento.

— Frederick — soltei.

As mãos dele vagavam de forma possessiva pelo meu corpo, deixando rastros de calor, apesar de seu toque frio. Eu me sentia febril, mais leve que o ar. Só que ele não havia acabado.

— Você é bondosa e generosa — prosseguiu Frederick. — Não me abandonou mesmo depois de descobrir o que eu era, porque sabia que eu precisava da sua ajuda. Em todos os meus anos, nunca conheci uma pessoa tão comprometida a ser fiel a si mesma do que você. — Ele recuou para me encarar. Seu olhar poderia derreter um iceberg. — Tem ideia de como você é *preciosa*, Cassie? De como é *rara*?

Seus olhos eram piscinas escuras e incandescentes, implorando que eu compreendesse.

Eu, no entanto, não compreendia.

— Não — falei. — Não acho que tenha nada de especial em mim.

Ele tensionou a mandíbula.

— Então, por favor — replicou Frederick, com a voz rouca e carregada de promessa —, *por favor*, permita-me mostrar como está equivocada.

....

O QUARTO DELE ERA DIFERENTE DO QUE EU IMAGINAVA. NÃO tinha um caixão ou qualquer outra coisa que pudesse sugerir que seu ocupante era algo além de um humano comum, ainda que rico, com um gosto um tanto questionável para decoração.

Era muito maior que o meu quarto e tinha um janelão do piso ao teto com vista para o lago, igual aos da sala. Como a sala, o quarto era escuro. Havia arandelas de latão nas paredes, e sua luz fraca brincava com os contornos sutis do cabelo de Frederick. Eu só queria enterrar as mãos naquelas mechas sedosas e senti-las entre meus dedos.

A cama era king size, com colchão grosso e dossel vermelho-sangue que combinava com a coberta e a cortina. Quando Frederick me deitou no colchão, com tanto cuidado quanto se eu fosse uma boneca de porcelana, percebi que a coberta era de veludo.

Isso é um pouco clichê, pensei, passando os dedos pelo material impossivelmente macio, que parecia tirado de *Entrevista com o Vampiro*. Meu corpo era todo ansiedade e nervosismo, e a maneira ardente e carinhosa como Frederick me olhava, ao pé da cama, tornava quase impossível pensar com clareza.

A crítica construtiva ao estilo do quarto podia ficar para depois.

Estendi os braços para ele, empolgada para que a próxima parte tivesse início.

A visão dos meus braços esticados, no entanto, pareceu causar uma interrupção repentina no desejo bruto que o levara a me trazer para o quarto. Frederick não me olhava mais como se quisesse trepar comigo até o meio da semana seguinte. Seu comportamento se alterou por inteiro, seus olhos escuros tinham se desviado para o piso de madeira, os dedos de sua mão direita agora tamborilavam a coxa em um ritmo nervoso.

Eu me apoiei nos cotovelos, preocupada.

— Frederick?

— Talvez... — começou a dizer, meio sofrido. Frederick se sentou com um suspiro audível, se inclinando para a frente até que seus cotovelos tocassem os joelhos, então enterrou o rosto nas mãos. — Talvez não devamos fazer isso.

Meu coração palpitou enquanto eu tentava conciliar o que ele tinha dito e o que estava acontecendo momentos antes. Eu me sentei ao lado dele e, então, hesitante, levei uma das mãos a seu peito largo, novamente bem sobre o ponto onde seu coração costumava bater.

Até então, meu toque sempre provocara uma resposta imediata e cinética de Frederick. Daquela vez, entretanto, ele se manteve imóvel de uma maneira quase sobrenatural.

Era como tocar uma estátua.

— Você... você não quer fazer isso?

Sua respiração ficou irregular. Ele se aproximou de mim na cama e me abraçou de lado, ainda que hesitante, em uma espécie de resposta sem palavras.

— Não foi o que eu disse. — Sua voz estava abatida. Ele se aproximou ainda mais, os músculos tensos de seu braço se flexionando contra minha lombar. — Quero fazer isso, sim. Você não tem *ideia* do quanto. Só disse que talvez não devêssemos.

Estávamos sentados tão perto um do outro que não me custaria nada virar a cabeça e beijar sua bochecha. Me controlei com certa dificuldade.

— Por quê? — perguntei.

— Eu não planejava arrastar você para um envolvimento romântico com... alguém como eu.

— Ninguém está me arrastando para nada.

— Mas...

— Eu *quero* ter um envolvimento romântico com você.

A expressão no rosto dele quando olhou nos meus olhos foi de partir o coração.

— Não é possível.

— Como não?

— Para começar, você é humana. — Ele balançou a cabeça. — E eu não sou.

Tinha sido aquilo que me segurara até então. Mas não importava. Frederick era gentil e cheio de consideração. Comprou todos os artigos de cozinha possíveis só porque eu havia falado que precisava de uma panela. E fazia comentários perspicazes e simpáticos sobre minha arte, ainda que nem a entendesse.

Frederick me conhecia, com uma espécie de sensibilidade intuitiva que me tirava o fôlego.

Tá, ele era um vampiro. Aquilo implicava alguns desafios. No entanto, não mudava o fato de que ele era bom e que eu o queria mais do que já havia desejado qualquer outra pessoa.

— Não me importo — falei apenas, então peguei sua mão e entrelacei nossos dedos.

— Deveria se importar — murmurou ele, mas não recolheu a mão. Frederick estava tão perto de mim que provavelmente sentia meu coração batendo forte contra a caixa torácica dele. — Você não quer o tipo de meia-vida que eu tenho, Cassie. Não pode querer ser o que eu sou. Para que fiquemos juntos, juntos *de verdade*, as *mudanças* pelas quais você teria que passar...

Ergui nossas mãos até que meus lábios encontrassem a solidez fresca de seu punho, e deixei que se demorassem ali. Frederick entreabriu os lábios, e, nossa, eles eram tão macios... Mesmo quando os beijos dele se tornavam desesperados. Eu queria prová-los outra vez, queria separá-los com minha língua.

— Eu não estava pensando a longo prazo — admiti. — Tudo o que sei é que, neste momento, quero estar o mais perto possível de você.

Em algum momento, talvez eu quisesse imaginar o que o futuro com Frederick exigiria de mim a longo prazo. Só que não naquele instante.

A gente nem tinha saído oficialmente como casal.

Cedendo à tentação, dei um beijo casto de boca fechada em sua clavícula, me deliciando com a sensação de sua pele, feito mármore contra meus lábios.

— Cassie — murmurou ele, com a voz carregada.

Eu me mexi um pouco e levei os lábios ao seu queixo, então fui descendo com beijos até o ponto onde, muitos anos antes, devia dar para sentir sua pulsação. Ao ponto onde eu desconfiava que ele havia sido mordido, séculos antes que eu nascesse.

— Frederick — murmurei.

Abri a boca e deixei minha língua sair para senti-lo. Sua pele era sal e almíscar, desejo e ar fresco da noite.

Ele gemeu.

— Se você quer fazer isso e *eu* quero fazer isso, por que não fazemos? — perguntei, embora Frederick não estivesse mais protestando.

Eu passei o nariz no ponto sensível em que o pescoço encontrava o ombro, desfrutando da maneira como ele inspirou fundo, como seu braço se tensionou à minha volta, como seus dedos se cravaram na lateral do meu corpo.

— Cassie. — Seu tom agora era uma mistura de aviso e promessa. Ele colocou uma das mãos em minha bochecha.

Suspirei e me apoiei em sua mão. Cada nervo do meu corpo estava desperto, faiscando de ansiedade. Frederick tinha mãos grandes e bonitas. Hábeis e fortes. Pensar no que poderiam fazer comigo se ele se permitisse...

... era uma tortura deliciosa.

— *Por favor* — sussurrei.

Ao som daquelas duas palavras, foi como se um botão tivesse sido apertado dentro dele. Vi em seus olhos quando o que lhe restava de determinação rachou e ruiu, então, de repente, seus lábios estavam nos meus de novo, seus beijos tão ávidos e necessitados quanto na festa de Sam. Frederick se mexeu depressa, sem dizer nada, colocando uma das mãos na minha lombar e a outra no meu ombro, me deitando com delicadeza até que meu corpo todo voltasse a tocar o colchão.

— Ah, Cassie — soltou Frederick contra meus lábios. Ele pairava sobre mim, apoiado nos cotovelos, com um antebraço de cada lado da minha cabeça. Então se aproximou e beijou minha têmpora. Depois riu baixo, e foi um som tão feliz e aliviado que partiu meu coração. — Nunca serei capaz de negar algo que você queira.

Quando eu imaginava aquilo acontecendo, sozinha no quarto, pensava que Frederick agiria de forma hesitante e silenciosa, tão educado e refinado no sexo quanto na vida cotidiana. Porém não havia nada de silencioso ou hesitante nele naquele momento. Eu estava ali, deitada embaixo dele em sua cama com dossel, e sua paixão era como uma represa rachando, como se até aquele momento Frederick tivesse se esforçado ao máximo para se segurar. Seus beijos implacáveis me deixavam sem ar e meio tonta, o que eu recebia muito bem, abraçando-o, em uma tentativa de puxá-lo para ainda mais perto.

— Cassie.

Daquela vez, meu nome saiu de seus lábios como uma súplica. Frederick não precisava de oxigênio, mas respirava forte e acelerado no meu pescoço, como se tivesse acabado de correr dois quilômetros. Talvez fosse uma memória muscular do homem que havia sido retornando agora que estávamos ali. Seu corpo estava quase todo sobre o meu, um peso bem-vindo me imprensando contra o colchão. Sentir sua respiração na minha pele sensível me fez estremecer.

Eu me ajeitei debaixo dele, querendo senti-lo por todo o corpo.

— Posso tocar você? — pediu Frederick em um sussurro rouco, sem levantar a cabeça, que descansava no meu pescoço.

Assenti, sentindo que talvez explodisse com a expectativa.

Sua mão desceu pela minha blusa até encontrar meu seio. Eu me arqueei ao toque, e ele apertou — com delicadeza de início, depois, quando viu o que seu toque fazia comigo, com mais firmeza. Meus peitos eram de um tamanho respeitável, mas cabiam facilmente e por completo em suas mãos enormes. Minhas narinas se abriram, minha expiração quente e rápida com a sensação que percorria meu corpo.

— Frederick — murmurei, com a intenção de incentivá-lo a continuar.

O som de seu nome deve ter feito alguma coisa com ele, porque Frederick *grunhiu* em resposta. Sua retórica formidável pareceu abandoná-lo enquanto ele descia a mão para meu outro seio. Ele acariciou meus mamilos por cima da camisa e do sutiã até que endurecessem e ficassem sensíveis, depois continuou, continuou e *continuou*, até que eu não fosse nada além de uma poça de sensações.

— Ah — soltei, incapaz de articular mais.

A coberta macia de veludo embaixo de mim contrastava deliciosamente com as pontadas agudas de prazer que eu sentia, o tique-taque plácido e regular do relógio do corredor contrastava com minha respiração rápida e afoita. Frederick arrancou minha blusa e meu sutiã, impaciente, e os jogou no chão, como os obstáculos que haviam se tornado. Seu gemido baixo e desesperado ao ver meu peito só intensificou o prazer que eu sentia na boca do estômago, tornando-o quase insuportável.

— Quero provar você — disse Frederick, levantando a cabeça. Suas pupilas estavam dilatadas de desejo, e ele continuava acariciando meus mamilos rosados e rígidos. — Por inteiro.

Meu gemido incoerente pareceu ser todo o consentimento de que ele precisava. Frederick subiu minha saia até minha cintura, e então, com movimentos excruciantes de tão lentos e cuidadosos, desceu minha calcinha pelas pernas. De repente, eu estava esparramada seminua diante dele, exposta e vulnerável. Seu olhar ficou ainda mais intenso quando se fixou na minha pele nua, tão ardente e ávido que dava até para sentir.

— Eu imaginei este momento com mais frequência do que seria decente.

A voz dele saiu baixa e com muita urgência, seus dedos traçando padrões invisíveis na parte interna da minha coxa. Seu toque era decidido, aproximando-se sempre de onde eu o queria, mas tão lentamente que me deixava louca.

E eu estava cansada de esperar.

— Frederick — pedi, me movimentando para incentivá-lo. — Por favor.

Ele, no entanto, parecia determinado a não se apressar.

— Já me toquei no quarto pensando em você exatamente assim — confessou Frederick contra a pele sensível atrás do meu joelho direito.

— Nos meus sonhos, já estive até na sua cama.

Sua mão subiu e subiu, até chegar à área onde eu latejava. Ele me pegou com delicadeza e reverência. O tesão desesperado quase me fez descolar da cama.

— Frederick...

— Posso contar o que faço com você nos meus sonhos?

Finalmente, com um de seus dedos grossos, ele me abriu bem onde eu estava molhada. Deixei a cabeça cair no travesseiro enquanto Frederick circulava delicadamente o ponto onde todas as terminações nervosas do meu corpo pareciam se concentrar. Apesar das pálpebras fechadas, vi estrelinhas, minha boca entreaberta e o corpo totalmente tenso.

— Ah. — Eu arfava, tendo perdido havia muito qualquer orgulho ou dignidade. Só precisava que ele me tocasse. *Imediatamente.* — Por favor.

Frederick soltou uma risadinha enquanto a beirada do colchão cedia ao seu peso. Quase dava para ouvir o sorriso em seu rosto quando ele disse:

— Talvez seja melhor eu mostrar para você.

Ele deslizou as mãos pelo meu corpo até chegar aos quadris. Então as deixou ali, me agarrando e me abrindo enquanto seus olhos se refestelavam com minha carne exposta. Estremeci diante da vulnerabilidade em que aquela posição me deixava. O desejo aberto e ardente que eu via nos olhos de Frederick quase chegava a ser demais para suportar.

— Você — murmurou ele contra a parte interna da minha coxa, sentindo meu cheiro com as narinas bem abertas — é mais magnífica do que minhas fantasias mais desvairadas.

Eu já tinha sido chupada algumas vezes. A maior parte com meu namorado da época da faculdade, alguém que via sexo oral como uma obrigação a ser cumprida o mais rápido possível antes de seguir para atividades que lhe pareciam mais prazerosas.

Porém, no momento em que Frederick enterrou seu rosto entre minhas pernas, ficou claro que não havia nada no mundo que ele preferiria estar fazendo àquilo. Frederick provava e lambia, sentindo o meu cheiro, sem nenhuma pressa. Meus dedos encontraram seus ombros, e me agarrei a eles como se minha vida dependesse daquilo à medida que Frederick me provocava, sentindo a delícia que era o tecido macio da camisa dele contra minhas pernas.

Voltei a apoiar a cabeça no travesseiro e me contorci sobre o colchão, me projetando na direção de sua boca em busca de mais contato, precisando de *mais*. Só que Frederick continuava sem nenhuma pressa. Segurava meus quadris com mais força enquanto meu corpo tentava se esfregar nele, mantendo-me presa ao colchão, impotente, exatamente onde me queria. Choraminguei em uma agonia deliciosa conforme ele contornava meu clitóris com sua língua dolorosamente macia, retardando o contato direto pelo qual meu corpo gritava. Eu sentia que ia ficando cada vez mais molhada, ouvia os barulhinhos agudos que fazia, como se não viessem de mim. No entanto, meu desespero não fazia Frederick se apressar, e ele seguia me beijando, lambendo e provando.

— *Frederick.* — Agarrei seu cabelo e o puxei, gemendo. Eu estava me desfazendo. O desejo me deixava louca. — *Por favor.*

Minha súplica direta deve ter mexido com ele. Frederick soltou um gemido longo e alto, cujas reverberações fizeram faíscas de sensações dispararem pela minha coluna.

Então, por fim, sua língua tocou *bem ali*, me lambendo loucamente enquanto seus lábios se fechavam no meu clitóris. Frederick chupou com delicadeza, depois com mais pressão, e o quarto e a cama se desintegraram. O mundo se reduziu a um alfinete, e nada mais existia além de Frederick e aquele prazer intenso e primoroso.

— Ah, meu Deus — gemi, me projetando contra sua boca. Estava fora de mim, totalmente irracional. — *Por favor...*

O orgasmo veio como um tsunami — devastador, dominador. Cheguei a curvar os dedos dos pés com aquele prazer que me arrebatava, e senti que Frederick se mexia na cama, mas como se eu estivesse longe. Seus beijos iam subindo pelo meu corpo, enquanto ele sussurrava elogios para minhas pernas, minha barriga, meus seios.

Depois do que podem ter sido alguns segundos ou meia hora, ele se esticou a meu lado na cama, com um sorriso torto e satisfeito no rosto.

— Quero fazer isso com você todos os dias, se me deixar — murmurou ele contra meu cocuruto.

Soltei uma risadinha, me sentindo esgotada e mais leve que o ar.

Eu me virei e enterrei o rosto em seu peito.

— Estou tão feliz que você tenha mudado de ideia.

Ele deu risada, me abraçou e me puxou mais para perto.

— Eu também.

....

ACORDEI ASSUSTADA ALGUM TEMPO DEPOIS, SEM TER PERCEBIDO que havia pegado no sono. Frederick vinha na minha direção com um copo de água e um sorrisinho nos lábios.

Ele se sentou a meu lado na cama.

— Aqui — disse, me oferecendo o copo. — Caso esteja com sede.

Eu estava.

— Obrigada. — Peguei o copo, dei um gole e o deixei na mesa de cabeceira. — Quanto tempo eu dormi?

— Não muito. Uns quinze minutos.

Me mexi um pouco debaixo da coberta. A última coisa de que me lembrava antes de pegar no sono era de ter usado seu peito como travesseiro enquanto ele me abraçava. Frederick devia ter me coberto quando saiu do quarto.

Uma onda de ternura me inundou. Peguei seu rosto com uma das mãos, e Frederick suspirou. Senti a aspereza de sua barba por fazer quando ele se inclinou na direção de meu toque.

Foi só então que notei o pau duro — e enorme — dele dentro da calça jeans, o que devia ser muito desconfortável.

Depois da confissão de Frederick sobre a questão das frutas, fiquei tentada a fazer uma piada totalmente inapropriada, do tipo "Isso aí no seu bolso é uma banana conjurada?". Mas não fiz. Para começar, ele havia acabado de me proporcionar um dos orgasmos mais incríveis e intensos da minha vida, e provocá-lo seria uma maneira maldosa de retribuir. Fora que eu sabia muito bem que sua situação se devia inteiramente ao fato de que, sim, ele estava feliz em me ver.

Desci a mão devagar por seu peito, parando apenas ao chegar à cintura da calça. Os músculos da barriga dele se tensionaram e flexionaram sob minha palma.

— Cassie — disse ele, rouco e já pegando minha mão para me impedir. — Espere.

Eu me sentei e dei um beijo no canto de sua boca. Frederick estremeceu e deixou a cabeça pender para a frente, apoiando-a no meu ombro.

— Que foi?

— Eu nunca fiz... o *restante* sem... — Ele fechou os olhos, por que não conseguia ou não queria me encarar enquanto dizia o que estava prestes a dizer. — Sem sangue envolvido.

Meu coração deu uma hesitada.

— Ah.

— Sim. — Ele levantou a cabeça e olhou nos meus olhos. — Faz mais de cem anos que não tenho intimidade com ninguém. Estou fora de forma e louco de desejo por você. Se me tocar, se... continuarmos isso, não sei se vou ter o autocontrole necessário quando estiver... perto do fim. — Frederick se deitou nos travesseiros e soltou o ar, angustiado. — Não sei se consigo fazer isso sem machucar você.

De onde eu estava, conseguia ver bem o contorno de seu pau totalmente duro, pressionando a frente do jeans. Eu queria tanto arrancar aquela calça e dar uma boa olhada nele que já sentia até o gosto. Tinha certeza de que Frederick conseguiria não me machucar. Se ele fosse perder o controle e me morder, já teria feito aquilo muito antes.

De repente, tive uma ideia.

— Sei o que posso fazer pra te ajudar a manter o controle.

Ele abriu um olho para mim.

— O quê?

Sem dizer nada, comecei a desabotoar o jeans dele. Suas mãos seguraram as minhas com firmeza.

— Cassie, espere...

— Shhh — fiz, querendo que ele deixasse o pânico de lado e me soltando.

Enfiei a mão em sua calça e o peguei, adorando a maneira como sua respiração ficou irregular e ele voltou a apoiar a cabeça no travesseiro.

Meu coração acelerou. Era grande, como eu havia imaginado, mas ver os contornos e a forma geral do pau de um cara de roupa era uma coisa, e tê-lo nas mãos era outra completamente diferente.

— O que você está fazendo? — perguntou ele, baixo, com os olhos escuros pasmos e incrédulos.

Frederick me pareceu tão lindo e vulnerável naquele momento... Eu queria fazer com que se sentisse tão bem quando ele havia feito eu me sentir.

— Isto — falei, antes de me debruçar e colocá-lo na boca.

Eu meio que esperava que Frederick protestasse de novo, mas não foi o caso. Ele voltou a se recostar nos travesseiros com um gemido bruto e as mãos em punho pressionando os olhos.

Se Frederick estava preocupado com a possibilidade de perder o controle e me morder quando estivesse dentro de mim, a melhor maneira de segurar a onda era lhe proporcionar um orgasmo antes daquilo. Um boquete antes costumava ajudar os caras com quem eu saía a durar mais. Tudo bem que Frederick não era como os outros caras, mas naquele tema eu podia apostar que não era muito diferente.

Eu o enfiei ainda mais na boca, desfrutando da mistura de sal, almíscar e Frederick na minha língua. Os gemidinhos inevitáveis de prazer que ele soltava enquanto eu fazia isso só me incentivavam a ir mais fundo. E agarrá-lo mais forte.

Quando o encarei, sua mandíbula estava relaxada e seu olhar, vidrado de prazer. Ele olhou nos meus olhos com uma reverência e um desespero que me deixaram louca para tê-lo dentro de mim, e logo.

— Está... está tudo bem? — murmurou ele.

Frederick pegou meu rosto com as mãos trêmulas e continuou olhando nos meus olhos enquanto acariciava minhas bochechas delicadamente com os dedões.

Nossa, ele era muito lindo.

Como resposta, envolvi seu corpo com o braço e apertei sua bunda.

Frederick soltou um gemido desumano que eu mais senti do que ouvi enquanto o que lhe restava de seu frágil autocontrole lhe escapou. Ele apoiou uma das mãos em cima da minha cabeça e me abaixou só um pouco, à medida que seus quadris começavam a se projetar em um movimento rítmico. Era duro, rápido — e maravilhoso. Se os sons incompreensíveis que Frederick produzia e a maneira como sua cabeça se movimentava no travesseiro fossem indicativos de qualquer coisa, era que ele estava incapacitado pelo prazer que eu lhe proporcionava.

— Ah, merda — gemeu Frederick.

Suas duas mãos estavam na minha cabeça agora, guiando meus movimentos enquanto ele tremia e lutava para se controlar. E se aliviar. Suas investidas já se tornavam mais erráticas e velozes. Minhas mãos escorregavam em saliva e secreção.

— Cassie — disse Frederick —, ah, meu Deus, *Cassie*, não posso, não... não consigo terminar sem...

Ele mesmo se cortou, tapando a boca com a mão para se impedir de concluir. Olhei para seu rosto enquanto nos movíamos em sincronia, seus olhos bem apertados, seu peito arfando.

Frederick tinha dito que nunca havia feito aquilo sem sangue. Era possível que ele *precisasse* de sangue para conseguir?

Se fosse o caso, por quanto tempo pretendia se privar, permitir que eu o levasse ao limite daquela maneira, sem me pedir o que precisava para se aliviar?

Por instinto, subi uma das mãos por seu peito e enfiei o dedo indicador entre seus lábios. Seu corpo se agitou sob mim. Seus olhos procuraram os meus. Por mais desesperado que estivesse, Frederick continuava racional o suficiente para saber o que eu estava oferecendo.

— Cassie... — disse ele, como uma pergunta.

Assenti, para que soubesse que, sim, eu estava consentindo com aquilo.

Frederick soltou um ruído que era meio gemido, meio rosnado. Então me mordeu e...

Não doeu. Não de verdade. Eu já havia doado sangue, e embora a ponta do meu dedo tivesse mais terminações nervosas que meu braço, a mordida não foi *ruim*.

Frederick se dedicou àquele pequeno ferimento como se sua vida dependesse daquilo, lambendo e sugando... Era surpreendentemente sexy. Seu rosto se contorceu na mesma expressão de êxtase e alegria de quando havia enterrado o rosto entre minhas pernas mais cedo, e, *porra*, eu poderia passar o resto da vida olhando para ele entorpecido pelo prazer daquele jeito.

— *Cassie* — gemeu Frederick, totalmente derrubado pelo que eu estava fazendo com ele.

Meu dedo escorregou de sua boca, mas Frederick o chupou de volta com avidez. Então ele nos virou com uma velocidade sobre-humana que me deixou sem ar, colocando-me de costas na cama antes mesmo que eu percebesse o que havia acontecido. Eu já tinha notado sinais de sua força sobrenatural, mas havia algo de primitivo e selvagem na maneira como ele subira em mim naquele instante.

Ele se debruçou sobre mim, o cabelo escuro caindo nos olhos.

— Por favor — pediu Frederick, sua voz densa com um controle que se esvaía.

Seus antebraços eram só músculos e tensão trêmula enquanto ele se sustentava perfeitamente imóvel acima de mim. Meu dedo continuava entre seus lábios. Parecia que Frederick ia morrer se eu o tirasse dali.

— Quero sentir você — falou.

Assenti, compreendendo o que estava me pedindo por seu olhar desesperado.

— Por favor — sussurrei.

Com um grunhido e uma investida deliciosa dos quadris, Frederick entrou em mim. Arfei, atordoada, quando sua enormidade tirou meu ar. Meu corpo se contraía e relaxava sozinho, se esforçando para se ajustar ao seu tamanho enquanto ele tentava se segurar.

Eu o envolvi com os braços e o puxei para um beijo ardente. Nunca havia estado com ninguém tão grande, e a maneira como meu corpo precisava se abrir para acomodá-lo era incrível e deliciosa. Frederick estava em *toda parte* ao mesmo tempo, e eu queria que ele se mexesse, queria sentir o prazer sensual e glorioso de tê-lo entrando e saindo do meu corpo. Queria tê-lo nos meus braços enquanto nos movimentávamos juntos, desmoronar em êxtase enquanto o abraçava forte.

Com uma exalação trêmula, ele saiu de mim devagar, depois me penetrou com tanta força que a cabeceira da cama bateu contra a parede. Desci as mãos por suas costas, agarrando seus músculos rígidos enquanto tentava puxá-lo para ainda mais fundo de mim.

— Está bom assim?

Os músculos de seu pescoço se destacavam enquanto ele se esforçava para se segurar.

— Sim.

Frederick grunhiu, como uma fera, seus lábios tão próximos da pele sensível do meu pescoço que eu mais senti que ouvi aquilo. O fio mínimo de controle a que ele vinha se agarrando pareceu se romper com outra investida de seus quadris. E outra. E mais outra.

— Minha — grunhiu Frederick, enquanto a velocidade de suas estocadas aumentava, sua voz assumindo um timbre profundo e estrondoso que eu nunca ouvira vindo dele.

Respondi com um gemido incoerente, me contorcendo debaixo de seu corpo, presa ao colchão por suas mãos fortes e o ritmo implacável de seus quadris.

Antes, ele se mostrara paciente e dedicado. Agora, estava me usando, usando meu corpo, usando meu sangue, para o próprio prazer. A constatação de que ele não ia me deixar sair da cama até estar totalmente satisfeito me empolgava. Um grito desesperado irrompeu de sua garganta, quase me fazendo espiralar em outro orgasmo.

— Por favor — implorei, sem ar e sem saber pelo que implorava.

Projetei os quadris para cima, sem conseguir pensar em meio à necessidade urgente e desesperada. Meus pulmões não puxavam ar o suficiente. Meu corpo não obtinha atrito o suficiente. Não havia nada no mundo além da respiração dele no meu ouvido, das estocadas ritmadas e implacáveis de seu corpo contra o meu, do orgasmo formigante que ele estava prestes a me proporcionar, mas que parecia frustrantemente fora de alcance.

— Frederick...

— Quero... sentir... você... — disse ele, entredentes. Eu não era nada além de sensações irracionais. — Goza pra mim, Cassie.

Quando gozei, Frederick puxou depressa outro dedo para seus lábios, mordendo e chupando em desespero. Eu ainda me encontrava no auge do prazer quando seus quadris investiram contra mim uma última vez, meu sangue em sua língua, meu nome saindo febrilmente de seus lábios. Seu corpo ficou todo rígido sobre o meu, as costas arqueadas, as mãos uma de cada lado da minha cabeça, se agarrando de tal maneira aos lençóis que os nós de seus dedos estavam brancos.

Depois, ficamos em silêncio por um bom tempo, deitados lado a lado no colchão. Minha cabeça encostada em seu peito, as formas suaves que ele desenhava no meu braço com a ponta dos dedos me deixando sonolenta. Da rua lá embaixo, chegavam os únicos ruídos no quarto além do ritmo constante de nossa respiração. Carros buzinavam e as pessoas passavam, como em qualquer outra noite de sexta-feira — ainda que minha vida tivesse se alterado de maneira irrevogável.

DEZESSETE

Hospitais de Chicago não sabem explicar onda de assaltos a bancos de sangue [da página 5 da edição de 14 de novembro do Chicago Tribune]

John Weng, AP — Os hospitais da região metropolitana de Chicago estão preocupados com a onda recente de ataques a bancos de sangue em Near North Side.

"Já contamos que certo volume de sangue vai desaparecer a cada semana", relatou Jenny McNiven, coordenadora voluntária do hospital infantil Michigan Avenue. "Nosso estoque de sangue é controlado basicamente por voluntários, e erros acontecem. Mas o que estamos vendo nas últimas 48 horas não pode ser explicado apenas por erro humano."

De acordo com McNiven, três centros de doações diferentes foram invadidos no fim de semana. Nos três casos, quando os voluntários apareceram para trabalhar de manhã, se depararam com as portas das geladeiras dependuradas das dobradiças e a maior parte do conteúdo levado. Um par de luvas compridas de cetim branco foi encontrado em um dos centros e está sendo analisado pelo departamento forense da polícia de Chicago.

"Não sei por que fariam algo dessa natureza", disse McNiven. "Se for uma brincadeira, é uma das piores possíveis. As doações de sangue salvam vidas."

FREDERICK — E SEU PEITO NU — ESPERAVAM POR MIM NA SALA quando saí do quarto dele ao nascer do sol no dia seguinte. Ele estava no sofá, folheando o jornal com a testa ligeiramente franzida.

— Bom dia.

Ao ouvir minha voz, Frederick levantou o rosto e deixou o jornal de lado.

— Bom dia.

Ele sorriu para mim, um pouco tímido — o que era meio ridículo, considerando como havíamos passado uma boa parte da noite anterior. Fiquei um pouco surpresa ao vê-lo todo bonitinho, enquanto mesmo sem um espelho eu sabia que meu cabelo devia estar ridículo.

Então lembrei que Frederick não dormira do meu lado: ele havia se desculpado e deixado o quarto pouco depois da meia-noite.

— Que horas são? — perguntei. — Preciso estar no trabalho às oito e meia.

— Pouco mais de seis.

Ele se levantou, veio até mim e colocou as mãos em minha cintura. Ou, na verdade, na região da minha cintura. Eu estava coberta do peito aos pés por seu lençol de cetim vermelho. A precisão anatômica era elusiva naquela situação.

— Meu lençol caiu bem em você — comentou.

Dei risada.

— Não me vesti ontem de noite, depois de... bom. — Não me dei ao trabalho de terminar a frase, já corando. — Foi mais fácil me enrolar nesse lençol do que descobrir onde você jogou minha calcinha.

Frederick fez "hum-hum" e deu um beijo na minha bochecha.

— Você está divina.

— Estou nada.

— Espero que você nunca mais vista uma peça de roupa que seja.

Então ele me deu um beijo na boca, casto e tenro. Apoiei as mãos em seu peito e me inclinei em sua direção, desfrutando do leve roçar de seus lábios nos meus.

— Fico surpresa que ainda não tenha se vestido — comentei. — Não é como se tivesse dormido até agora.

Meus dedos contornaram a cicatriz irregular e volumosa logo abaixo de seu mamilo direito. Eu queria perguntar o que tinha acontecido ali, e se fora antes ou depois de ele ter se tornado um vampiro. Porém aquele não era o momento certo.

— Daqui em diante, pretendo passar o máximo de tempo possível sem camisa.

Soltei uma risada surpresa.

— Oi?

— Você gosta quando não uso camisa — disse ele, com bastante convicção, como se estivesse me contando que havia previsão de chuva. — Na verdade, adora. Gosto de agradar você.

Eu não vinha exatamente tentando esconder o quanto curtia seu corpo, mas a maneira como ele falou me despertou uma dúvida.

— Como sabe que eu gosto de você sem camisa? — Aproveitei o momento para passar a mão por seu peito fabuloso. — Além de por eu ter dito que você tem um corpo maravilhoso?

Ele abriu um sorriso tímido.

— Seu cheiro muda de maneira sutil e inconfundível quando você fica excitada.

Meus olhos se arregalaram de surpresa. Aquilo era novidade para mim.

— Sério?

Frederick confirmou com a cabeça.

— Até ontem à noite, eu vinha dizendo para mim mesmo que estava enganado, que era apenas algo em que eu queria acreditar. — Seu sorriso se tornou malicioso quando ele se inclinou para mim e levou os lábios à minha orelha. — No entanto, agora tenho certeza de que estava certo.

Pensei em como Frederick havia feito de tudo comigo na noite anterior e estremeci. Meus braços se arrepiaram. Eu devia achar aquilo esquisito, que meu cheiro mudasse quando eu estava com tesão e Frederick pudesse sentir. Só que, por algum motivo — talvez porque era ele quem estava falando —, não fiquei.

Suas mãos começaram a abrir caminho até o ponto onde eu havia prendido o lençol em volta do corpo.

— Quero estar dentro de você outra vez, Cassie — sussurrou ele no meu ouvido, então me puxou para mais perto, até que eu sentisse cada centímetro de seu desejo duro e urgente contra minha barriga. — A noite de ontem foi mais gloriosa do que eu poderia ter imaginado. Quero mais.

Estremeci, abraçando-o, e enterrei o rosto em seu ombro.

Gritei mentalmente com Marcie por ter me colocado na escala de sábado de manhã.

— Também quero — admiti. — Só que, infelizmente, tenho que ir trabalhar.

Frederick gemeu e se afastou de mim. Agora meu corpo gritava com Marcie também.

— Certo — disse ele, sucinto. — Espero, porém, que não seja avessa à ideia de continuar de onde paramos quando chegar em casa.

E aí fui eu quem deu um beijo nele. Porque não, eu não era nem um pouco avessa àquela ideia.

....

FUI MAIS FLUTUANDO QUE CAMINHANDO ATÉ A BIBLIOTECA.

Quando cheguei, me sentei no balcão da seção de livros infantis, guardei a bolsa e liguei o computador que ficava ali, sem prestar muita atenção. Minha mente estava a quilômetros de distância, no apartamento de Frederick.

Fazia mais ou menos uma hora que o sol havia nascido. Frederick devia estar se preparando para dormir. Haveria atividade aquela manhã, e eu precisava separar as aquarelas e telas e estender a proteção de plástico no chão. As crianças já tinham começado a aparecer para o evento. Elas ficariam circulando com os pais pelas estantes até que estivéssemos prontos para começar.

Embora os dias de atividades de arte costumassem ser um ponto alto no trabalho para mim, no momento eu só queria voltar para casa, para dormir agarradinha com Frederick.

— Bom dia — me cumprimentou Marcie, fazendo um rabo de cavalo no cabelo e revirando o armário atrás do balcão em busca de materiais.

— Bom dia. — Dei uma olhada no planejamento da manhã, que eu havia feito dias antes, feliz que Marcie o tivesse impresso e deixado diante do computador. — O que achou da minha ideia?

— De cada criança pintar um cenário de seu livro preferido?
— Isso.
Marcie sorriu para mim.
— Achei ótima.
Senti um calorzinho por dentro.
— Que bom. Estou bem orgulhosa dela.
— E tem que estar mesmo — disse Marcie.

Corei um pouco diante do elogio, então peguei um elástico da bolsa e prendi meu cabelo ainda curto demais em um coque alto (tão quanto era possível).

— Já fizemos personagens de livros e princesas da Disney, mas não cenários — comentou.

— Tem tantos livros infantis com lugares incríveis — comentei, então me agachei e comecei a caçar onde havia enfiado a caixa de pincéis e lápis coloridos debaixo do balcão. — Espero que as crianças se divirtam bastante.

Não precisei esperar muito para confirmar que o evento era um enorme sucesso.

— Srta. Greenberg, tudo bem eu colocar um dragão no castelo?

Eu me virei de onde estava, ajudando uma menina a pintar um sol bem vibrante. Ela havia escolhido um tom de roxo quase neon para os raios. Era com certeza meu preferido de todos os trabalhos das crianças do dia.

— Claro que sim — respondi ao menino, que havia se apresentado mais cedo como Zach. — Por que não?

Zach ergueu e baixou um único ombro.

— Era pra gente pintar um cenário do nosso livro preferido — disse ele. — Já pintei o castelo. Achei que pintar um personagem também iria contra as regras.

Eu me agachei para ficar na mesma altura de Zach. A tela dele estava coberta de redemoinhos disformes em marrom e verde. Aquilo não lembrava nenhum castelo que eu já tivesse visto, mas eu nunca tinha visto um castelo ao vivo, então não podia julgar. Talvez no livro preferido dele, ou em sua imaginação, ou em ambos, castelos tivessem exatamente aquela cara.

— Acho que um dragão ficaria ótimo aqui — afirmei, apontando para o único canto da tela que não estava coberto de aquarela.

— Mas Fluffy é o personagem principal do livro, e não um cenário — insistiu Zach. Seu tom era sério, como se ele estivesse dando uma palestra sobre a política americana atual, o que, considerando que Zach só tinha seis anos, era tão fofo que quase me fez soltar uma gargalhada.

Mordi a bochecha por dentro para impedir que isso acontecesse e fingi avaliar a tela.

— Entendo seu ponto de vista — falei. — Mas a única regra na arte é que a gente tem que fazer algo de que goste, sabia?

Ele ergueu as sobrancelhas na hora.

— Não tem nenhuma outra regra?

— Não — confirmei. — A gente pediu pra pintar um cenário de um livro preferido, mas, se você quiser acrescentar Fluffy, vai fundo. Na verdade, não consigo nem imaginar um castelo sem um dragão. Talvez Fluffy seja parte do cenário também, e não só um personagem.

Zach mordeu o lábio inferior enquanto refletia sobre minhas palavras.

— Faz sentido.

— Também acho. Mas, no fim, o quadro é seu. Você tem que fazer algo de que vai gostar.

Com aquilo, Zach encheu o pincel de aquarela laranja, pintou um redemoinho gigante no único espaço que restava da tela e sorriu.

....

QUANDO VOLTEI PARA O APARTAMENTO, O SOL JÁ ESTAVA QUASE se pondo. Subi as escadas dois degraus por vez, sorrindo enquanto pensava em me jogar nos braços de Frederick e continuar de onde havíamos parado aquela manhã.

Assim que cheguei ao terceiro andar, no entanto, percebi que tinha algo muito errado.

Em primeiro lugar, porque Frederick gritava no apartamento.

— Como *ousa* vir à minha casa sem aviso e se comportar assim?

Em segundo, porque uma mulher cuja voz não reconheci gritava também.

— Como ousa me perguntar como ouso? — zombou ela. O barulho agudo produzido por seus saltos altos ecoava pelo piso de madeira de tal maneira que eu conseguia ouvi-lo de onde estava. — Achei que tivesse melhores modos, *Frederick John Fitzwilliam*!

Hesitei à porta, em dúvida sobre o que fazer. A única outra pessoa que eu tinha visto no apartamento desde que havia me mudado era Reginald, outro vampiro. E a coisa havia terminado mal.

Pelo que eu ouvia, outro desastre estava prestes a acontecer. Mas o que eu podia fazer? Aquela discussão, por mais amarga que soasse, não tinha nada a ver comigo. E até mesmo ouvir o que eu tinha ouvido sem querer já parecia uma intrusão.

— Cassie vai chegar logo mais — disse Frederick. — Preciso que vá embora antes que ela chegue, por favor. Não quero mais discutir esse assunto.

— Não — replicou a mulher apenas. — Pretendo conhecer essa humana a quem você se apegou tanto.

Frederick soltou uma risada sem nenhum humor.

— Só por cima do meu cadáver.

— Isso pode ser providenciado facilmente.

— *Edwina*.

— Não há necessidade de ser grosseiro comigo, Frederick. — A mulher voltou a andar, seus saltos produzindo um barulho tão alto no piso de madeira que parecia que estava determinada a abrir um buraco no teto do apartamento do andar de baixo. — Se não consigo trazê-lo de volta à razão, talvez essa Cassie Greenberg seja mais flexível.

Ao ouvir meu nome, meu coração martelou tão alto nos meus ouvidos que sufocou o que quer que Frederick e a mulher gritando com ele diziam. No fim das contas, parecia que aquilo tinha, sim, a ver comigo.

Talvez eu devesse intervir.

Antes que pudesse me convencer do contrário, abri a porta do apartamento.

A mulher na sala parecia ter mais ou menos a idade dos meus pais, com pés de galinha nos cantos dos olhos e o cabelo grisalho nas têmporas. No entanto, as semelhanças entre a mulher que me olhava feio e Ben e Rae Greenberg terminavam ali. Ela usava um vestido preto de seda e cetim, com mangas bufantes de veludo, em um estilo misto e vagamente histórico que ficaria perfeito no set de filmagem de *Bridgerton*.

O que realmente chamou minha atenção, no entanto, foram seus olhos. A última vez que eu vira uma maquiagem tão dramática fora quando estava no ensino fundamental e o irmão mais velho de Sam nos arrastara para ver uma banda cover do KISS quando os pais deles estavam viajando. A daquela mulher contrastava tão fortemente com sua palidez geral que chegava a fazer meus olhos doerem.

— É ela? — A mulher me apontou um dedo acusador, com a unha muito bem-feita e esmalte vermelho-vivo, mas seus olhos permaneceram fixos em Frederick. — A leviana por quem você está largando tudo?

— Leviana? — Eu não conseguia acreditar no que estava ouvindo. Quem falava daquele jeito? — Desculpa, mas quem é você?

— Esta — sibilou Frederick — é a sra. Edwina Fitzwilliam. — Depois de uma pausa, ele acrescentou: — Minha mãe.

O tempo pareceu parar. Fechei os olhos, tentando compreender o que Frederick havia acabado de dizer e a situação ridícula em que eu agora me encontrava.

A *mãe* dele?

Como era *possível*?

Não devia fazer centenas de anos que a mãe dele estava morta?

Então a sra. Edwina Fitzwilliam arreganhou seus caninos pontudos para mim e tudo se encaixou.

— Você é uma vampira — soltei, me sentindo um pouco tonta e com os joelhos fracos.

— Claro que sou uma vampira — rebateu a mãe de Frederick, antes de atravessar a sala como se a casa fosse dela. O que, eu percebi com um sobressalto, talvez fosse verdade. Eu não sabia muita coisa sobre a vida financeira de Frederick, ou sobre ele de maneira geral.

Aquilo nunca tinha ficado tão claro para mim quanto naquele momento.

— Não vou voltar para Nova York com você, mãe. Meu plano nunca foi esse. — Ele olhou para mim, cheio de culpa. — Cassie não tem nada a ver com isso. Deixe-a em paz.

A sra. Edwina Fitzwilliam me dispensou com um gesto.

— Muito bem. Nesse sentido, pelo menos, farei como deseja. Na verdade, por respeito a você, não vou nem atacá-la.

— Mãe...
— Não há necessidade de voltar a Nova York comigo — prosseguiu ela. — Os Jameson chegarão a Chicago amanhã. Você falará com eles aqui mesmo.

Eu não fazia ideia de quem eram os Jameson, mas Frederick nitidamente fazia. Diante daquelas palavras, ele deu um passinho involuntário para trás. Parecia atordoado, como se tivesse acabado de levar um tapa.

— Seria de imaginar que, ao devolver os presentes de Esmeralda, ela e os pais teriam intuído minha falta de interesse. — Frederick ficou em silêncio por um momento. — Na minha última carta, eu disse a Esmeralda de forma bem objetiva que não ia me casar com ela.

Ainda bem que eu estava perto do sofá, caso contrário, quando minhas pernas cederam ao ouvir as palavras "me casar com ela", eu teria caído no chão — o que seria muito mais desconfortável.

— A mensagem foi recebida, querido. — A mãe de Frederick olhou feio para ele. — Você não poderia ter sido mais claro quanto a suas intenções, mesmo se as tivesse anunciado no meio de um jantar para convidados.

— Então por que eles estão vindo?

— Porque os Jameson interpretam suas ações, assim como eu interpretei, como um sinal claro de que você não está em seu juízo perfeito desde que despertou. Eles concordam comigo que esse é um assunto que não deve ser discutido por correspondência, de modo que um encontro em pessoa se faz necessário.

— Estou tão são quanto sempre estive.

Frederick cruzou os braços, adotando o que ele provavelmente queria que fosse uma postura assertiva. O efeito, no entanto, foi abalado pelo fato de que usava uma calça de pijama com estampa do Caco, o Sapo, que *certamente* não havia sido comprada na noite em que fomos à Nordstrom. O que não importava, porque ele estava um gato como sempre.

A sra. Edwina Fitzwilliam, no entanto, não parecia impressionada.

— Deixarei que explique isso diretamente aos seus sogros. Vamos encontrá-los na suíte deles no Ritz-Carlton às sete da noite de amanhã para discutir o casamento iminente. — A sra. Fitzwilliam deu uma fungadinha e estremeceu. — Uma *humana*, Frederick? Sinceramente...

Com aquilo, ela fez uma reverência teatral para nós dois e saiu do apartamento.

Um silêncio ensurdecedor tomou a sala. Fiquei olhando para Frederick, esperando que ele dissesse alguma coisa — qualquer coisa — que transformasse o caos dos últimos minutos em algo que fizesse algum sentido.

Depois do que pareceram ser dezoito anos, ele pigarreou.

— Não contei tudo pra você — anunciou Frederick, que pelo menos teve a decência de parecer envergonhado.

— Ah, é?

Ele se encolheu diante do meu tom hostil, mas nem liguei. Frederick havia prometido que não esconderia mais informações importantes de mim.

— O que mais eu não sei? — perguntei.

Ele suspirou e passou a mão pelo cabelo.

— Bastante coisa. — Frederick engoliu em seco. — Gostaria de ouvir ou não quer mais saber de mim?

— Só me diz uma coisa antes de tudo — pedi, levantando a mão. — É verdade que você disse a essa Esmeralda que não vai se casar com ela?

— É — respondeu Frederick, em um tom sincero. — Várias vezes, e em termos muito claros. A coisa toda... isso... — Ele não completou a frase, apenas passou a mão pelo cabelo outra vez, agitado. — Nada disso deveria estar acontecendo.

Frederick parecia completamente atormentado.

— Tá bom — falei. — Vou ouvir o que você tem a dizer.

Ele estendeu a mão para mim, com um olhar hesitante.

— Você vem se sentar comigo?

Fiz que sim com a cabeça e me preparei para o restante da história.

....

FREDERICK SE ACOMODOU A MEU LADO NO SOFÁ DA SALA, COM as mãos cruzadas sobre as pernas.

Dez minutos antes, eu estava planejando levá-lo para a cama para continuar de onde tínhamos parado de manhã. Aquilo teria que esperar, porém. No momento, estampada em seu rosto, havia uma necessidade de ser totalmente sincero comigo.

E eu precisava ouvir o que ele tinha a dizer.

— Em certos segmentos da sociedade vampírica — começou Frederick, olhando para o chão —, o casamento arranjado ainda é uma realidade. Quando deixei a Inglaterra e vim para os Estados Unidos, e principalmente quando saí de Nova York, onde tínhamos nos instalado, e vim para Chicago, pensei ter deixado esse tipo de bobagem para trás. — Ele engoliu em seco, e vi seu pomo de adão se mexer no pescoço. — Minha mãe nitidamente discorda.

Esperei que ele explicasse mais. Quando um bom tempo se passou sem que aquilo acontecesse, tive que perguntar:

— Quem é a srta. Jameson?

— Alguém que mal conheço. — Sua voz saiu baixa e tímida. — Tivemos... algo no passado. Quase duzentos anos atrás. — Ele ficou em silêncio por um momento. — E agora, aparentemente, estamos noivos.

Meu coração deu um pulo com a pontada de ciúme que senti. Era uma reação irracional, claro. Esperar que alguém se mantivesse celibatário ao longo de séculos seria injusto. O que quer que tivesse acontecido entre Frederick e a srta. Jameson acontecera mais de um século antes de eu nascer e não tinha nada a ver comigo.

Ainda assim, doía.

— Ah.

Ele se virou para mim, os olhos tristes.

— Nem sempre vivi como vivo agora, Cassie. Quando era mais jovem, me alimentava como os outros da minha espécie e transava com qualquer pessoa. Homens, mulheres, humanos... tudo. — Ele desviou os olhos. — Houve uma festa em Paris, durante o período da regência britânica, em que a srta. Jameson e eu...

— Já entendi — falei depressa, cortando-o. Coloquei a mão sobre a dele. — Não preciso de todos os detalhes.

— Que bom, porque não estou totalmente apto a fornecê-los. — Frederick fechou os olhos. — Não sou mais a pessoa que era no começo do século XIX, Cassie. Já faz um longo tempo que não sou.

Havia muitas perguntas que eu queria fazer, sobre como Frederick tinha se tornado a pessoa que era agora. No entanto, minhas prioridades eram outras.

— Há quanto tempo vocês estão noivos?

— Aconteceu enquanto eu estava em coma — contou Frederick, sério. — Minha mãe nunca aprovou as mudanças que fiz em minha vida quando decidi viver entre os humanos em vez de vê-los como alimento. Ela achou que me casar com alguém de valores mais tradicionais quando eu acordasse seria uma boa maneira de me trazer de volta.

— Valores mais tradicionais?

— Sim. — Ele abriu um meio sorriso desprovido de humor. — Beber sangue humano direto da fonte em vez de buscá-lo em bancos de sangue. Ou, quando bancos de sangue se fazem necessários, não deixar nada para trás após invadi-los. — Frederick parou de falar por um momento, depois desviou os olhos. — Matar humanos indiscriminadamente.

Estremeci diante da ideia de Frederick vivendo daquela maneira.

— Mas você não é assim.

— Não — confirmou ele, com vontade. — Não mais.

— E a srta. Jameson é — arrisquei. — Assim como sua mãe.

— Sim.

— E Reginald?

Frederick hesitou enquanto pensava em que palavras usar.

— Reginald... está mudando. Acho que influenciei ele de certa maneira.

Fui até a janela com vista para o lago. Absorvia pouco a pouco a enormidade do que Frederick estava me contando. Precisava de espaço para pensar no que tudo aquilo significava — para Frederick e para nós dois.

— Não sei o que dizer — murmurei.

Senti sua presença sólida às minhas costas no momento seguinte. Seus braços fortes me envolveram antes que eu tivesse a chance de protestar. Ele descansou a bochecha no alto da minha cabeça, e inspirei seu cheiro reconfortante, desejando que tudo o que havia acabado de acontecer com a mãe dele não tivesse passado de um pesadelo.

— Não vou me casar com ela — disse Frederick intensamente no meu cabelo. Então me beijou ali com tanta delicadeza que aquilo partiu meu coração. Parecia uma promessa. — Já não ia me casar mesmo antes de conhecer você. Foi só por esse motivo que não contei nada. Achei que a situação estivesse sob controle. Nunca me passou pela cabeça que minha mãe ou os Jameson iriam tão longe.

Suas garantias fizeram muito para desatar o nó de dor que havia se formado em meu peito. Suspirei e me virei em seu abraço até que minha cabeça descansasse em seu peito. Ele me apertou um pouco mais.

— Foi um grave erro de cálculo ter presumido que eles desistiriam — prosseguiu Frederick. — Agora sei que não vão aceitar um não como resposta assim de longe.

Minha mente se apegou à expressão "de longe". Eu me afastei um pouco para poder olhar para ele.

— Está planejando dizer não cara a cara?

Frederick soltou o ar devagar.

— Os Jameson estão me esperando. Minha mãe está aqui e não pretende ir embora sem mim. Sim, acredito que precisarei falar diretamente com eles. Só assim entenderão que estou falando sério quanto a ficar em Chicago e levar a vida da maneira que escolhi. — Ele engoliu em seco e beijou minha testa. — Se eu não fizer isso, será uma questão de tempo até que *todos* apareçam à minha porta. E não permitirei que isso aconteça. Não com você morando aqui.

Tentei ignorar meu estômago se revirando. Eu estava com um pressentimento ruim em relação a tudo aquilo.

— Então você vai ao Ritz-Carlton amanhã à noite, é isso?

Frederick confirmou com a cabeça.

— Tem certeza de que é uma boa ideia?

Odiava parecer carente, mas as vinte e quatro horas anteriores, mais ou menos, tinham sido bem malucas. Eu havia feito uma maravilha de sexo com um vampiro e tido um encontro problemático com uma vampira. Tinha conseguido uma entrevista de emprego inesperada e sofrido uma rejeição profissional de outra parte.

Talvez devesse me dar uma folga.

— Tenho. — Ele prendeu atrás da orelha uma mecha de cabelo que havia caído nos meus olhos, e com a outra mão segurou meu rosto.

— Meu plano é ir ao hotel, dizer aos Jameson que não vou me casar com Esmeralda, mandar minha mãe para o inferno e voltar direto para cá.

— Não acho que isso tudo vá ser fácil.

Eu só havia passado alguns minutos na presença da mãe dele e só estava metida naquele noivado à la regência britânica fazia meia hora. No entanto, via pelo menos umas cinco maneiras diferentes de aquilo dar errado.

— Eu acho — disse Frederick, com uma confiança que eu não sentia nem um pouco. — Não me recordo bem da srta. Jameson, mas estamos no século XXI. Não é possível que ela deseje se casar com alguém que mal conhece.

Ele parecia convicto, mas eu não conseguia deixar de lado a sensação de que se tratava de um péssimo plano.

— Você confia em *alguma* dessas pessoas?

Aquilo o fez pensar por um momento.

— Não — reconheceu Frederick. — Porém, se não vão aceitar um não por carta como resposta, não me resta alternativa. — Abri a boca para protestar, mas ele balançou a cabeça. — Vai ficar tudo bem, eu prometo. E voltarei imediatamente para você aqui em casa.

Apesar das minhas dúvidas, aquelas palavras fizeram meu coração palpitar.

— Gosto dessa parte do plano — admiti.

De repente, seus olhos foram inundados por malícia.

— Já que não vou a lugar nenhum até amanhã à noite, por que não a deixo com algo de que se lembrar quando eu estiver longe?

Antes mesmo que eu pudesse responder, sua boca estava no meu pescoço, bem onde dava para sentir minha pulsação, e suas mãos enfiadas no meu cabelo. De repente, era como se a meia hora anterior e todas as complicações que implicava nunca tivessem acontecido.

Meu corpo derreteu contra o dele.

— Parece uma boa ideia — soltei, jogando a cabeça para trás para lhe dar mais acesso.

Frederick grunhiu em aprovação, então me levou para o quarto.

DEZOITO

Mensagens de texto trocadas entre Stuart e Sullivan, guardas noturnos da masmorra de Naperville

Oi Stuart

                          E aí cara o que manda?

Peguei a polícia de Naperville xeretando hoje de manhã

                          Eita

É
Bem ruim

                          Avisou a chefia?

Ainda não
Mas vou

       Primeiro esse novo prisioneiro, que não faz nada desde que chegou além de choramingar e escrever cartas pra uma humana, e agora a polícia aparece... Que semana péssima, hein

                          E ainda é quinta!

Aff, eu sei

                Peço pro Mark cuidar da polícia?
                Mentira, esquece
                Já faz um tempo que não como
                Deixa comigo

Valeu
Te devo uma

                Eu sei
                Agora é melhor eu arranjar tampões de ouvido, ou
                o conde Romeu aqui vai me deixar maluco

COMECEI A SUSPEITAR QUE ALGUMA COISA TINHA DADO ERRADO quando acordei no meio da noite e Frederick ainda não havia voltado do Ritz-Carlton.

Agora, quinze horas haviam se passado sem que eu tivesse notícias de Frederick. Estava morrendo de preocupação e ainda mais convencida de que ir ao encontro da mãe dele e dos Jameson havia sido uma péssima ideia.

Eu odiava o fato de que, se Frederick estivesse em perigo, não havia literalmente nada que eu — uma humana — podia fazer. Infelizmente, era verdade.

No momento, eu precisava me concentrar na minha entrevista na Academia Harmony — que, por ironia do destino, estava marcada para aquela tarde. Prometi a mim mesma que, depois da entrevista, encontraria uma maneira de entrar em contato com Reginald para ver se ele se juntava a mim para descobrir o que havia acontecido. O cara podia ser um babaca, mas me parecia que se importava pelo menos um pouco com Frederick e ajudaria se houvesse algo que pudesse fazer.

Fora que Reginald era o único outro vampiro que eu conhecia, o que me deixava meio que sem opção.

No meio-tempo, o fato de que eu tinha uma entrevista aquela tarde para uma vaga que podia mudar minha vida era uma distração bem-vinda da preocupação. E da sensação de impotência.

Eu me coloquei diante do espelho de corpo inteiro do quarto e franzi a testa para o reflexo. O terninho azul-marinho que usava era a única roupa que eu tinha que contava como traje executivo. Eu não sabia se a Academia Harmony esperava que eu fosse de terninho à entrevista, e parte de mim torcia para que preferissem que os candidatos à vaga aparecessem de macacão respingado de tinta. No entanto, Sam havia me dito que era melhor ir a uma entrevista de emprego bem-vestida demais que malvestida.

Considerando que minha experiência em entrevistas para cargos com benefícios era mínima e que eu era péssima procurando emprego de modo geral, fiz o que ele disse e vesti o terninho.

E ainda precisava arrumar o cabelo, que não havia se recuperado totalmente do corte experimental de algumas semanas antes. Ele despontava em lugares estranhos atrás e de modo geral era muito irritante.

Talvez eu fosse à entrevista parecendo uma fraude e me sentindo tal qual uma, mas se pudesse evitar aquele cabelo de Muppet era melhor.

Resmungando baixo, saí do quarto e fui para o banheiro pentear o cabelo. Assim que peguei a escova, ouvi alguém pigarreando alto alguns passos atrás de mim.

— Perdão.

Congelei.

Reconheci a voz no mesmo instante. Estava gravada na minha memória desde a noite em que eu havia descoberto que estava morando com um vampiro.

— Reginald?

O que ele estava fazendo ali? E como havia entrado? Frederick não tinha dito que vampiros precisavam de um convite explícito para entrar na casa de alguém?

Minha surpresa perdeu importância quando vi o rosto dele. Nas poucas vezes em que havíamos interagido, Reginald parecera entretido, insolente ou entediado. Nunca, no entanto, eu o tinha visto preocupado.

E Reginald parecia nervoso naquele segundo.

Bastante.

— Estou preocupado com Freddie. Ele... — Reginald não concluiu a frase, preferindo me olhar de alto a baixo antes de franzir o nariz em reprovação. — O que é isso que você está usando, Cassandra?

— Cassie — o corrigi. — E esquece minha roupa. Por que você está preocupado com o Freddie? — Meu coração acelerou. — Aconteceu... alguma coisa com ele?

Reginald foi para a sala e se sentou em uma poltrona de couro, sem esperar que eu dissesse para ficar à vontade.

— Acho que sim. Não tive notícias dele desde que saiu para encontrar a mãe e os Jameson.

Tentei controlar o pânico. Então ele também não sabia nada de Frederick.

— E você esperava que ele já tivesse entrado em contato a essa altura?

— Com certeza. — Reggie hesitou. — A gente meio que se odeia...

— Percebi.

— ... mas também é bem próximo.

Notei as rugas de preocupação na testa fora isso impecável de Reginald. A rigidez de seus ombros. Seu maxilar tensionado.

— Também percebi.

— Não quero pensar o pior — continuou ele. — Mas acho que é hora de considerar a possibilidade de terem feito algo com o Freddie.

Então minha preocupação não era irracional.

— Você acha mesmo?

— A sra. Fitzwilliam é poderosíssima. E não vou nem falar do que Esmeralda e a família são capazes. — Ele parou de falar por um momento. — Esmeralda é uma vaca, se quer saber minha opinião.

Em geral, eu odiava quando homens se referiam daquela maneira a mulheres. Naquele caso, no entanto, parecia comprovar minhas suspeitas.

— É mesmo?

— Não conheço bem a mulher — reconheceu ele. — Mas vamos apenas dizer que a primeira impressão que tive dela, na Paris dos anos 1820, não foi boa. Fico feliz que ela tenha decidido se casar com Frederick, e não comigo.

Cada interação minha com Reginald deixava mais claro por que Frederick se irritava tanto com ele.

Olhei feio para Reginald.

— Então você está feliz que ela queira se casar com Frederick?

Ele deu de ombros.

— Sem querer ofender, claro. Dá uma procurada nela, se quiser — comentou Reginald. — Esmeralda usa muito mais a internet que a maioria dos vampiros. As redes sociais dela são um bom indicativo do tipo de pessoa que ela é. — Depois de um momento, ele acrescentou: — Já a aparência dela não é nada desagradável, se é que você me entende.

Fechei os olhos com força. Precisava terminar de me arrumar e depois me humilhar diante de um comitê de contratação que provavelmente nunca me daria um emprego. Não me importava que Reggie estivesse ali, mas não tinha tempo a perder pensando em como Esmeralda Jameson devia ser bonita.

— Preciso ir. — Apontei para o meu terninho. — Tenho uma entrevista em duas horas, e vou demorar pra chegar.

Reggie se levantou.

— Quer que eu te leve voando?

— Oi?

— Eu disse... — Ele pigarreou e enunciou as palavras demoradamente: — Quer... que... eu... te... leve... voando?

Revirei os olhos.

— Eu ouvi. Só... não estava esperando uma oferta dessas. — Depois de um momento, perguntei: — Então é verdade? Alguns de vocês podem voar?

Reginald deu um sorrisinho e — sem qualquer outro aviso — começou a levitar. Ele subiu e subiu, até que sua cabeça quase roçasse o teto da sala. De repente, senti o cômodo girar. Frederick me dizer que alguns vampiros podiam voar era uma coisa. Ver alguém desafiar as leis da gravidade era outra completamente diferente.

— Tento não fazer isso na frente de Freddie com muita frequência, por causa da habilidade chinfrim dele.

Fiquei irritada.

— A habilidade dele não é chinfrim. Os abacaxis são deliciosos, só pra você saber.

Reginald ignorou meu comentário e começou a dar voltinhas pela sala, tranquilamente, parando apenas para passar o dedo pelo topo de uma estante. Talvez para verificar se estava empoeirada. Ele estava se exibindo, mas nem consegui ficar brava, porque vê-lo voar era impressionante.

— Você está errada, Cassandra. A habilidade dele é extrema e profundamente chinfrim. Como eu disse, no entanto, não sou tão babaca a ponto de esfregar minha habilidade muito mais legal na cara dele. Ou pelo menos não mais que uma ou duas vezes por semana.

— Como... — Fiquei olhando, deslumbrada, sem conseguir evitar, enquanto Reginald voltava devagar para o chão. — Como você faz isso?

Ele deu de ombros.

— Não tenho a menor ideia. Como vampiros fazem o que fazem? Magia, imagino.

— Magia — repeti, me sentindo boba e desnorteada.

— Magia — confirmou Reginald. — Bom. Você quer que eu te leve aonde quer que tenha que ir?

Considerei a oferta tanto quanto meu cérebro confuso permitia e tive que reconhecer que era sincera. No entanto, seria uma péssima ideia. Eu já estava distraída e preocupada demais com o sumiço de Frederick para me apresentar adequadamente na entrevista. Se voasse até Evanston com Reginald — e não de avião —, era provável que perdesse todo o foco que me restava.

Fora que era dia. Voar podia ser divertido, mas as pessoas conseguiriam nos ver no ar. E o que elas pensariam?

— Obrigada pela oferta — falei, surpresa ao perceber que estava sendo sincera também. — Mas acho que vou de metrô.

Ele ergueu uma sobrancelha.

— Tem certeza?

— Tenho.

Reginald suspirou.

— Está bem. — Ele acenou com a cabeça para mim e se dirigiu à porta. — Se tiver notícias de Freddie, pode dizer a ele que seu velho amigo está preocupado? Nesse meio-tempo, vou fazer uma pequena exploração para tentar descobrir o que está acontecendo.

Eu não conseguia imaginar o que ele pretendia com aquela "pequena exploração". E provavelmente era melhor assim.

— Eu digo. Prometo. Se souber de alguma coisa, me avisa também.

Reginald me olhou como se tentasse se decidir em relação a alguma coisa. Então pareceu se resolver e sorriu para mim.

— Pode deixar — disse ele.

....

AS FOTOS DO SITE DA ACADEMIA HARMONY NÃO FAZIAM JUSTIÇA ao campus. O colégio era grande e lindo, em uma propriedade arborizada de vários acres um pouco mais de um quilômetro a oeste do lago Michigan. Havia uma lagoazinha meio congelada bem no meio, e um caminho pavimentado em volta que sugeria que as pessoas passeavam por ali quando o clima não estava tão com cara de novembro.

Eu havia decidido usar meu único par de sapatos de salto para a entrevista. Felizmente, eles até que combinavam com o terninho se a iluminação não estivesse boa. No entanto, me arrependi da decisão assim que passei pelo arco que levava ao prédio da administração. À medida que me encaminhava até a diretoria para minha reunião, às onze horas, o barulho alto que faziam no piso de mármore ecoava por todo o átrio abobadado.

O único outro som que eu registrava era o do meu coração, que parecia uma bateria nos meus ouvidos. Eu nem me lembrava da última vez que tinha ficado tão nervosa. Pensei na escola onde havia feito o ensino médio, que era adequada, mas genérica. A Carbonway não contava com piso de mármore ou professores de arte que focavam em peças com materiais reutilizados.

Agora eu achava ainda mais que a qualquer segundo alguém apareceria e diria que tinha sido um erro me chamarem.

— Bom dia. — A recepcionista devia ter mais ou menos a idade da minha mãe e usava um vestido verde e fosco que me fazia pensar em um dia de primavera no interior. A mesa de trabalho dela era quase tão grande quanto o quarto do meu apartamento anterior. — Você deve ser Cassie Greenberg.

Segurei a bolsa um pouco mais firme, enquanto uma camada de suor se formava em minha nuca.

— Sim.

Ela apontou para um par de poltronas aconchegantes na ponta da sala.

— Pode se sentar enquanto eu verifico se já podem receber você. Gostaria de beber alguma coisa? Café? Água?

— Água, por favor. — Eu já estava nervosa. Adicionar cafeína à equação seria desastroso. — Obrigada.

Ao lado das poltronas havia uma pilha de folhetos com acabamento brilhante. Alunos sorridentes usando uniforme verde apareciam na capa. Enquanto esperava que a recepcionista me chamasse, folheei um, tentando absorver parte do que via e fazer minhas mãos pararem de tremer.

Peguei o celular e reli as mensagens que Sam havia me mandado de manhã.

Boa sorte!!
Você consegue.

Sam havia passado uma hora comigo na noite anterior, considerando possíveis perguntas e como eu responderia a elas. Tinha me dito que eu havia arrasado em todas e estava o mais preparada possível. Eu adoraria acreditar nele.

— Eles vão receber você agora, srta. Greenberg — anunciou a recepcionista. Ergui os olhos para ela, que me entregou um copo longo de água. — Pode me acompanhar?

Peguei o copo e segurei a alça da bolsa com a outra mão com tamanha firmeza que meus nós dos dedos chegaram a doer.

A sala à qual a recepcionista me levou era pequena e tinha uma decoração muito mais casual do que qualquer outra coisa que eu tivesse visto ali até então. Não havia nada em nenhuma das paredes além de uma pintura a óleo de um vaso com girassóis e uma janela grande com vista para o gramado atrás da escola.

— Pode se sentar.

Graças a minha pesquisa na internet, reconheci que a mulher era Cressida Marks, diretora da escola. Ela estava sentada a uma ponta da mesinha retangular, sorrindo. Havia duas outras pessoas a seu lado, que não reconheci. Uma delas parecia ter minha idade e cabelo rosa-flamingo.

Não saberia bem expressar o motivo em palavras, mas ver aquele cabelo rosa em um lugar que de resto parece tão convencional e austero me deixou um pouco mais tranquila.

Eu me sentei na cadeira em frente ao comitê e apoiei o copo de água na mesa.

Soltei o ar devagar.

Eu ia conseguir fazer aquilo.

— Bem-vinda, Cassie. — A diretora se virou para as outras pessoas na mesa e disse: — Vamos começar nos apresentando.

— Meu nome é Jeff Castor — disse o cara à esquerda de Cressida. Devia ter uns cinquenta anos e usava gravata-borboleta xadrez e camisa branca amarrotada. A vibe de professor distraído que ele passava era inconfundível. — Sou o vice-diretor responsável pelo ensino médio da escola.

— E eu sou Bethany Powers — anunciou a mulher de cabelo rosa. — Coordeno o departamento de artes.

— Muito prazer — falei.

— O prazer é nosso — disse Bethany. — Bom. Conta um pouco pra gente por que quer trabalhar como professora de artes. — Ela folheava uma pasta com as fotos que eu havia mandado junto da minha candidatura. Minhas paisagens de Saugatuck. A obra que tinha inscrito na exposição de River North. — Pelo seu portfólio, dá para que você tem uma visão muito específica e está comprometida com uma carreira artística. Mas e as crianças? Essa é a peça que falta.

Era uma pergunta difícil, mas justa. Meu currículo era longo, mas minha experiência com crianças se limitava às noites de artes na biblioteca. Se me pedissem para fazer entrevistas com candidatos a uma vaga de professor de artes e alguém com meu histórico profissional estivesse no bolo, eu perguntaria a mesmíssima coisa.

Felizmente, estava pronta para aquilo.

— Estou trabalhando em uma biblioteca agora — comecei. — As noites de terça são noites de artes. Os pais levam as crianças e passamos duas horas criando com elas. — Parei por um momento para pensar em nosso último evento. — Acho incrivelmente recompensador ajudar crianças que de outra maneira talvez não fossem expostas a formas artísticas de expressão a externar sua visão usando tinta ou massinha.

Bethany e Jeff fizeram anotações. Cressida Marks se debruçou um pouco sobre a mesa, suas mãos entrelaçadas diante de si.

— E por que não pensou em ser professora antes?

Refleti sobre aquilo. Enquanto treinava com Sam, tínhamos imaginado que provavelmente fariam aquela pergunta. A resposta com que havíamos concordado que eu daria, no entanto — que eu vinha esperando que a oportunidade certa de me tornar professora aparecesse, que a Academia Harmony era a primeira escola em que eu achava que podia me encaixar —, não parecia certa, agora que eu estava ali.

Primeiro, porque era mentira. Eu havia me candidatado a diversas vagas de professora ao longo dos anos e sido rejeitada por todas.

Além disso, sentada ali, naquela sala de reunião esparsamente mobiliada, com três pessoas que, se tudo corresse bem, poderiam ser minhas colegas de trabalho, uma resposta melhor me ocorreu.

— Nunca achei que uma escola fosse me contratar.

Minha resposta fez Bethany erguer o rosto.

— Por quê? — perguntou ela.

Eu tinha saído do roteiro ensaiado com Sam, mas não importava. Sabia a resposta.

— Minha arte não é convencional. — Apontei para meu portfólio no meio da mesa. — Não pinto imagens bonitas, não faço canecas de cerâmica que as pessoas compram pras irmãs no Natal. Pego lixo, coisas efêmeras que as pessoas jogam fora, e transformo em algo bonito. — Balancei a cabeça. — Não achei que minha visão batia com o tipo de coisa que era ensinada nas aulas de artes quando eu estava na escola.

— Mas você decidiu se arriscar com a gente — comentou Cressida.

— O que te fez mudar de ideia?

Pensei a respeito por um momento. O que me havia feito mudar de ideia?

De repente, eu soube.

Frederick, na sala de casa, me dizendo que enxergava que eu tinha uma visão única e real. O deslumbre em sua voz quando falou isso. Seu olhar quando me disse que alguém teria que ser idiota para não me contratar.

— Na verdade, eu percebi que sou boa. — Sorri e me endireitei um pouco na cadeira. — E que a Harmony teria muita sorte de contar comigo.

Os três assentiram. A mulher de cabelo rosa anotou alguma coisa. Enquanto continuavam com as perguntas sobre meus objetivos de carreira e meu currículo, comecei a me questionar se havia sido o tipo de resposta que estavam procurando. No mínimo, era a verdade.

De qualquer maneira, eu não tinha como voltar atrás.

— Tem alguma pergunta que você queira fazer? — indagou Jeff, fechando a pasta que consultava ao longo da entrevista. Sua voz calorosa tranquilizou meus nervos à flor da pele.

Pensei em tudo o que Sam e eu havíamos discutido, filtrando o que já tinha sido mencionado na entrevista.

— Sim. Queria saber mais sobre o que eu ensinaria aqui. O que podem me dizer sobre o programa de artes aqui na Harmony e como minhas aulas se encaixariam nele?

— Essa eu respondo. — Bethany deixou meu portfólio de lado e cruzou as mãos à sua frente na mesa. — Aqui na Harmony, levamos a expressão artística dos alunos muito a sério. Desde o jardim de infância até o fim do fundamental, os alunos são expostos a artes visuais, musicais e literárias diariamente. Quando entram no ensino médio, eles escolhem uma entre quatro áreas artísticas à qual vão se dedicar em seus últimos anos de escola.

— Alguns alunos escolhem se dedicar a música — continuou Jeff. — Outros, teatro ou escrita criativa. Você daria aulas para os alunos que escolhessem a quarta opção: artes visuais.

— A Academia Harmony tem orgulho de suas quatro grandes áreas de expressão artística — declarou Cressida Marks, olhando para os colegas, que assentiram. — Dito isso, o programa de artes visuais é tradicionalmente onde nos mostramos menos ousados e diversos.

Não entendi bem o que ela queria dizer com aquilo.

— Menos ousados e diversos? Como assim?

— Historicamente, grande parte de nossas aulas de artes visuais cobrem o tipo de coisa que você disse que não faz — explicou Bethany, olhando para os colegas. — Pintar aquarelas de natureza-morta. Aulas de história da arte sobre os quadros famosos do Instituto de Artes de Chicago ou do Louvre. Trabalhos na roda de oleiro. Embora qualquer programa de artes visuais para ensino médio digno deva cobrir esse tipo de coisa, acreditamos estar fazendo um desserviço aos alunos parando aí.

— E foi por isso que quisemos entrevistar você para a vaga — disse Cressida. — Estamos procurando pessoas que vejam a arte de maneira inovadora e se animem a compartilhar essa visão com nossos alunos.

Os três olharam para mim, como se avaliassem minha reação ao que haviam acabado de dizer. Minha mente aos poucos tentava processar tudo.

O que eles haviam descrito parecia...

Bom. Parecia *perfeito*. Até bom demais para ser verdade.

— Parece incrível.

Eu não sabia se devia demonstrar minha animação genuína, mas não consegui evitar.

Cressida sorriu.

— Ficamos felizes que ache isso.

— Vamos dar uma volta pelas instalações do ensino médio — sugeriu Jeff. — Podemos te levar aos estúdios de arte e mostrar onde daria aula caso se junte a nós no outono.

Aquilo tinha que ser um bom sinal.

Sorri para eles, sem conseguir evitar.

— Ótimo.

....

MINHA EMPOLGAÇÃO COM A ENTREVISTA DUROU POUCO.

Assim que voltei para casa e percebi que Frederick ainda não tinha aparecido, minha preocupação de mais cedo voltou com tudo. Verifiquei o celular e vi que Reginald não havia mandado nenhuma mensagem, o que só aumentou minha ansiedade.

Quando o assunto era programa de TV de gosto duvidoso, documentários de crimes não eram meu tipo preferido, mas se tinha uma coisa que eu sabia sobre casos de sequestro e assassinato era que quanto mais tempo sem notícias da pessoa, maiores as chances de que, quando viessem, as novidades não seriam boas.

Em um impulso que eu soube na mesma hora que só me faria mal, peguei o laptop para procurar "Esmeralda Jameson" no Google. Se ela usava tanto a internet quanto Reginald havia sugerido, talvez minha busca rendesse alguma pista.

O que Reginald havia me dito não era nem metade. O Google me mostrou tantos resultados para "Esmeralda Jameson" que de jeito nenhum eu conseguiria passar por todos a não ser que desenvolvesse uma séria obsessão por ela, o que não me interessava nem um pouco.

O primeiro resultado era o Instagram dela, que parecia um bom lugar por onde começar.

Imediatamente depois de clicar, a constatação de que aquele plano era mesmo uma péssima ideia me atingiu como um doberman atacando um prato de carne. Eu estava preparada para Esmeralda ser linda e impecável, como em geral era o caso com ex-namoradas de caras gatos, ainda que ela não fosse exatamente ex de Frederick. Porém nada poderia ter me preparado para as fotos com que me deparei.

Eu não sabia se vampiros podiam trabalhar como modelos, mas, se fosse o caso, Esmeralda Jameson seria *perfeita* para aquilo. Devia ter mais de um metro e oitenta de altura, pernas superlongas e uma silhueta que me fez questionar minha heterossexualidade. A foto mais recente a mostrava em um biquíni notável pelo que não cobria, deitada em uma espreguiçadeira sob um guarda-sol que a mantinha completamente na sombra. De acordo com a legenda, fora tirada em Maui. Seu cabelo comprido e escuro estava disposto de maneira pensada para cobrir seus ombros marrom-claros e metade de seu rosto anguloso.

Dei uma olhada no restante do Instagram dela. Havia fotos de Esmeralda maravilhosa na Suíça, com roupas de esqui. Havia fotos dela examinando lindamente uma flor em um dos maiores jardins que eu já tinha visto.

Na Costa Rica, nadando com as tartarugas.

É tão lindo e tranquilo aqui nos Andes.

Meu jardim de casa precisa de mim. As flores daqui são lindas, mas mal posso esperar para voltar para minhas peônias.

Não havia nenhuma historinha pessoal, nenhuma hashtag engraçadinha. Nada que mostrasse um pouco quem ela era de verdade. Mesmo assim, Esmeralda tinha mais de cem mil seguidores — provavelmente pessoas que ficavam tão impactadas com sua beleza quanto eu havia ficado.

Então, vi uma foto que quase fez meu coração parar.

Eu e meu noivo Frederick. Ele não é lindo?

Era uma foto sem qualidade, tirada de longe e à noite. Esmeralda estava ao lado de uma limusine preta, ajudando um homem a se sentar no banco de trás. Se não fosse pela legenda, seria difícil identificar aquela figura como Frederick. No entanto, prestando atenção, não havia dúvida de que era o mesmo cara com quem eu morava, e por quem estava começando a me apaixonar. O ângulo do queixo, o cabelo escuro, a maneira como ele afastava o rosto das luzes...

Sem sombra de dúvida, era ele.

A foto havia sido publicada às dez da noite anterior.

Fechei os olhos e o laptop. Quase sentia meu coração se quebrando.

Era possível que Reginald estivesse certo e algo tivesse acontecido com Frederick, claro. Mas fotos não mentiam. Esmeralda era tudo o que Cassie Greenberg nunca seria. Alta, bonita, dona de si — e imortal.

Frederick tinha dito que gostava de mim. E agia como se gostasse. Mas e se o encontro com Esmeralda o tivesse lembrado de tudo o que ele estaria perdendo se ficasse com uma humana como eu? Certamente alguém como ele — alguém que não enrugaria, envelheceria e depois morreria — devia ser mais atraente que uma artista subempregada com poucas habilidades e no máximo mais algumas décadas de vida.

Pouco depois, no entanto, ouvi as notificações de mensagens de um número desconhecido chegando no meu celular.

Cassandra. É o Reginald.

Frederick está MUITO encrencado.

Ele precisa da nossa ajuda.

Me encontra no Gossamer's em uma hora que eu conto tudo.

DEZENOVE

Carta do sr. Frederick J. Fitzwilliam a Cassie Greenberg, com a data de 17 de novembro, confiscada e não enviada

Minha querida Cassie,

Faz quase vinte e quatro horas desde que a vi pela última vez. Nesse meio-tempo, escrevi três cartas para você. Entretanto, se o que o guarda da minha cela acabou de me dizer é verdade, nenhuma delas deixou esta masmorra. Continuarei a escrever diariamente de qualquer maneira enquanto estiver aprisionado aqui – isso me ajuda a me concentrar no aqui e agora em um lugar onde o tempo não tem sentido e uma hora se mistura com a outra. E quem sabe? Talvez em algum momento o mensageiro tenha pena de mim e leve pelo menos uma das minhas cartas deste lugar sem que meus captores notem.

    Em resumo: os Jameson não receberam bem minha decisão de não me casar com a filha deles. Minha mãe deve tê-los avisado das minhas intenções, porque, assim que cheguei ao Ritz-Carlton, uma dupla de vampiros incrivelmente fortes e de aparência assustadora estava esperando por mim. Tentei repetidas vezes dizer a eles que não tinha motivo para acreditar que Esmeralda não fosse uma mulher perfeitamente encantadora, que a questão era comigo, e não com ela, mas os dois não pareceram muito interessados em conversar.

    Agora aqui estou, aprisionado em uma masmorra em Naperville, Illinois. A cada tantas horas, um guarda me pergunta se voltei atrás e estou disposto a me casar com a srta. Jameson. Sempre digo que minha resposta permanece a mesma.

Como você e eu discutimos, sei como minha vida seria se me casasse com a srta. Jameson. Rejeitei ativamente tal estilo de vida quando vim para Chicago, tantos anos atrás. Conhecer você só aprofundou minha resolução de não ceder aos desejos de meus captores. Continuo nutrindo a esperança de que, caso a oportunidade de conversar com a srta. Jameson se apresente, eu consiga convencê-la a chegar a um acordo. Ela não se mostrou disposta a me ouvir ontem à noite, mas talvez isso se devesse ao fato de que estava sob o olhar atento dos pais.

Dito isso, considerando tudo, estão me tratando melhor do que eu esperava. Exigem que eu me alimente como outros como nós costumam fazer (um negócio desagradável, que procuro conduzir da maneira mais indolor possível para todos os envolvidos), mas pelo menos estão me alimentando. Também tenho uma cama relativamente confortável, assim como alguns livros para ler e séries de comédia americanas dos anos 1980 para assistir. Elas são bem piores do que os programas a que assistimos juntos (várias delas parecem envolver um carro falante, por exemplo, um conceito ridículo, em que é impossível acreditar). Até onde sei, no entanto, essa masmorra não tem wi-fi, por isso minhas opções de entretenimento são muito limitadas.

Sinto mais saudade sua do que consigo expressar de forma adequada em uma carta. Espero poder lhe dizer isso pessoalmente muito em breve.

Com carinho,
Frederick

FIQUEI OLHANDO PARA REGINALD, COM DIFICULDADE DE processar o que ele me dizia.

— Só pode ser piada — falei.

Ele balançou a cabeça.

— Se fosse uma piada, eu teria dito: "Por que o pirata saiu de férias? Porque ele precisava de um pouco de ARRR".

O salão girou. Minha cabeça girou. Aquilo não podia estar acontecendo.

— Desculpa, mas... quê?

— Deixa pra lá — disse Reginald. Ele pegou a caneca de Somos Animados que havia pedido para disfarçar no Gossamer's e fingiu tomar um gole antes de devolvê-la à mesa. — Eu só quis dizer que não, não é piada.

A julgar por seus olhos, ele não estava mesmo brincando. Uma vez na vida, estava falando sério. *Muito* sério.

Meu sangue gelou de medo.

— Então... eles sequestraram mesmo o Frederick?

Reginald confirmou com a cabeça.

— E ele está preso em uma masmorra em... *Naperville?*

Reginald apontou para as fotos que havia trazido, aparentemente tiradas algumas horas antes, de uma altura de uns sessenta metros. Eram uma vista aérea de um bairro qualquer do subúrbio. Ele havia circulado em vermelho a casa em que dizia que Frederick estava sendo mantido contra sua vontade.

— Se meus contatos nos subúrbios a oeste estiverem certos, sim — afirmou Reginald, apontando para a casa circulada.

Eu não conseguia acreditar naquilo.

— E tudo porque ele não quer se casar com a Esmeralda?

— Infelizmente, sim. Casamentos arranjados são algo sério para as gerações mais antigas — disse Reginald, com uma expressão solene. — Se, como Freddie, você deu o azar de ter pais na ativa, desafiá-los nessa questão é quase uma sentença de morte no nosso mundo.

Minha mente continuava girando enquanto eu tentava entender aquilo. Como aquele negócio inteiro podia estar acontecendo? A situação toda parecia uma trama fraca inventada por algum indivíduo endiabrado fanático por Jane Austen.

— Não consigo acreditar que vampiros têm mesmo masmorras.

— Na verdade, as masmorras foram abolidas pelos membros civilizados da sociedade vampírica pouco depois da Revolução Francesa.

— Reginald balançou a cabeça. — Os Jameson, no entanto, ainda fazem as coisas à moda antiga. De acordo com meus contatos, quando Frederick disse que não ia se casar com Esmeralda, foi jogado na masmorra.

— Não parece uma boa maneira de fazer alguém se apaixonar pela filha deles.

Reginald riu.

— Não mesmo.

— E... Naperville? Tem vampiros e masmorras em *Naperville*?

Pensei no subúrbio quadradinho que eu havia visitado na época da faculdade, quando fui passar o Dia de Ação de Graças com a família da minha colega de quarto. Como um lugar daqueles podia ter *vampiros e masmorras*?

— Você ficaria surpresa com o número de subúrbios modestos que têm — afirmou Reginald. — Aqui em Chicago, os Jameson devem ter precisado se virar com as opções limitadas à disposição. Embora, sinceramente, ter escondido Frederick lá foi meio que a escolha perfeita. — Ele abriu um sorriso irônico. — Ninguém procura uma masmorra em Naperville.

Reginald tinha razão naquele ponto.

— Sabe — acrescentou ele, olhando para trás. — É melhor a gente falar baixo. Os Jameson têm ouvidos em toda parte.

Fiquei toda arrepiada.

— Sério? — perguntei, baixinho.

Ele deu de ombros.

— Acho que não, mas eu sempre quis dizer isso. De qualquer maneira, não é uma boa ideia deixar que nos ouçam.

Reginald tinha razão naquele ponto também. Se a clientela bem humana do Gossamer's ouvisse nossa conversa, isso não ajudaria em nada.

— Então a foto que vi no Instagram... — Fiquei passando o dedo na borda da minha caneca de Somos Formosos enquanto pensava naquela imagem de Frederick entrando no banco de trás de uma limusine com a ajuda da bela Esmeralda. — O que você está dizendo é que Frederick não entrou por vontade própria naquela limusine.

— Ele nunca entraria. — A expressão de Reginald ficou ainda mais séria. — O cara está louco por você. As últimas semanas têm sido um pesadelo pra mim, de tanto que precisei ouvir aquele idiota sendo todo poético sobre absolutamente tudo a seu respeito. É constrangedor para nós dois. — Ele balançou a cabeça. — Não sei de que foto você está falando, mas Freddie não iria a lugar nenhum com Esmeralda por vontade própria. Ainda mais agora que tem você.

Meu coração se acalmou diante da confirmação dos sentimentos de Frederick por mim, ainda que meu estômago se revirasse com a ideia de que ele estava em perigo.

— E o que vamos fazer?

— Precisamos tirar Freddie de lá. Senão... — Reginald balançou a cabeça e olhou para trás outra vez. — Em menos de uma semana vão mandar o cara pra Nova York e fazer com que se case com uma mulher que não ama.

— Eles podem fazer isso? — perguntei, horrorizada. — Um casamento contra a vontade de uma das partes não é ilegal?

Reginald bufou.

— Não fazemos as coisas como os humanos, Cassandra.

Aquilo devia ser o eufemismo do século. Meus instintos entraram em ação, fazendo eclodir uma necessidade avassaladora dentro de mim de ir a Naperville naquele segundo e exigir que soltassem Frederick. No entanto, ainda tinha bom senso o suficiente para saber que invadir uma casa cheia de vampiros furiosos era a pior ideia do mundo.

Então, de repente, um plano começou a se formar na minha cabeça.

— Tenho uma ideia do que fazer para tirar Frederick de lá — falei. — Mas talvez você não goste.

Reginald me encarou.

— Parece funesta.

— Talvez seja — concordei. — Ou talvez seja só ridícula.

— Quero ouvir.

Fiquei girando minha caneca, só para ter o que fazer com as mãos. Parte do conteúdo caiu na mesa, mas eu estava agitada demais para me preocupar com aquilo. Eu ia limpar depois, para não sobrecarregar quem quer que fosse fechar o café.

— Quão familiarizada a sociedade vampírica está com o TikTok?

De: Cassie Greenberg <csgreenberg@gmail.com>
Para: Edwina D. Fitzwilliam <sra.edwina@yahoo.com>
Assunto: Meus termos

Cara sra. Fitzwilliam,

Serei direta. Você sequestrou alguém muito importante para mim. Mais especificamente, seu filho. Insisto que você e os Jameson o soltem imediatamente da masmorra de Naperville. Se NÃO o soltarem dentro de 24 horas, serei forçada a ir ao TikTok revelar ao mundo todo que vampiros são reais!!

Aguardo sua resposta imediata.
Cassie Greenberg

Reli meu e-mail para a mãe de Frederick, tentando criar coragem de apertar "enviar".
— Seu plano não é ridículo — disse Reginald. — É brilhante.
— Acha mesmo?
— Acho.
— Vai funcionar?
Reginald hesitou.
— Talvez — respondeu por fim.
Ele estava de pé atrás de mim, debruçado sobre minha cadeira para ler o e-mail que eu havia acabado de escrever. À nossa volta, os clientes do Gossamer's tomavam seus cafés e comiam seus muffins, com sorte alheios ao fato de que Reginald e eu estávamos tramando resgatar um vampiro dos subúrbios.
— Além de Esmeralda, que até onde sei só usa o Instagram para publicar fotos, o fenômeno das redes sociais não pegou com os vampiros — continuou ele. — Afinal, muitos deles têm centenas de anos de idade. Não prestam muita atenção nos acontecimentos atuais. Se é que já ouviram falar em redes sociais, provavelmente só sabem que se trata de uma ferramenta que os humanos usam para transmitir informações.

Aquilo fazia todo o sentido, considerando o comportamento luddista de Frederick. No entanto, eu ainda tinha dificuldade de acreditar que os captores dele se deixariam convencer por minhas ameaças.

Principalmente quando eu mesma mal sabia usar o TikTok.

— Entendo que a sra. Fitzwilliam e os Jameson não queiram que o público em geral saiba que vampiros são reais...

— Eles não querem — garantiu Reginald na mesma hora. — Nenhum de nós quer.

— Tá. Mas minha preocupação é o que acontece se eles pagarem pra ver. Tenho sete seguidores no TikTok. Só uso pra ver vídeos de gatos. Mesmo se eu soubesse como publicar algo do tipo lá, o que não tenho nem um pouco de certeza de que sei, as chances de que alguém veja são meio que de zero por cento.

— Se eles pagarem pra ver, a gente pensa em outro plano — disse Reginald. — Mas acho que, mesmo que a gente só te filme falando "Vampiros são reais!" e mande por e-mail, já deve resolver.

— Queria acreditar nisso.

Reginald voltou a se sentar na cadeira e coçou o queixo, reflexivo.

— Não é como se Edwina e os Jameson fossem entrar no TikTok pra ver quem segue você. — Ele olhou para mim antes de acrescentar: — E, pra ser sincero, Frederick não ia querer que algo do tipo fosse mesmo parar na internet. Nem eu.

Engoli em seco o medo que me subiu pela garganta só de pensar que meu plano podia colocar Frederick em perigo, ainda que a ideia fosse salvá-lo.

— Tá. — Fechei o laptop sem enviar o e-mail. — Onde a gente filma?

— No apartamento do Freddie — respondeu Reginald na mesma hora. — A mãe dele vai reconhecer o lugar, e o fato de você estar lá mesmo sem ele vai deixar bem clara a mensagem de "Cai fora, esse cara é meu". — Ele inclinou a cabeça, mantendo os olhos fixos em mim. — Presumindo, lógico, que essa seja a mensagem que você queira mandar.

Reginald tinha uma expressão sabichona no rosto, e senti que seu olhar me fazia corar. Não era só que eu não quisesse que Frederick fosse coagido a se casar com alguém que não amava.

Era muito mais.
Eu queria que Frederick estivesse em segurança.
Mas também o queria para mim.
E precisava que os captores dele entendessem aquilo.
— É essa a mensagem que quero mandar — confirmei. — Então vamos gravar esse negócio.
Reginald sorriu, concordando. Ou talvez só estivesse rindo da minha cara.

....

— NÃO VAI FUNCIONAR.
— Vai, sim.
Fiquei olhando para Reginald enquanto o vídeo péssimo que ele havia gravado, no qual eu expunha toda a vampiridade, passava no meu laptop.
— Fomos convincentes?
Reginald franziu a testa e fez sinal de mais ou menos com a mão.
— Sim? Talvez? É difícil dizer. De qualquer maneira, não vamos gravar de novo, agora que mandamos pra sra. Fitzwilliam.
Suspirei e enterrei o rosto nas mãos.
— *Humanos da América do Norte* — clamava minha versão em vídeo com uma falsa coragem, a cabeça de lobo empalhada de Frederick pairando acima de mim, com seus olhos vermelhos. ("Comprei pra ele na Disney", havia explicado Reginald. "Mas falei que havia cortado a cabeça de um lobisomem, pra parecer durão.") — *Trago notícias de suma importância.*
Minha versão em vídeo segurava duas bolsas de sangue que havia pegado da geladeirinha que Frederick tinha no quarto, uma em cada mão. Aquilo me fez lembrar de como eu tinha ficado horrorizada ao ver as bolsas de sangue na cozinha. Agora não me incomodava mais tanto. Frederick vinha mantendo sua promessa de nunca se alimentar na minha presença ou guardar sangue em um lugar onde eu pudesse encontrar.
Estava claro para mim que ele havia escolhido sobreviver da maneira mais humana possível.

Eu tinha evitado transmitir quaisquer sentimentos ternos no vídeo. Pelo menos aquilo acabou dando certo. Em geral, eu era péssima no blefe.

— *A recente onda de invasões a bancos de sangue é fruto do trabalho dos vampiros que vivem entre nós. Eis a prova!* — dizia minha versão em vídeo, brandindo as bolsas de sangue. Depois, apontava para a "cabeça de lobisomem" sobre mim. — *Eles cortam a cabeça de lobisomens por esporte! Bebem o sangue de nossas crianças! E moram bem aqui, em Chicago. Em Nova York. Em toda parte! Nenhum canto da Terra estará seguro enquanto vagarem livres.*

(— Você foi ótima — comentou Reginald.

— Mentira — repliquei.

— Talvez — admitiu ele.)

Então a versão em vídeo de Reginald entrou em cena.

— *Uahahaha!* — exclamou ele, com as presas visíveis, os olhos arregalados. — *Vim beber seu sangue!* — prosseguiu Reginald, com o sotaque da Transilvânia mais falso que eu já tinha ouvido.

A versão em vídeo de Reginald pegou a bolsa de sangue da minha mão e a rasgou com um floreio, chupando o sangue com gosto, como na noite em que eu havia descoberto que ele era um vampiro. Minha versão no vídeo gritou, e então ficou tudo escuro.

Reginald fechou o laptop e deu de ombros.

— Tá, eu admito que não é meu melhor trabalho. Mas tínhamos um prazo. E, como sem dúvida notou, hipérbole e exagero são algo trivial na comunidade vampírica.

Pensei em quando conheci Edwina D. Fitzwilliam, com seu vestido de cetim, seda e veludo e sua maquiagem estilo glam-rock dos anos 1970.

— Acho que notei algo do tipo.

— Enfim, só nos resta esperar — disse Reginald. — Se Edwina cair, iremos amanhã ao pôr do sol. Se não...

Reginald não concluiu o pensamento.

Mas nem precisava.

Se a mãe de Frederick e os Jameson não caíssem em nosso golpe, eu sabia muito bem que nenhum de nós tinha um plano B.

VINTE

Carta do sr. Frederick J. Fitzwilliam para Cassie Greenberg, com a data de 18 de novembro, confiscada e não enviada

Minha querida Cassie,

Já faz mais de 24 horas que fui capturado, mas acredito ter feito progresso no sentido de garantir minha libertação.

Falei com a srta. Jameson. Embora eu permaneça tão convencido quanto antes de que uma união entre nós seria desastrosa, fiquei feliz em confirmar que ela não tem o mesmo apego aos velhos costumes que seus pais. Embora minha rejeição a tenha magoado e ofendido, a srta. Jameson tem autocontrole e autoestima o suficiente para não desejar um homem que não a deseja. Acredito que em algum momento ela se tornará uma aliada improvável em minhas tentativas de recuperar minha liberdade.

Espero que você esteja bem e que não interprete meu silêncio como nada além do que é. Mais especificamente: meu cativeiro em uma masmorra assustadora nos subúrbios, sem ter como escapar.

Com todo o meu amor,
Frederick

....

De: Nanmo Merriweather <nanmo@yahoo.com>
Para: Cassie Greenberg <csgreenberg@gmail.com>
Assunto: Seus termos

Cara srta. Greenberg,

Como assistente da sra. Edwina D. Fitzwilliam, escrevo em nome dela para informar que não lhe deixou escolha a não ser concordar em atender a suas exigências.

Por favor, venha ao castelo localizado no número 2314 da S. Hedgeworth Way, em Naperville, Illinois, às oito da noite de amanhã. Ela liberará o filho sob sua custódia se, e apenas se, você destruir na presença dela todas as cópias existentes de sua exposição vampírica. Seu filme tem o poder de destruir todo o trabalho que tivemos para nos estabelecer desde que deixamos a Inglaterra, e, embora escolher a pessoa com quem seu filho se casará seja importante para ela, nada é mais importante para nós do que manter nossa existência em segredo.

Nos encontraremos amanhã à noite. (Por favor, não responda a este e-mail. A sra. Fitzwilliam não sabe como verificar seus e-mails. As mensagens para ela são redirecionadas para mim, e, sinceramente, já tenho bastante trabalho, então não gostaria de ter que ficar acompanhando sua correspondência também.)

Atenciosamente,
N. Merriweather

— NÃO ACREDITO QUE NANMO CONTINUA ATENDENDO ÀS ordens dela. — Reginald fez *tsc*, balançando a cabeça. — O homem tem quatrocentos e setenta e cinco anos, sabe. É *constrangedor*.

— Pois é — falei, sem saber ao certo como responder àquilo. Eu estava tão fora da minha zona de conforto que nem conseguia mais vê-la.

— Bom, acho que o que importa é que eles caíram — continuou Reginald. — Estou ao mesmo tempo surpreso, porque isso é muito bobo, e nem um pouco surpreso. Voamos até lá amanhã às oito.

— Não — recusei na mesma hora, erguendo as mãos. — Eu pego um Uber.

Reginald ficou me olhando do sofá de couro preto de Frederick.

— Não seja ridícula. Não é seguro você ir sozinha.

Fiquei pálida só de pensar na possibilidade de aparecer lá sem um vampiro do meu lado.

— Ah, eu sei. Seria suicídio aparecer sozinha naquele lugar.

— Seria mesmo.

— Eu só quis dizer que, se fosse voando com você, ficaria distraída demais com meu primeiro voo sem avião e não conseguiria pensar direito no que talvez tenha que fazer quando chegar.

Reginald se recostou no sofá enquanto pensava.

— Tá — concordou ele. — Voar pela primeira vez pode ser bem impactante mesmo. Tudo bem. Você vai de Uber. Mas não sai do carro até me ver pairando no céu, do outro lado da tabela de basquete.

Franzi a testa.

— Tabela de basquete?

— Você vai saber quando vir — explicou Reginald, antes de murmurar algo sobre "aquele inferno suburbano" que não entendi direito.

Em seguida, ele se levantou e se dirigiu à porta.

— A gente se vê amanhã — falei, tentando transmitir uma confiança que não sentia nem um pouco.

Reginald demorou um momento para se virar para mim, com a expressão indecifrável.

— Tome cuidado, por favor — disse ele, sua voz suave como nunca a tinha ouvido.

De repente, meus olhos ficaram marejados.

— Vou tomar.

— Ótimo. — E então, no tom brincalhão que eu estava muito mais acostumada a ouvir dele, Reginald acrescentou: — Por que se algo acontecer com você amanhã, Frederick vai me matar. De novo.

A S. HEDGEWORTH WAY ERA UMA RUAZINHA SEM SAÍDA, E O número 2314 ficava ao fim dela. Era uma casa bege e branca de dois andares quase idêntica às outras casas bege e brancas de dois andares da rua. Tinha uma bandeira americana tremulando em um mastro e — sim, ali estava ela — uma tabela de basquete em uma construção em branco e bege ligeiramente mais escura na lateral.

Só as gárgulas de sessenta centímetros de altura empoleiradas de cada lado da garagem — e o vampiro de mais de um metro e oitenta de altura suspenso no ar, uns três metros acima da tabela de basquete — diferenciavam aquela casa de suas vizinhas.

Eu me concentrei no vampiro voando.

Reginald havia chegado antes de mim.

Aquilo era bom.

Também era minha deixa para sair do carro e me aproximar da casa.

— Obrigada — falei para a pessoa ao volante antes de descer do Uber.

Minhas mãos tremiam tanto que tive dificuldade de abrir a porta do carro. A noite havia esfriado nos quarenta e cinco minutos desde que eu tinha deixado a casa de Frederick. Ou talvez fizesse sempre alguns graus a menos a oeste do lago. Fechei melhor meu casaco enquanto me aproximava da casa, para me esquentar e para tentar acalmar meus nervos.

Reginald e eu tínhamos concordado que eu falaria primeiro. O vídeo que havíamos gravado deixava claro que eu tinha alguém da espécie deles me ajudando. Se os vampiros dentro da casa soubessem que aquele alguém tinha vindo comigo, complicaria as coisas de uma maneira que poderia arriscar não só a segurança de Frederick, mas também a de Reginald. A ideia era ele ficar fora de vista, sobrevoando a área, a menos que e até que as coisas dessem errado e eu precisasse que um vampiro interviesse.

Dei uma última olhada para Reginald conforme me aproximava da casa. Ele assentiu para me tranquilizar. Meu estômago se revirava. Uma voz no fundo da minha cabeça gritava "foge, foge, se manda daqui" mais alto a cada passo que eu dava.

Só que Frederick precisava de mim.

Então segui em frente, colocando um pé na frente do outro até que, finalmente, me vi diante da porta.

Quando eu estava prestes a bater, com o coração martelando no peito, ouvi alguém pigarrear de maneira deliberada e muito audível a um metro e meio de distância.

— Com licença. Você conhece os moradores? — perguntou a pessoa.

O cara parecia ter uns cinquenta anos, os cantos de sua boca curvados para baixo em uma careta de reprovação. Ele usava um casaco de inverno e calça de pijama escura, além de um gorro de lã vermelho e luvas combinando.

De todos os cenários que eu e Reginald tínhamos repassado nas vinte e quatro horas anteriores, nenhum incluía o que fazer caso um vizinho se intrometesse. No entanto, aparentemente fora um deslize nosso.

— Eu... não conheço — gaguejei. — Sei quem são, mas não os conheço de verdade, sabe?

— Hum. — A careta de reprovação do sujeito se intensificou. — Você veio comprar drogas, imagino.

Arregalei os olhos.

— Como?

O homem apontou para as janelas da frente da casa. Só então eu me dei conta de que estavam cobertas por um plástico escuro.

— Eles tamparam todas as janelas, nunca saem durante o dia e um monte de gente esquisita entra e sai da casa a noite toda. — O cara foi enumerando em seus dedos compridos os crimes contra a sociedade de que acusava os vizinhos. — Não sei de onde você vem, mas por aqui isso indica só uma coisa.

Fiquei em silêncio por um momento, esperando que o cara me dissesse que coisa era. Como ele se limitou a olhar para mim com um sorriso satisfeito no rosto, arrisquei:

— Drogas?

— Drogas — confirmou ele.

— Não sei nada sobre isso — falei rapidamente, em busca de um motivo plausível para estar ali e que o fizesse ir embora. — Eu só... só estou aqui porque... — Umedeci os lábios e disse a primeira coisa que me veio à cabeça. — Por causa da conta da internet.

Eu não precisava olhar para cima para saber que Reginald estava revirando os olhos para mim com tamanha intensidade que eles corriam o risco de cair das órbitas.

Por incrível que pareça, o sujeito pareceu aceitar minha explicação.

— Não me surpreende que essas pessoas não paguem as contas — resmungou ele.

— Pois é.

Tentei me segurar para não rir, o que acabou saindo como uma espécie de soluço.

Ele deu um tapinha no meu ombro e piscou para mim de uma maneira que em qualquer outra circunstância teria sido a coisa mais pavorosa que havia me acontecido no dia, então falou:

— Bom trabalho, querida.

Enquanto o cara voltava para sua própria casa branca e bege de dois andares, fechei os olhos e respirei fundo algumas vezes. Precisava me acalmar. Ainda não havia feito nada, mas já sentia que estava a segundos de surtar.

Arrisquei uma última olhada para Reginald. Ele assentiu e me fez sinal de positivo com as duas mãos.

Era hora.

— Aí vou eu — murmurei baixo, então bati na porta.

....

PARTE DE MIM TORCIA PARA QUE O PRÓPRIO FREDERICK ATENDESSE à porta. Quando ela se abriu, no entanto, não fiquei surpresa ao ver a sra. Fitzwilliam, com o rosto pálido e sem maquiagem berrante.

Ela não me convidou para entrar. Tampouco fez rodeios.

— Trouxe? — perguntou apenas, olhando feio para mim.

Ela estava com uma das mãos na cintura e se abanava com a outra, como se o ar frio da noite de que meu casaco era incapaz de me proteger estivesse quente demais para ela.

Agora que eu estava ali, não pude evitar pensar se Edwina Fitzwilliam havia sido um tipo diferente de pessoa antes de ser transformada. Teria sido uma mãe boazinha quando Frederick era pequeno? Eu torcia para que houvesse sido o caso. Odiava pensar no pequeno Frederick crescendo com uma mãe daquelas.

Dei uma batidinha no bolso da frente do jeans, onde havia guardado o celular antes de entrar no Uber.

— Trouxe.

— Deixe-me ver.

Peguei o celular e abri a galeria.

— Está bem aqui — falei, antes de apertar o play.

Minha voz começou a sair fraca pelo alto-falante, e precisei me esforçar ao máximo para não estremecer ao me ver gesticulando freneticamente na sala de Frederick, com uma bolsa de sangue em cada mão. De alguma maneira, o vídeo parecia ainda mais ridículo ali, no celular, diante da pessoa que eu esperava ameaçar.

No entanto, parecia provocar um efeito profundo na mãe de Frederick. Ela se encolheu, horrorizada, e levou as mãos trêmulas às bochechas enquanto assistia à gravação em que eu comunicava a toda a América do Norte dos vampiros ameaçadores à espreita.

Voltei a guardar o celular no bolso assim que o vídeo curto terminou. A mãe de Frederick pareceu se encolher à minha frente e voltou a entrar na casa devagar.

— Se concordarmos em dar um fim ao noivado e deixá-lo ir — começou a dizer, em uma voz sussurrada, agora com a mão no pescoço —, você destruirá isso?

A sra. Fitzwilliam parecia apavorada. Felizmente para mim, eu nem precisava pensar para concordar com aquela troca.

— Sim.

— Esta noite?

— Agora mesmo — ofereci. — Diante dos seus olhos.

Ela assentiu, mas só apareceu parcialmente apaziguada.

— Nanmo me disse que é possível fazer cópias desse tipo de coisa. Promete destruir todas caso libertemos meu filho? E não colocar nos TikToks?

— Essa é a única cópia — garanti a ela. — Quando eu deletar do meu celular, ninguém mais vai poder ver. — Precisei fazer uma pausa para manter a expressão séria antes de acrescentar: — E prometo que nunca colocarei nos TikToks.

Ela hesitou, como se não tivesse certeza se devia acreditar em mim. Então, depois do que pareceram ser vários minutos, respirou fundo.

— Se estiver mentindo para mim, caçarei você como a cadela que é. A porta bateu na minha cara.

Olhei para Reginald, que tinha uma expressão cautelosa no rosto.

— Vou descer — anunciou ele, já fazendo aquilo, como se estivesse sendo baixado por uma corda invisível. — Acho que ela caiu, mas...

Antes que Reginald pudesse concluir seu pensamento, a porta voltou a se abrir.

Ali estava Frederick, com a mesma roupa com que havia deixado o apartamento algumas noites antes, quando fora ao encontro marcado no Ritz-Carlton. Dei uma conferida nele de cima a baixo, absorvendo cada centímetro — desde seu cabelo bagunçado caindo na testa até a camiseta branca de manga comprida agarrada a seus ombros largos, como se ele tivesse nascido para usá-la.

Seus olhos se demoraram nos meus, como se Frederick fosse incapaz de parar de me olhar, assim como eu era incapaz de parar de olhá-lo. Ele estava ainda mais pálido que o normal, com olheiras escuras que eram novidade para mim. No entanto, ali estava ele, inteiro, sorrindo de uma maneira tão terna e maravilhada que me senti uma boba por ter duvidado de seus sentimentos.

— Você veio — disse ele, meio rouco. Seus olhos se arregalaram de incredulidade. — Que mulher *brilhante*!

O alívio me inundou quando ouvi sua voz. Assenti, porque não confiava em mim mesma para falar.

— Não vai dizer que sou brilhante também? — murmurou Reginald de algum lugar atrás de mim. — Eu ajudei.

— E você ainda teve que tolerar o Reginald nesse meio-tempo — continuou Frederick, ignorando o amigo.

Ele deixou sua posição à porta para se aproximar de mim. Depois de dias sem seu toque, ser abraçada por Frederick foi como voltar para casa. Eu me senti ao mesmo tempo enraizada no lugar e a segundos de distância de ir ao chão sentindo seu peitoral amplo na minha bochecha, suas mãos um contraponto gelado ao calor do casaco.

Mesmo assim, seu toque me esquentou.

— É melhor a gente ir — nos cortou Reginald, de repente.

Frederick ergueu sua bochecha, que descansava na minha cabeça.

— Tem razão. — Ele se afastou um pouco, só para olhar nos meus olhos. — Eles me soltaram, Cassie, mas não é seguro continuarmos aqui por mais um momento que seja.

— Eu me ofereceria para levar vocês de volta voando, mas não aguento o peso dos dois — disse Reginald. Depois acrescentou, sorrindo: — Também prefiro manter distância dos dois pombinhos no momento.

Frederick olhou feio para ele e estava prestes a responder, mas encostei em seu braço.

— Tudo bem — falei, rápido. — Eu chamo um Uber. Não deve demorar pra conseguir um a essa hora.

Coloquei o ponto de partida a alguns quarteirões da casa, só para garantir. Não tínhamos por que arriscar logo depois de tê-lo libertado.

— Obrigado por me salvar, Cassie — murmurou Frederick, com a voz baixa e maravilhada. — Como foi que dei tanta sorte?

Eu o beijei, sem conseguir me segurar.

— Podemos falar sobre isso depois — sussurrei contra seus lábios. — Agora vamos levar você pra casa.

....

PASSAMOS A MAIOR PARTE DO TEMPO DA VIAGEM DE QUARENTA e cinco minutos até o apartamento sem nos tocar. Os olhos de Frederick ficavam se fechando, e o fato de que eu via suas presas com facilidade indicava que ele estava exausto demais para encantar a pessoa ao volante. Afastei seu cabelo da testa quando Frederick pegou no sono, me esforçando para não imaginar o que ele devia ter passado para que estivesse tão cansado depois do pôr do sol.

Quando chegamos ao apartamento, entretanto, Frederick pareceu quase totalmente recuperado. Ele me conduziu porta adentro como se não quisesse perder mais tempo agora que estávamos ali.

— Espera — pedi, assim que Frederick veio me abraçar.

Eu *queria* ficar perto dele, queria permitir que me beijasse e tocasse. E queria beijá-lo e tocá-lo também. Só que tinha algumas perguntas primeiro.

— Você passou três dias preso contra a sua vontade. Antes que a gente... faça qualquer outra coisa, tenho que saber: está mesmo tudo bem?
Ele assentiu a voltou a diminuir a distância entre nós.
— Agora, sim.
Sua voz estava tão calorosa e carregada de promessas que meus joelhos quase cederam. Quando ele me puxou para si outra vez, foi fácil dizer a mim mesma que podíamos ter aquela conversa nos tocando.
Voltei a descansar a cabeça em seu peito, como em nosso reencontro diante da casa em Naperville. Ele começou a me balançar suavemente, para a frente e para trás. Eu nunca tinha me sentido tão aliviada ou tão feliz.
— Reginald me contou partes do que aconteceu — murmurei, com a voz abafada pelo tecido da camiseta. — Mas quero ouvir de você. Só assim vou acreditar que está bem mesmo.
Frederick me apertou um pouco mais. Ele suspirou, descansando a cabeça no meu ombro.
— Foi como Reggie disse — murmurou ele. — A família de Esmeralda não recebeu bem o término do noivado. — Frederick deu um passo para trás e mostrou os punhos, que tinham marcas em vermelho-vivo que eu não havia notado antes. — Na minha ausência, fiquei bastante íntimo da masmorra deles.
Perdi o ar.
— Machucaram você.
— Um pouco — admitiu Frederick. — Não muito. Somos imortais, mas, como nosso coração não bate, nosso sangue não flui da mesma maneira que o de vocês. O que significa que nossos ferimentos levam um tempo irritantemente longo para se curar. — Ele me presenteou com um meio sorriso irônico. Eu estava morrendo de saudades de seus sorrisos. — Meus punhos passaram apenas parte de um dia bem amarrados. Prometo que os machucados parecem muito piores do que são.
Frederick voltou a se aproximar e a me abraçar. Fechei os olhos e enterrei o rosto em seu ombro, sentindo seu cheiro.
De alguma maneira, criei coragem para perguntar o que eu mais precisava saber.
— Então vocês romperam o noivado mesmo, né?

— Sim. — Sua voz profunda soou mais enérgica do que nunca. — Rompi o noivado em definitivo. Ironicamente, Esmeralda me ajudou com isso. Ela não estava muito interessada em se casar com alguém que preferia apodrecer em uma masmorra no subúrbio a ser seu marido. Esmeralda me defendeu perante os pais ao mesmo tempo que você levava a cabo sua brilhante estratégia envolvendo o TikTok. — Ele se afastou e prendeu uma mecha do meu cabelo atrás da orelha. — É uma mulher razoável, tanto quanto um Jameson pode ser razoável. Só não é a mulher certa para mim.

O ardor em seu olhar foi inconfundível. Corei diante da implicação óbvia do que Frederick dizia e olhei para o chão.

— Fiquei com saudade — confessei. Parecia bobo sentir tanta falta de alguém que eu havia conhecido poucas semanas antes, mas era verdade.

— Também fiquei. — Depois de um momento, ele acrescentou: — Escrevi para você.

Suas palavras foram um retumbar profundo em meu ouvido. Frederick me escrevera enquanto estava preso? Eu me enterrei ainda mais nele, sentindo meu coração prestes a explodir.

— Entreguei as cartas aos guardas e pedi que mandassem a você — continuou ele. — Vai saber o que os Jameson fizeram com elas... Você não recebeu nenhuma?

Senti um aperto no peito diante do tom esperançoso de sua voz.

— Não — admiti. — Não recebi nenhuma.

Considerei por um momento revelar como havia interpretado seu silêncio a princípio e as preocupações irracionais que havia alimentado. Quando Frederick suspirou e descansou o queixo no alto da minha cabeça, no entanto, minhas preocupações pareceram tolas e distantes demais para citar.

— Sinto muito — disse ele.

— O que as cartas diziam?

Frederick se afastou ligeiramente, seus olhos escuros convidativos, os cílios parecendo úmidos com algo que eu acharia que eram lágrimas, se não soubesse que não podiam ser. Ele olhou nos meus olhos como se estivesse tão em transe pelo que via nos meus quanto eu estava pelo que via nos seus.

Então assentiu, como se tivesse chegado a uma conclusão.

— Isto aqui — respondeu Frederick, e em seguida me beijou suavemente nos lábios.

Minha parte racional dizia que não devíamos fazer aquilo no momento. As olheiras de Frederick contrariavam sua alegação de que estava bem, e eu não tinha certeza de que ele estava me dizendo a verdade sobre os vergões feios em seus punhos.

Também precisávamos conversar sobre o que seríamos um para o outro agora que sua noiva tinha saído de cena e não havia mais nada em nosso caminho além de minha mortalidade.

No entanto, diante da urgência com que Frederick me beijava — segurando meu rosto, depois enfiando as mãos no meu cabelo — e da evidência quente do quanto me desejava pressionando meus quadris, decidi que a conversa podia ficar para depois.

— Fiquei pensando em você sem parar enquanto estive preso — murmurou ele, me dando beijos nas bochechas a cada palavra. — Sua paixão pelo que faz, seu espírito gentil. Sua beleza. Sua bondade.

Suas mãos ficavam cada vez mais inquietas, subindo e descendo pelas minhas costas enquanto seus lábios exploravam a parte inferior da minha mandíbula e depois atacavam o ponto sensível onde o pescoço encontrava o ombro. Eu o envolvi em meus braços e o puxei mais para perto, sem me dar conta de que ele me conduzia na direção da parede até que a senti, firme e sólida, atrás de mim.

— Também fiquei pensando em você — confessei, me deliciando com a maneira como ele dedicava toda a sua atenção ao meu corpo. Ainda estávamos totalmente vestidos, mas a intensidade de suas mãos na minha cintura penetrava pelo tecido da minha blusa de tal maneira que era como se eu não estivesse usando nada. — Fiquei pensando em você o tempo todo.

— Por favor, diga que vai ficar comigo. — Suas palavras mal passavam de um sussurro no meu ombro enquanto ele o beijava. — Com suas convicções e seus talentos, é só uma questão de tempo até que sua situação financeira melhore e você possa se livrar de nosso acordo inicial. Mas...

Sua menção ao que me levara a ir morar com ele quebrou o clima, me lembrando de que eu ainda não havia lhe contado sobre a entrevista na Harmony. De repente, parecia importante que ele soubesse daquilo.

— Talvez você esteja certo quanto à melhora da minha situação financeira.

Frederick parou bem quando estava fazendo algo completamente delicioso com o lóbulo da minha orelha.

— Hum?

— Enquanto você estava preso, fui à entrevista na escola que te falei. — Eu não conseguia conter um sorriso enquanto falava. — Acho que correu bem. Não é nada certo, claro. Mas estou com esperanças.

Frederick enfiou o rosto no meu pescoço e me puxou mais para perto.

— Lógico que correu bem. Minha querida Cassie, nunca duvidei de que você conquistaria quem a entrevistasse. Como conquista todo mundo. — Depois de um instante, ele acrescentou: — Como me conquistou.

Eu não tinha mais noção de quanto tempo fazia que estávamos naquela sala de estar, nos abraçando. Minha mente girava. Talvez Frederick tivesse estado certo a meu respeito aquele tempo todo. Se eu acreditasse em mim mesma metade do que ele acreditava, talvez em breve não dependesse mais do nosso acordo.

Aquilo, no entanto, não mudaria como eu me sentia.

Ou o fato de que ia querer ficar com Frederick mesmo que um salário se tornasse algo mais recorrente na minha vida.

— Não ouso esperar que alguém como você escolha ficar com alguém como eu — continuou ele. — Entretanto, isso não muda o quanto desejo que fique comigo.

Engoli em seco.

— Tem certeza disso? Vou envelhecer um dia. Não vou ficar assim pra sempre.

— Não me importo — replicou ele. Seus olhos brilhavam. — Além do mais, sempre vou ser mais velho que você.

Apesar de tudo, dei risada, depois segurei seu queixo para que ele tivesse que me olhar nos olhos. Sua expressão estava marcada por uma vulnerabilidade tão intensa que fiquei completamente sem ar.

Assenti.

— Eu quero ficar.

Quando ele me beijou outra vez, decidi que saber exatamente o que estava por vir podia ficar para depois.

EPÍLOGO

UM ANO DEPOIS

EU ESTAVA ARRUMANDO MINHAS COISAS PARA IR EMBORA NO fim do dia quando meu celular vibrou em sequência, indicando que alguém estava me escrevendo.

Precisei de alguns minutos para encontrar o aparelho dentro da bolsa em que carregava meus materiais. Agora que lecionava em tempo integral e precisava levar todas as minhas coisas comigo no metrô, usava a maior bolsa que tinha. Parecia que existia pelo menos uma dúzia de bolsos internos, nos quais minhas chaves e meu celular viviam desaparecendo.

Quando finalmente consegui localizar o aparelho, vi que Frederick tinha mandado várias mensagens.

> Estou esperando você do lado de fora do prédio de artes.
> Estou usando uma roupa que escolhi sozinho.
> A camiseta verde de manga comprida e botões
> que você gosta e uma calça preta.
> Acho que vai gostar.
> Ou espero que goste, pelo menos.
> Mas só o tempo dirá.
> Estou com saudade. ☺

Dei uma risadinha.

Frederick J. Fitzwilliam, com seus mais de trezentos anos de idade, estava mandando emojis.

Quase não dava para acreditar.

> Ainda tenho que guardar umas coisas
> A gente trabalhou com plástico essa semana
> A sala está uma bagunça
> Me dá 15 minutos
> Saudade também 🖤

Eu o encontrei exatamente onde ele disse que estaria, à sombra do prédio de artes da Academia Harmony. Frederick estava recostado na parede de tijolos expostos, com os tornozelos cruzados e olhando para o celular.

Assim que me aproximei, ele levantou o rosto e abriu um sorriso para mim.

— Você chegou.

— Cheguei. — Dei uma apertadinha em sua mão. — Como foi seu dia?

Frederick deu de ombros.

— Normal. Chato. Passei a maior parte do tempo me comunicando com o pessoal da imobiliária. Eles acham que devemos conseguir finalizar a compra da nossa casa nova até o fim do mês que vem. — Depois de uma pausa, Frederick acrescentou: — E passei o restante do dia ouvindo Reginald reclamar do escritório de contabilidade que ele contratou.

Um grupo de alunos da minha turma da tarde de soldagem passou. Eles acenaram para mim e eu os cumprimentei de volta, sorrindo. Ainda era difícil acreditar que eu tinha um emprego como aquele, com alunos que me respeitavam e queriam ouvir o que eu tinha a dizer.

Ao me virar de volta para Frederick, ele estava me olhando com uma expressão tão ardente que quase chegava a ser inapropriada, considerando que não apenas estávamos no meu local de trabalho como também diante de crianças.

— Reginald precisa de um escritório de contabilidade? — perguntei, puxando a alça da bolsa um pouco mais para cima no ombro. — Sério?
— Parece que sim.
— Por quê?
— É preciso muita experiência para administrar um patrimônio que começou a ser acumulado duzentos anos atrás. — Frederick abriu um sorriso torto para mim. — Reginald nunca foi muito bom com negócios, o que não chega a surpreender, mas ao longo dos anos juntou uma fortuna mais do que suficiente para sustentar seu estilo de vida. Enfim, parece que ele se apaixonou pela pessoa muito humana que faz a contabilidade para ele, o que levou a todo tipo de problema que você pode imaginar, e mais alguns que nem pensaria.

Frederick provavelmente devia estar certo quanto àquilo.

— Bom, chega de falar de Reginald — decidi.

Indiquei com a cabeça a descida na saída do edifício de artes, que dava na lagoa artificial que ficava no meio do campus, com o caminho pavimentado que a ladeava. A impressão que tive no dia em que fui entrevistada, um ano antes, de que devia ser um lugar popular quando o clima estava bom, havia se provado correta. Aquele era um dos pontos preferidos de caminhada de funcionários e alunos depois do almoço ou dos jogos de lacrosse e nas sextas à tarde.

— Quer dar uma volta comigo? — sugeri.

Estava quente para o começo de dezembro, e eu queria passar um pouco mais de tempo ao ar livre antes de voltar para casa. Com o céu nublado, Frederick não se sentiria muito desconfortável. Ele já estava bem recuperado de seu século dormindo, então conseguia lidar com saídas diurnas, desde que houvesse alguma sombra. Além do mais, era inverno, quatro da tarde e estávamos em Chicago, o que significava que o sol logo ia se pôr.

Para minha surpresa, Frederick hesitou, e uma expressão sofrida surgiu em seu rosto.

— O que foi? — perguntei, preocupada.

— Nada. — Ele balançou a cabeça, depois se forçou a ficar com uma cara normal e apertou minha mão. — Vai ser ótimo dar uma volta.

....

O CAMINHO ESTAVA MAIS MOVIMENTADO QUE DE COSTUME PARA uma terça-feira, com grupinhos de estudantes e até algumas pessoas que não tinham nada a ver com a Harmony e queriam aproveitar o clima ameno fora de época para dar uma volta na lagoa. Embora caminhar pelo campus fosse uma de nossas atividades preferidas durante a semana — Frederick gostava de aproveitar sua nova capacidade de se manter acordado por períodos mais longos do dia —, dessa vez não pareceu acalmá-lo. Frederick visivelmente se sobressaltava sempre que um grupo particularmente agitado de estudantes passava por nós, e os dedos da mão que não estava na minha tamborilavam sua perna direita.

Quando ele quase deu um pulo diante de um pato grasnando alto para algo que devia ter visto na grama, parei de andar e puxei sua mão.

— Qual é o problema? — perguntei.

— Problema? — Ele manteve os olhos no pato, que agora voltava para a água, se balançando e ainda fazendo barulho. — Não tem problema nenhum. Por que acha que tem?

Sua voz saiu uma oitava mais alta que de costume, as palavras quase no dobro da velocidade normal.

— Só um palpite — respondi, olhando para ele.

— Não tem problema nenhum — repetiu Frederick, fitando os próprios pés, depois a água e as nuvens no céu. — Prometo. Vamos... vamos continuar andando?

A última vez em que eu o vira tão agitado fora quando estávamos falando de nos mudar para outro apartamento. Um que não parecesse apenas dele. Um que não estivesse associado ao século em que Frederick estivera incapacitado demais para notar o mundo à sua volta.

Algo definitivamente o estava preocupando.

— Pode me contar — falei, com a voz tão suave quanto possível. — O que quer que seja.

Ele fechou os olhos e soltou um suspiro trêmulo.

— Tem algo que quero perguntar a você.

Frederick enfiou a mão no fundo do bolso da calça. Quanto a tirou, trazia nela uma caixinha de veludo.

Meu coração parou.

— Não tenho o direito de lhe pedir para ficar comigo para sempre. — Sua voz tinha recuperado a cadência e a altura normais. Eu me perguntei se ele havia treinado o discurso que estava por vir durante as longas horas que eu passara fora de casa nos últimos meses, desde que começara a dar aula. — Mas eu nunca disse que não era egoísta. Ou que era uma boa pessoa, aliás.

— Você *não é* egoísta — garanti. — E é uma das melhores pessoas que eu conheço.

Frederick fez um gesto de "fala sério".

— Imagino que duas mentes razoáveis possam divergir nesses pontos. Mas o que eu queria perguntar é... — Ele parou de falar. Fechou os olhos. Balançou a cabeça. — O que vim falar com você hoje...

— Você quer que eu pense a respeito — falei, interrompendo-o.

Um bando de patos atravessava o caminho um pouco à nossa frente, grasnando alto uns para os outros enquanto meu mundo inteiro saía lentamente do eixo.

Frederick assentiu devagar.

— Sim — sussurrou ele.

Então abriu a caixinha em sua mão.

Eu nunca havia pensado em como gostaria que minha aliança de noivado fosse caso um dia viesse a ser presenteada com uma. Sempre achei diamantes bonitos, mas de um jeito meio genérico. Nunca consegui me imaginar usando um — na mão ou em qualquer outro lugar.

O anel que estava aninhado na caixinha de veludo preta tinha um rubi vermelho-sangue mais ou menos do mesmo tamanho e formato de uma moedinha, com facetas que refletiam a luz do sol enquanto as mãos de Frederick tremiam um pouco.

Eu podia não ter pensado muito a respeito de como gostaria que minha aliança de noivado fosse, mas soube na hora que nunca tinha visto uma mais bonita, mais perfeita, que aquela.

— Se eu concordar — falei, com a respiração acelerando —, você vai precisar me ensinar o que fazer.

Arrisquei olhar para seu rosto. Frederick me olhava com uma expressão indecifrável.

— Ensinar o que fazer? — repetiu ele.

— Sim — insisti. — Faz mais de um ano que moramos juntos, mas você sempre fez questão de me manter distante dos... *detalhes* da coisa. Vou ter que saber exatamente com o que estou concordando se...

Tentei pensar em uma maneira de verbalizar o que estava pensando sem assustar as pessoas à nossa volta.

— Se...? — Frederick me incentivou a continuar.

— Se eu mergulhar de cabeça — completei.

Pronto. Aquilo devia bastar. Ergui as sobrancelhas, fazendo questão de que ele captasse a mensagem.

Ele entendeu o que eu estava querendo dizer.

— Sim, claro. Meu bem, vou lhe contar tudo — prometeu Frederick, as palavras rápidas e sinceras. — Vou mostrar o que você quiser. Se depois de ver e saber como seria você optar por dizer não...

— Entendi.

— E eu também vou entender — comprometeu-se Frederick. — Qualquer que seja sua decisão. A aliança é só uma promessa de que vai...

— Pensar a respeito — completei para ele.

— Sim.

Dei um sorriso, satisfeita. E estendi a mão.

Senti o frescor do rubi contra a pele quando Frederick colocou o anel no meu dedo. Em seguida, ficamos ambos olhando para ele, sem conseguir acreditar no que havia acabado de acontecer, até que o sol começou a se por.

Ainda sorrindo para Frederick, peguei sua mão.

E ele me levou para casa.

AGRADECIMENTOS

Nenhum livro é escrito no vácuo. O meu não é exceção. Muitas pessoas estiveram envolvidas no processo de trazer a história de Cassie e Frederick para o mundo, e seria negligência minha não agradecer a elas agora.

Em primeiro lugar, muito obrigada a Cindy Hwang, da Berkley, por ter acreditado em mim e me dado a oportunidade de escrever minha amada comédia romântica excêntrica de vampiros. Gratidão infinita à minha agente fenomenal, Kim Lionetti, que respondeu com toda a paciência a minhas inúmeras perguntas e sempre foi minha melhor e mais acalorada defensora.

Para que este livro fosse publicado, muita coisa importante aconteceu nos bastidores da Berkley. Serei sempre grata a minha editora genial, Kristine Swartz (cujos talentos de edição só não são melhores que seu gosto excelente para dramas coreanos), e a sua assistente editorial, Mary Baker. Agradeço à editora-chefe Christine Legon, à editora de produção Stacy Edwards e à preparadora Shana Jones, por todo o trabalho que tiveram para deixar este livro lindo e legível. Roxie Vizcarra e Colleen Reinhart criaram uma capa absolutamente perfeita, por conta da qual venho gritando (tanto de maneira figurada quanto literal) desde que a recebi. Obrigada a Tawanna Sullivan e Emilie Mills, da Sub Rights, a Yazmine Hassan, minha assessora de imprensa, e a Hannah Engler, do marketing, por ter trabalhado incansavelmente para apresentar a história de Frederick e Cassie aos leitores.

Também há muitas outras pessoas na minha vida a quem preciso agradecer por estarem presentes enquanto eu escrevia este livro. Obrigada a Starla e Dani por terem sido as primeiras a ler qualquer coisa que escrevi e me dizerem que era boa. Obrigada a Sarah B., Quinn, Marie, Pat, Mateus e Christa pela participação na concepção do livro. (Espero que me perdoem por acabar tirando a virgem desta história de vampiro.) E obrigada a Celia, Rebecca, Sarah H. e Victoria por darem uma olhada no primeiro esboço e contribuírem com comentários valiosíssimos.

Um agradecimento especial a Katie Shepard e Heidi Harper, que revisaram todas as versões deste livro. Vocês são minhas *heroínas*. Fizeram tantos comentários bons ao longo do caminho que definitivamente devo a cada uma de vocês um bolo no futuro próximo. (E talvez também um sorvete e/ou seis latinhas de La Croix de maracujá.) Um enorme agradecimento às Berkletes, que são extremamente talentosas e cujos conselhos tiveram grande impacto sobre mim enquanto autora estreante.

"Obrigada" não é o suficiente para transmitir minha gratidão ao pessoal da Getting Off on Wacker, que não foram apenas grandes companheiros de cinema quando vimos, hum, Cats, em dezembro de 2019, como se tornaram uma maravilhosa fonte de alegria e apoio desde então. Shep, Celia e Rebecca, não sei o que eu faria sem a amizade, as fotos de gatos, o senso de humor ultrajante e a empatia de vocês. Também agradeço às minhas companhias de dramas coreanos: Tina, Emma, Angharabbit, Toni e Bassempire, pela sagacidade infinita e pelas recomendações do que assistir, que são sempre uma pausa bem-vinda na escrita. Obrigada a Thea Guanzon, Elizabeth Davis e Sarah Hawley, cuja amizade — e conversas em off sobre escrita e o mercado editorial — foi uma fonte de validação (e risadas) muito necessária no último ano.

Meu marido, Brian, merece um reconhecimento especial por seu apoio infinito a tudo o que faço. Obrigada, querido, por sorrir e assentir em incentivo todas as vezes que perguntei "Acha que meu livro é bom?" antes mesmo que você tivesse a chance de lê-lo. Agradeço a minha mãe por me ensinar a ler tantos anos atrás enquanto fazia as vozes dos Muppets; ao meu pai, pelos blintzes e panquecas nas férias em família; ao meu irmão, Gabe, por fazer retratos excelentes e me ensinar sobre o Instagram; à minha irmã, Erica, por ser a pessoa mais boazinha que conheço. E, é claro, meu maior agradecimento vai para minha filha, Allison, por ser a adolescente mais fofa do mundo (ainda que não ache que eu seja muito engraçada).

Por fim, um agradecimento especial à minha incrível comunidade de escrita on-line e aos fãs. (Vocês sabem quem são.) Vocês me incentivaram a seguir em frente quando lancei as ideias iniciais deste livro nas redes sociais. Me mandaram piadas por e-mail que me fizeram gargalhar em público e riram nos momentos certos quando este livro não era nada além de uma série de tuítes e um desejo. Àqueles de vocês que leram este livro em seus primórdios — e a cada um de vocês que leu e fez comentários agradáveis sobre outras histórias que compartilhei na última década —, não é exagero dizer que eu não estaria aqui se não fossem pelos momentos em que me incentivaram. Do fundo do meu coração, obrigada.

1ª edição	MAIO DE 2024
reimpressão	JULHO DE 2024
impressão	IMPRENSA DA FÉ
papel de miolo	LUX CREAM 60 G/M²
papel de capa	CARTÃO SUPREMO ALTA ALVURA 250 G/M²
tipografia	ELECTRA LT STD

Santos Dumont
ARES NUNCA DANTES NAVEGADOS

Orlando Senna

editora brasiliense

Copyright © Orlando Senna

Nenhuma parte desta publicação pode ser gravada, armazenada em sistemas eletrônicos, fotocopiada, reproduzida por meios mecânicos ou outros quaisquer sem autorização prévia da editora.

Primeira edição, 1984
1ª reimpressão, 2003

Coordenação editorial e de produção: Célia Rogalski
Revisão: Joaquim José de Faria, Sílvio Donizete Chagas, Mansueto Bernardi e Luiz Ribeiro
Ilustrações: Orlando Senna, baseadas em desenhos de Santos Dumont e em fotos de seus aparelhos
Arte-final das ilustrações: Fernando Pimenta
Caricatura: Emílio Damiani
Diagramação do miolo: Shirley Souza
Capa: Patrícia Buglian
Foto de capa: Agência France Presse

Dados Internacionais de Catalogação na Publicação (CIP)
(Câmara Brasileira do Livro, SP, Brasil)

Senna, Orlando
  Alberto Santos Dumont : Ares nunca dantes navegados/ Orlando Senna. – São Paulo : Brasiliense, 2003. – (Encanto radical ; 52)

  1ª reimpr. da 1ª ed. de 1984.
  ISBN 85-11-03052-2

  1. Inventores - Brasil - Biografia 2. Santos Dumont, Alberto, 1873-1992 I. Título. II. Título: Ares nunca dantes navegados. III. Série.

03-4650   CDD-926.081

Índices para catálogo sistemático:
1. Inventores brasileiros : Biografia
   926.081

editora brasiliense s.a.
Rua Airi, 22 – Tatuapé – CEP 03310-010 – São Paulo – SP
Fone/Fax: (0xx11) 6198-1488
e-mail: brasilienseedit@uol.com.br
www.editorabrasiliense.com.br

livraria brasiliense s.a.
Rua Emília Marengo, 216 – Tatuapé – CEP 03336-000 – São Paulo – SP
Fone/Fax: (0xx11) 6675-0188

*a Xuka,
que voa comigo*

SUMÁRIO

Capítulo 1
O vento.. 09

Capítulo 2
A máquina... 37

Capítulo 3
O labirinto... 89

Cronologia.. 101

Indicações para leitura.. 109

Sobre o autor... 111

CAPÍTULO 1

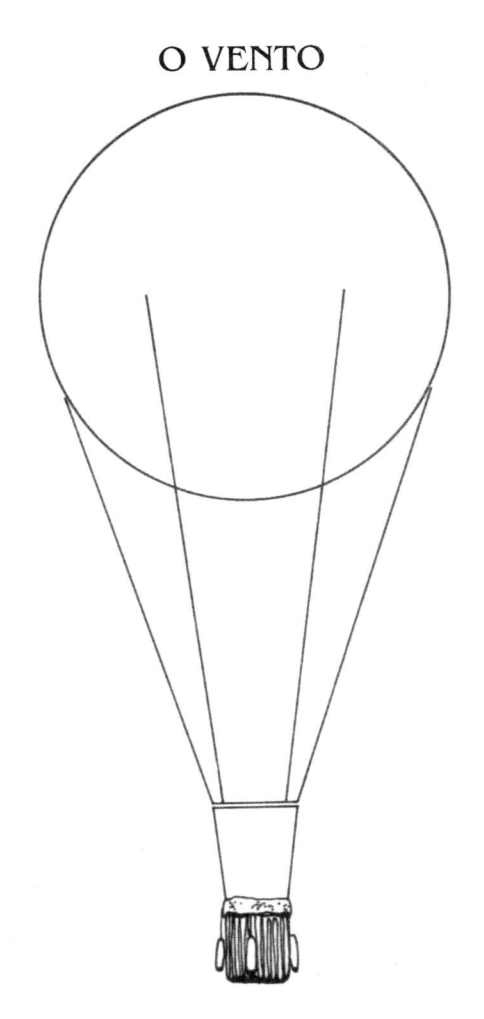

O VENTO

O VENTO

O vento deixa de soprar. Imóvel no espaço, sinto o campo verde fugir sob meus pés, cavando o abismo cada vez mais fundo. Quadros movediços: aldeias, castelos, prados, bosques. Voragem que apaga os latidos dos cães e dos sinos, o silvo das locomotivas. A Terra some na névoa, sorvendo de vez a sensação de movimento, o último grama de peso. É como se eu não tivesse corpo. A corrente de ar recolhe-me em suas doces entranhas, comunica-me sua própria velocidade, integra-me em seu mistério, sou parte dela. Infinito sabor, solidões sem limite. Imerso na brisa ou no ciclone, impossível saber – a mesma espantosa calmaria, ilusão absoluta, a vida suspensa no vácuo. Angústias, temores, obsessões, nada. Nenhuma tristeza. Abro uma garrafa de champanha, o estouro seco agride a quietude alviceleste como o disparo de um canhão. E de novo o silêncio embriagante. Flocos de neve formam-se na borda da taça de cristal e espargem-se em todos os sentidos, jatos de vapor gelado, minúsculas palhetas irisadas, fogo de artifício. Ergo um brinde ao espetáculo maravilhoso; sobre a alvura imaculada das nuvens o Sol projeta a sombra do balão "Brasil", e na barca enorme, minha silhueta fantasticamente ampliada no centro de um triplo arco-íris. A glória da mais profunda e suave paz, tal é a fortuna dos ventos.

Paris é uma festa. A Exposição Universal de 1900 enche a cidade de estrangeiros e da gente do campo, curiosa com as novidades industriais, máquinas modernas, promessas de grandes colheitas. Em todos, em tudo perpassa o *frisson* de um grande evento, a vibração de uma primavera incomum. Não apenas no esplendor das flores, no perfume das mulheres, na claridade que faz luzir todas as cores dos bulevares e outras, insuspeitadas, no interior dos cafés e águas-furtadas. Mais que isso, mais que o surpreendente reflexo-esmeralda na superfície do Sena. Uma energia exacerbada envolvendo no mesmo transe 1 milhão de pessoas, estranhos que se abraçam na Gare du Nord, carícias espontâneas nos jardins de Luxemburgo, trajes e peles de todos os matizes que se tocam alegres nas calçadas de Saint-Germain, muitas línguas e algaravias que se fazem entender no luxo do Maxim's e nas madrugadas bêbadas do Quartier Latin.

A inquietação social que estremeceu a cidade no início do ano dissolve-se com a presença dos visitantes, no espraiar coletivo de uma emoção desconhecida, a de testemunhar o advento de uma nova era. Há o caso Dreyfus agitando o país, dividindo os franceses em pró e contra, republicanos e monarquistas, esquerda e direita. O capitão Alfred Dreyfus foi condenado à prisão perpétua na Ilha do Diabo por traição à pátria, apesar da falta de provas. Na verdade foi condenado por ser judeu, no ápice de uma onda anti-semita que varre a França e contra a qual, em nome da justiça, fraternidade e igualdade entre os homens, se levantam Anatole France e Émile Zola, e, com eles, a jovem oficialidade do exército, a imprensa, estudantes e operários. Houve lutas nas ruas, tiroteios, falou-se em golpe militar. Mas nesta primavera o presidente

O VENTO

Loubet está tranqüilo, manejando com habilidade dois fatos que conseguiram reunir os franceses em torno de interesses comuns, nacionais: a guerra do Transvaal, no sul da África, e a Exposição Universal de Paris. No sul da África, os descendentes de holandeses, que lá estão há dois séculos – os bôeres –, insurgem-se contra o domínio britânico sobre a região, conseqüência das guerras napoleônicas. A França apóia os bôeres. O presidente Loubet é uma raposa, não tem interesse no Transvaal mas vitupera contra a Inglaterra, "a pérfida Albion", reacendendo o ódio tribal que os franceses dedicam aos ingleses. É um faz-de-conta, é como se a própria França estivesse ameaçada, e enquanto perdurar esse clima não há perigo de golpes e revanchismos monarquistas.

E agora o fascínio da Exposição Universal. Os lampiões elétricos que transformam Paris em Cidade-Luz, mais que nunca o centro do mundo, capital da Ciência. O progresso tecnológico atinge um nível espantoso; muitos acreditam que a capacidade de inventar chegou ao limite. Os cientistas e mecânicos que agitam os estandes pensam o contrário, pensam que o baile apenas começou e que o que está por vir supera qualquer ficção. Estão todos, os mais célebres e estudantes anônimos – Thomas Edison, com suas lâmpadas e fonógrafos; Henry Ford, com seus motores de explosão; Marconi, com seu telégrafo sem fio; Louis Lumière, projetando filmes em telas gigantescas; Walter Nerst e seus geradores eletroquímicos. A Ciência invade todos os campos. Sigmund Freud apresenta aos sábios reunidos na cidade os primeiros estudos sobre a histeria. Darwin afirma que a Lua se destacou da massa da Terra. Pierre e Marie Curie reafirmam perante a imprensa que não registraram patente do *radium* porque a descoberta é um bem de todos os homens. A teoria quântica de Max Planck estabelece um comportamento técnico frente à estrutura descontínua da matéria. Pesquisa-se uma surpreendente e misteriosa propriedade de certos elementos, a radiatividade. Respiram-se as primeiras lufadas do novo século, o sentimento de inflar as velas com a aragem do futuro, de um tempo que as pessoas pretendem adivinhar nas caldeiras sem fogo, nas polias e êmbolos que se movimentam sozinhos como por encanto, no gás neon, na maravilha do petróleo. Mas sobretudo nos balões, no desafio da aerostação. A lei de Newton não é exata, diz Sam Pierpont Langley, que veio de Nova York analisar com os aeronautas europeus as suas descobertas matemáticas a respeito de objetos no espaço.

Os grandes mestres da pintura piscam um para o outro nos amplos salões da Exposição, descobrem que a magia da eletricidade mantém todas as nuances do quadro durante a noite. Degas, Renoir e Rousseau ouvem de Cézanne a notícia, provavelmente inverídica, de que Gauguin virá a Paris, após dez anos nos mares selvagens de Taiti. Os velhos mestres impressionistas tentam imaginar como a nova geração pintará essa luz artificial, os jovens que querem captar as cores da alma; a espiritualidade de Matisse, a interiorização de Kandinsky, a metafísica de Klee, os três cruzando o salão em passos largos para acompanhar o ritmo camponês de Pablo Picasso, garoto espanhol declarando em alto e bom som que a natureza e a arte são fenômenos completamente diferentes, *carajo*! O músico Claude Debussy, quase um menino, concorda imediatamente, é a primeira grande verdade do século XX. O tempo se move, ritos de passagem que se expandem para além da porta monumental da grande Exposição, passarela de estrelas – Marcel Proust, Gustave Eiffel, Sarah Bernhardt, Colette, Isadora Duncan, Ana Pavlola, a filosofia erótica do divino Nijinski. Constelação embalada entre as preocupações sociais do realismo e a fantasia da *art-nouveau*, pelo cinema de Georges Méliès e pela imaginação sem peias de Jules Verne, que anunciam viagens à Lua.

La Lune! Pelo portal da Exposição desfilam cabeças coroadas e soberanos exilados, vedetes do Moulin Rouge e engenheiros, turbantes asiáticos e a juventude dourada do esporte, os pilotos de automóveis e barcos de corrida, boa parte deles diretamente comprometida com o grande assunto, com o tema que condensa todas as emoções derramadas pela cidade: os aeróstatos, a capacidade de controlar uma bolha de ar no ar. Paris é o campo de provas para essa nova espécie de homens, aventureiros da coragem, suspensos entre cordas e panos, entre o esporte, a ciência e o sonho. Woelfert, Yon, Henri de la Vaulx, Dupuy de Lôme, Machuron, Debayeux, Lambert, Schartz, Gaston Tissandier, os brasileiros Augusto Severo e Santos Dumont. O povo grita seu nome quando eles passam sobre os tetos, as pessoas olhando o céu em suspense, algumas rezando de mãos postas para que não despenquem lá de cima. Os aeronautas são engolidos pelas nuvens e ninguém sabe aonde irão descer, ou se serão vistos outra vez. Schartz foi lançado de encontro às árvores e está no hospital com as pernas quebradas. Machuron foi resgatado por pescadores a milhas da costa. O conde de la Vaulx desceu na Rússia, náufrago, dias e noites perdido no espaço. Salomon Andrée foi empurrado para o Pólo Norte e desapareceu. Voam sem rumo pelos subúrbios e campos, arrebentam-se nas encostas das montanhas, somem no mar sob a tirania das correntes. Como alcançar a Lua se estão sempre à deriva? Se não conseguem navegar?

O navegar é preciso, exige movimentos exatos, manipulação perfeita dos instrumentos, conhecimento minucioso do elemento em que se navega. Santos Dumont alongou a forma dos balões e instalou na barca um leme e uma hélice movida por um pequeno motor a petróleo. O aeronauta brasileiro pensa no exemplo dos navios, e suas experiências são acompanhadas com especial interesse pelo magnata Deutsch de la Meurthe, que está aplicando grandes capitais na exploração pioneira do petróleo e faz questão de propalar sua paixão pelo vôo. Não exatamente pelo vôo como o mais arriscado e espetacular dos esportes, mas pela dirigibilidade dos aeróstatos, pelas possibilidades que isso abrirá ao transporte, pelo poder de fogo de uma armada navegando no céu. Navegar é mais que preciso.

O VENTO

– Larguem tudo! – Alberto Santos Dumont ergue os braços como um maestro puxando os acordes para cima. Lachambre, Machuron e os ajudantes soltam os cabos e a pequena multidão aplaude: "Bravo! Vamos lá, Santos, o rei do café! Faça como os pássaros, Santos!" A Comissão Científica do Aeroclube da França anota a hora exata da largada do dirigível "SD-5", concorrente ao prêmio instituído por Deutsch de la Meurthe, 100 mil francos para o aeronauta que, elevando-se de Saint-Cloud, contorne a torre Eiffel e volte ao ponto de partida em meia hora, fazendo um percurso mínimo de 11 quilômetros. Equilibrado em um selim de bicicleta, sobre uma barca de vime, Alberto experimenta mais uma vez a sensação de imobilidade; o parque de Saint-Cloud afundando sob seus pés com a comissão do Aeroclube, os bigodes do príncipe Roland Bonaparte, as bochechas vermelhas de Deutsch, o trinar juvenil de Lantelme ("Faça como os pássaros, Santos!" "E você, menina, o que está fazendo com o meu coração?"), o belo sorriso de Machuron, os automobilistas e a imprensa, a comunidade dos aeronautas, os rostos para cima, iluminados, caindo, caindo.

Desta vez não será assim, não mais uma folha seca dançando sobre os tetos. Acelera, observa o fio elétrico que segue a quilha da barca, penetra no motor e continua mais grosso até a popa, onde a hélice começa a girar com velocidade. A barca é um levíssimo arcabouço preso ao grande balão-charuto, sustentando o piloto e seus instrumentos de controle na proa, maquinaria de cabo-pendente no centro, a grande hélice atrás. A barriga do balão a menos de 2 metros de sua cabeça, válvulas fechadas, tudo em ordem, barômetro, calculador de altitude. Todas as inovações sob controle em seu pequeno raio de ação; o leme lá atrás, entre a barca e o balão, obediente à alavanca junto ao joelho. O sistema de roldanas, as torneiras do lastro líquido, os recipientes de cobre delgado. A corda que regula o cabo-pendente, grosso e pesado, pela primeira vez realmente eficaz como elemento estabilizador. Pesquisas, cálculos, testes, cada detalhe, cada pingo de solda, quatro anos dedicados integralmente, as noites povoadas de números, raízes quadradas, logaritmos. E os dias de vôo, recompensa. Balão de seda japonesa, juntas de alumínio, cordas de piano, armação de vime sobre a quilha de pinho. A forma da barca, resistência mínima à pressão do ar, menor sensibilidade possível às variações higrométricas. Leme e propulsor atrás, a simplíssima lição dos marinheiros, e os 12 cavalos de força. O espanto de Lachambre e Machuron, tio e sobrinho, quando a idéia foi posta na mesa, há dois anos, o projeto do "SD-1": "Vai explodir! Um motor a gasolina sob um balão de hidrogênio? É loucura! Suicídio!" Ainda bem que existe um Lachambre em Paris, construtor de balões; são-tomé, mas com um pé na frente. Duvida um pouco, acha que todos os brasileiros são doidos, mas faz, cumpre à risca os projetos. Agora todos voam com motores a gasolina; sem força de tração é impossível controlar 500 metros cúbicos de gás na atmosfera, nada no nada.

O VENTO

Desta vez será diferente. Alavanca para a esquerda, o leme lá atrás obedece suavemente, a aeronave faz uma curva sobre Saint-Cloud e paira alguns segundos antes de tomar a direção da torre Eiffel. Imprime maior rotação à hélice, o "SD-5" ganha velocidade e altura, o bico frontal para cima, as coxas apertam o selim, cavaleiro do éter. Gira a manivela, o cabo-pendente desloca-se para a frente, o balão baixa a proa devagar, solene, e avança em linha reta. O espaço tem muitos caminhos, alguns sinuosos, outros circulares, poucos que podem nos levar de um salto ao destino desejado. A grande vantagem do navegador aéreo é poder abandonar uma corrente e entrar em outra, escolher o melhor caminho. Leme à direita, mais aceleração, acompanhar o Sena até a Cité e circundar a torre, escolher uma nova corrente e retornar. E então estará provado. E depois de tudo quero estar só, como agora, para sorver o néctar do triunfo sem o desconforto da presença humana, da turbulência humana. Talvez em uma igreja. A glória é uma conquista individual, particular, intransferível, indivisível. Um solitário jantar a dois com o deus ereto das orgias interiores, o senhor dos espelhos. Lantelme não permitirá, invadirá minha casa, tentará arrancar minhas roupas. Posso escapar de todos, de todas; de Lantelme é difícil. O que me incomoda nela? O que me seduz em seu corpo *mignon*? O que me faz permitir que ela se apaixone por mim tão publicamente? Talvez escolhesse mesmo Lantelme para brindar comigo, um cálice de narciso. Não importa agora. Aqui em cima sei o que almejo, eu quero o mel da vida.

Lá no fundo, o teto de Notre Dame. Mais perto, à esquerda, o pico da Eiffel. Desacelera, consulta o relógio preso ao pulso, nove minutos desde a largada, tempo de sobra. O leme obedece ao comando, a cidade começa a girar lá embaixo, grande preguiçoso carrossel. Completa a manobra ao redor da torre e começa a deixá-la para trás, quando o silvo se faz ouvir, agudo, insistente. Uma das válvulas automáticas cedeu à pressão. Abandona o selim, equilibra-se entre as cordas de sustentação. Tarde demais: antes de alcançar a válvula, a mola é expelida e o hidrogênio começa a escapar em quantidade. Descer ou prosseguir? Volta ao selim e acelera no rumo de Saint-Cloud. Haverá tempo? O balão perde a forma, contrações na popa. É a quarta vez que enfrenta problemas ocasionados por válvulas fracas. Liga o ventilador que alimenta o balonete de ar no interior do balão, que pressionará o hidrogênio e devolverá a tensão ao invólucro exterior. A popa parece uma tromba flácida de elefante, as cordas arquiam, chicoteiam e são cortadas pela hélice. *Mon Dieu*! E qual será a terceira surpresa? Em Ribeirão Preto as pessoas dizem que as coisas ruins acontecem sempre em trio, a uma pequena tragédia segue-se outra mais dolorosa e uma terceira ainda pior para fechar o ciclo. Mais um pouco, a hélice romperá a seda e será o fim. Desliga o motor. E sem motor o ventilador não funciona.

Começa a cair. O normal seria desfazer-se do lastro e amortecer a queda, mas não nesse caso, não tão perto dos ferros da Eiffel, um pouco menos de peso e

O VENTO

o vento lançará o balão contra eles. Manter o lastro, evitar um choque com a torre usando o cabo-pendente, o leme balança fora de controle sob a popa. A torre se aproxima veloz, enorme. E desvia-se. Por um triz! Agora sim, despejar o lastro; abre as torneiras, pequena chuva de verão sobre Paris. A melhor alternativa é o Sena, se for possível. Uma corrente arrasta o "SD-5" para o Trocadero, 50 metros, 40 metros. Melhor esquecer o rio, o impacto não será violento sobre a copa das árvores, se puder forçar o cabo mais um pouco, baixar a parte do balão que continua tensa, a proa ainda cheia de hidrogênio graças às divisões internas do invólucro. Em 30 segundos a aterragem. A barca rodopia, as coxas pressionam o selim, de repente o éter é montaria selvagem tentando cuspir o cavaleiro do lombo. O bico frontal rompe-se na quina de um telhado e o balão explode.

Abre os olhos: as pessoas lá embaixo, atônitas. Pássaros. O ruído da cidade reacende aos poucos em seus ouvidos atordoados. Sirenes de barcos. Engraçado! As duas imagens do pai como se fossem dois homens diferentes em um só. Pensara no pai antes de zarpar em Saint-Cloud e de novo agora há pouco. Mas como dois seres distintos. Ainda no solo estivera planejando dedicar à sua memória o Prêmio Deutsch, a conquista da dirigibilidade no espaço. Por gratidão, pela fortuna acumulada em muitos anos de trabalho, pela herança que permitiu a um rapaz de 19 anos desembarcar sozinho em Paris e dedicar-se integralmente às experiências de vôo; que lhe propicia até agora, e ainda durante muito tempo, as rendas necessárias à construção de aeróstatos, motores, dirigíveis. O maior e mais belo dos homens, o conselheiro mais lúcido: "Não se faça doutor, filho, estude mecânica". E por encantamento: a figura poderosa sobre o cavalo em Arindeúva construindo a primeira fazenda de café tecnicamente organizada, engenheiro e empresário, o verdadeiro doutor Henrique Dumont. E há pouco, na confluência espoucante do hidrogênio com a atmosfera, o relâmpago na memória do mesmo doutor Henrique, mas despojado de luz, e por isso outro homem, um impostor hemiplégico de olhos acabrunhados, esperando a morte. Um acidente banal, a queda de uma charrete, e o gigante se transforma no mais inútil e triste dos homens, sem ímpeto de lutar pela vida, sem lampejo. Como é possível coexistirem na mesma pessoa o fazendeiro senhor de Arindeúva, o Rei do Café, abridor de túneis e ferrovias, e aquele homem pela metade, sem sonhos, sem desafios, deixando-se invadir pela paralisia? Uma imagem que o perseguira durante meses após a morte do pai, havia 8 anos, e depois se ausentara por completo da lembrança, esmagada pela força do outro, do verdadeiro Henrique Dumont, para ressurgir por fração de segundo no momento da explosão.

As pessoas gritam lá embaixo, movimentam-se. Sente o corpo, os músculos reagem, deve estar tudo bem. Ergue os olhos, está sobre a armação de vime, emaranhado em cordas, arames e farrapos de seda.

O VENTO

A barca resistira ao choque, fixando-se como uma ponte em declive a 15 metros do solo, entre a parede do hotel Trocadero e um teto mais baixo. O equilíbrio é extremamente precário, qualquer movimento pode ser fatal. Mas não há nada a lamentar, a lição foi dada e aprendida; tem de solucionar o problema das válvulas e devolver a hélice para a proa, como no "SD-4", apresentado durante a Exposição Universal. Talvez o leme também na frente, e com certeza aumentar a cubagem, uns 600 a 700 metros...

* * *

— Santos, veja que bonito! — A princesa Isabel estende a mão e movimenta-se para a direita e a esquerda, mostrando o pequeno relógio de ouro alojado em um bracelete antigo.

Alberto se curva, colhe a mão no ar e beija-a; observa a jóia.

— Boa noite, Alteza. Maravilhoso! Ourivesaria de Minas Gerais, onde nasci, é inconfundível! Eu uso no braço esquerdo, Alteza. É mais prático nas operações de vôo e também para que se dê corda no mecanismo com a mão direita.

Isabel tira o bracelete, coloca-o no braço esquerdo, avalia o resultado da troca:

— É lógico, meu amigo.

Só então dirige-se à acompanhante de Alberto, a pequenina Lantelme, dizendo-se encantada em conhecer uma atriz de tantos sucessos. Lantelme flexiona graciosamente os joelhos e num gesto infantil também exibe o seu relógio, preso ao pulso.

A história começou dias antes, quando Alberto caiu com o "SD-5" nos jardins de Edmond de Rothschild, sem graves conseqüências, e permaneceu no local durante toda a tarde com seus auxiliares, resgatando o balão enfiado entre as árvores. Do seu palácio, vizinho a Rothschild, a princesa Isabel viu boa parte do acidente e enviou uma refeição para o grupo. Alberto foi ao palácio agradecer, e a princesa deu-lhe uma medalha de São Benedito, talismã contra acidentes. Prendeu a medalha a uma fina corrente de ouro branco e atou-a ao pulso direito, a mão do comando. Eureca! A idéia de fazer o mesmo com um relógio, o que facilita a consulta quando ambas as mãos estão ocupadas, como acontece tantas vezes no espaço, e fica difícil puxar o patacho da algibeira. E assim fez. Os jornais publicaram a foto do "primeiro relógio de pulso, outra novidade da aeronáutica", e a moda tomou conta de Paris.

Os d'Eu, a princesa e o conde, estão entusiasmados com a possibilidade de um brasileiro solucionar a questão da dirigibilidade dos aeróstatos. "É um jantar em ação de graças", brinca o conde, referindo-se ao acidente no Trocadero. Uma reunião muito no estilo dos d'Eu, juntando duas gerações em torno de assuntos palpitantes. Na casa dos 60 anos, além dos anfitriões, estão o duque e a duquesa de Dino, príncipes de Mônaco, e o general André, ministro da Guerra francês. Com menos de 30, Alberto e seus amigos: os aeronautas Paul Tissandier, Augusto Severo, conde de la Vaulx, conde Lambert, o desenhista George Gousart, Lantelme, a glamorosa Maria Barrientos e a cubana Aída de Acosta, campeã de uma nova modalidade esportiva, o esqui aquático, e ansiosa por conduzir um balão. É o grupo mais chegado a Alberto em Paris, com exceção dos seus mecânicos e da dupla Lachambre & Machuron, com quem passa a maior parte do tempo, planejando e construindo balões. Gousart faz a cidade rir todas as manhãs com as caricaturas que publica nos jornais sob o pseudônimo de Sem e é um dos responsáveis pela popularidade de Alberto, um dos seus personagens mais constantes.

– Devo minha vida à medalha de São Benedito, o meu amuleto real. Acredito na fé, no ato de acreditar, na certeza da presença de uma inteligência superior centralizando tudo e ao mesmo tempo em constante expansão, como um fluido. Uma inteligência, ou seja lá o que for, com a qual podemos entrar em contato de várias maneiras. Lá em cima estas coisas nos parecem menos misteriosas.

– A São Benedito e aos bombeiros...

– É claro. Muitas rotas podem chegar a Deus e são muitos os seus mensageiros, os que nos trazem as suas respostas. As vidas são salvas por pessoas, por um são-bernardo ou um cão vira-lata, por um galho de árvore, qualquer coisa pode acontecer no momento exato em que deve acontecer. Devo minha vida aos bravos bombeiros de Paris e à flexibilidade da madeira que usei como quilha da barca e que suportou o impacto nas duas extremidades, arqueando sem romper. Uma madeira especial, muito rara; existe apenas no Brasil. É o pinho-do-paraná, *araucaria angustifolia*, uma elasticidade inacreditável...

Fala-se francês e português, uma exigência da princesa. A conversa sobe às nuvens e desce às oficinas. Obedecendo a um projeto de Santos Dumont, o duque Dino está construindo um aeródromo em seu principado, o Hangar, como foi batizado por Alberto, que deveria ter ido a Monte Carlo supervisionar os trabalhos, mas nada o fará sair de Paris antes de voar com o "SD-6", já em andamento, e tentar de novo o Prêmio Deutsch.

– Sonhei com você, Alberto.
– Como foi, Aída?
– Esplêndido!
– Então me conta.
– Se contar, o sonho nunca será realizado. – Aída de Acosta afunda a verde mirada nos olhos flagrados de Alberto, um milhão de palavras, promessas, ofertas. Um milhão de desafios, feitiço do Caribe. Aída elástica na quadra de tênis, Aída deusa morena sobre as águas, Aída ultrapassando a 40 quilômetros horários em seu Peugeot, mostrando a língua. Animal misterioso e insaciável, a mulher! Não sabemos qual o limite da sua ambição, há sempre um movimento a mais, corrida de surpresas que nunca chega ao fim, xadrez de enigmas! O ímã deste olhar de vertigem, verdes abismos submarinos! O que me aguarda no fundo do triângulo das Bermudas?

– A serpente hipnotizando o pássaro! – Lantelme intervém, resgata Alberto, puxando-o para longe de Aída, murmurante: – Não faça isso comigo, sou capaz de enlouquecer! Lembre-se de tudo o que me disse hoje à tarde, meu querido, e todas as coisas que confidenciei a você. – Alberto nada tem a dizer, sorri para Lantelme e sente-se aliviado com a aproximação do conde.

Falam sobre o Brasil, impulso natural liberado pelo surgimento de uma garrafa de cachaça, aperitivo predileto do conde desde a campanha do Paraguai e que se tornou um hábito nos dias agitados do Rio de Janeiro, durante a abolição da escravatura. Esses fatos pertencem ao passado. Nesta noite de 1901, o conde d'Eu, a princesa Isabel e os aeronautas Augusto Severo e Santos Dumont falam sobre o presidente Campos Sales, que recebeu de Prudente de Morais um país ainda sangrando com a guerra de Canudos, devendo aos banqueiros ingleses e inflacionado, com aumento galopante do custo de vida. Negociou com os credores e conseguiu uma moratória da dívida externa, o *funding loan*, estabilizando a economia e detendo a inflação. Não está sendo tão feliz no plano político. Foi levado a fortalecer os governos e as oligarquias estaduais a conselho do vice-presidente Rosa e Silva, pernambucano, que agora faz cruzadas oposicionistas pelo país. Na origem da crise está a discordância de Rosa e Silva e de todos os políticos e coronéis nordestinos e de Minas Gerais quanto à articulação da sucessão presidencial, encaminhada no sentido de levar ao poder o paulista Rodrigues Alves, depois dos igualmente paulistas Prudente de Morais e Campos Sales. Minas e o Nordeste querem a Presidência.

À mesa, entre Aída e o general André, com Lantelme defronte, enviando mensagens secretas com biquinhos e meneios, Alberto tem dificuldades para se concentrar nas palavras do ministro da Guerra, o homem de confiança do presidente Loubet. Foi ele quem sugeriu à princesa e ao conde um encontro informal com os aeronautas brasileiros, mas não se interessa pela erudição de Augusto Severo, cujos balões estão bem atrás dos "SD" na corrida pela dirigibilidade. A atenção do Governo, como de grande parte dos parisienses, está voltada para Santos Dumont, com seus 50 quilos, um metro e meio de altura, jóquei do ar.

— Sim, general. Santos do Brasil, da cidade de Santos, e Dumont da França. Meus avós paternos eram franceses, meu pai estudou aqui em Paris, na École de Arts et Métiers. A França é minha segunda pátria.

— Isso muito nos orgulha. Se o senhor conseguir o controle das suas aeronaves, elas se transformarão em instrumentos práticos, que devem ser levados em consideração em tempo de guerra. Agora, por exemplo, na África, uma aeronave dirigível poderia observar o movimento das tropas inglesas e ajudar nossos amigos a defenderem o Transvaal. Em outra situação poderia levar provisões a uma cidade sitiada, ou mesmo evacuar pessoas, alçando-se além do alcance das balas.

— E também lançar bombas sobre o inimigo, provocar incêndios. Tenho plena consciência disso, general

André. Mas nós, aeronautas, somos esportistas, e toda a nossa atividade inspira-se no desejo de paz e compreensão entre os povos, que é o sentido mais profundo do esporte. Conquistando novos recordes nós nos aliamos à ciência, ao esforço na busca de novas tecnologias. Os dirigíveis serão um grande meio de transporte...

— O senhor sabe que analisar a questão por esse ângulo, pelo que nós pessoalmente desejamos para o futuro, não reflete a realidade dos fatos.

— Claro, não sou tão ingênuo...

— Os alemães estão bem avançados em suas pesquisas, e estão com pressa.

— Eles têm um aeronauta muito bom, o conde Von Zeppelin... — Alberto interrompe a frase e a conversa some da mesa ao soar a campainha de um telefone, dos primeiros instalados em Paris. Mensagem para o general André, que vai ao aparelho e retorna preocupado; tem de se retirar, reunião urgente do Governo, o presidente William McKinley, dos Estados Unidos, foi assassinado a tiros por um anarquista.

Lantelme puxa a blusa com força, ansiosa, rasga o tecido e traz a cabeça de Alberto de encontro ao seio libertado.

— Eu sou sua, meu querido, beije-me, abrace-me, aperte-me! Você não entende? Quero um filho seu, agora, por favor!

O mamilo rígido, macio ao toque da língua, ele fecha os olhos. Um filho? Algo tão definitivo e complexo quando está prestes a alcançar o que pode ser a maior conquista da humanidade! Quando todas as energias estão lançadas como um feixe de luz sobre a prancheta de desenho, quando nem sabe se é dia ou noite, se tem fome ou sede! Por que se ligou tanto a Lantelme? Por ser tão pequena e enxuta de carnes como ele? Por fazê-lo esquecer e afastar as mulheres enormes e gordas e gulosas tão apreciadas por seus amigos? Ou por sua ternura, pelo falso ar de criança indefesa? A falsa candura que de repente pode destilar veneno, capaz de cuspir fogo sobre Aída de Acosta! Que me quer possuir como coisa sua, a mim que não quero amarras, nada que seja um lastro pesado demais. Lantelme, o fulgor de fada no palco da Comédie, o coração em suspenso na poltrona, os olhos buscando-a na multidão quando a barca solta âncoras e se lança para o alto. A necessidade de tê-la por perto, de aceitar a carinhosa perseguição, de saber que ela o deseja. Mas nunca o incêndio da volúpia, nunca aquela agonia dolorosa do colégio em Campinas, quando o menino afagou suas pernas dizendo que eram bonitas, o menino em Campinas, Miguel, o doce amargo do que é duplamente proibido, o amor de amigo. Aquele anseio jamais concretizado, sufocado pelo medo dos olhos e ouvidos do mundo, temor do pecado. Nunca aquele incêndio, Lantelme, com você não. Em nenhum momento o arder das chamas injetadas pelos olhos de Aída, os raríssimos momentos de erupção e desnorteio.

– Você não me quer! Simples, humilhante, só isso, você não me quer, nunca quis! – Ela se afasta respirando em golfadas, tenta dizer outras palavras, alguma coisa mais açucarada ou inteligente, alguma fala de Molière que possa esconder ou vingar a frustração antes que se transforme em despeito e fúria, mas não consegue, sílabas entrecortadas por tremores que nascem do ventre e se alastram pelo corpo, indomáveis. Ele se aproxima, toma-a nos braços, cobrindo a nudez decepcionada, enxugando as lágrimas, quem consola será consolado, como quem abraça a irmã que levou um tombo do balanço. O que queria agora era ser música, puramente, uma valsa serena nas planícies do céu.

–Tudo checado, força ascensional de 690 quilos. Confere? Muito bem. Atenção, Lachambre, Tony, Machuron, vou começar a contagem regressiva. Dez... Nove... Oito... – Alberto vê apenas o seu grupo de trabalho em torno da barca, sob o grande balão, as mãos tão suas conhecidas desfazendo as amarras e sustentando os cabos, esperando o instante em que devem abrir-se ao mesmo tempo para que tudo saia perfeito. Ignora a Comissão Científica e a centena de pessoas no relvado do Aeroclube Saint-Cloud, o murmúrio de surpresa com a contagem às avessas em vez do tradicional "larguem tudo!", essa gente rica e elegante sempre curiosa em saber qual o novo lance do pequeno aeronauta, as coisas que usa, chocam e depois viram moda, o relógio-pulseira, o chapelão desabado, o diamante na orelha, os cabelos divididos ao meio. Não imitam o que só Alberto ousa fazer, para si, em nome

de sua própria coragem. – Sete... Seis... Cinco... – Ignora o povo que se aglomera mais ao longe, em volta do campo, rostos anônimos que brotam das fábricas e mercados salpicando as ruas de sorrisos e espantos, mãos que abandonam por um minuto o cabo do arado para acenar e encorajar, e que tantas vezes o lançaram mais para cima e para frente, toureiro alado dançando o canto dos olés, cara a cara com a morte. Hoje não vê ninguém, apenas os dedos treinados de sua equipe, concentração total. – Quatro... Três...
– Um vôo cientificamente programado por e para Alberto Santos Dumont, brasileiro, solteiro, 27 anos, nascido a 20 de julho de 1873 na fazenda Cabangu, em Minas Gerais, mestiço de pele branca e gengiva roxa, residente em Paris, nos Champs-Elysées, 114, esquina da rua Washington, inventor, esportista, signo Câncer e suas conseqüências, exigente, perfeccionista, minucioso, seguro e hábil, o melhor piloto aéreo do mundo. – Dois... Um... – Em menos de meia hora eu serei o senhor dos ventos, muito além do Prêmio Deutsch e da glória dos mortais, anos-luz além esse triunfo no território do sonho humano. – Zero...

O dirigível "SD-6" arranca para o alto, o cronômetro da Comissão Científica marca 14 horas e 42 minutos. O Deutsch é tentado pela décima vez desde quando foi instituído, há um ano, e, com os juros acumulados, está em 129 mil francos. O entusiasmo e o companheirismo entre os aeronautas não é mais o mesmo da Exposição Universal, os repetidos fracassos, divergências ideológicas e mulheres fracionaram o grupo, ocasionaram brigas, desavenças, desconfianças. O "SD-6" eleva-se em direção à torre Eiffel abrindo um ângulo de 45 graus, suportando sem desvio de rota o vento que açoita de lado quando atinge 40 metros de altura. Alberto esteve ausente das reuniões agitadas do Aeroclube, dos bate-bocas nos campos da aerostação, longe de tudo e de todos, trancado na oficina de Lachambre e Machuron durante um mês, comendo e dormindo lá, ao pé da usina de hidrogênio, criando cada peça deste complicado aparelho que agora voa à velocidade de meio quilômetro por minuto, direto para a torre. Balão elipsóide equipado com 3 válvulas de gás da marca SD, confeccionadas em dois dias e três noites insones e obcecadas até conseguir a pressão ideal, nem mais nem menos, o exato. Motor 4 cilindros e 12 cavalos inteiramente recondicionado, agora com circulação de ar pelo vértice e pela culatra, comunicando à hélice uma força de tração de 66 quilos; sai da frente, minha gente. Hélice e leme na proa, cabo-pendente mais curto e mais grosso, pesos móveis entre o balão e a barca correndo sobre cordas de piano. O que sobra já estava resolvido e aprovado, vime, seda, pinho-do-paraná, juntas de alumínio, selim de bicicleta, lastro d'água. O que sobra é com as mãos e a cabeça, firmes no cabo, precisas na aceleração, suaves no leme. Eis a torre, agora vamos subir mais um pouco, balãozito, vamos ficar 10 metros acima do pico. E bem mais à direita, para evitar surpresas, meu gigantinho obediente. Agora para a esquerda bem fechado, mais ainda, um semicírculo perfeito em torno do pára-raios. São 14 horas e 51 minutos, vencemos 5 quilômetros e meio e mais a manobra em nove minutos, canoa de hidrogênio!

A volta é bem mais difícil, vento contrário. O compressor estala, o motor soluça. Tento, Alberto, é preciso tomar uma medida rápida, os ouvidos treinados para saber de onde vem a nota dissonante: é o carburador. Solta o leme, gira o corpo sobre o selim e fica montado ao contrário como um vaqueiro em show de rodeio, toda a poderosa concentração sobre o motor, os dedos que consertam em um abrir e fechar de olhos a maneta, uma nova regulagem na alavanca de comando da faísca elétrica, e está de novo girando sobre o selim, leme na mão, pesos móveis correndo em seus trilhos. Abrir a válvula para aliviar a dilatação da subida, soltar um pouco de lastro e seguir em linha reta, balãozito, como estou mandando, comandando, aqui mando eu, no espaço faço valer minha vontade, homem e deus, dono do fogo do céu para o bem e para o mal, eu, Dédalo do Brasil! Comando sobre a verdura do campo de corridas de Auteuil, sobre o frescor do Bois de Boulogne, mantendo a aeronave na horizontal. Aeronave, nave aérea, a primeira a merecer o nome. E agora com a proa para cima, voando em diagonal. Quanta gente lá embaixo, quantos lenços! Parece que todos saíram às ruas. Não vou cair nem explodir, formiguinhas, estou correndo contra o vento, contra o tempo, em aceleração máxima. Comando sobre a listra prateada do

Sena, sobre os tetos de Paris trafega uma canção de amor. Sobre os tetos do mundo a minha canção, para mim. Não há tempo para planar sobre Saint-Cloud e aterrisar na vertical, a volta foi demorada. Manter a velocidade e descer em mergulho de 40 graus, vamos nós, balãozito. Curva à esquerda, o Sena fica para trás e vamos no tobogã. Estamos a mais de um quilômetro por minuto, u-la-lá! E em cima da hora. Longchamps para trás, as árvores passando depressa, o marco branco lá no meio do campo, meu Deus! É uma multidão!

O "SD-6" penetra em velocidade no espaço aéreo do Aeroclube, o balão enorme em diagonal, a barca descendo sobre as pessoas, que gritam assustadas. Desliga o motor, lança os pesos e o cabo-pendente para a proa, o bico frontal abaixa de vez e o "SD-6" diminui a marcha. Abre todas as válvulas, um movimento forte do leme para a direita coloca o flanco do gigante contra o vento, a aeronave treme e baixa sobre o poste de chegada. A 3 metros do solo Alberto lança o chapéu em direção à Comissão Científica e aponta o relógio de pulso: são 15 horas, 11 minutos e 30 segundos. Todo o percurso foi feito em 29 minutos e meio. O vento empurra o balão mais alguns metros, Alberto completa a manobra de atracamento, Machuron pega o cabo e ata-o.

Alberto salta da barca para os braços do povo, o campo invadido por centenas de pessoas, a Comissão Científica sendo levada de roldão na onda ululante. "Santos! Santos! Santos!" Salamandra de braços e bocas. "Vão arrebentar a aeronave, cuidado!, ponha o balão mais para cima, Lachambre." "Rei dos ares, Santos, viva a França! Campeão, campeão!" As pessoas estão rindo e chorando e berrando, possuídas, tontas, exacerbadas, maremoto de caras e dentes que o arrasta para fora dos terrenos do Aeroclube, para as ruas arborizadas de Saint-Cloud, onde novas vagas somam-se à multidão, automóveis buzinando, cheiro forte de hálito e suor, as folhas de outono caem em maior quantidade, sopradas pelo alarido. *Evoé*! Uma chispa no mar encapelado, a luz verde de um farol que acende, apaga e se perde na borrasca. Apóia as mãos na cabeça do atleta que o leva sobre os ombros e ergue o tronco, estica o pescoço procurando o sinal luminoso que piscou no meio do turbilhão, talvez uma miragem. "Santos, meu amor!" Volta o rosto, o sotaque do Caribe: o esplendor do riso moreno-cobre, Aída de Acosta em cima de um automóvel, braços abertos, promessa, oferta, desafio, sereia americana boiando à superfície, tentação dos abismos submarinos. Toca na cabeça do homem que o carrega, mostra o rumo do rochedo onde iemanjá *cubanacan* entoa a melodia alucinógena: "Santos, meu amor, senhor do espaço!" Aída sobe nos ombros de alguém, cai sobre as cabeças. Loucura! Ela vem ao meu encontro. Que faço aqui? Ao mar! O povaréu volta a atenção para o ponto que o herói quer atingir e descobre Aída se equilibrando sobre ombros e cotovelos, com a roupa esvoaçante de *vuale* branco. O ruído aumenta, gritaria, mãos e braços são oferecidos

O VENTO

às centenas e os dois se aproximam pouco a pouco, vencendo a distância, o mergulhador e a sereia na maré bravia, escorregando, agarrando, caindo, levantando, afundando, emergindo, sorrindo. Encontram-se sobre o tumulto do leito humano, abraço apertado no vaivém da procela, boca a boca o beijo pleno de apetite, animais esfomeados, vendaval, o estrondo dos aplausos.

CAPÍTULO 2

A MÁQUINA

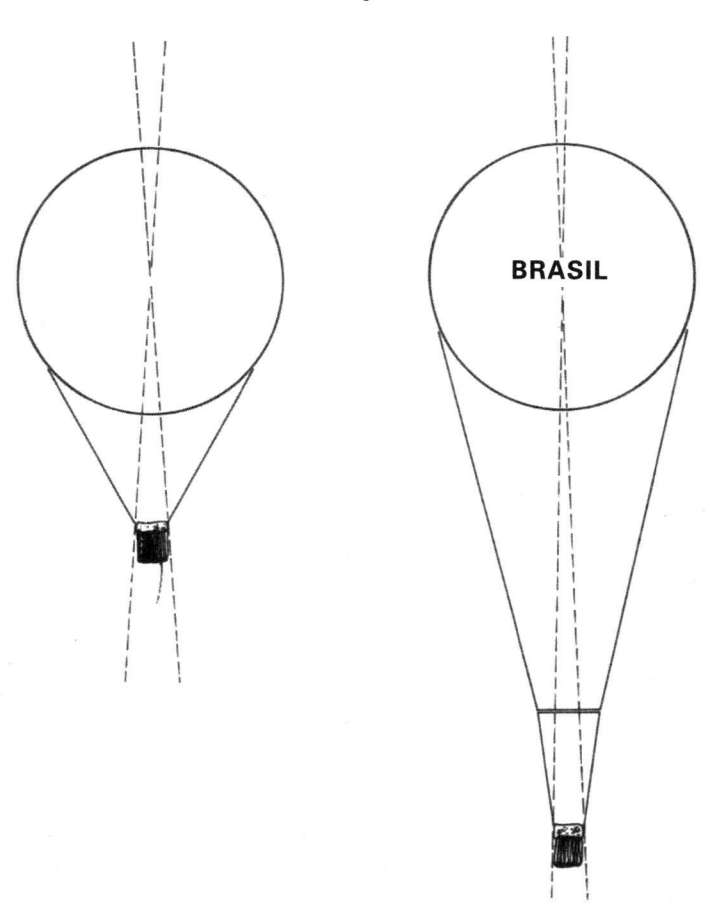

— Muitos ainda se lembram do "Brasil". Esférico, meu primeiro e último balão não-dirigível. Depois dele, todos os outros foram, em menor ou maior grau, se aperfeiçoando de um para o outro até o "SD-6", que posso controlar com absoluta segurança no espaço. Nunca imaginei que fosse mais fácil ganhar o Prêmio Deutsch do que recebê-lo. Não se trata do aspecto moral, pois a minha vitória foi clara, testemunhada por milhares de pessoas, confirmada por centenas de relógios. Prova disso é a isenção de vocês, jornalistas da imprensa francesa e internacional, as manchetes de primeira página em todo o mundo, as declarações de Edison, Langley, Marconi. E o emocionado carinho do povo de Paris. Esse, o prêmio maior que posso receber. Trata-se apenas de estabelecer a verdade histórica, e para tanto basta-me este quadro de giz. Antes de construir meu primeiro balão, realizei mais de trinta ascensões, e a partir dessa experiência introduzi uma mudança fundamental nos aeróstatos. Vejam a diferença entre os modelos antigos e o "Brasil". Desloquei o ponto de equilíbrio, modificando o desenho da barca e aumentando o comprimento das cordas de sustentação, o que solucionou a questão da estabilidade dos esféricos. Ao mesmo tempo demonstrei que tal estabilidade era insuficiente para as manobras de largada, curso e aterrissagem. O que nos levou, a mim e aos outros aeronautas, a pesquisas com balões de forma alongada.

— Nessa nova perspectiva projetei o "SD-1", balão cilíndrico com 25 metros de ponta a ponta, 3,5 de diâmetro, 180 metros cúbicos de gás. Nesse aparelho formulei as equações básicas relativas ao vôo de objetos mais leves que o ar, buscando a resposta exata para cada um deles nos projetos seguintes. Com o "SD-1" iniciei a conquista do Prêmio Deutsch antes que ele fosse instituído, e quando me elevei de Saint-Cloud, no dia 19 de outubro de 1901, com o "SD-6", tinha a absoluta certeza de que poderia pilotar um navio no céu. Fiz o percurso em 29 minutos e meio, desde a partida até o momento em que planei sobre o marco de chegada. Agora a Comissão Científica discute se a prova terminou aí ou um minuto depois, quando os meus pés tocaram o solo. O regulamento não se referia à manobra de atracamento; além disso, não pisei no chão, o povo não permitiu (saltei dos braços de Deus para o abraço de Aída, porto do meu destino, sem medo, sem lógica, sem dor, renascer! Vocês não sabem quem sou, quem é este homem

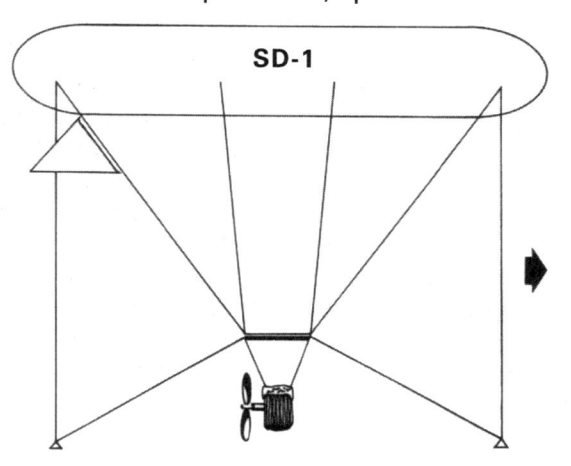

SD-1

com um pedaço de giz na mão, o sangue fervendo, o coração desvairado). Naveguei no espaço pela primeira vez há mais de dois anos, com o "SD-1", durante 10 minutos, à velocidade de 20 quilômetros por hora. Explico por que: hélice e leme, impulso e direção.

— Contra todas as opiniões, introduzi o motor a petróleo na aeronáutica. Um motor capaz de transmitir à hélice presa à barca 1.200 rotações por minuto. As leis fundamentais da dirigibilidade foram descobertas e postas em prática no "SD-1"; o resto é conseqüência. Agora tentam negar-me o prêmio e acusam-me de lançar o povo contra a Comissão Científica porque anunciei que os 129 mil francos a que tenho direito serão distribuídos entre os pobres de Paris. Quando ganhei o prêmio de encorajamento do Aeroclube, com o "SD-4", há um ano, e destinei o dinheiro para o resgate dos instrumentos de trabalho penhorados, fui aplaudido. Desta vez sou tachado de demagogo! Dispenso aplausos e apupos, fico com minha consciência. O maior incentivo para as minhas experiências de vôo vem do povo, da gente que trabalha duro de sol a sol e vê nos balões um símbolo de liberdade. Milhares de instrumentos de trabalho voltaram às casas de penhor, enquanto aumentam o desemprego e a mendicância... O resto é conseqüência, dizia eu (não me olhe assim, Aída, explosão contínua no meio da platéia, verdes faíscas de mar incandescente, esses olhos de paixão, caraíba feminina, mel de mil fêmeas que nunca tive! Sirena sereia, deixe-me falar, pensar! Deixe-me ver as outras pessoas! Onde é sua morada? No meu peito, no meu pênis, na minha cabeça?). Todos os dirigíveis são versões melhoradas do "SD-1", os que construí e os que virão a partir de agora, cruzando os oceanos, ligando os continentes, aproximando os povos, mudando a vida do mundo.

– O projeto seguinte, o "SD-2", era muito semelhante ao primeiro quanto à aerodinâmica. Apenas um diâmetro maior, 20 quilos a mais na força ascensional. Precisava disso para testar a resistência e a maleabilidade dos instrumentos. Havia novidades em outros aspectos, nas válvulas automáticas de ar e gás, na conjugação de dois motores no mesmo cárter e com um só carburador, que resultava em mais potência e menos peso. Na segunda ascensão com o "SD-2", o mau tempo determinou uma grande contração de gás e, antes que a bomba de ar superasse o problema, o balão dobrou e escapei de mais um acidente (a loucura é um acidente no longo vôo? Preciso ir a Portugal, mamãe não está bem, nunca esteve desde a morte de papai; pensamos que a cidade do Porto pudesse amenizar a sua inquietude, a sua ânsia sem causas e fins aparentes, a sua indisposição para com o mundo, tudo inútil. Sofia e Chiquinha estão com ela, já deviam ter casado, já deviam estar trilhando seus próprios caminhos, mas dedicam a vida a mamãe, dona Francisca das alucinações, pobre mulher, pobres irmãs. E os outros, por que não escrevem? Virgínia, Luís, Gabriela, Rosalina, o que está acontecendo no Brasil? O que acontece em Portugal?). Os benditos acidentes! Sem eles eu não teria avançado. A destruição do "SD-2" foi uma lição muito proveitosa, a visão do balão dobrado sobre a minha cabeça fez-me evoluir da forma cilíndrica para a oval.

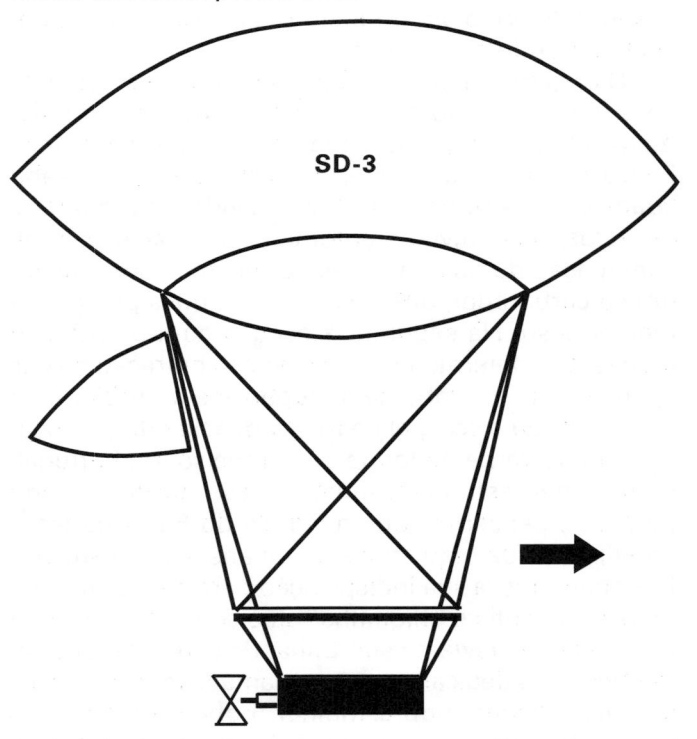

SD-3

– E também do hidrogênio para o gás de iluminação, cuja força ascensional é bem menor, o que me permitiu partir da oficina ou de qualquer lugar para vôos experimentais. Com o "SD-3" pude exercitar-me como navegador aéreo, descrevendo círculos, correndo em linha reta, realizando subidas e descidas diagonais com a força do propulsor. Com a forma oval adquiri o controle dos meus pesos deslocáveis. O novo gás forneceu-me as indicações para o controle da dilatação e da contração do balão, que ocorrem segundo a maior ou menor altitude, a umidade da atmosfera e a velocidade. Conhecimento essencial na aerostação controlada é subir sem sacrificar o lastro e descer sem sacrificar o gás (conhecimento essencial na vida, alçar vôo sem abandonar os pesos humanos, voltar ao chão dos homens sem perder a energia que permita alçar vôo de novo, novo e oval, o nobre gás da emoção, emulsão, elixir do amor, Aída centelha dourada na cama, a dois metros do solo – "Você é chocante, Alberto!" –, as coxas ardentes abertas em vórtices, sorvedouro de espantos. Aída, quem penetrou em quem? Quem possuiu o que do outro nessa voragem de revelações?). A constante mudança na forma dos balões

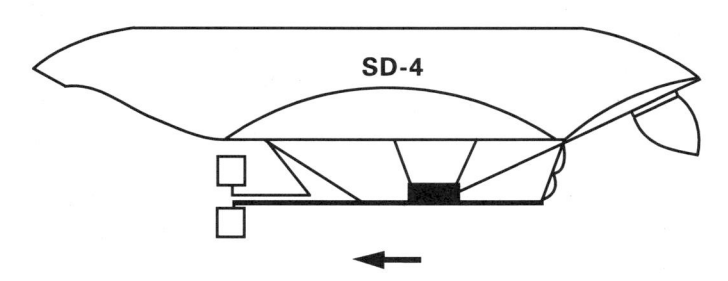

está muito ligada ao problema das dilatações e contrações do gás. Do redondo para o cilíndrico, deste para a forma ovalada, e no "SD-4" a assimetria.

– É a mais conhecida das minhas naves, estreou durante a Exposição de 1900. Os amigos recordam que o selim de bicicleta fez muito sucesso. No entanto, não era a inovação mais importante, era apenas um dos elementos do *cock-pit*, do avanço que consegui instalando uma quilha de bambu sob uma rede de cordas fortemente esticadas. Como uma teia de aranha, sustentava diretamente o motor, a hélice e sua maquinaria, o lastro, o tanque de gasolina e o navegador. Uma rede em vez da barca. Mais importante ainda: a hélice tratora, instalada à frente e não atrás, puxando a nave em vez de empurrá-la. Motor de 7 cavalos, 100 rotações por minuto, 30 quilos de tração. Pela primeira vez elevei-me contra o vento. Os testes indicaram-me a necessidade de dobrar a propulsão, adotando um motor de 4 cilindros. O projeto de um dirigível exige conhecimentos técnicos variados: mecânica, modelagem, soldagem, funilaria, marcenaria, eletricidade. Conhecimentos científicos na área da física, da química dos gases, da matemática, da astronomia. E exige um aeronauta, um ser com perfeita percepção de equilíbrio, consciente e senhor de seu corpo, que possa sentir na pele a mudança de uma brisa, por mais suave que seja. Todos esses dons e saberes eu empreguei na escala mais alta que a natureza me permite para criar o "SD-5", com 33 metros de comprimento, cubagem de 550 metros.

SD-5

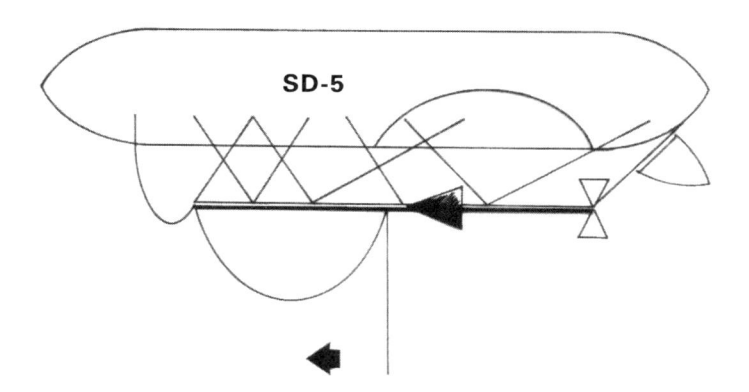

— Respondendo ao desafio das correntes, inventei um motor sem camisa d'água, resfriado a ar. Um sistema utilizando o próprio vento como elemento da máquina. O navegador não pode considerar o vento um inimigo, sob pena de ser destruído por ele, um deus invencível quando quer; às vezes um doce contato de pelúcia, outras vezes o ataque mortal de um tigre do tamanho do mundo com seus dentes de sabre. Faço do vento meu aliado para que ele me revele seus segredos. Com a refrigeração a ar consegui um motor de 4 cilindros, 12 cavalos, capaz de manter aceleração máxima durante muito tempo, permitindo-me operações inéditas com o leme. Consegui 140 rotações para a hélice, que voltou para a popa por uma questão de equilíbrio, e que retornaria definitivamente para a proa no projeto seguinte. Mudei o desenho da hélice, agora com pás triangulares. Saibam que os cabos e as cordas comuns opõem grande resistência ao ar. Reduzi essa resistência com um *cockpit* também triangular, de madeira leve e rígida, e com a utilização de cordas de piano na sustentação. Introduzi o lastro d'água. E naveguei sobre Paris, fui para a direita e a esquerda, para cima e para baixo, a meu bel prazer. A explosão no Trocadero foi um acidente mecânico, pane em uma das válvulas, sem relação direta com minha habilidade de piloto ou com a dirigibilidade do balão. Eu tinha as respostas, eu dialogava com as correntes, fiz-me o traço de união entre o vento e a máquina. E foi nessa condição, soprohomem-engrenagem, que construí o "SD-6", uma nave maior e mais estável, balão de hidrogênio cubando 630 metros, um elipsóide alongado com as extremidades em cone.

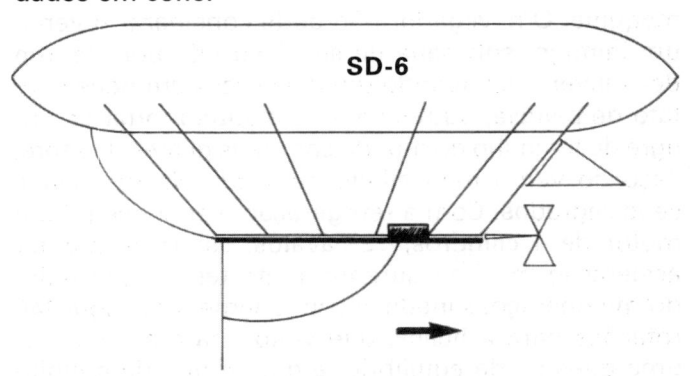

– O importante neste projeto é a força ascensional de quase 700 quilos e o empuxo do meu motor refrigerado a ar. Uma grande força de tração, jamais alcançada antes, e que se traduz numa velocidade que pode atingir os 60 quilômetros horários. Com os aparelhos anteriores naveguei como um capitão solitário, criando e quebrando recordes para mim mesmo, e com "SD-6" realizei a primeira viagem aérea cientificamente controlada por uma comissão oficial. Repetirei amanhã, depois de amanhã e quantas vezes quiser o mesmo percurso do Prêmio Deutsch em menor tempo do que o exigido na prova. Ou qualquer outro roteiro, com sol ou chuva, com rajadas ou calmaria. Aceito desafios e qualquer um deles não será maior do que aquele que faço a mim mesmo, o de criar dirigíveis mais velozes, mais dóceis e mais fortes que o meu poderoso "SD-6", o de ultrapassar as barreiras da gravidade e um dia voar com máquinas, sem balões (o tempo enganado, presente-passado-futuro, nada mais que um segundo, estrela cadente, espírito sideral, velocidade ultraluz, eterno e fugaz, Aída de Acosta, ato de amor). Alguma pergunta, senhoras, senhores?

* * *

Verão transbordante em Monte Carlo, as corridas de barco, a inauguração do aeródromo da Condamine, os vôos com o "SD-6" sobre o Mediterrâneo, a celebridade, os ecos da fama que se espalha pelo mundo inteiro. A conferência de imprensa encenada em sua casa em Paris resultaria em uma nova imagem de Alberto. Não apenas pelo que dissera, mas também pela descrição que cada repórter mandou ao seu jornal do pequeno e tranqüilo navegador, o bom humor, a obsessão pelo espaço, a extravagância da decoração, a mesa de jantar a três metros do piso – "Vivo melhor nas alturas, quanto mais alto, mais leve" –, a estante com livros de astrologia e ocultismo, os dois orixás africanos pendurados no teto, girando devagar – "Ogum, o deus do ferro e de todos os que trabalham com ferro, o deus dos mecânicos e condutores de automóveis, barcos, trens, e dos aeronautas; e Iansã, a deusa dos ventos e das tempestades" –, as maquetes de aparelhos estranhos, engrenagens complexas, articuladas, quimeras de metal. Os 129 mil francos de Deutsch, pagos no dia seguinte, foram repassados ao chefe de polícia de Paris para o resgate, pela segunda vez, dos instrumentos de trabalho penhorados pelos pobres. O governo brasileiro concedeu-lhe prêmio de valor idêntico, com o qual contemplou regiamente sua equipe, e enfrenta agora as despesas do projeto múltiplo a que se dedica, a construção de três naves com tamanho, peso e finalidades diferentes.

Quando está fechado em seu estúdio, no aeródromo, levantando os olhos da prancheta para o mar, tenta fixar este ponto: a que se dedica realmente? Aos cálculos dos aparelhos, à análise dos materiais, ao aperfeiçoamento dos carburadores? Ou simplesmente a Aída, à surpreendente descoberta da mulher? Às noites loucas em Paris, seguiu-se a meiga efervescência em Monte Carlo, o desabrochar de uma Aída romântica e lânguida sobre os lençóis, adiando o momento do enlace, dizendo que intuir é mais gostoso que fazer, o bom da festa é esperar por ela. Uma Aída que desperta transformada a cada manhã, aquece os músculos e sobe no esqui aquático para fazer acrobacias em torno do rochedo de Mônaco. Aída aeronauta, a primeira mulher a pilotar um dirigível, praticamente exigiu decolar com o "SD-6", mostrou-se uma aluna excepcional durante as instruções e realizou um vôo de vinte minutos sobre a baía. Aída solar, vesperal, pura coragem e adrenalina, esta Aída guarda o mesmo fascínio da sereia enigmática de Paris, o mesmo impulso de conquista e posse. O reverso da moeda, Aída noturna de dengues e meneios, dócil e pastosa, lasciva serpenteante, escrava de apetites enormes, esta é uma mulher igual às outras. Uma imagem que se confunde com as irmãs nos lençóis da fazenda Arindeúva, com o cheiro agridoce que sentia no quarto das mucamas, com as risadas selvagens das negras em Minas Gerais e das prostitutas em Amsterdã, insondável areia movediça, a natureza escorregadia da fêmea, corpo e alma. O lado sempre obscuro de dona Francisca das alucinações, o querer mais mesmo sem saber o que, a gula, o destempero; talvez por isso o pai tenha desistido de lutar, para não ter de enfrentar os olhos mendicantes, a boca babando desejo, chiando, o ventre exigindo estocadas e mais estocadas para acalmar-se, para não implodir em seu próprio buraco negro cheio de luz, cegante. Esta Aída enguia noturna é um desencanto. Durante a noite a paixão perde altura, ao sol volta a inflar-se, o varão ergue-se da flacidez medrosa quando

Aída salta do *cock-pit* para a areia da praia, gritando "Quero voar a 100 quilômetros por hora, você tem de conseguir, Alberto". Ali, naquele momento, ele rasgaria suas roupas para mergulhar em suas carnes, na frente de toda a Monte Carlo. Delírios, delírios. Onde andará Miguel, o menino de Campinas? Como será hoje, um homem? Ou nunca cresceu? Como não cresceu na memória e no coração, doce e másculo, sem pedir, sem nada exigir, tomando, apossando-se, anjo-diabo, a mão na coxa trêmula, incendiada.

Sexo e vôo, os elementos cruzam-se sobre o Mediterrâneo, fundem-se em determinado instante, afastam-se logo depois, repelem-se. Alberto percebe a relação mas não tenta pensar nela, deve se concentrar na cubagem dos aparelhos. Ou alçar vôo e sumir nas nuvens, voltar horas depois ainda embriagado de éter. Ser feliz, enfim. Folgar as costas, gozar o verão ao lado de Aída e dos amigos que estão por perto, espalhados na Côtê d'Azur. Mas nem sempre as visitas ajudam o relaxamento, o mundo agita-se em torno dos ocasos dourados de Monte Carlo, a dirigibilidade no espaço é uma conquista tecnológica importante demais para não pôr em atividade governos, espiões, militares, grupos econômicos.

Um dia aparece o ministro da Guerra francês, general André. Em definitivo o esportista Santos Dumont não pode fechar os olhos à corrida armamentista centralizada nos dirigíveis, às tensões entre o Japão e a Rússia, à instabilidade política em toda a Europa. Há que tomar uma posição clara quanto a isso, definir prioridades com relação à venda de patentes. Alberto lembra ao general que não registrou qualquer dos seus aparelhos, nem fará isso; segue os passos de Marie e Pierre Curie, os progressos da ciência devem ser de utilidade pública, bem de todos. O centro da questão não está nas patentes, está em responder a mais uma exigência, a corda no pescoço, a ponta da espada na garganta, a asfixia do poder que agora conhece em sua dolorosa intimidade. Como seria bom se pudesse apenas voar! Como é diferente decidir lá em cima, para si mesmo, colocar em risco apenas a si, e decidir aqui embaixo, com todo o peso da gravidade, a vida de milhares de pessoas em jogo, de milhões, uma palavra lançada no escuro. Decidir o quê? Uma posição clara quanto a quê? Enfim, um documento: oferece sua flotilha aérea para ser utilizada pela França contra qualquer país, com exceção dos países das Américas – "e no caso, que julgo impossível, de uma guerra entre a França e o Brasil, general, oferecerei meus inventos e serviços ao país onde nasci e do qual sou cidadão".

O general retira-se muito contente; Alberto passa mal o resto do dia e toda a noite, dor de cabeça, má digestão, insônia. Manhã seguinte, bem cedo, vai nadar, mergulhar, espiar os peixes. Sai da água disposto a não permitir que o acontecimento o transtorne por mais tempo. Minutos depois está a 50 quilômetros por hora em seu conversível Dietrich, disputando um pega com Aída, exultante no Peugeot. Correm em direção à Itália, à Suíça ou a Paris, Aída acompanha o impulso de Alberto sem perguntar por que, para onde, disposta a mais uma aventura com o parceiro imprevisível. Viajam durante todo o dia e parte da noite. Dormem numa estalagem e retomam a estrada. Aída tem problemas com o combustível e fica para trás. Alberto não se detém, não se preocupa com ela, Aída sabe resolver seus problemas, chegará bem a Paris. O destino de Alberto não é Paris, é além, mais ao norte, aonde chega de madrugada, após quarenta horas de viagem: Amiens, às margens do rio Somme, onde vive Jules Verne.

   O velho mago o recebe cheio de contentamento, mostra sobre a mesa de trabalho uma pilha de recortes sobre o Prêmio Deutsch. E Alberto, encantado, por alguns minutos imerso em outra dimensão, realidade paralela onde o tempo não se move como um rio mas reluz como a superfície de uma lagoa, a lagoa de Arindeúva, o menino Alberto sentado na grama lendo *Cinco Semanas num Balão* e sonhando-se na barca ao lado do autor, o herói Jules Verne, o homem desenhado na contracapa com barbas longas e um meio-sorriso mergulhando até o centro da Terra, cruzando vinte mil léguas submarinas e voando, voando oitenta dias em redor do globo, voando da Terra à Lua, o sem-limites na lagoa, horizontes do futuro cortados por brilhos de motor, as naves partindo e chegando de outras galáxias, capitão Verne ao comando de um objeto voador não-identificado. Na sala com o velho piloto de sonhos, a dimensão extraordinária, o lobo do espaço e o jovem aprendiz na cabine do ovni, bolha intemporal. Fica dois dias na casa do escritor, falam sobre geografia e astronomia, contam-se suas vidas, jogam xadrez, se engasgam de rir com anedotas picantes sobre os aristocratas e trocam idéias sobre absurdos, o inspirador e o mecânico, amigos há mais de um século. Verne está com 74 anos, deixou de percorrer os oceanos com seu iate de três mastros e agora está escrevendo em terra firme umas ficções, submarinos atômicos, mísseis de longo alcance, raio da morte, televisão, holografia. Alberto está com 28 anos e pensa em construir mecanismos alados: "A coisa não me sai da cabeça, mestre, as tentativas com o mais pesado que o ar são historicamente anteriores às experiências com o mais leve, existe algum sentido nisso..." "Também na literatura, Ovídio, Francis Bacon, Leonardo da Vinci, sempre as máquinas antes dos balões, meu caro Santos..."

De volta a Monte Carlo, retoma o trabalho com nova disposição. Aída está à espera, permanece ao seu lado no aeródromo, onde os aparelhos são construídos a toque de caixa. Alberto completa os cálculos e dirige a operação como um campeão de tênis jogando contra três adversários ao mesmo tempo, respondendo a cada lance com um voleio firme e preciso, sorrindo da ansiedade de Aída, que não consegue imaginar a forma final dos balões na confusão do hangar, perdida entre montes de seda, motores desmontados, fios de cobre, jatos de acetileno. Alberto também tem pressa, não sabe a razão que o põe em ritmo acelerado, a vontade progressiva de terminar logo com aquilo, a sensação de que está fazendo esses aparelhos como uma obrigação do passado, como algo que se sente obrigado a concluir porque tem um compromisso assumido e não porque necessita pessoalmente, a sensação de que alguma coisa vai acontecer e por isso tem de estar livre de tais compromissos, desimpedido para o que vier depois.

– Sente-se aqui, Aída, vou desenhar as naves para você. Acho que não as teria projetado se não fosse por você, elas estão nascendo do nosso encontro, de tudo o que aconteceu entre nós... Sim, claro, do que está acontecendo... Prova de amor? Não sei, não diria assim, não quero provar nada a você, não é preciso. Nós sabemos, você sabe o quanto é importante para mim, sabe também que estou em mutação, uma larva rompendo o casulo, tentando ser a borboleta a que tem direito pela graça da natureza...

– ...E você me beija quando lhe digo isso! Não brinque. Aliás, brinque, mas não destrua a serpentina de refrigeração do "SD-7". Aqui está o "SD-7", minha aeronave de corrida. Só será utilizada em competições importantes, talvez a estréia seja na Exposição de Saint Louis, nos Estados Unidos, onde pretendo ganhar o prêmio de 200 mil dólares... Sim, 1 milhão de francos. O "SD-7" não tem competidores, são 50 metros de comprimento por 7 de diâmetro máximo, cubando 1.257 metros de gás, força ascensional de 1.380 quilos, o dobro do "SD-6". Superlongo, resistência mínima ao ar. Some-se a isso um motor de 60 cavalos, um lastro quase insignificante e a minha ciência de pilotagem aérea, e teremos mais de 60 quilômetros por hora contra o vento. A favor, é uma flecha. As questões referentes à velocidade estão resolvidas nessa nave.

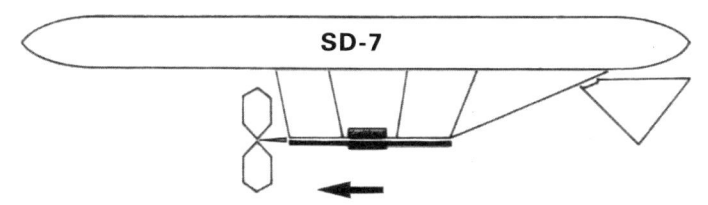

SD-7

– E vamos a outra, o meu carrinho ambulante aéreo, o "SD-9", motorzinho de 3 cavalos, balão cubando apenas 220 metros... Não, não existe o aparelho número 8, eu não fiz um "SD-8"... Claro que posso lhe dizer, na verdade é muito simples. A vida inteligente foi criada através de símbolos, letras, palavras, números. Minhas naves são possíveis porque são submetidas aos números, a astronomia é uma projeção de números no céu, o ritmo de um poema ou de uma canção depende de uma numeração tônica... É isso, numerologia. O 8 é esplendor, espirro luminoso, as esferas de Mercúrio, é perfeito para muita gente. Mas não para mim, que tenho a pulsação em 7, na criação mesmo, no ato criador, e não na beleza que resulta disso, enfim... podemos conversar sobre o assunto mais tarde, mostro a você meu mapa astrológico. Mas aí está o "SD-9", para o meu deleite pessoal, o menor dos dirigíveis possível. Enquanto o "SD-7" ficar no hangar esperando desafios, estarei voando a 20 ou 30 quilômetros por hora sobre a cidade e o campo. Veja a sua forma perfeitamente oval, o leme aparentemente maior do que devia ser, o *cock-pit* com a silhueta de peixe. Com essa mininave posso descer em Montmartre para tomar um café, posso ir da minha casa para a oficina, posso ir ao teatro e estacioná-la entre os automóveis.

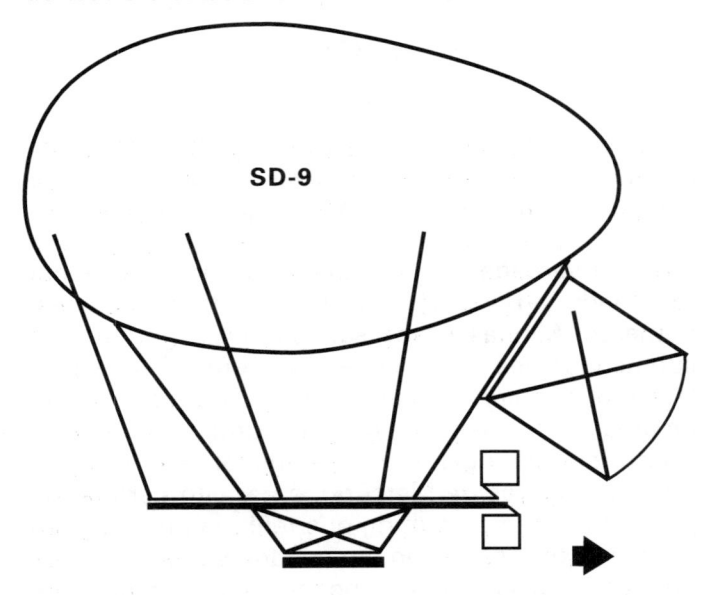

– E finalmente o "SD-10", o ônibus aéreo. Não tem grandes novidades técnicas, é uma conseqüência natural do progresso dos dirigíveis, uma sugestão para que sejam meios de transporte com grande capaci-

SD-10

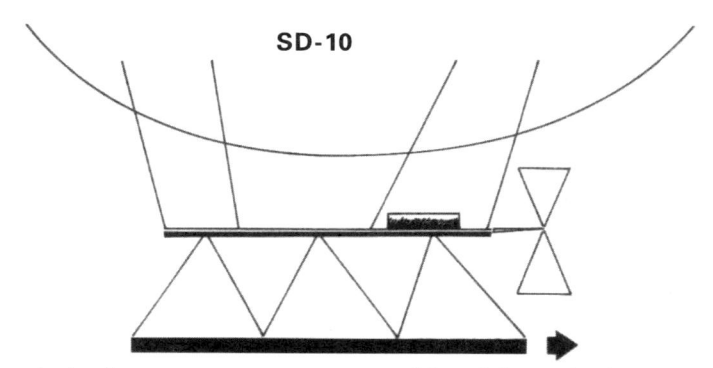

dade de carga, segurança e rapidez. São mais de 2 mil metros cúbicos de gás, quase 2 mil quilos de força ascensional. Por baixo do *cock-pit*, onde ficam o piloto e a maquinaria, está uma segunda quilha com 4 barcas destinadas a 20 passageiros. O objetivo dessa nave é o transporte de pessoas, mas a quilha inferior pode funcionar como compartimento de carga ou como plataforma de tiro, a depender das intenções dos homens... Não, Aída, isso não me importa, não posso trancar-me em uma torre e esquecer a navegação aérea porque os homens se comportam como feras enlouquecidas. Tenho de fazer, só isso. Este é um ônibus aéreo, uma coisa útil para todos. O que farão dele? Como será utilizado daqui a um ano ou daqui a mil anos? Não posso saber. O que sei está nestes projetos, o que sei e ofereço para o desenvolvimento humano, material e espiritual.

O trabalho intenso na fase de acabamento das naves não diminui o aperto no coração de Alberto.

A MÁQUINA

Sempre previra as tempestades com horas de antecedência, sentindo no sangue o alerta da brisa, as variações imperceptíveis para outras pessoas. Não é isso que está acontecendo agora, o estado de premonição não está enraizado no conhecimento dos poros, mas de algo além das fronteiras da carne. Mais dois dias e os aparelhos estarão prontos, o nó na garganta: destrava o "SD-6" e voa sobre o Mediterrâneo. Ainda subindo, antes de atingir 200 metros de altitude o balão se recusa a obedecer ao comando, de repente pesado, exigindo o máximo do motor. Insuficiência de gás – pela primeira vez na vida não fizera a checagem minuciosa antes de decolar. O gás acumula-se no ponto mais alto, a proa, e a nave sobe quase em perpendicular. Tenta corrigir a posição; antes que consiga, as cordas começam a romper, submetidas a forte pressão oblíqua. Enrolam-se na hélice. Desliga o motor e se deixa cair, abrindo e fechando as válvulas. O "SD-6" desce suavemente sobre o mar e afunda vagaroso, imponente, tossindo, tremendo, silvando, gritando, esguichando hidrogênio. Assiste à agonia a poucos metros de distância e tem vontade de chorar, só vontade, os olhos molhados apenas de água salgada, o nó na garganta dando mais uma volta sobre si mesmo e começando a se desfazer. Acabou. Sabe que acabou. Não apenas o "SD-6", mas tudo o que o cerca. Nada em direção à praia, Aída e alguns amigos vêm em socorro com uma lancha. "Acabou, Aída linda, irmã caraíba, os balões são femininos, ventrais, uterinos. Você já esteve no interior de um balão?"

– Alberto, *mon amour*...
– Estou bem. O que há com você, Aída?
– Chegaram notícias do Porto...
– Mamãe?
– Suicídio. Uma crise de neurastenia.

A festa das mil e uma noites na relva do pequeno aeroporto e no hangar-oficina, transformados em tenda árabe e oásis delirante graças a sedas, filós e muito gás neon. Alberto recebe duas centenas de convidados para a comemoração de seus 33 anos, um baile de carnaval no meio do ano, em suas novas instalações no Boulevard de la Seine. A sugestão de fantasias orientais anotada no convite é atendida por quase todos. Desfilam odaliscas, sheiques, vizires, califas, beduínos. Os velhos amigos, leais companheiros de aventura, Lambert, de la Vaulx, Machuron, Lachambre. Os padrinhos, como gosta de chamá-los, a princesa Isabel e o conde d'Eu. Os amigos brasileiros, Paulo de Fontin, embaixador Souza Dantas, Joaquim Nabuco, que veio de Londres, Olavo Bilac, que está em Paris versejando em francês e bebendo absinto. Os mais íntimos: Pedrinho Guimarães e Antonico Prado, com sua mulher Eglantina, vindos de São Paulo. Os mais íntimos em Paris: Maria Barrientos e seu *glamour*, Sem e seus cartuns, suas histórias engraçadas. A nova equipe de trabalho, Alain, Jean-Marc, Lafitte e a criatura mais empolgante que já encontrou na vida: o mecânico Anzani, 20 anos, cabelos louros, olhos azuis. Há quanto tempo não dá uma festa? Dois, três anos? Há quanto tempo sequer aparece em público? Depois de tudo o que aconteceu em Monte Carlo, enquanto estava em Monte Carlo, a vida avançou em dois ritmos diferentes. Primeiro, veloz e faminta, avassaladora: os funerais da mãe e as homenagens no Brasil, manifestações ruidosas no Rio, São Paulo, Belo Horizonte, as multidões na rua, Santos Dumont herói nacional. O encontro com Thomas Edison em Menlo Park, as conferências de imprensa em Nova York, a sabotagem que destruiu o "SD-7" na Exposição Universal de Saint Louis. A viagem triunfal pela América Latina, os falsos amores em Buenos Aires, a beleza dos efebos em toda a parte do mundo em que esteve. A doida escapada pelas Arábias, de Marrakech ao Cairo, uma trilha de camelos, tuaregues, balões e haxixe. Quanta loucura! Em Paris, em 14 de julho, evoluindo por cima da parada militar com o "SD-9", a bandeira do Brasil desfraldada, uma faixa verde e amarela tremulando o novo verso de Camões, "Por ares nunca dantes navegados", flutua a 5 metros do solo, em frente ao palanque do presidente Loubet, e dispara uma salva de 21 tiros de revólver, "Viva a França, viva o Brasil, viva a Paz!", 200 mil espectadores no último espetáculo de Onan, o acrobata voador, o malabarista do destino. A glória! Tentação dos pecados capitais. De repente sentiu-se ridículo ao espelho, arrancou a pele de vez, como se tirasse uma máscara de borracha; a imagem já era outra quando acariciou o bigode e falou alto "*Per ardua ad astra*", acordando Anzani, que dormia no sofá, no quarto de hotel. Anzani, claro. Entre o *scaramouche* rocambolesco e o gênio que se mira no espelho apareceu Anzani, o forte aperto de mão, o sorriso radioso, a escandalosa confiança na própria força, no próprio fascínio. E a vida avançou em outra cadência a partir de então, calma e alimentada, quase três anos de profunda reflexão, mil e uma equações, 1 milhão de números, mil e uma noites calculando a possibilidade de colocar em vôo um objeto mais pesado que o ar. Mil e uma noites ao lado de Anzani, inventando, fazendo, desfazendo, remontando motores, analisando, testando, comparando, conjugando e desenhando besouros, morcegos, mariposas, borboletas, insetos, formas estranhas no papel milimetrado, aves com tubos de metal entre o corpo e a ponta das asas, rodas em vez de garras, caudas de peixe. A generosa energia de Anzani iluminando a oficina, perfumando o campo de provas, atiçando a criatividade do inventor. Agora não falta muito para que todas as equações se entrecruzem e caminhem para uma solução comum, zerando no final como prova de absoluta correção. Achou que deveria oferecer uma festa, como antigamente; o mapa astrológico indica grandes eventos para os próximos meses, a cabala de 33 é forte e o desejo de festejar, de ver algumas pessoas, como estão, como vão conduzindo a questão da felicidade individual. Tudo isso, e também para divertir-se com Anzani, se fantasiarem de mercadores de Bagdá, comemorar essa amizade tão cativante e plena, criar histórias de *Sherezade* para as mil e uma noites de

A MÁQUINA

Anzani. Projetara e desistira do "SD-11", uma geringonça pesada demais. Projetara e deixara de lado o "SD-12", que vibrava como água na fervura. As soluções estão todas sobre a mesa, um objeto dotado de leme e tração é dirigível no solo, na água e no ar. O único mistério é a força ascensional, o momento em que o objeto deve se descolar do chão e ganhar altura. No espaço os problemas são menores, a tração anulará a gravidade, que diminuirá na razão direta da distância entre o objeto e a superfície. Mas como levantar por si só, sem o auxílio de um balão, uma pesada estrutura de metal e madeira? Propulsão e aerodinâmica. Propulsão não apenas no que se refere à força, mas também ao equilíbrio, à coordenação dos empuxos.

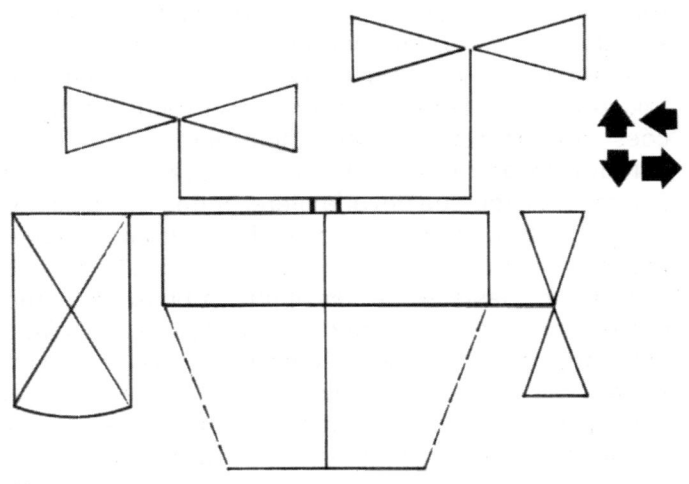

Foi nesse sentido que projetou, e também abandonou, o "SD-13", um helicóptero. Força de tração múltipla, duplo empuxo vertical. Demonstrou considerável desempenho no ar, enquanto esteve pendurado num balão, como os outros projetos dessa fase. Mas não se elevou sozinho; as hélices em rotação máxima, e a estrutura com o peso dos 4 motores ameaçando voar, só ameaçando, dando pequenos saltos e batendo no solo, incapaz de vencer a imantação da Terra. Os testes evidenciaram as probabilidades do helicóptero e também o longo caminho que deverá ser percorrido para que uma máquina desse tipo alcance sucesso, experiências com ligas metálicas, com alta rotação dos motores, com o alongamento das hélices, com o desdobramento do leme. Juntar o mais pesado ao mais leve que o ar foi mais proveitoso do que esperava, mas é apenas um critério de raciocínio, uma formulação inicial, muletas, andaimes que devem ser retirados para que o edifício possa existir em si mesmo. Cortar o cordão umbilical. Voltou-se para a análise dos pássaros e dos planadores. No movimento ascendente os pássaros usam as asas como hélices, no descendente abrem as penas e deixam passar o ar, fecham-nas para diminuir a velocidade, com 70 batidas por segundo das asas ficam parados no espaço. Os planadores são como pássaros paralíticos, entravados: soltam-se do balão, descem se apoiando no vento e aterrissam se arrastando com violência no chão. Como as pipas empinadas pelos garotos quando o barbante se parte dançam desgovernadas no céu até voltarem ao solo, inapelavelmente. Os planadores são a nova coqueluche dos aeronautas franceses, alemães e americanos, principalmente depois que ele e Anzani realizaram alguns vôos e as fotos foram publicadas no *Herald* de Nova York e em outros jornais. Fez várias experiências, deixando-se cair de 400 metros de altura, em caixinhas de bambu com grandes asas de pano esticado. Há pelo menos cinco séculos os homens vêm se lançando de montanhas e torres de igrejas nas mais diversas formas de planadores, triangulares, hexagonais, circulares. E morrendo ou quebrando as pernas ao tentarem controlar esses objetos mais pesados que o ar, mesmo que apenas ligeiramente mais pesados. Tentaram, balançando as asas com força muscular, remando, pedalando, mais recentemente com motores, tentaram inutilmente. Quem mais se aproximou de um vôo controlado foi Blanchard, no século XVIII: com seu pára-quedas conseguiu adiar o pouso em um minuto, manipulando as cordas que o prendiam a uma redoma de couro com 7 metros de diâmetro. Mas era um pára-quedas, o aprisionamento do ar, a formação de uma bolha de ar no espaço, um outro tipo de sustentação ortóptera, quase um balão. Foi quando as experiências de vôo trocaram o mais pesado pelo mais leve. Pouco antes de Blanchard abrir sua redoma, nos 1700, o padre brasileiro Bartolomeu de Gusmão mostrou a Passarola, em Lisboa, o primeiro aeróstato, e dois séculos depois outro brasileiro transformou os balões de São João que soltava em Arindeúva em navios do espaço. A milésima primeira noite rodopia em seu redor. "Você está lindo, Santos!" "Há quanto tempo não nos vemos, você sumiu!" "Sublimei, queridinha!" "Tem notícias de Aída de Acosta, ainda está em Nova York?" "Como posso saber?" "Ela está liderando uma campanha pela participação das mulheres nas Olimpíadas!" "Concorres ou não à Copa Archdeacon, Santos?" "Que é isso, Anzani?" "Uma flor!" Muita coisa aconteceu nesses quatro anos. O Rio de Janeiro sofreu profundas mudanças com as obras do prefeito Pereira Passos e com o trabalho sanitário de Oswaldo Cruz, o presidente Rodrigues Alves constrói portos e estradas de ferro, o barão do Rio Branco delimita fronteiras e compõe uma imagem internacional para o país. A família não é mais a mesma desde a morte de dona Francisca; comunica-se raramente com o irmão Luís e com as irmãs Rosalina, Gabriela, Sofia e Chiquinha, todas casadas e espalhadas pelo Brasil e Portugal. A família praticamente reduzida ao irmão mais velho, Henrique, que assumiu os negócios e as responsabilidades do patriarca, e a Virgínia, que assumiu o papel da mãe. Virgínia é uma relação muito especial, ela e seu marido Guilherme Vilares e os sobrinhos; no Brasil só se sente em casa na casa deles, em São Paulo. O suicídio da mãe foi um choque brutal, mas consolou-se pensando que ela optara pelo que era melhor para si, para livrar-se de suas angústias e seus fantasmas. Muita coisa aconteceu. O êxito de seu livro *Dans l'Air*, traduzido para o inglês, o alemão, o português. As honrarias, a comenda da Legião de

Honra da França. Os boatos sobre o casamento secreto com Maria Barrientos, imaginem! Com Maria, a melhor amiga; jamais lhe passara pela cabeça dividir leito com ela até o dia em que os jornais publicaram a mentira; neste dia tentou pensar como seria, mas não conseguiu. Jules Verne não existe mais. Lantelme também não existe mais, a pequena Lantelme afogada no Reno, assassinada pelo marido milionário. Leão XIII morreu e Pio X é o novo papa. Há uma revolução científica em andamento, subversiva, poucos estão dando a devida importância ao professor Einstein e a sua teoria da relatividade, a energia é igual à massa multiplicada pelo quadrado da velocidade da luz. Que forças formidáveis estão à espera de serem liberadas pelo homem! Esteve quase todo o tempo quieto em sua oficina, trabalhando com Anzani e os rapazes, concentrado na pulsação de suas próprias energias, mas não evitou que o mundo penetrasse ruidoso pelas portas e janelas. A guerra entre Japão e Rússia, a grande batalha naval nos mares do Oriente, o maior combate da História. A formação de blocos aliados, França, Inglaterra e Rússia de um lado, Alemanha, Áustria e Itália do outro ("Queremos os seus dirigíveis, queremos armas aéreas, balões bombardeiros, diga qual é o preço"). E a questão do Marrocos, a questão do Congo, a África em pedaços, e as fronteiras, os limites marítimos, os espaços nacionais, os atentados políticos enquanto Anzani sorri, massageia-lhe as costas: "Calma, Alberto, você vai conseguir, você não é o pai da humanidade".

Uma festa para comemorar a sorte, a felicidade de encontrar uma pessoa assim, tão sinceramente desprovida de mesquinharias e preconceitos, forte e leve, rijo e doce, firme e delicado, verde e maduro. Os sonhos existem, estão por aí, em qualquer lugar, como matéria inerte enquanto não damos vida real a eles. Não inventamos nada, apenas injetamos a nossa seiva divina na abstração dos desejos e eles surgem palpáveis à nossa frente. Dei vida aos balões, não inventei a dirigibilidade no espaço. Como agora tenho de dar vida aos planadores, fazê-los existir por si mesmos e não como um beneplácito dos ventos, fazê-los divergir das correntes, contrapor-se às leis naturais. Um sopro de vida no ferro e no bambu! Aerodinâmica: captar o traço invisível, a curvatura que se oculta no ângulo reto, a proporção que os olhos não percebem, o magnetismo das arestas.

Durante seis meses trabalhou com a forma celular das pipas, buscando uma estrutura que pudesse suportar a substituição do barbante por uma tração contrária, empurrando para cima, por uma hélice ou um jato ou qualquer propulsão pelo menos duas vezes superior à força da gravidade que incide sobre o corpo, que pudesse suportar a grande tensão desse momento, o despregar-se. Uma semana no Canal da Mancha com Anzani: juntou o esqui aquático ao planador, deslizando sobre as ondas puxado por uma lancha, com uma pipa presa às costas, ganhando altura e voando a grande velocidade, mas humilhado pelo longo cordão umbilical. Uma forma celular e alada, pipa e pássaro! Como se comportam as asas no instante em que as garras deixam o chão? Como hélices, sabemos, mas também como velas de navio, parando as batidas e dispondo-se de modo a fazer o vento rodopiar sobre o corpo, como os navios que ajeitam as velas até uma posição em que é possível navegar contra o barra-vento com a força do próprio barra-vento. A asa de um pássaro é ao mesmo tempo hélice e vela, e isso é impossível em um planador. Quem deseja materializar um sonho não pode seguir os exemplos da natureza ao pé da letra, a natureza é apenas uma pista, às vezes falsa. Uma asa dupla, por exemplo, planos paralelos localizados na parte de trás do corpo, um aparelho de tal forma balanceado que possa movimentar-se sobre rodas e impulsionar-se para cima, em diagonal, como as aves mais pesadas, os gansos, as codornas, as perdizes. Seis meses sonhando com bichos alados estapafúrdios e desenhando máquinas do futuro, os fluidos misteriosos nas noites da oficina sem disposição para ir repousar em casa. Anzani contando o mesmo sonho na manhã seguinte, exatamente o mesmo sob outro ponto de vista: "Incrível, Alberto! Você cavalga uma fênix de pescoço comprido, muito esguia, parecia mais um peixe com asas". Enfim um traço revelador, a excitação ao montar a maquete de cartolina, o aparelho surgindo no centro do hangar, o "SD-14".

Mas, infelizmente, ainda atrelado a um balão. Um biplano, três rodas pneumáticas. Os colegas aeronautas estão dedicando seus esforços ao lançamento

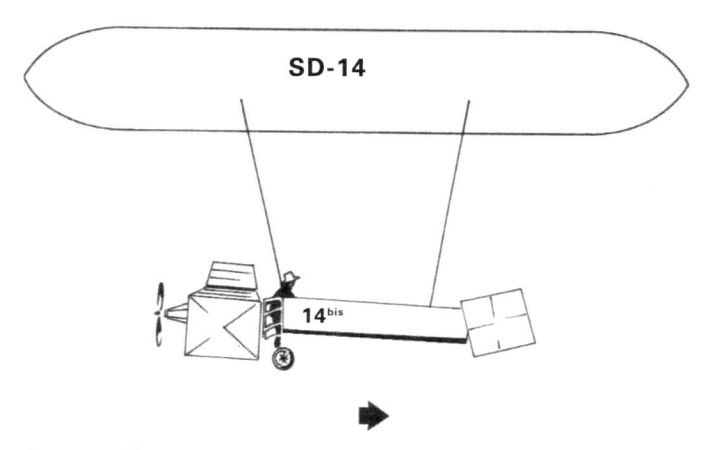

de aparelhos em catapultas, como flechas disparadas de um arco, e os resultados são lamentáveis, os acidentes com máquinas pseudovoadoras são terríveis, as chances de sobrevivência, muito menores do que com os balões. Catapultas! Onde encontrar uma catapulta no deserto, para retornar ao espaço e à casa quando acontecer uma aterrissagem forçada? Como parir catapulta no mar? Os aparelhos têm de sair do chão pela ação de uma força interna, sua, própria, independente, controlável – "Antes do fim do ano levantarei vôo com uma máquina, sem auxílio de balões, catapultas, lanchas ou qualquer outra tração externa, e navegarei no espaço!" "Impossível, Santos, você nem ninguém pode subverter as leis da natureza, não pode virar pelo avesso a atração do centro da Terra, a força centrífuga, a força gravitacional!" "Ah, os impossíveis! Era impossível produzir o fogo, era impossível a Terra ser redonda, era impossível calcular a velocidade da luz e controlar um balão! Era e não é mais! E agora? É impossível alcançar a Lua, atravessar os sólidos, materializar o infravermelho? É tudo tão relativo, meu amigo, e tão desconhecido, e tão mágico, que me parece vaidade e soberba alimentar as impossibilidades! O que me diz deste caviar? Excelente! Certo, são cerca de 250 gramas de excelente caviar; se toda a energia aí contida for liberada, a força resultante será igual à explosão de 7 toneladas de TNT." O som das cítaras e das flautas se desmancha nas cores do oásis no Boulevard de la Seine e renasce fulgurante no sorriso de Anzani, mercador de Bagdá, a pura alegria de viver, o milagre de reencontrar Miguel, o menino de Campinas, brincando entre cimitarras, djalabas, incensos, alcatifas, dança dos sete véus, Omar Khayam, Harum al Rachid, Nefertite, Cleópatra, escravas nuas, eunucos, tapetes voadores, esfinges, encantadores de serpentes.

Alberto anda devagar em torno do aparelho, no pequeno aeroporto da oficina. Anzani, Alain, Lafitte, Jean-Marc e os outros, sentados sobre tonéis de gasolina: macacões sujos de graxa, bocas fechadas, olhos fixos no chefe baixinho e concentrado; não é maior que uma criança. Lachambre também, com suas barbas brancas, chegou há pouco e juntou-se aos mecânicos sem dizer uma palavra, acostumado a esses transes de Santos, os repentinos silêncios que podem durar uma hora, um dia ou mais, e que devem ser respeitados. Ai de quem interromper essas longas meditações. Será alvo de uma explosão irada, difícil de imaginar em cavalheiro tão fino, um estouro de curta duração mas de grande intensidade; o intruso será responsabilizado pela lentidão do trabalho, pelo atraso do projeto, pelo material que não chegou, pela arruela que sumiu, pelos erros do mundo, pela estupidez humana. Aconteceu algumas vezes; agora todos sabem que é muito perigoso interferir em tais momentos. Não só por isso: principalmente porque desses transes surgem idéias que jamais passaram por qualquer cabeça, idéias comuns, que ocorrem a todos e são desprezadas por serem banais, e que ressurgem desses silêncios com uma luz inédita que apenas Santos sabe descobrir e expressar. Aconteceu depois do "Brasil", quando ordenou a desmontagem do seu segundo esférico, antes mesmo de testá-lo, o "América". Aconteceu durante a construção do "SD-5". Lachambre é testemunha, sabe que o amigo está olhando em sua direção mas não o vê; está mergulhado em um tanque de petróleo, ou pairando acima das nuvens, ou vivendo uma viagem fantástica dentro de um motor.

Depois da cintilante comemoração de aniversário, chovem convites, telegramas, flores, cartões de visita. O *soçaite* parisiense interpretou a festa como um retorno do famoso aeronauta às badalações noturnas e se esforça para tê-lo em seus salões. E também as universidades e aeroclubes de toda a Europa, insistindo em conferências e aulas-magnas. Estão enganados.

A MÁQUINA

A estrela não está disponível. Lachambre tem uma teoria para explicar os sucessos de Santos, de vez em quando fala sobre isso: os achados, as soluções, os inventos resultam do seu posicionamento frente à aerostação, da sua condição de esportista tantas vezes declarada, e não de um técnico; nessa condição está inteiramente à vontade para derrubar os axiomas científicos, os processos acadêmicos, a necessidade de comprovar cada etapa das pesquisas, e assim abre as comportas do improviso, do saque, do inesperado, da criação. Ele está se aproximando de algo nestes dias quentes e secos de agosto. Pela manhã, reuniu a equipe e desacoplou o aeroplano do aeróstato; em seguida, levantou a ponta das asas, que agora formam um ângulo de 130 graus entre si, o vértice incidindo na popa da armação central, exatamente na *nacele*, onde ficam o piloto e o motor. O "SD-14" ganhou uma nova silhueta e, livre do balão, é agora o "14-Bis", no centro do pequeno aeroporto.

Alberto ainda examina o aeroplano: 10 metros de comprimento por 12 de envergadura, as células de Hargrave montadas sobre a armação de bambu. Cada asa é composta de três células, e, na proa, o leme é uma sétima célula que pode mover-se para todos os sentidos; a hélice propulsora, na popa, com mil rotações por minuto, 160 quilos sobre pneumáticos. Essa coisa pode voar, é evidente! Basta um pouco menos de peso e um pouco mais de força. Puxa!, se puder voar no dia 7 de setembro, comemorar a independência brasileira nos céus de Paris... "Vamos trabalhar, pessoal! Lachambre, meu velho, você não vai acreditar! Se a gente misturar adequadamente gasolina e ar, bombeando através de um diafragma, a combustão nos cilindros será mais rápida! Percebe?" "Sei, mas o problema da refrigeração pode ser contornado com uma válvula termostática no cabeçote, e mudamos o esquema de circulação! Que lhe parece?" Lachambre acha que "pode ser, talvez, com filtros de ar e combustível". Os mecânicos retiram o motor tipo antoinette do aeroplano, Lachambre sai em busca de um torno, Alberto fecha-se com Anzani na oficina e cria um novo tipo de motor. Um motor em V, com 8 cilindros dispostos aos pares, 50 cavalos, dotado de distribuição por platinados, alternador elétrico. Quando tudo é encaixado no cárter e conectado a uma hélice, produz 1.500 rotações por minuto e pesa 10 quilos a menos do que qualquer motor com a metade de sua potência. Eufórico, dando saltos e socos no ar, dançando gaiatamente com sua equipe, Alberto batiza a nova fórmula: "É um motor anzani, um motor em V tipo anzani, e durante muito tempo será o mais avançado dos motores de explosão". E Anzani fica mudo de espanto, de agradecimento, de ternura: um motor com o seu nome, criado por Santos Dumont, pelo mestre de todos os mecânicos, pelo homem que é a própria eletricidade. O que fez para merecer tanto? Anzani sente o calor das lágrimas na face, a agitação do sangue em todo o corpo, os músculos tensos, os soluços, a perturbação. Todos riem, Alberto se aproxima dele sorrindo, brincalhão, as asas abertas para o abraço de amigo, de amor. Olhos de alegria nos olhos em pranto, pólos que se atraem, campos magnéticos.

* * *

O campo de provas de Bagatelle parece uma quermesse. Damas elegantes, moças e rapazes às gargalhadas, a comunidade dos aeronautas, autoridades, carrocinhas de refresco, vendedores de bugigangas, apostadores, adolescentes correndo em suas bicicletas, crianças aproveitando o relvado para as reinações. O "14-Bis" é conduzido por Lafitte e Jean-Marc para a cabeceira da pista, Anzani finca um mastro a 200 metros de onde o aeroplano começará a arrancada, a bandeira verde e amarela indica o ponto de onde deve decolar. Alberto apresenta-se à comissão do aeroclube para concorrer à Copa Archdeacon. O prêmio instituído por Ernest Archdeacon é de 3 mil francos para o aparelho que voar por si só um percurso de 25 metros, com um ângulo de queda máxima de 25 graus. Poucos tentaram: Blériot, com um aparelho enorme; Lambert, com uma variação de helicóptero; o próprio Archdeacon, com uma espécie de disco provido de dois pares de asas motorizadas. Ninguém deixou o solo. Alberto gostaria de ter-se apresentado no 7 de setembro, mas não foi possível; teve de modificar a hélice e reduzir o ângulo formado pelas asas, e fez os testes longe de Paris para evitar a curiosidade pública e a indiscrição dos repórteres, que o perseguem com avidez; o boato de que "Santos tem uma máquina" aguça a excitação da nova corrida aérea que acontece em Paris. Saía de madrugada com a equipe, o "14-Bis" desmontado sob a lona de um caminhão, e ficava no campo até escurecer, experimentando e corrigindo o aparelho. Teve de esperar até este 23 de outubro, com ventos de outono e folhas amarelas, para sentir-se preparado. Ventos de outono! A prova estava marcada para as 10 horas; correu pela pista mas calculou mal uma rajada que soprou pelo flanco direito, não tentou a decolagem, teve de usar os freios, o aparelho rodopiou e soltou-se uma chapa da caixa de câmbio. O reparo não levaria mais de uma hora, mas concordou com o Aeroclube em transferir a prova para o meio da tarde, rebocando o aeroplano de volta para o Boulevard de la Seine, sob aplausos e algumas vaias. "É natural", pensou, "estão cansados de vir a Bagatelle para ver máquinas voadoras que não saem do chão". Agora são 16 horas, e as pessoas no campo diminuem o burburinho, começam a ficar silenciosas, curiosas. Afinal, é Santos Dumont, o inesquecível jóquei do ar, o causador de tantas e tão fortes emoções coletivas.

Alberto acomoda-se na *nacele*, gesticula para que as crianças se afastem, espera o sinal dos cronometristas do Aeroclube para dar a partida. Os de sempre estão a pouca distância. Sem, a princesa, a boa Maria, Lambert, com as pernas engessadas, o cineasta Méliès. Souza Dantas, Antonico Prado, Pedrinho Guimarães – os brasileiros, é claro, não sairão de

Paris enquanto isso não for resolvido. O Gordon Bennett, com sua câmara fotográfica – esse quer escrever a biografia do rei dos ares, *The Father of Fly*. Anzani aparece, suado e vermelho, ao lado de Lachambre – "Tem de ser agora, tem de ser agora" –, Alberto sorri, balança afirmativamente a cabeça, fecha a mão sobre o peito e a abre em direção ao jovem mais que amigo. Anzani volta correndo para perto do mastro com a bandeira verde e amarela, Alberto ergue a mão espalmada para o público, baixa-a até a chave de ignição, gira a hélice; a estrutura multicelular começa a tremer, engata a marcha de força. O cronometrista dá o sinal. Acelera devagar e solta a embreagem, o chão corre abaixo de seus pés, engata a marcha de velocidade, pressiona o acelerador, o velocímetro chega aos 30 quilômetros, o aparelho vibra forte, "meu São Benedito, mãe Iansã, pai Ogum, entidades da força e do ferro, habitantes dos gases em explosão", 160, 180, 200 metros de pista, puxa o *manche* em direção ao corpo, o leme volta-se para cima e as rodas elevam-se do solo, *deus ex machina*.

O avião encontra seu elemento natural e pára de vibrar, apascenta os nervos de aço, respira o sopro de vida que o transforma em realidade, o focinho voltado para o zênite, farejando as novas trilhas, a Lua dos namorados, os mares vermelhos de Marte, o alvor das savanas de Sirius, o céu verde de Antares, a Via Láctea, os animais de Andrômeda. Como será esse futuro? Antes do fim do século o homem navegará na atmosfera, enviará mensagens às galáxias

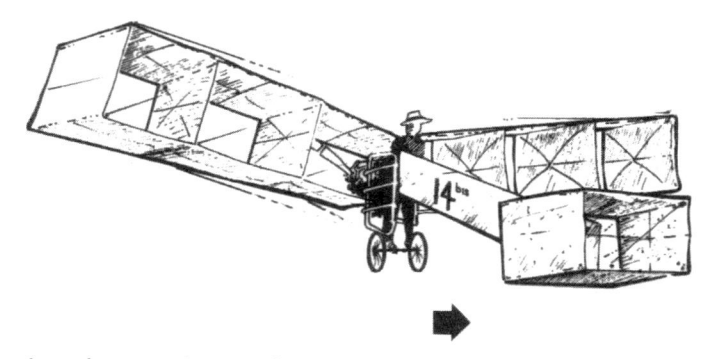

longínquas, buscará no infinito inteligências ultrapoderosas, sensações extra-humanas, um conhecimento além, um saber que abrirá as portas das dimensões secretas; nada é impossível. Controla o *manche* com o cuidado de quem trata um recém-nascido, a pressão exata sobre a alavanca, firme e suave, um pouco mais e o aparelho entrará em pânico, um pouco menos e se libertará de seu jugo, como um passarinho entre os dedos. A longa proa nasce do ventre do piloto e estende-se por uma dezena de metros, até a cabeça quadrada retesada de vento, o leme tenso, as talas de bambu como veias grossas crescendo sob a pele. Pode sentir a força da gravidade como uma pulsação, a espantada reação do planeta que de repente se sente engabelado, que não consegue fazer valer o seu visgo, não consegue reter junto à superfície os 200 quilos do avião e seu piloto. Eu o surpreendi, velho mundo! Agora é manter o aparelho na horizontal, fixar a altitude. Empurra suavemente o *manche* para a frente, a correção desestabiliza as asas por uma fração de segundo, a mão vai além do planejado, em movimento brusco, perde altura, não há tempo para desfazer a inclinação, desliga o motor e toca o solo como um bicho desajeitado, ouve o estalido, partiu o trem de aterrissagem, desliza na relva meio de lado, tudo vibrando de novo.

Salta da *nacele* sorrindo, engasgado. De todos os cantos do campo correm pessoas, muitas bicicletas, a comissão do Aeroclube começando a esticar a corda para medir a distância percorrida. Anzani é um dos primeiros a chegar, gritando e pulando, desabrido, beija Alberto, o levanta em um abraço – "A coisa mais linda que vi na minha vida! Nada mais será como antes, você sabe, você sabe" –, ajoelha-se a seus pés, beija as suas mãos, fotos, Méliès filmando, o povo apertando o círculo, abraços, um militar entrega um envelope e diz algo em seu ouvido, Maria também está dizendo alguma coisa, Alberto não entende, tanta gente falando ao mesmo tempo, nem ouve o anúncio da comissão do Aeroclube, alguém com um megafone: "O 14-Bis voou 60 metros, mantendo a altitude média de 3 metros, no campo de Bagatelle, às 16 horas do dia 23 de outubro de 1906, levantando a Taça Archdeacon para o primeiro vôo mecânico da História..."

Quando tudo termina, quando consegue ficar sozinho com a equipe no hangar, Alberto sente-se fatigado. Há quanto tempo vem perseguindo esse sonho? Há 16 anos, desde quando viu um aeróstato pela primeira vez, em São Paulo? Há 11 anos, desde quando subiu pela primeira vez em um balão, ao lado de Machuron? Ou há 33 anos, a vida inteira sabendo que isso tinha de acontecer, que nascera para ofertar a si mesmo e aos homens uma nova chance de defrontarem-se com Deus, para abrir os caminhos que levam às estrelas? Sim, a vida toda, 12 mil dias de perseverança e trabalho, 12 mil noites de obsessão e penitência, a mente acesa sem interrupção, moto-contínuo. Agora, depois que sentiu o prazer desmesurado de conquistar o espaço, de conquistá-lo definitivamente, depois de conhecer o orgasmo cósmico na *nacele* do "14-Bis", o gozo de que nenhuma palavra jamais dará sequer uma pálida idéia, sente os nervos relaxados, os músculos doloridos, o cérebro preguiçoso. Precisa viajar, voltar ao Brasil, talvez, ou conhecer a China.

No dia seguinte, a sensação de fadiga não desapareceu, mas é menos intensa; não o impede de voltar à oficina para uma análise do desempenho do aparelho em Bagatelle. Explica a Anzani e aos outros que poderia ter percorrido o dobro da distância, teve de aterrissar às pressas porque se descuidou, um erro humano, nada a ver com a mecânica do seu biplano. Mesmo assim, o "14-Bis" pode ser melhorado com o acréscimo de lemes nas asas, pequenas abas na parte anterior de cada asa para os movimentos de decolagem e aterrissagem. Peças que complementam e até podem substituir o leme celular da proa, percebeu isso durante a prova.

Pequenas células adicionais são instaladas, e o "14-Bis" volta a Bagatelle no dia 12 de novembro, para concorrer ao prêmio de 1.500 francos, instituído pelo Aeroclube da França para um vôo de 100 metros. Não interessa a Alberto o prêmio em si, interessa-lhe a oportunidade de demonstrar a real capacidade do seu avião, que os franceses chamam *Canard*, e os ingleses, *Bird of Prey*, devido a sua forma, como um grande pescoço esticado saindo das asas. Dessa vez tem concorrentes, Gabriel Voisin e Blériot associaram-se na construção de um aeroplano de dois motores, mas nada conseguem, o aparelho se desmancha antes de subir. Alberto movimenta o "14-Bis" aperfeiçoado, corre pela pista, voa 50 metros, pousa, manobra o aparelho no chão e volta a decolar contra o vento, percorre 60 metros e pousa, nova manobra no solo, decola outra vez e voa 220 metros, a 6 metros do solo, fazendo uma curva graciosa no espaço. "Espantoso! Como conseguiu? O avanço é enorme desde a última prova!" "Muito simples, senhores, os flapes, os lemes em cada asa."

* * *

Não vai ao Brasil nem à China. Instala-se em Nice, com Anzani, durante três anos, de onde sai apenas para algumas visitas a Londres, para a inauguração de um monumento em sua homenagem em Bagatelle, para assistir à conferência de paz em Haia, onde se entusiasma com a performance de Rui Barbosa, defendendo a igualdade de direitos entre os povos. Herói da humanidade, vive feliz em Nice, desfrutando a companhia e a cumplicidade de Anzani, descobrindo novas nuances em uma relação a cada dia mais tranqüila e compensadora, sem qualquer rigor, sem irritações, plena de sensualidade. Recebe os amigos, os jornalistas, os pilotos e construtores de aviões, não se aborrece com o assédio das mulheres que aparecem com declarações de amor e propostas de casamento. Nem isso o aborrece; diverte-se. Escreve artigos para jornais, faz anotações para um novo livro, *O que eu vi, o que nós veremos*. Vive ao sol, dedica-se à pesca submarina e a conversar com os velhos marinheiros, ouvir histórias de piratas e baleias, e contar as suas, lendas de um país distante da América do Sul, as iaras que moram nas águas de um rio-mar, o saci-pererê, as florestas encantadas. Raramente se pronuncia sobre a disputa capitalista que envolve a aviação, sobre os projetos das naves de combate. Na Europa e nos Estados Unidos cresce a febre dos grandes aparelhos. O "14-Bis" é o modelo para os aviões. Centenas de mecânicos, pilotos, empresários e aventureiros fazem biplanos celulares munidos de motores com 100, 200 cavalos de força. Mas não avançam muito com relação à estabilidade, à velocidade, à neutralização da resistência atmosférica.

Na praia, de papo pro ar, Alberto diz a Anzani que o "14-Bis" resolveu as questões básicas do vôo com o mais pesado que o ar, mas agora a sua sombra transforma-se em um empecilho para o progresso da aviação, eleito como a forma ideal. E não é: "O '14-Bis' é uma meia solução, Zani, e as pessoas não tomam consciência disso, acham que é só aumentar as dimensões do nosso aparelho, aumentar a tração". Mas não se sente motivado a voltar à oficina e explicitar o equívoco que em todo o mundo, cada vez mais, consome milhares de dólares e horas de trabalho em projetos fracassados. Até um dia em que os jornais anunciam a presença em Paris do aeronauta americano Wilbur Wright, que afirma haver realizado um vôo com o mais pesado que o ar em 1903, em Kitty Hawk, Ohio. "Bem antes do vosso Santos Dumont", afirma Wright ao repórter.

Os irmãos Wright, Wilbur e Orville. Sabe deles, é claro, de suas experiências com planadores, escreveram para pedir detalhes sobre a estrutura do "14-Bis". Mas nunca voaram com um avião, nunca voaram publicamente, pelo menos, nenhum jornal noticiou, nem mesmo a pequena gazeta de Dayton, a cidade próxima de Kitty Hawk. Um vôo mecânico em 1903, histórico, pioneiro e sem testemunhas ou registros? E por que a imprensa dá crédito a esse impostor? O grande feito dos Wright foi matar o passageiro de uma de suas geringonças há poucos meses, o tenente Selfridge, acidente grave que jogou Orville em um hospital, todo engessado. Ainda está na cama, por isso não veio à Europa com o irmão. O que está por trás de tudo isso?

Parte com Anzani rumo a Paris, calado, pensativo, mal-humorado. É o inverno de 1908, e Alberto sente um espinho no coração. Nunca pensou que alguém pudesse contestar a sua glória, tão nítida e comprovada, a glória do Brasil. Alguns telefonemas, conversas com Sem e com Gordon Bennett esclarecem a situação. Bennett, americano, dono do *Herald*, de Nova York, escreve um artigo desmentindo Wright. Mas a onda continua. Os Wright são a ponta-de-lança de uma campanha do governo e de grupos econômicos norte-americanos que pretendem monopolizar as patentes aeronáuticas. A visita de Wilbur à Europa é uma jogada publicitária comandada pelo embaixador Henri White e paga pela Weiller, um consórcio euro-americano que investe em aeronáutica e indústria bélica. Uma conseqüência da briga de foice pelas patentes que Santos Dumont se recusou a registrar em seu nome. Que mixórdia! O mais triste é que alguns pilotos franceses estão fascinados pelas verbas da Weiller e não se pejam em declarar que Wilbur apresenta soluções inéditas, que realmente deve ter voado antes do "14-Bis", e outras tolices. Justamente eles, os que viviam entrando e saindo da oficina no Boulevard de la Seine, invejosos, vencidos, corruptos, falsos, homens vergonhosos. Anzani tenta acalmar Alberto: "A verdade está do seu lado, vamos esperar a demonstração do ianque, é um blefe". "Sim, o melhor é esperar, ele que mostre as cartas, pago para ver."

A primeira tentativa de Wilbur Wright, no hipódromo de Hunaudières, acaba em estrondo, numa nuvem de poeira. O grande aparelho de madeira é lançado de uma catapulta e cai fragorosamente a poucos metros da rampa. Em seu carro, com Anzani, Lachambre e

Maria Barrientos, Alberto solta uma sonora gargalhada e vai embora. Antes da demonstração tivera uma conversa com o americano: "Uma catapulta? O senhor ainda usa essa coisa? Mas, se existem as rodas!..." E ele dissera que as rodas não tinham futuro na aviação, que fizera todos os testes possíveis, que já voara mais de 1 quilômetro com seu biplano desconjuntado e barulhento. Sem rodas e sem sopro vital dos deuses do espaço e das explosões!

Mas Wilbur é teimoso e anuncia outra demonstração para o último dia do ano, no campo de provas de Auvours, e quando tira a lona que cobre o aparelho, Alberto solta outra gargalhada: não existe mais catapulta, o novo biplano tem as asas mais à popa e cinco pneumáticos, parece uma caricatura do "14-Bis". Após várias corridas pelo campo, consegue alçar vôo e percorre quase 300 metros a baixa altitude, roncando e balançando; ao aterrissar, as hastes das rodas se partem, arrasta a barriga no chão até parar, soluçando. Alberto faz questão de cumprimentar Wilbur Wright e irritá-lo: "Enfim, seu primeiro vôo, hein?" Mas a publicidade é enorme, o americano detém novo recorde de percurso aéreo.

O que exige uma resposta, uma satisfação ao porvir, aos que se orientam pela verdade, aos que sonham mais alto e acreditam que o avião é uma ponte para os mistérios do universo e para o esplendor de uma consciência estelar, infinita. Depois de três anos volta à prancheta de desenho, aos motores, às maquetes, às discussões com a equipe, novamente convocada.

Mas desta vez não há indecisões, noites em claro, transes. E também não há pressa, as veredas do céu são nítidas e eternas, nenhum enigma.

* * *

Com a sensibilidade de um ourives das Minas Gerais, Alberto constrói o primeiro monoplano. Nada mais de estruturas celulares, nem grandes proas, nem grande força de tração, nada que não seja a pura fluidez da aerodinâmica. Pouco a pouco, o "Demoiselle" vai se articulando no hangar, com a sua asa única sobre o corpo delgado, em forma de cruz, oito vezes menor que o "14-Bis", cuja silhueta fálica cede lugar à graça feminina e vaporosa. Inverte a tendência generalizada, os projetos em andamento nos Estados Unidos e na Europa: o "Demoiselle" é leve, elegante, aparentemente frágil, com o frescor e a vivacidade de uma adolescente que ainda não deixou de ser menina, mas já é mulher. Um noivo na terra, uma noiva no céu. Autonomia de 20 quilômetros, 110 quilos, 8 metros de comprimento por 5,5 de envergadura. Um novo motor radiante do tipo anzani, com 35 cavalos e 2 cilindros opostos. O leme inédito na popa, composto por duas aletas sobre as quais se encaixa em perpendicular uma terceira peça como uma barbatana de tubarão, dois flapes em cada lado da asa, a *nacele* moldada na exata medida do corpo pequeno do piloto. Provas, competições, prêmios, desafios? Nada disso. Não tem de acompanhar os parcos progressos promovidos pelos aeroclubes e financiados por empresas e governos, não tem de correr atrás do que está às suas costas. Pretende apenas voar, sua presença no espaço será o bastante para que todos compreendam, para que todos percebam que construir um avião é como escrever um poema, e que as sendas que está abrindo nas vastas planícies de éter estarão para sempre marcadas pelo seu rastro, um roteiro de aventura e prazer. Nunca foi tão feliz, nunca conheceu tanta alegria, nunca sorveu com tanta satisfação as dádivas da vida, o amor de Anzani, o calor dos meteoros.

* * *

Os primeiros raios de sol encontram Alberto acordado, fazendo cálculos com os números do dia, 13 de setembro de 1909. Consulta o horóscopo, joga I Ching, faz a ginástica habitual, os exercícios de respiração, toma o desjejum de frutas e cereais, o bom café brasileiro que financiou tudo. E parte em seu *buggy* elétrico para Saint-Cyr, onde o "Demoiselle" já o espera, na cabeça da pista, atado ao solo para não ser arrastado pelo vento que sopra forte na manhã luminosa, anunciando o fim do inverno. O aviãozinho corre poucos metros no chão de terra, os flapes voltam-se para baixo, o aparelho sobe fazendo ângulo de 35 graus com o terreno, ganha altura e velocidade ao mesmo tempo, as pessoas boquiabertas – "É uma libélula" –; na rua, a população olha para cima sem acreditar. O

"Demoiselle" move-se a 60 quilômetros horários, a 50 metros de altitude, pousa com perfeição em Buc, a 8 quilômetros de distância do ponto de decolagem, todos os recordes batidos com sobra e sem esforço. Desce em Buc para assistir ao ensaio de uma banda, os músicos param de tocar os instrumentos para ver, para ouvir a canção motorizada que desce do céu – "É uma libélula" –, para ver de perto o anjo de bigodes que tornou possível o milagre. Alberto saúda a banda, pede para tocar alguma coisa bem alegre, e de novo ganha os ares. Pode descer e subir quando desejar, em uma pista, na praia, nas estradas. Visita amigos nos arredores da cidade, atinge mais de 100 quilômetros horários em uma rasante sobre o Champs-Elysées, a mão no *manche*, pé no acelerador, o coração alimentado, um acalanto no círculo transparente da hélice, imagem de poder e liberdade. Teria conseguido sem Anzani? Sem a percepção através de Anzani de que o mundo não é apenas som e fúria, voracidade e cobiça, sacrifício e violência? Anzani mostrou-lhe a outra face do homem, a face de luz que se assemelha à desconhecida pressentida fisionomia do divino, a possibilidade de outro tipo de comportamento humano, em que o fulgor das verdades primais dissolva em uma mesma energia todos os contrários, um éden sem pecados ou virtudes, santos ou demônios, onde as máquinas possam voar para o deleite do corpo e a expansão do espírito, nunca como mensageiras da destruição. Anzani descortina essa possibilidade com uma clareza inebriante, em cada gesto,

A MÁQUINA

em cada palavra emprenhada da mais profunda e solidária sinceridade, na plenitude de cada afago, liberto de tudo o que não seja a emoção de viver. Poder é liberdade, apenas. O céu é do condor e do avião, o céu é do homem, para seu júbilo e glória.

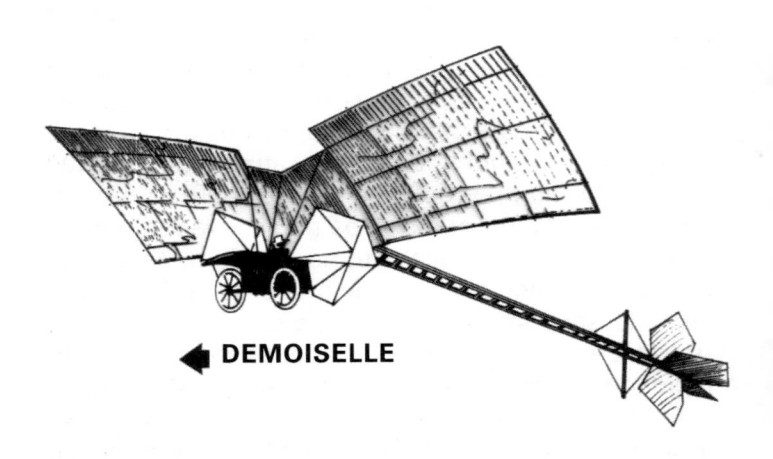

◀ **DEMOISELLE**

CAPÍTULO 3

O LABIRINTO

Guarujá, 23 de julho de 1932. Querido amigo: possivelmente não enviarei esta carta para você, mas tenho de escrevê-la. Há pouco a camareira do hotel esteve aqui no meu apartamento, com uma revista onde apareço em fotos de épocas diferentes: o Santos Dumont vitorioso, aos 33 anos de idade, nos tempos borbulhantes de Paris, e uma outra tirada há poucos meses, este Alberto calvo, bigodes brancos, meio sonâmbulo. O tal pasquim sugere que estou louco, e a mocinha estava indignada, disse que sou um velho bacana. Mas parece que são poucos os que ainda me dão algum crédito de sanidade, talvez apenas você e essa camareira simpática. Todos acreditam que penso torto e que não sei o que está acontecendo em volta, pensam que podem dispor de mim. Veja o exemplo desse manifesto que espalharam por aí, com minha assinatura, uma besteira apoiando os soldados paulistas no levante contra Vargas. Não escrevi nada, não assinei nada, minha loucura é diametralmente oposta a essa que está aí nesse salão de hienas em que se transformou o mundo, o Brasil. O que fiz foi escrever à Liga das Nações, pedindo a interdição das máquinas aéreas como armas de guerra. Não obtive resposta.

Eu vi a Grande Guerra, você era apenas um recém-nascido, mas eu vi aviões bombardeando as cidades e aldeias, metralhando crianças. Os meus aviões, os meus instrumentos de paz. Gritei, protestei, e fui apontado como louco. Desde então, louco, espião, covarde. Louco sim, enlouqueci de dor e de vergonha, me sentindo o responsável por aqueles horrores, me sentindo o pior de todos os homens. Mas não sou, você sabe que não sou. Não pode ser o pior de todos quem sempre almejou a luz da revelação, quem tentou se aproximar de Deus com a alma e o corpo, quem sempre pensou estar fazendo o bem. A Grande Guerra me deixou vazio. Já lhe falei de Anzani, meu melhor amigo (você é como um filho), um espírito maravilhoso que a guerra me usurpou. Morreu em alguma ravina lamacenta em Verdun, a mais bela criatura. Eu estava em Paris e senti quando aconteceu, quando o fio que nos ligava foi cortado.

Mas não é para isso que lhe escrevo, as lembranças amargas e a indignação voltam quando vejo o que sucede aqui, esta carnificina hedionda, esta guerra estúpida entre irmãos, a minha cidade de São Paulo bombardeada. Esta é a loucura, não a minha. Este desespero que não sabemos quando vai parar, que não sabemos se um dia vai acabar. Você sabe a história do último unicórnio? Já lhe contei?

Parecendo um cavalinho, o chifre no meio da testa, grandes olhos verdes e pequenas asas. Antigamente os unicórnios voavam e eram os guardiães da bondade humana. Foram desaparecendo à medida que os homens endureciam o coração e se matavam, se destruíam com os próprios dentes e unhas, e com as armas que sempre souberam inventar. Até que só restava um unicórnio, o último guardião do nosso lado bom. E um dia um caçador matou esse sobrevivente. Foi no dia 27 de junho de 1914. O caçador atirou e o último dos unicórnios dobrou as pernas, caiu com seu derradeiro sorriso nos lábios e se transformou em um pequeno monte de prata. No dia seguinte aconteceu o atentado de Sarajevo, mataram o arquiduque Ferdinando, e logo teve início o homicídio generalizado.

Os unicórnios voavam, mas essa história entrou por acaso, estou lhe escrevendo para deixar um desenho, um projeto. Pensei em fazer isso três dias atrás, no meu aniversário, acho que um aniversariante também pode dar presentes, mas não o fiz para evitar comentários. E também para não encabular você. Sei que não aprova minhas demonstrações de carinho em público, fica sem jeito. Parece que nossa amizade anda beirando o escândalo, o velho tio e o jovem sobrinho, sangue do mesmo sangue. Trato de proteger você, mas por mim não me importo, os escândalos me acompanharam a vida toda, me acostumei com eles. E porque sei que os meus sentimentos, os nossos sentimentos, nada têm de escandaloso, e neles não pendura nem uma gota de pecado. Mas sabemos também que isso não pode continuar, alguém tem de ceder ou haverá sofrimento.

Amei homens e mulheres, sou macho e fêmea no coração e na mente, não me foi dado o bem ou o mal de saber dividir categorias tão complementares. Já basta a divisão dos corpos, a natureza dos contrários de que somos dotados, homens e mulheres. Existem os desejos do corpo e os desejos da alma. Não gostaria de ter vivido sem conhecer o amor de Aída e o amor de Anzani, sem desfrutar outros amores menos intensos, mas nem por isso menos sagrados, e minha vida seria incompleta se não pudesse amar você neste meu ocaso, neste inverno.

Sempre fugi do inverno, por isso vivi os últimos anos viajando da Europa para o Brasil e vice-versa, cruzando sempre o equador no rastro do Sol. Agora é o inverno inevitável, e não me desgosta, em absoluto não me desgosta, acho bom que tenha afinal chegado para poder usufruir do calor que emana de você. Se você tivesse acontecido nos verões do passado é provável que me tivesse queimado, transformado em cinzas. Aí estou, de novo filosofando sobre um tema que está além de todas as filosofias. Não fosse você, seria insuportável pagar as penas que paguei e continuo pagando, os azares que me acompanham desde que mataram aquele unicórnio. Logo depois vim ao Brasil e organizaram uma grande recepção no Rio, um avião cheio de passageiros ilustres voou ao encontro do meu navio quando entramos na barra, para lançar confetes. Deu algumas voltas sobre minha cabeça e caiu no mar, na minha frente, ninguém sobreviveu. Os amigos que me restam estão sofrendo perseguição política, o Antonico Prado foi preso, tanta coisa.

E o castigo maior, esta esclerose precoce e disseminada que tanto me humilha, esta letargia muscular que me faz parecer um idiota, estas longas temporadas em sanatórios. Mal do espaço, essa é a verdade. Voei demais, a peito aberto, sem qualquer proteção, até posso compreender. Difícil é aceitar. Um castigo de Prometeu? Quem sabe? É possível que os deuses tenham se irritado com minha ousadia, tenham achado que fui longe demais ao roubar o segredo dos pássaros e revelar aos homens uma capacidade para a qual não estavam preparados. Durante muito tempo pensei assim, fiz essa idéia de deuses vingativos e perversos. Agora não sei mais, nem sei se acredito na história de Prometeu, do jeito que ela é contada. Enfim, esse é o assunto, uma lenda que quero lhe contar. O que tenho feito na vida é discordar da mitologia, além de fazer aviões e casas. Isso vem a propósito da Encantada, em Petrópolis. Os que se julgam donos da razão apontam minha bela casinha como prova de demência e, no entanto, todos que a visitam se divertem com ela, descobrem uma novidade em cada canto, comportam-se ludicamente, jogam um jogo prazeroso com as escadas e as paredes imprevisíveis.

Então a loucura é a busca do prazer? Ora, bolas, por que falo sobre essa gente? Falava do meu aniversário, quero esclarecer uma situação. Quando você anunciou que vai tirar o brevê de piloto, eu me fechei em copas e todos tiveram a impressão de que discordava do seu intento. Você esperava outra coisa de mim, afinal essa sua decisão foi lançada na sala como um brinde para os meus 59 anos. Peço desculpas. Realmente foi isso o que aconteceu, fiquei transtornado. O que me veio à cabeça naquele momento foram os pilotos de guerra, o sangue me ferveu pensando em você em um desses aparelhos assassinos, jogando dinamite em São Paulo ou explodindo no ar. É o que vejo agora, são esses pilotos o que vemos hoje. E não podia admitir que logo você entrasse num avião para matar. Você não, todos menos você. Devo ter sido rude, com certeza mal-agradecido. Depois a consciência voltou e fui me convencendo de que não era possível, não depois de tudo o que conversamos, depois que deixamos florescer o nosso afeto um pelo outro. Hoje pela manhã sua mãe telefonou e falamos sobre o assunto, ela me disse que sua intenção é ingressar no serviço aéreo dos correios. Foi só uma confirmação, eu já sabia, acho que o conheço. Até destruíra o que tinha feito para você, mas há pouco refiz e desta vez saiu mais bonito.

Tenho alguma dificuldade em desenhar, como sabe, e mesmo em escrever, o que não deixa de ter uma graça irônica, eu que desenhei tantas máquinas e até me fiz escritor. Isso da Academia Brasileira de Letras não vem ao caso, nunca concordei. Elegeram-me sem a minha permissão e sob meu protesto, não sou um literato, sou um aviador aposentado. Enfim, homenagens. Serviram-me de alguma forma no passado; hoje me deixam com um pé atrás e não tenho o que fazer com elas. Gostaria era de nadar, jogar tênis, e isso não me é permitido. Gostaria era de voar com você no correio aéreo. Há quanto tempo! Deixei de voar em 1910; depois do "Demoiselle" não voltei a entrar num *cock-pit*. Poderia ter continuado por mais algum tempo, mas não quis, achei que já tinha feito o que devia fazer e, além do mais, a doença. Você voará por mim, é o que importa. Você cruzará o oceano levando a nossa mensagem, sem cair, sem medo, sem tormentos.

Voar foi o primeiro e maior sonho humano. No início dos tempos, em uma época que a memória apenas consegue esboçar, dois homens conseguiram realizar esse sonho, na Grécia: Dédalo e Ícaro, pai e filho. Tudo começou quando chegaram à ilha de Creta, governada pelo rei Minus e pela rainha Pasifaé, a filha do Sol. Dédalo foi pedir asilo e se anunciou como artista, arquiteto, escultor e capaz de fabricar robôs. "Faço estátuas que marcham, bonecos animados que andam, lutam e trabalham pelos seres humanos, eu sou Dédalo de Atenas." Os reis acolheram o velho e o adolescente em troca das maravilhas prometidas por Dédalo. O ateniense sabia realmente construir robôs. E inventou a pua em honra de Minus, para que ele pudesse construir grandes navios e dominar os mares. E o remo, para que a esquadra de Minus pudesse navegar na calmaria e fosse invencível. Em honra de Pasifaé, inventou o prumo, que estaria sempre em perfeita verticalidade com o centro da Terra, e com o qual a rainha poderia construir palácios com mil metros de altura, arranhando o céu. E, para os inimigos de Creta, construiu o Labirinto, uma prisão sem portas, projetada de tal forma que, uma vez em seu interior, ninguém encontrará a saída. Minus lançou-se a grandes conquistas sob a proteção de Netuno, o deus das águas, que enviou uma prova de sua concordância na figura de um touro deslumbrante de brancura, um animal nascido no mar.

Mas, no Olimpo, morada dos deuses, Vênus se apaixonou pelo Sol, que, por sua vez, estava apaixonado por Creta. Enciumada, Vênus resolveu vingar-se na filha do Sol e de Creta, a rainha Pasifaé. Vênus fez com que Pasifaé se apaixonasse perdidamente pelo touro branco de Netuno. Tão perdidamente que a rainha pediu a Dédalo para inventar alguma coisa, alguma artimanha que tornasse possível o ato de amor entre uma mulher e um touro. Dédalo moldou uma vaca de bronze e Pasifaé alojou-se em seu interior, conseguindo atrair o touro com a imitação. Pasifaé teve um filho que era ao mesmo tempo do seu marido Minus e do touro de Netuno: Minotauro, assim foi chamado, corpo de homem e cabeça de boi. O rei derramou todo o seu ódio contra Dédalo, acusando-o de traição por haver ajudado a rainha a realizar seu desejo. Em Creta, a traição era punida com o maior de todos os castigos, o encerramento no Labirinto. E assim foi feito. Dédalo, seu filho Ícaro e o Minotauro foram encerrados na grande construção de onde nem mesmo seu arquiteto seria capaz de fugir. Encerrados para sempre, sepultados vivos. Durante todo esse tempo o jovem Ícaro esteve ajudando o pai em seus inventos, tornando-se um belo rapaz, um poeta cujo único desejo era transformar-se em partícula de luz. E agora ia penar durante toda a vida nas sombras da prisão sem portas. Não, não seria assim. Dédalo tinha um plano para a fuga. Dédalo acreditava que o homem pode voar, e trabalhou febrilmente na feitura de asas, até que um dia se deu por satisfeito, fixou-as com cera às suas costas e às costas de Ícaro, e os dois saíram voando sobre os altos muros do Labirinto e se afastaram de Creta, tomaram a direção do Egito. Sobre o mar Egeu, Ícaro era só deslumbramento com a descoberta do espaço, e gritava para o pai que, se o homem voa, pode alcançar o Sol, pode mergulhar tão completamente no calor da estrela que será possível assimilar a natureza da luz. Dédalo tentou impedi-lo, disse que não podiam aproximar-se do Sol, que era muito cedo, era o primeiro vôo, talvez mais tarde, no futuro. Ícaro não ouvia, não queria ouvir. "Temos de voar baixo, perto da superfície, mais alto será a morte", gritava Dédalo, aflito. O sonho de Ícaro era mais forte que tudo e ele subiu mais, e mais, e mais, até o calor derreter a cera que prendia as asas ao corpo. Caiu da atmosfera e afogou-se no Egeu. Dédalo cruzou o mar e desceu em Mênfis, no Egito, para viver mais um século construindo seus robôs; um homem triste, perseguido pelo resto da existência pela dolorosa imagem de Ícaro caindo. Quando morreu, os habitantes de Mênfis passaram a adorá-lo com um deus.

Essa é a lenda, assim foi transmitida de geração a geração. Uma lenda com a qual não posso concordar e que terá uma nova versão a partir de hoje. Por que tem de ser o velho Dédalo a sobreviver? Não faz sentido, a juventude é que tem esse direito. Sei por experiência própria que não faz sentido, e mais uma vez estou pronto para corrigir o mito. Como fiz em outras ocasiões, quando mostrei que um motor podia ser instalado sob um balão, quando demonstrei que um objeto mais pesado que o ar pode elevar-se no espaço, quando me recusei a aceitar o estabelecido. Dédalo cairá no mar Egeu, arrastando para o fundo das águas a sua glória, cairá para que o jovem Ícaro possa um dia alcançar o Sol e conhecer uma glória infinitamente maior. Quem descobriu a rota das estrelas também pode descobrir o seu próprio caminho para ir além delas, o seu atalho pessoal. As decisões sempre foram minhas: voar, deixar de voar, viver, deixar de viver. Sempre soube quando devia imprimir maior rotação ou desligar o propulsor, e esse saber me valeu em todas as horas em que me defrontei com uma encruzilhada do destino.

Não nos veremos mais, pelo menos nesta forma pesada, de carnes e ossos, engatinhando pelo sal da terra. Mas estarei ao seu lado, voando junto com você nesta asa-delta cujo desenho está no fim da carta. É o meu presente, instrumento e símbolo de libertação, para você, e para o seu filho, e para o filho do seu filho, para os que sonham navegar no calor do Sol e renascer como uma partícula de luz. É uma coisa simples, um ortóptero ultraleve com o qual você poderá se confundir com os pássaros. Não está longe o dia em que os aviões serão tão grandes como as catedrais e tão potentes como o maior dos navios, e os foguetes ultrapassarão a velocidade do som. Mas nada substituirá o indelével sentir o vento na face, a intimidade com as nuvens, o contato físico com as correntes. É uma forma perfeita para o vôo individual, pode ser usada com um pequeno motor de 2 ou 3 cavalos ou como um planador de alta sensibilidade e direção precisa. Estarei com você, saltando do cimo das montanhas de Minas Gerais ou da Pedra da Gávea, no Rio de Janeiro, e descendo em longos círculos até o campo ou a praia. Estarei com você em cada *looping*, em cada mergulho, minhas mãos estarão sempre ao lado das suas no trapézio.

Com amor, Alberto.

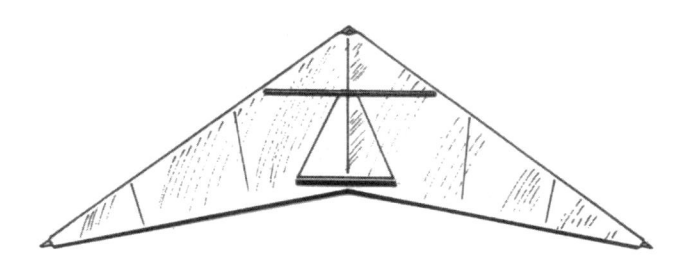

CRONOLOGIA

1873 – 20/7
Nasce na fazenda Cabangu, próximo à estação de Palmira, hoje Santos Dumont, Minas Gerais.

1879
Passa a residir na fazenda Arindeúva, município de Ribeirão Preto, São Paulo, adquirida por seu pai.

1880
Passa a viver em Campinas (SP) durante os períodos escolares, estudando no Colégio Culto à Ciência.

1891
Residindo na cidade de São Paulo, assiste pela primeira vez a uma demonstração de aeróstatos. Visita Paris, com a família.

1891
Morre seu pai, dr. Henrique Dumont. Emancipado,

vai para Paris, onde se interessa pelos balões e pelos esportes. Viaja pela Europa.

1896
Faz várias ascensões em balões, com o aeronauta Machuron. Viagem ao Brasil, para tratar de assuntos financeiros e familiares.

1898
Realiza o primeiro projeto aeronáutico, o balão esférico "Brasil", considerado na época o menor aeróstato já construído. Constrói o "Santos Dumont 1", balão cilíndrico com hélice e leme, utilizando motor a petróleo pela primeira vez na aerostação.

1899
Constrói o "Santos Dumont 2" e o "Santos Dumont 3", evoluindo em sua pesquisa sobre a dirigibilidade dos aeróstatos.

1900
Constrói o "Santos Dumont 4", apresentado durante a Exposição Universal de Paris, ganhando o prêmio de encorajamento do Aeroclube da França. Acometido de pneumonia, vai se curar em Nice. Projeta os aeródromos de Neuilly-Saint James, em Paris, e de Condamine, em Mônaco.

1901
Constrói o "Santos Dumont 5", com o qual sofre vários

acidentes. Constrói o "Santos Dumont 6". 19/10, vence o Prêmio Deutsch com o "Santos Dumont 6", saindo de Saint-Cloud e voltando ao ponto de partida em menos de meia hora, após circundar a torre Eiffel e demonstrar a dirigibilidade do seu balão; é saudado em todo o mundo como o inventor da dirigibilidade no espaço do mais leve que o ar.

1902
Morre sua mãe, Francisca Santos Dumont, em Portugal. Viagem à Inglaterra e aos Estados Unidos.

1903
Constrói os dirigíveis "Santos Dumont 7", "Santos Dumont 9" e "Santos Dumont 10", respectivamente, segundo sua definição, "de corrida", "carrinho aéreo" e "ônibus aéreo". Viaja ao Brasil para liquidar o inventário; é homenageado em várias cidades.

1904
Escreve *Dans l'Air*, em Paris, sobre suas experiências de vôo e seus balões. Ocupa-se de projetos referentes ao mais pesado que o ar.

1905
Faz experiências com acoplagem de balões e aeroplanos, do mais leve com o mais pesado que o ar. É instituída a Taça Archdeacon para a primeira pessoa que voar com um aparelho mais pesado que o ar.

1906 – 23/10
Ganha a Taça Archdeacon, voando 60 metros, a 3 metros de altura, com o biplano "14-Bis", no campo de Bagatelle, em Paris. 12/11, ganha o prêmio Aeroclube de França, no mesmo local, voando 220 metros, a 6 metros de altura. É saudado em todo o mundo como o inventor do avião. Faz conferências e demonstrações no Salão do Automóvel de Paris.

1907
Realiza experiências de planagem em Nice. Constrói aeródromos em Saint-Cyr e no Boulevard de la Seine, em Paris. Abandona os projetos do tipo biplano celular e constrói o primeiro monoplano, que é inutilizado em um acidente em Bagatelle.

1908
Polemiza em Paris, durante a visita à Europa do aeronauta norte-americano Wilbur Wright, que reivindica para si o primeiro vôo com o mais pesado que o ar; Wright não consegue provar as afirmações.

1909
Constrói o monoplano "Demoiselle"; com ele bate todos os recordes aeronáuticos. Voa pela última vez em dezembro. Sofre de esclerose disseminada.

1910
Participa de torneios de tênis e corridas de automóveis.

1913
Sintomas de envelhecimento precoce. Sagrado Cavaleiro da Legião de Honra da França. Homenageado com um monumento em granito no campo de Bagatelle.

1914
Viagem ao Brasil, onde recebe novas homenagens. De volta a Paris, com o início da Primeira Guerra Mundial, serve como chofer do comandante-em-chefe do exército francês. É alvo de suspeitas de espionagem, por deixar as luzes acesas em sua casa durante o blecaute, incidente conhecido como o Caso do Chalé; o Governo brasileiro intervém e o Governo francês se desculpa. Deixa de servir como voluntário e inicia a campanha para a proibição da utilização de aviões como arma de guerra.

1915
Viagem aos Estados Unidos e à América Latina, apresentando-se como um pacifista. Recupera-se parcialmente da doença, que permanece estacionária.

1916
Decide morar no Brasil, onde passa a maior parte do ano. Viaja a Buenos Aires. Vai a Paris, concluir alguns negócios, e retorna, para residir no Rio de Janeiro.

1917
Divide o tempo entre o Rio de Janeiro e São Paulo.

Viagem à América Latina. Mostra-se angustiado com a utilização dos aviões na guerra.

1918
Constrói casa em Petrópolis, conhecida como a Encantada, onde passa a residir. Escreve *O que eu vi, o que nós veremos*, sobre seus aviões e o futuro da civilização tecnológica. Retorna a Paris após o Armistício, e logo está de volta ao Brasil.

1919
Presenteado pelo Governo com a casa da fazenda Cabangu, onde nasceu, compra terras em volta e ocupa-se na organização de uma fazenda-modelo, criando tecnologia agrícola.

1924
Vende a fazenda Cabangu, ficando apenas com a casa. No final do ano vai a Paris, decidindo permanecer na Europa para tratamento de saúde.

1926
Pede à Liga das Nações a interdição dos aviões como armas de guerra; cria um prêmio para trabalhos sobre o tema. É internado no sanatório de Valmont-sur-Territet, Suíça, com o agravamento da doença.

1927
Muda-se para uma vila campestre que adquire em Glion, Suíça.

1930
Condecorado com a Gran Cruz da Legião de Honra da França. É internado na casa de saúde de Préville (França).

1931
Retorna ao Brasil, à sua casa em Petrópolis, dedicando-se a projetos aeronáuticos avançados e ao aperfeiçoamento dos planadores.

1932
Muito doente, é transferido pela família para o Hotel de la Plage, no Guarujá, São Paulo. Seu estado de saúde agrava-se com a utilização de aviões de combate nos primeiros dias da Revolução Constitucionalista. 23/07, suicida-se no Guarujá.

INDICAÇÕES PARA LEITURA

Em 1904, Santos Dumont escreveu *Dans l'Air*, em francês, sobre suas experiências de vôo em aeróstatos e dirigíveis. No Brasil, o título é *Os Meus Balões*, tradução de Miranda Bastos, reeditada pela Biblioteca do Exército Editora em 1973, durante as comemorações do centenário de nascimento do inventor. Na mesma época, o Tribunal de Contas do Estado da Guanabara reeditou *O que eu vi, o que nós veremos*, o segundo livro escrito por Santos Dumont, em 1918, em português, sobre seus aviões e futurologia.

Foram produzidas muitas biografias sobre o Pai da Aviação: cerca de duas dezenas, no Brasil e no exterior. No Brasil destacam-se *Quem deu Asas ao Homem*, de Henrique Dumont-Vilares, edição do autor, com boa documentação fotográfica; e *Santos Dumont*, de Gondin da Fonseca, edição da Livraria São José, em que o autor conclui que o biografado morreu virgem. Destaque também para *Santos Dumont – Retrato de uma Obsessão* (*A Study in Obsession*), de Peter

Wykeham, traduzido por Altino Ribeiro da Silva, Editora Civilização Brasileira.

A bibliografia estrangeira sobre Santos Dumont, inacessível ao leitor brasileiro, inclusive porque as edições estão esgotadas, inclui obras interessantes como *Santos Dumont, Maitre d'Action*, de Charles Dolfus, e *L'Homme a conquis le Ciel*, de Willy Coppens de Houthulat. Para quem deseja aprofundar-se no tema, recomenda-se a leitura dos igualmente raros *A History of Flying* e *The Aeroplane: a Historical Survey*, de Gibbs-Smith, *La Navigation Aérienne*, de Lecornu, e *Histoire de l'Aviation*, de René Chambre.

Uma dica final: o filme de Eduardo Escorel *O que eu vi, o que nós veremos*, produção da TVE do Rio de Janeiro, 1973, que recupera a imagem do pequeno grande homem.

SOBRE O AUTOR

Orlando Senna é cineasta, escritor e jornalista. Foi diretor e roteirista dos filmes *Diamante bruto*, *Brascuba*, *Iracema* e *Gitirana*, além de documentários e trabalhos em vídeo. Escreveu roteiros para televisão (como o da minissérie *Carne de Sol*) e cinema, entre eles *O rei da noite* (dirigido por Hector Babenco), *Coronel Delmiro Gouveia* (Geraldo Sarno), e, em parceria com Chico Buarque, *Ópera do Malandro* (Rui Guerra). Dirigiu trinta espetáculos teatrais, destacando-se *Teatro de Cordel*.

Recebeu prêmios nos festivais de Cannes (França), Figueira da Foz (Portugal), Taormina (Itália), Pésaro (Itália), Havana (Cuba), Porto Rico, Brasília e Rio Cine. Com *Iracema*, recebeu o prêmio Georges Sadoul, da França, e o Adolf-Grimme, da Alemanha. Seus trabalhos para a televisão foram premiados na Inglaterra com o BEMAs (British Environment and Media Awards) e com o Golden Panda do Festival Wildscreen, conhecido como o Oscar Verde.

Foi diretor da Escola Internacional de Cinema e Televisão de San Antonio de los Baños, sediada em

SOBRE O AUTOR

Cuba, de 1991 a 1994. Em sua gestão, a escola recebeu o prêmio Rossellini, do Festival de Cannes. De 1996 a 1999 dirigiu o Centro de Dramaturgia do Instituto Dragão do Mar de Arte e Indústria Audiovisual.

Repórter e comentarista de política internacional, realizou trabalhos na América Latina, África e Europa para jornais como *Correio da Manhã*, *Última Hora*, *Jornal do Brasil*, *Folha de S. Paulo* e para agências internacionais. É autor dos livros *Xana*, *Alberto Santos Dumont – Ares nunca dantes navegados* e *Máquinas eróticas*.